皮囊

MASK

潭石 著

内蒙古人民出版社

孟钊当时也在笑,也许是因为很久没笑过,
在嘴角扯起的时候他有种僵化的脸终于放松的感觉。
然后他就看到了路对面的陆时琛。

陆时琛当时在看着他，
那神情，跟他当时看着道路中央的那条狗的神情没什么不同，
不带任何情绪，反倒是像在观察某种笼中动物。

那一刻他在想什么？

陆时琛姿态放松地坐在对面，仿佛不是被传唤来的，
只是赴约来喝一杯茶，
在孟钊盯着他看的同时，他也饶有兴致地盯着孟钊。

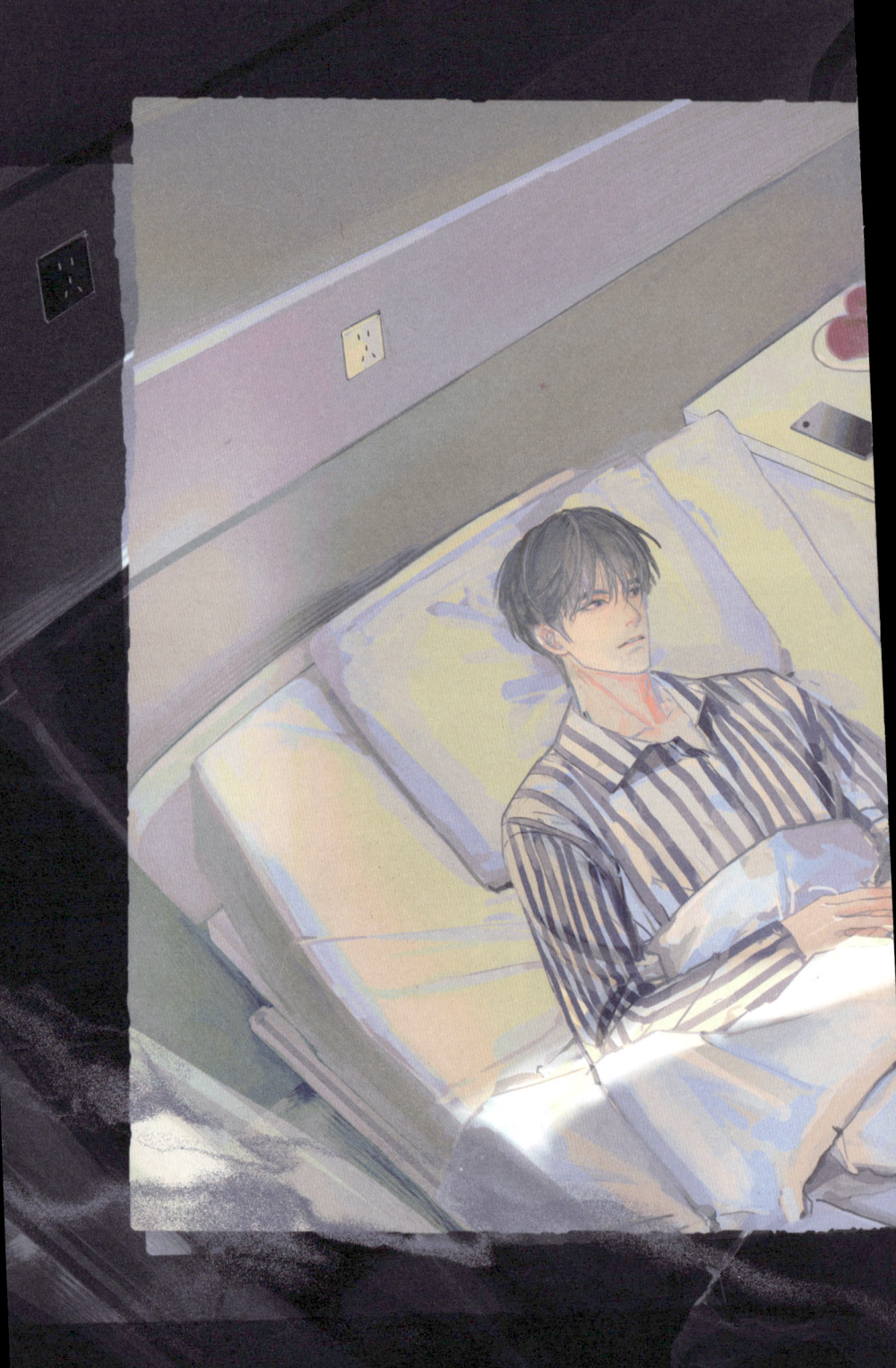

One 第一卷

黄雀

进入四月，天亮得一天比一天早。

早上七点多，孟钊从市局大楼走出来，被日头晃得眯了眯眼。

孟钊昨晚值班，今天轮休。说是值班，其实就是在值班室里睡了一晚，明潭市近一个月来治安良好，鲜少有刑侦支队半夜出警的情况发生。

手机振了一下，来了消息："哥，我还有一站就到了，你出发了没？"

消息是孟钊的妹妹孟若姝发来的，孟钊一边往停车场走，一边在手机屏幕上敲了"晚不了"三个字发过去。

消息发完，他走到自己的车旁边，把车门拉开，手机丢到副驾驶座上。孟钊没急着坐进车里，反而直起身，抬眼看向不远处的一处楼盘。

不知从什么时候起，他开始觉得有一道目光在如影随形地盯着自己。刚刚发着短信走过来的那一小段路上，他又察觉到了那道目光的存在。

凭感觉判断，那道目光应该就是从那处楼盘的方向看过来的，但因为距离有些远，孟钊无从辨别出具体的方位。

难道是哪个犯罪分子的同伙企图寻仇？孟钊猜测着这个可能性。他从毕业到现在的七年间，一直在刑侦支队工作，参与破获的大案小案数不胜数，若真是谁找上门寻仇，这个源头可不好排查。

不过，若真是寻仇，这人也太沉得住气了一些，这目光是从什么时候出现的来着？具体的时间孟钊记不清楚了，但少说也得有几个月了。

孟钊受过反跟踪训练，且在这方面天赋一流，对人的目光敏锐度

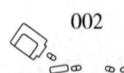

极高,也正因如此,起初这目光让他觉得极其烦躁,如芒在背。他甚至去翻了这些年他参与破获的案件记录,但也没找到什么头绪。到现在,他甚至已经对这道目光有些习以为常了。

"看什么呢?"旁边停下一辆车,技侦的同事张潮从车里下来,顺着他的目光朝那楼盘看过去,"怎么着?想在那儿买房?"

这话无疑是句调侃,作为本市地段最优、前景最佳的一处高端住宅区,御湖湾小区的房价近两年一路飙升。以孟钊现在的工资水平,估计得不吃不喝干到退休才能买下一套房。

"把我卖了能买得起吗?"孟钊收回目光,笑了一声。

"能啊。"张潮有模有样地上下打量孟钊,"就孟队你这身段,一套大平层算什么,看见那别墅区了没?"张潮抬手一指,"兄弟我给你估个价,拿不到一栋别墅算你亏。"

"滚吧。"孟钊笑着骂了一句,"技侦最近闲出屁了是吧?"

"可不是!哎,说真的,"张潮锁好了车,过来搭孟钊肩膀,"你队长转正之后工资应该能涨一拨吧,这老徐都观察你半年了,还不放心啊?"

"我哪猜得到他老人家的心思?"孟钊矮身坐进车里,压下车窗,发动车子,"走了啊,还得去车站接小妹。"

"咱妹回来了啊?许了人家没?"

"想打我妹的主意?"孟钊坐在车里看他一眼,"你那其他几个女朋友同意?"

"哎,这话说的,别冤枉我啊……"

孟钊笑了一声,没再搭腔,将车子开远了。站在原地的张潮被喷了一脸的汽车尾气。

作为有着几年交情的朋友,孟钊对张潮的德行再清楚不过——张潮是技侦部门的第一负责人,虽然技术过硬,却是个不折不扣的玩咖,前女友排起队能组一个刑侦支队,偏偏每一个分手后都跟他相处融洽。

正值上班早高峰，十字路口红绿灯处停了长长两排车。

算起来，怀安区也就近几年才发展成这样，往前数五年，这地儿还算明潭市的边缘地带。自打市政府要迁往怀安的消息传开以后，这地儿就成了明潭市的一块香饽饽，房价也水涨船高。到去年市政府、市局先后落定之后，此处的房价便一骑绝尘，高高在上地俯瞰着整个明潭市房地产市场。

不过，新区发展总伴随着大兴土木，整个怀安区随处可见正在建造的楼盘，还有不少老旧小区已经被写上了"拆"字，等待着被拆迁的命运随时降临。

路口处堵了十几辆车等着过红绿灯，孟钊没多少耐性，一打方向盘，右转拐到了小路上，一路抄着曲里拐弯的近道前往高铁站。

孟钊对明潭市所有路线都了如指掌，这还得归功于两年前他在市交警部门的那段经历。当时孟钊在追捕犯罪分子的过程中，因为下手太猛险些犯错误，徐局一气之下，把他发配到隔壁交管局协助交警维持了一个月的交通秩序。

在市局所有领导眼里，孟钊什么都好——长相俊朗，身手一流，脑子灵活，就是有一点不好：脾气太暴。

当年二十二岁的孟钊刚从公安大学毕业，一进市局，就凭借这副好皮相被不少领导一眼相中，要预定给自家女儿做女婿，可惜后来，随着孟钊逐渐到了适婚年纪，一路升到了刑侦支队的副支队长，他的真面目也彻底暴露——市局去年精挑细选进来的三个实习生，其中一个被孟钊骂哭过几次，另一个被骂得没办法转到了行政科室，还有一个被训得干脆转行，自此告别了刑侦事业。

最看好孟钊的徐局恨铁不成钢，好几次劝孟钊改改脾气，孟钊每次都敷衍答应着。但两年前在追捕过程中，孟钊一拳打折了一个妄图袭警的强奸犯的两根肋骨，差点涉嫌暴力执法，彻底断了徐局的心思——这万一招个有暴力倾向的女婿回家，回头女儿受了委屈找谁说理去？

于是，当年大热门的乘龙快婿人选孟钊，转眼间成了奔三的大龄

未婚男青年。

不仅如此，刑侦支队的队长位子空缺一年多了，按理说没有比孟钊更合适的人选，但徐局借口要观察孟钊，就是不肯松口让他名正言顺当上这个支队长。

车子停在出站口，距离这班高铁到站还有几分钟，孟钊拿出手机消磨时间，浏览当日的新闻。

刚打开新闻 App，手机上方就弹出了一条推送消息："骇人听闻！女主播直播间背景惊现一具女装男尸！"

本市媒体总喜欢用这种耸人听闻的语调，但报道内容往往乏善可陈，不是夸大其词，就是陈年旧案。这又是主播又是直播的，应该还是那种意图吸引眼球的噱头新闻……孟钊点开推送，扫了一眼内容后有些意外——不对，这照片未免也太真实了。

孟钊眉头微锁，两根手指在屏幕上一滑，放大了那张现场拍摄的照片。

"女装男尸"？这标签贴得不太准确，死者的确穿了一双红色高跟鞋，但那件红色连衣裙其实是披在尸体身上的。

也正因此，这幅画面的整体视觉冲击倒也没那么强烈，倒是下面那张死者的面部特写看了让人心惊。通红的眼皮、涂抹不匀的口红从嘴巴一直延伸到脸颊，再配合青紫肿胀的面色……乍一看挺瘆人的。

是哪家媒体这么缺德，受害人的照片就这么不经处理赤裸裸地放了上来？孟钊在心里骂了一声。

手机振了起来，是支队的实习生程韵打来的电话，孟钊按了接通，心里猜测这通电话可能跟这案子有关。

果不其然，程韵语气急促地问："钊哥你回家了吗？"

"没，高铁站呢。"

"你快看我转发给你的那条新闻，今早在御湖湾附近那片拆迁区发现了一具男尸……"

"看了。"孟钊打断她，"这案子归我们管？"

"按说是该归分局管,但今早那主播一直播,搞得死者照片现在被传得满天飞,加上市政府又刚搬过来没多久,据说上面领导特别重视,刚还打电话过来专门问这事儿,徐局的意思是这案子你来负责……"

电话那头正说着话,"嘭嘭嘭",车窗被敲响了。

孟钊记起刚刚忘开车门了,他开了车门锁,又一侧身,伸长手臂把副驾驶位的车门打开,孟若姝随之拉开车门坐了进来。

程韵继续在电话那头说:"钊哥,我把定位发你手机上啊……"

"不用,我知道在哪儿。"孟钊挂断电话,转过脸看向孟若姝:"没带行李箱?"

这一抬眼,正对上孟若姝涂得通红的两抹眼影,孟钊脑中顿时闪过刚刚新闻上死者的那张照片,眼角一抽:"你眼睛怎么了?"

"怎么了?"孟若姝立刻从包里拿出小镜子左照右瞧,自觉妆容完美,莫名其妙道,"这不挺好吗?"

"没事儿把眼睛涂得跟个兔子似的干什么?"孟钊觉得无法理解,发动车子,汇入出站的车流中。

"这是棕红色系眼影好吗?"孟若姝把小镜子塞回包里,据理力争,"今年最流行的女团妆,直男不要随便对女性的妆容发表见解!"

孟钊的妹妹孟若姝是一位有着近两百万粉丝的美妆博主,自然容不得孟钊这种直男对她的妆容盲目批评。

"行吧。"孟钊也懒得跟她争辩,开着车道,"我临时有事儿,一会儿给你放御湖湾附近,你打车回去吧。"

"是那个案子吗?"孟若姝睁大眼睛,"网红那个?"

"什么网红?"

"不是女装男尸那个案子吗?我室友刚给我发链接来着,说看着像一个音乐博主,她还加了那个博主的粉丝群,听说现在群里都炸了……"

音乐博主?这年头,网络上的消息有时候比警方还灵通。

不过,如果这么快就能确认被害人身份,这案子应该不难侦破。

孟钊开口道:"他脸上的妆不是自己化的吧?"

"谁会给自己化那么丑的妆?"孟若姝正经起来,"而且,不管是方向还是力度，自己化和别人化都会有很大的区别。"

"嗯，我知道了。你跟你室友要一下那个博主的主页地址发我。"

回程时孟钊依旧抄小路返回，把车停至御湖湾附近，孟若姝从车上下来，合上车门前说："哥，地址我发你手机上了啊。"

孟钊刚要应，目光扫过后视镜，忽然注意到后视镜上映出一道人影。

那人跟他差不多年纪，打眼一看身量挺拔，大概是刚遛完狗回来，穿着一身休闲的运动装，手里牵着一条中型犬，孟钊脑中瞬时闪过一个名字——陆时琛？

见孟钊没什么反应，孟若姝顺着他的目光回过头："看什么呢？"

孟钊这才回过神，收回目光道："没什么，快回去吧。"

"那个主页地址，"孟若姝用手指点了点手机屏幕，"我发你了啊！"

孟钊应一声，倒车掉头的时候，忍不住又朝刚刚那方向看了一眼，那人已经不在他视线范围内了。

"应该不是吧，"孟钊心里想，"陆时琛不是在国外吗？何况，那么厌恶狗的一个人，想来也不会一大早悠闲地遛狗。"再者说，十多年没见面，他对陆时琛的印象还停留在高中时候，这小区内人来人往的，他不可能一眼认出来。

在值班室的睡眠质量果然一般，居然一大早出现了这么离谱的幻觉。

孟钊打开孟若姝发来的网址，粗略看了看，把网址发给市局的同事，让他帮忙查一下这个博主的现实身份和近况。

案发地已经围上了一圈警戒线，围观群众正七嘴八舌地讨论这起凶杀案。

孟钊把车停在路边，一边朝案发地走过去，一边观察周围的摄像头情况。

这片住宅区建得太早，当时物业的概念还没流行起来，自打建成之后似乎就一直是自生自灭的状态，更别提什么安保措施和保洁服务，一旦哪户房子出了质量问题，都不知找谁说理去。所以这几年，但凡家里有点积蓄的住户，都想方设法搬走了。人去楼空，仅剩的几家住户都眼巴巴等着政府下拆迁令，到时好分得一两处新房。

孟钊打眼看过去，只有前面的一排矮墙上安放了两个摄像头，但看那饱经风吹日晒的沧桑模样，大概只能起个聊胜于无的威慑作用。

孟钊走到警戒线附近，正要向协助调查的派出所民警掏证件亮身份，不远处翘首以盼的程韵小跑过来："这是我们孟队，赶紧让他进来吧。"又给孟钊递了一副塑胶手套："这路上堵着车，我以为您还得一会儿过来呢。"

"厉锦呢，到了没有？"孟钊穿过警戒线，一边戴手套一边朝被害人所处的位置走过去。

"还堵在路上呢，正往这边赶。"程韵说。厉锦是法医科的扛把子，平常这类案子她都跟着出外勤，今天不巧上班路上接到案件消息，估计这会儿正被堵得插翅难飞。

"目前掌握到了哪些信息？把现场的具体情况和我说一下。"孟钊问道。

"发现尸体的是今早两个要上学的初中生，一个想躲起来吓唬另一个，没承想居然在这儿发现了尸体，吓得一嗓子号出声，把附近散步的、晨跑的人全都引过来了，其中还包括一个大清早出来找素材的主播，所以等我们接到报警赶过来的时候，现场周围已经被破坏得差不多了……"

"什么？现场被破坏了？"孟钊眉头微蹙，透出不悦，"这些主播，是该好好管管了。"

小区前面，墙皮斑驳的防护矮墙上嵌着一个圆拱门，门不算太高，孟钊微微躬身走了进去，再朝右转，这栋楼的最西侧角落，就是尸体所在的案发地点。

角落处堆着几个废弃的橱柜，尸体就被掩藏在橱柜和墙体形成的死角范围内。

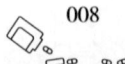

孟钊走近被害人，半蹲下来观察现场的情况。其他几个负责拍照和取证的警察见孟钊过来，都给他让出了位置。

近距离看死者这张被胡乱涂抹了浓妆的脸，更是让孟钊觉得触目惊心。

死者面部青紫肿胀，角膜轻度浑浊，身体僵硬，枕部出现了明显的尸斑。死亡已经有一段时间了，昨晚？还是更早？

脖子上的几道勒痕互相压叠，勒痕处有大片瘀血，身体其他部位没有致命伤。应该是被绳索一类的东西勒死的。

披在身上的连衣裙，似乎还很新，这是……吊牌？标价699元，不算便宜货。衣服应该是死亡后被盖在身上的，为什么要这么做？还有这乱抹一通的妆容，怎么想都觉得这事有些吊诡。

连衣裙下，是正常的衣着，裤兜印出里面钥匙的轮廓。孟钊拿出钥匙看了看，钥匙串上一共有两把钥匙，连接的铁环弯得很厉害，似乎不久前有钥匙被取下来过。

孟钊的视线向下移动。死者脚踝、鞋后帮及裤腿处似乎有大片严重磨损，磨损痕迹一直延伸到死者的腰背部。是反抗时留下的吗？凶手先把人放倒，然后用绳索勒住了受害者的颈部？但只是这样的话，会产生这么一大片连续性的磨损吗？仔细看不同部位的磨损程度的话，似乎受力又比较均匀。

但不管怎样，只要受害者有挣扎过的迹象，那现场遗留下证据的可能性就极大。孟钊一点一点地观察着这片磨损的区域及周围的地面，深蓝色裤腿处的一根毛发显得格外扎眼，灰白色，大概五厘米长。孟钊端详起来，程韵也凑上来看："这看上去不像是人的头发吧？狗毛？"

孟钊跟程韵要了张纸巾，把那根毛发包起来，装到物证袋里，然后又仔细观察着周边的区域，过了一会儿后，孟钊站起身，开口道："继续做痕检吧，等厉锦他们过来之后再做一下理化检验。看看那个主播还在不在，我有事要问她。"

"好嘞。"程韵应道。

程韵快步跑远，孟钊盯着受害人打量，恶意化妆、披连衣裙……这象征意味浓厚的手法，凶手是有针对性地仇杀还是无差别地报复社会？

案发现场勘查得差不多了，孟钊站起身。

手机铃声响起来，先前拜托的那个同事来了消息，孟钊接通电话。

"哎，孟队，查到这个博主的身份了，叫周衍，二十八岁，自由职业者，应该是专职的音乐博主。他原来叫陈衍，父亲死后，母亲改嫁，自己也跟着改了姓，后来他母亲也去世了，就跟着继父母一起生活。已经联系到他的继父，现在正朝市局赶过来。怎么样，现场找到什么线索没？"

"线索倒是不少，但暂时也没什么头绪。"孟钊抬眼，看到几米开外的程韵正招手让他过去，他一边打电话一边朝程韵的方向走过去，继续对着电话说，"周衍住处的地址查到没？"

"查到了，这就发给你，应该是跟人合租。"

挂了电话，孟钊走到程韵面前。

"这就是早上直播的那个主播。"程韵拉着那姑娘的胳膊："这是我们孟队，他问什么你就说什么，不准撒谎。"

女主播看上去二十出头，手里还攥着自拍杆，有点发怯地缩着脖子，不敢抬头看孟钊。

从孟钊的角度只能看见女生头顶的发旋，他微微皱眉："肆意传播死者信息，这事儿是你做的？"

"又不犯法。"主播小声辩解。

"那帮助凶手破坏犯罪现场，毁灭证据，"孟钊冷声道，"总算是犯法了。"

"我又不认识凶手，怎么会帮他！"主播抬头，正对孟钊一张略显不耐烦的脸，因为情绪激动而扬起的音量又弱了下去，一转话音，试探着问，"……我能现在开直播吗？"

"作什么大死啊姑娘！"

孟钊一点就炸的暴脾气，至今还能在市局不多的异性中残存一小撮拥趸，完全是因为行政部门一位姑娘总结得好：孟队凶的时候比不凶的时候还好看。

孟钊刚刚说那句本来就是吓唬她的,此刻也懒得跟她浪费时间,没搭理她这个问题,直奔主题问道:"你今早过来的时候这里围了多少人?"

"没多少人,就那俩学生,我比较有新闻敏感性,听到他俩号的那声就跑过去了,周围那些人胆子小,一开始都不敢过去,而且,"主播瞄了一眼孟钊,话音里像是还掺了点委屈,"我还特意让他们不要靠得太近,帮你们保护犯罪现场呢!"

孟钊无动于衷:"不要靠得太近是指多远距离?"

"两三米?两米应该是有吧。"

孟钊的目光落到死者周围的那片地方,刚刚走过来的时候他确实注意到,死者周围没有留下任何明显的脚印痕迹。犄角旮旯的地方,平时鲜有人至,按理说应该像旁边堆积的那些旧家具一样积了厚厚一层灰,但现在看上去却干净得很,凶手离开时应该特意打扫过周遭。

"那有没有人带狗过来?"

"没有……绝对没有!我怕狗,有的话我肯定会注意到的。"

孟钊听完,若有所思。

孟钊把周围几个同事招呼过来,将任务分配下去:"任彬你带人走访一下周围的住户,看昨晚有没有目击者;周其阳你带人搜查周围,看能不能找到绳索一类的证物,顺便去查一下周围的监控,把受害人昨天的行动轨迹拼凑出来。干活去吧,十一点回局里开个短会。"

孟钊说完,朝自己的车走过去,他身高腿长,程韵得小跑才能跟上:"钊哥,我们去哪儿啊?"

"去被害人家里看一眼。"

程韵自觉小跑到驾驶位:"那我来开车。"

程韵就是那三个实习生中唯一留下的那个。因为当时被孟钊训哭的次数最多,局里所有人都猜她会先扛不住走人,没想到她居然一直留到了现在。而且,相处得越久,大家越发现,这姑娘不仅不埋怨孟钊,反而处处围着孟钊转。和刚来时相比,程韵的刑侦能力远超其他同龄人,在一些关键案情的判断上,她甚至不输老手。

程韵刚把车子开到主路上,就接到了孟钊抛过来的问题:"对目前的线索有什么想法?"

"呃……"程韵下意识一个激灵,被这突如其来的问题吓得有点口不择言,"受害人是被……勒死的,应该是昨晚……"

"这些用你说?"孟钊打断她,"费劲教了你半年,又全都还给体育老师了?"

程韵大气不敢喘,飞快地厘清脑内的头绪,终于有了些思路:

"有几个细节,可能对破案有些帮助。一是死者脖子上多而细密的勒痕,二是死者的腰后到腿后大片连续性的磨损。总体上给我的感觉是,受害者应该在死前挣扎过挺长一段时间,这可能说明凶手的作案手法并不熟练,不是老手。而且,那一大片磨损除了某几处磨损得特别厉害,像是挣扎时留下的,剩下的,像是被拖动过的痕迹,所以说,那里可能并不是真正的案发现场,尸体可能被人转移过。"

她说完这句停顿下来,等着孟钊的评价。

孟钊"嗯"了一声:"真正的案发现场你觉得是在哪儿?"

"从磨损的程度来看,肯定是在附近,不过那么多人聚集,现场被破坏得很严重,我观察了一圈也没法判断,只能等技术部门给结果了。"

"你确定是新手作案?"

"应该……是吧。"程韵见孟钊的脸上没出现什么表情波动,继续说,"又给受害者化妆,又给他穿连衣裙,是不想让我们短时间内发现死者身份吧,这要是老手,直接拿刀毁容是不是更彻底一些?"

程韵话没说完,就听到孟钊笑了一声,随即紧张道:"我哪儿说错了?"

"他手里要是没刀呢?他要是心理素质不过关呢?"孟钊顿了顿,"尸体周围两米内,你发现有其他人的脚印吗?"

"啊……"程韵语塞,"这倒是,如果是新手的话,现场应该不会打扫得这么干净,真是奇怪。那……您有什么推断?"

"线索还没有几条,我什么推断都没有。"

"您自己都没有推断还来考我?!"程韵脱口而出。

"我哪考你了?我又不是你老师,考你做什么,同事之间的案情交流罢了。"

"不是考我啊,你刚刚还说……"程韵松了一口气,"算了算了,吓得我冒出了一身冷汗。"

孟钊没再说什么,低下头继续翻看周衍主页的内容。

同事办事利索,很快申请了搜查令,赶过来送给孟钊。

孟钊乘坐电梯上到十八楼,按响门铃,按了好一会儿里头才响起拖拖拉拉的脚步声,还有拖长的声音:"谁啊——"

门被拉开,一个个头不高、二十多岁的青年探头出来,睡眼蒙眬地说:"周衍不在。"

"去哪儿了?"孟钊看着他问。

"我哪知道?"青年被扰了清梦,语气不善。

"他昨天什么时候出去的?"

"不知道!"青年不耐烦地答,正打算关门,孟钊一侧身,肩膀抵住了门,朝那人亮出搜查令:"警察!我进去看看。"

青年:"……"

走进屋里,孟钊把周衍住的区域粗略转了一圈。

这是间近二百平方米的大平层,周衍跟人合租,他住主卧,室友秦小柏住侧卧,两人都没有养狗。周衍的卧室虽然面积很大,但墙上贴了厚厚的隔音棉,又堆放着各种专业的乐器、音响和录制设备,打眼看上去并不算敞亮。电脑关机了,进入时要输入密码,只能等技侦的同事过来了。

孟钊站到窗边,此处视野极佳,正对不远处的市局。莫名其妙地,他又想起近半年来那道总是跟着自己的视线,似乎就是来自这个方向。不过现在不是想这个的时候,他很快把这想法从大脑中清出去。

孟钊走出卧室,秦小柏显然还在震惊中没缓过神来:"周衍被人杀了？真的假的？"

"周衍经常晚上不回来？"

"不是啊，他晚上一般都直播唱歌，前几天好像去外地参加什么网络颁奖大会了，有一段时间没在家。"

"什么时候回来的？"

"好像是……前天？没太注意，反正时间不长。"

"周衍最近有没有跟谁起过冲突，或者有什么不正常的地方？"

"这个……我也不太清楚。"秦小柏抬手挠了挠后脑勺，"我上夜班，白天回来睡觉，平时都跟他碰不上几面，就算碰上了也就是打个招呼而已。"

"你们是什么时候开始在这儿住的？"孟钊又问。

"我住了有一年了，他住了三个月吧。"

"孟队，潮哥过来了。"程韵小跑着进了门，"我把物业负责人也带过来了。"她走近了压低声音，"楼下不少人在讨论这件事，说周衍可能是因为扰民才被害了。"

"扰民？"孟钊看了一眼秦小柏。其实只是下意识地往他的方向扫了一眼，但他眼窝略深，眼珠又比平常人更黑一些，看人的时候总显得别具深意。秦小柏被他看得心头一寒，立刻撇清嫌疑："别看我，我每天上夜班，正好跟他直播的时间错开，就算扰民也不会扰到我头上。不过有一次我休班听到了，确实挺吵的……"

"之前确实有邻居投诉过，这楼就是隔音不太好。"物业经理倒挺实诚，"楼下那住户还报过警。哎，你说邻里邻居的，报什么警啊……听说是国外回来的，跟咱们想法都不一样。"

"投诉和报警是在近期吗？"

"近期倒没有，在两三个月前吧，可能是因为后来装了隔音设施，就没接到投诉了。"

看来是周衍刚搬来住的那会儿接到投诉的，孟钊想到周衍房间里那层厚厚的隔音棉，推算时间，也许就是在那之后，周衍开始在房间内贴上了隔音棉。

"对了,这栋楼养狗的住户多吗?"孟钊问。

"也不能算多,具体的情况我得让同事查查,之前市里规范养狗,我们这边做过登记。"物业经理说着,拿出手机给同事拨了电话。

片刻后,物业经理把手机上接收到的图片拿给孟钊看,孟钊接过来,放大图片。周衍所在的这栋楼内有三户养狗,其中一户就在周衍楼下。

"就是报过警的那户?"孟钊把手机还给物业经理,打算去楼下看看。

把物业送走之后,张潮搭着孟钊的肩膀:"早上刚说你提支队长的事儿,这不机会就来了?听说老徐指定要你来办这案子,就是想借个由头给你提上去,好好表现啊兄弟。"

"得了吧,没谱的事儿。"孟钊指了指周衍卧室的方向,"那电脑你试试能不能帮我解开密码,我去楼下看一眼。"

"得嘞。"张潮应着,一边朝里屋走一边向程韵抛媚眼,"小程也跟我一块儿啊?"

程韵被这媚眼里夹带的油腻糊了一脸,赶紧跟上孟钊,扔下一句:"我跟我们孟队一起!"

但张潮不由分说地拉住她:"过来给哥帮忙!"

出了电梯,孟钊朝周衍楼下的那户走过去,还差几步靠近门口时,就听见屋内隐约传来一声狗叫。

孟钊在门口站定了,屈起手指敲门。

"咚咚咚!"

"汪!"这次屋内的狗叫声靠近了,那只狗应该就站在门后。

还是没有人开门,孟钊微低着头,留意着里面的动静,又敲了一遍。

这次门开了,孟钊抬眼,顿时一怔——早上那匆忙一瞥居然没认错人。

尽管有些发怔,但孟钊还是清楚地注意到了陆时琛的眉梢微不可察地挑了一下：是有些意外的表情。

陆时琛穿着家居服，大概是不久前刚洗过澡，发梢还有些湿，孟钊甚至能闻到水汽混合着沐浴露的味道。

这货居然没长残，孟钊脑中下意识冒出这个想法。跟高中那会儿相比，陆时琛似乎长高了不少，脸上的棱角更加锋利，眉眼间那种疏离感没变，但身上似乎多了些成年男人的压迫感。

先叫起来的是狗，那只灰白色的边牧站在陆时琛腿边，冲着孟钊一连串汪了好几声。

"这么巧？"孟钊回过神，掏出证件朝陆时琛亮了一下，"我来问点事儿。"

没想到陆时琛伸出手，把警察证从孟钊手里抽了出来，低头翻看上面的字样："你居然成了警察？"明明不带什么语气，但内容听起来却有种别样的意味。

孟钊脸色变了变，硬把那句脏话卡在了嗓子眼里。没错，还是当年那个陆时琛，面目可憎，居高临下。

不过现在有案子在身，孟钊不打算跟他多费口舌。而且，虽然这货不招人喜欢，但他爸陆成泽却是孟钊一家的恩人，有这层关系在，孟钊不得不跟他维持着表面上的友好。

陆时琛把证件还给孟钊，转过身朝客厅走："要问什么？坐吧。"

孟钊没跟他客气，大马金刀地坐到陆时琛对面的沙发上，无视陆时琛打量的目光，闲聊似的："回来多久了？"

"小半年。"

"不是听说在国外混得风生水起吗？"

对方倒也不谦虚："还成吧。"

孟钊的目光落到实木桌上的 iPad 上，屏幕还亮着，虽然上学时英语学得不怎么样，此时也大致能看出来上面是关于金融的内容。陆时琛应该是从事金融行业，孟钊觉得这倒也不稀奇，这种浑身没什么人气儿的人最适合跟钱打交道。

卫生间的门这时开了,孟钊没想到陆时琛这里还有别人,闻声转头看过去。大概陆时琛看上去从头贵到脚,潜意识里他就没觉得陆时琛会跟其他人合租。

从卫生间里走出来的女人显然跟陆时琛也不是合租室友的关系,她长得有点像混血,身上围着浴巾,一头长卷发湿漉漉的,应该是刚洗了澡:"欸?你来客人啦?"语气有些意外,似乎也没料到会来外人。

孟钊移开目光,心想自己大概坏了陆时琛的好事。白日宣淫啊真的是……这人不用上班吗?

陆时琛没搭腔,反而问孟钊:"不是说有事情要问?"

女人大概也觉得自己这打扮不合时宜,匆忙闪进里屋。

孟钊自觉此地不宜久留,切入正题道:"最近有没有见过你楼上的住户?"

对方惜字如金:"没。"

"每晚直播唱歌挺吵的吧?"

"是挺吵。"

"听说还因为这个报过警?"

"那次啊……"陆时琛稍作思考,"跟唱歌没关系,是他们办舞会到凌晨三点,夜间超过六十分贝,达到报警标准了。"

"就没考虑过换个地方住?这地方是租的吧?"进屋时孟钊观察过这房间,设施挺简单,像是临时租住的地方。

"一直在找,还没找到合适的。"

孟钊点点头,从沙发上站起来:"对了,楼上住户昨晚在那边拆迁区被人勒死了,你要是想起什么线索的话,随时联系我。"他说着,一边给陆时琛递了张名片,一边观察陆时琛脸上的神色。

陆时琛看上去丝毫不吃惊也不感兴趣,抬眼看向孟钊:"是吗,孟警官不多坐会儿?"

孟钊总觉得"孟警官"这三个字从他嘴里说出来有点讽刺,他弯腰摸了一把边牧的后颈,半蹲下来,揉了揉:"不了,还有别的事儿。这狗挺可爱啊,叫什么?"

"小刀。"

孟钊的脸色又变了变,也不知道是不是巧合,他的小名就叫小刀,这名字被陆时琛叫出来,好像在骂他是狗。

孟钊出了门,正遇上刚摆脱张潮的程韵。

"怎么样孟队,见到楼下住户没?"

孟钊用纸巾把指缝间的狗毛包起来,面色不悦道:"见到了一条狗。"

程韵跟在孟钊身后:"刚刚周衍那屋的家政阿姨也到了,我让她在客厅等着了。"

孟钊点点头:"嗯。"

一进屋,秦小柏和家政阿姨坐在客厅的沙发上面面相觑,毕竟身边发生凶杀案这件事没那么好消化。

家政阿姨看上去四五十岁,衣服被洗得微微褪了色,但一看就是个干净人,见到孟钊立刻有些拘谨地站了起来。

"您坐。"孟钊打量她,"平时都这个点儿过来打扫?"

阿姨坐回沙发上:"嗯,小周起得晚,我中午过来打扫顺便给他做饭。"

"这几天周衍在家吗?"

"上周他基本都在出差,应该是前天晚上回来的,我记得那天晚上他给我发消息,让我第二天来打扫卫生。"

"消息我能看看吗?"

孟钊接过家政阿姨递来的手机,是小屏的苹果5,手机壳是市面上最普通的那种透明外壳,已经有些发黄了。周衍用微信发来的语音消息:"赵姨,我就要回去了,您明天还是那个点儿过来哈。"

孟钊将周衍的手机号和微信号抄记下来,将手机还给家政阿姨:"这手机是孩子给您的吧?"

阿姨接过手机,表情隐隐透出一丝哀伤:"是小周给我用的。"

孟钊点点头,倒也不算意外。周衍的生活看上去过得挺滋润,将

淘汰不用的旧手机给家政阿姨做个人情很正常。而且,从两个人互称"赵姨"和"小周"以及刚刚家政阿姨的表情来看,两人之间是有感情的。

"您所属的家政公司是……"孟钊继续问。

"顺意家政公司,不过……"阿姨有些迟疑,"为了省下中介费,帮我多赚点,小周是跳过公司私下跟我签的合同,您看能不能……"

孟钊笑了一下:"放心吧,我不会把这件事和你们公司说的。"

孟钊在笔记本上记录完信息,盖上笔帽:"那有事儿我再联系您。"

家政阿姨点了点头,没再作声。

而此时,卧室里传来张潮的声音:"钊儿,过来!"

孟钊跟家政阿姨知会了一声,朝卧室走过去:"密码解好了?"

"那还用说?"张潮在一旁收拾仪器,"连 iPad 密码都给你解了,厉不厉害?"

"潮哥牛 ×。"孟钊不走心地夸了一句,拿起了 iPad。

这是……淘宝?这应该是周衍生前最后打开的 App,账号显示为已登录状态,孟钊向下轻轻滑动界面,推荐页上有乐器、降噪材料、手机、化妆品,还有……连衣裙?

孟钊回想起周衍尸体的样子,他立刻打开购买记录,果然,那条连衣裙就在已购订单当中,这条连衣裙是他自己买的,还是……

"嚯!"张潮凑过来跟他一起看,"这周衍是异装癖?"

孟钊摇了摇头,没有说话,他返回主屏幕,看了看时间:"回去开会说吧。"他动作利索地拆解了电脑,扛起主机:"程韵过来拿上数据线和键盘,秦小柏!"

秦小柏从沙发上弹坐起来,小跑到周衍卧室门口:"什么事,孟警官?"

"帮忙搬一下显示器。"孟钊往外走时,看到家政阿姨还坐在客厅,脸上的泪痕隐约可见。他脚步一顿:"您也早点回去吃午饭吧。"

"哎。"阿姨佝偻着后背,应了一声。

出了门,孟钊边走边问秦小柏:"周衍不在的时候,他的快递是你收的吗？"

"我要睡觉，才不收快递。"秦小柏屈起腿，用膝盖碰了碰墙上那扇半米高的小铁门，"都放水表箱里，快递小哥知道。"

"不怕被偷？"孟钊看了一眼水表箱。

"还好吧，没丢过，特别贵重的东西就放物业那儿了。"

进了电梯，张潮把仪器箱放到地上，看着秦小柏："你室友遇害，你也没什么表现，心够大啊。"

"唉。"秦小柏抱着显示器，"我们就是合租室友，他才搬过来三个月，我们拢共没见上几面，我跟他的关系还不如他跟那个家政阿姨的关系好呢。表现得太沉痛也不正常啊，有点瘆人倒是真的。"

孟钊站在他对面，不动声色地观察着秦小柏说话时的表情："你是做什么的来着？"

"我是……"秦小柏一直很顺的嘴皮子卡了一下，"酒店的大堂经理。"

孟钊没说什么，点了点头。

"孟警官，"秦小柏有些犹豫，"这杀害周衍的人是什么来头，不会下一个就对我下手吧？"

孟钊看着他："还在查，放宽心。"

乔遇换了衣服，从客卧里出来，抱胸倚着门："刚刚谁呀？"

"警察。"陆时琛戴了副银边的平光眼镜，在iPad上翻看着今早的财经新闻。

"警察？"乔遇一惊一乍，走过来坐到陆时琛旁边，"你不是犯了什么事吧？"

"杀人了，"陆时琛波澜不惊，"穿的就是你身上这件。"

乔遇穿了陆时琛的衬衫，长度至大腿，酥胸半露，春光乍泄。听到陆时琛这样说，她只当开玩笑："我没带换洗衣服，借你的穿一下嘛，我哥不是跟你打过招呼了，让你好好照顾我。"

陆时琛在iPad上翻了页，脸上的表情不置可否。乔遇是他合伙人乔明嘉的妹妹，在国外时乔明嘉曾帮过他不少忙，于是乔明嘉在把自

己的妹妹塞过来借住时，显得相当理所当然。

陆时琛不习惯跟人同住，好在乔遇借住的几天正赶上他去邻市出差，昨天刚回来，只需要今天把乔遇送走，就算打发了这兄妹俩。

乔遇歪着头靠上陆时琛："刚刚那警察长得好帅啊，看起来认识？"

陆时琛过了一会儿才说："嗯。"

乔遇看着陆时琛，陆时琛的面像被精心雕琢的艺术品，明明从侧面看，眉骨到鼻梁的线条起伏流畅，有些像轮廓深邃的西方人，但偏偏眉眼间都透着一种偏向于亚洲人的清淡的疏离感。

乔遇觉得自己要主动一些，她伸手去解陆时琛胸前的扣子。

陆时琛没制止，只是探身从实木桌上拿了一个小药瓶，递到乔遇面前。

"这是什么？"乔遇动作停下，不明所以地接过来。

"副作用那一行。"陆时琛提醒道。

乔遇的视线移到副作用那一行，脸色顿时变得不太好看。她看到上面写着："可能会导致厌食、精神不振、性欲减退。"

陆时琛转过脸看她，神色坦然："太抱歉了，我是性冷淡。"

乔遇讪讪："……真的假的呀？开什么玩笑。"

陆时琛继续说："准确地说，是勃起障碍。"

乔遇语塞几秒，顶着这样一张脸的陆时琛坦承自己性冷淡，这让她心情复杂："……因为这药吗？这是什么药，不能不吃吗？"

"抗抑郁的药。"陆时琛把眼镜摘了，用手指捏了捏眉心，"比起发泄欲望，治病还是更重要一些吧。"

乔遇沉默片刻，耐不住自己的好奇心，又多问一句："所以这几年你都没有过？不会有那种……很想发泄的时候吗？"

"发泄？"陆时琛看她一眼，淡淡道，"发泄的途径有很多种，比如……杀人。"

他神情自然，乔遇居然一时分不清他到底是不是在开玩笑。

陆时琛起身走到阳台上，俯下身，胳膊肘搭在栏杆上，看向楼下。从十七楼的高度看下去，其实并不太能看得清楼下的人，但陆时琛能认出孟钊——站在后备箱旁边，腿最长的那个。

除了腿变长了，头发也长了一些，孟钊这些年其实没怎么变。

十七岁的孟钊就是这样，略深的眼窝里嵌着一双黑白分明的眼睛，紧盯着人看的时候，眼睛里像藏着一把泛着寒光的薄刃，好像随时会被激怒出鞘。

"还是那么有意思啊！"陆时琛想。他喜欢激怒孟钊。

一想到这点，生活就好像变得有意思了一点。

"那……今天用不用吃药？"乔遇拿着那个小药瓶走到阳台边，有些担忧地问，"你要不要去医院看看，换一种药啊？"

陆时琛是性冷淡这件事让她觉得心痛，乔遇觉得这心痛不是为她自己，是为全人类心痛。本来帅哥就人数稀少，眼前这个居然还性冷淡……

"今天不用吃了。"陆时琛直起身，走回屋里，"你哥不是一会儿叫人来接你？换衣服吧。"

孟钊把台式电脑归置好，合上后备箱，抬头看向楼上。就在刚刚，他又察觉到了那道目光。但二十五层高的楼，此刻只有七层站了一个老大爷在阳台上拿着水壶浇花，正跟孟钊看了个对眼，老大爷冲他喊："不好意思啊小伙子，是不是浇你头上了？"

孟钊："……没，您继续。"

"怎么了？"程韵也抬头看过去。

"没事。"孟钊轻摇了一下头。难道是错觉？他一边想，一边走到副驾驶位："先去物业一趟。"

物业就在大门附近，孟钊下了车走进去，跟前台打听："你们这里有没有小区的租房信息？"

"有业主留的几个。"前台把登记信息拿给孟钊，"您要租房吗？"

"想看看有没有合适的。"

"想租多大的？这边面积差不多都是一百九十平方米的，户型都

差不多,这是户型图……"

孟钊看着户型图,跟周衍和陆时琛那栋楼的差不多。如果陆时琛真的有意换租,会像他说的那样,找不到合适的房子吗?

孟钊把户型图还给前台,向她出示警察证,又把硬盘推过去:"昨天傍晚六点到今早八点的监控麻烦给我拷贝一下吧。"

孟钊走楼梯上了二楼,朝刑侦办公室走过去。

来往的警察行色匆匆,走廊的长椅上坐着一个四五十岁的中年男人。男人微微佝偻着背,像是正对着对面的白墙愣神。

"回去整理一下案件的资料,一会儿开会的时候给大家梳理一下线索。"孟钊压低声音对程韵说。

程韵接了这任务,走回办公室,孟钊则朝那男人走过去:"您是……周衍的父亲?"

男人回过神,先是抬头看向孟钊,然后很快站起来:"对,我是……您是……"

"我是负责这案子的刑警孟钊。"孟钊同他握了握手。

"孟警官,"对方得知他的身份后,有些急切地问,"凶手找到了没?"

"还在调查中,有结果的话会有人在第一时间通知您。"

"拜托你们了,周衍这孩子太命苦了。"男人叹了口气,"他爸走得早,前几年他妈带着他跟了我,结果没过几年好日子,也得病走了,他妈妈临走前还拜托我照顾好周衍,这孩子平时性格和人品都没的说,怎么会发生这种事情……"他说着,又重重叹了口气。

"事情已经发生了,您也节哀吧。"看着对方脸上流露出沉痛的表情,孟钊也不由得有些心情沉重,但他很快打起精神,切入正题道,"麻烦您帮忙回忆一下,周衍最近有没有跟别人发生过矛盾?或者您有没有看出他有哪些不对劲的地方?"

男人摇了摇头:"我跟周衍算起来也有一阵没见面了,上次见他,他看上去还挺高兴的,说换了个大房子住,也怪我,前些日子我女儿生了小孩,我一直都在她那边帮忙带孩子,忙得没怎么跟他联系过……"

"您自己还有个女儿？"孟钊询问道，"兄妹俩从小一起长大，应该关系不错吧？"

"关系是不错，一听周衍出事了，她也非要跟着来，被婆家那边的人劝住了，毕竟坐月子的人吹不得风。"

孟钊点点头："行，那您再好好回忆一下，看有没有能够想起来的线索，一会儿还得找您做个正式的笔录。我这边还有个会要开……"

没等他说完，男人就忙不迭说："您忙您的，还是办案子重要。"他伸手握住孟钊的手，"孟警官，拜托你们一定要抓到凶手。"

"肯定会的。"孟钊说。

十分钟后，市局会议室，孟钊一边听其他人报告案情，一边整理手上的资料："厉锦那边的情况怎么样？"

"从尸僵程度看，初步判定死者的死亡时间在昨晚八点到十一点，但具体时间还要等尸体解剖之后才能缩小范围。从勒痕处留下的纤维来看，凶手的作案工具应该是这种尼龙捆绑绳。"厉锦在屏幕上投放了一种常见的捆绑绳图片，然后继续说，"死者当时有过剧烈挣扎，指甲里残留了凶手的衣物纤维，但没有检测到DNA。"

孟钊点点头，接着在屏幕上投放了一小段视频，是周衍的直播画面。

周衍看上去心情不错，在和粉丝聊天："两百万粉丝福利啊……你们想要什么？我除了唱歌也不会别的啊……穿女装唱歌？真的假的？算了算了，肯定会很雷……你们真想看啊？这我得好好考虑考虑……"

视频暂停，孟钊把激光笔放到桌上："程韵，你根据大家刚刚报告的情况，梳理一下整个案情。"

程韵应了一声，清了清嗓子："孟队刚刚放的这段视频是半个月之前周衍的直播画面，当时周衍的微博粉丝即将达到两百万，所以他在问粉丝想要什么样的福利。

"据周衍的朋友说，周衍本来准备了一首原创音乐想要回馈粉丝，但是粉丝都说想看他穿女装，周衍虽然不太情愿，但还是考虑把这个环节作为一个小彩蛋在直播中给粉丝惊喜。

"事发前一周，周衍曾到岩城参加过一个所谓的网络音乐颁奖典礼，在岩城待了一周左右，出门前两天在网上下单了一件红色连衣裙、一双高跟鞋和一顶假发，还有一套彩妆，快递三天之后到达。当时周衍不在家，这些东西就被快递小哥放到门外的水表箱里。

"所以周衍死时身上披的那件连衣裙，包括高跟鞋，还有脸上涂抹的眼影和口红，都是周衍当时自己在网上下单的。这些东西暂时还没在附近的垃圾桶里面找到。

"案发前一天，周衍于晚上七点十分回到明潭市，案发当日，他白天没有出门，晚上约了朋友在案发地附近的一家餐馆吃饭，七点二十八分出的门，聚餐时周衍喝了一点酒，虽然不至于很醉，但走路有点摇晃，据他朋友说，周衍当时说他吃完饭后还有事儿，所以不敢喝得太多，但饭桌上其他人都不清楚他到底有什么事儿，是不是真的有事儿……"

开完会，孟钊去找周其阳要了案发现场附近的监控来看。虽然这监控的位置和拍摄质量都挺次，但好歹能起到参考作用。

"钊哥，这案子不好查吧？"周其阳靠着椅背，"线索又多又杂，我听了都头大。"

"嗯，"孟钊拖动着视频进度条，"我也头大。"

"你说会不会是因为周衍每天直播到太晚，扰民才被害的啊？这种情况以前倒也不是没发生过，碰上那种有点反社会人格的，一丁点屁事儿都能想到杀人。而且同一栋楼，偷拿个快递不是轻而易举的事儿吗？"

"你觉得为什么要给尸体化妆？"孟钊盯着监控问。

"越是反社会，就越会有一些变态的嗜好吧。"周其阳回答道。

"你这想法，还真是简单啊……"孟钊话说一半，握着鼠标将监控画面暂停下来。

这是……他将画面放大，看着那出现在画面中的人，越看越觉得眼熟，难道是——陆时琛？陆时琛曾去过案发现场？是巧合吗？

"怎么了？"见孟钊面色有异，周其阳也看向监控画面，"这人有问题？"

"二十一点十七分……"孟钊看了看监控右下角显示的时间，又继续按下播放键。

监控视频继续播放，画面上陆时琛走进了那栋老楼前面的圆拱门，消失在监控画面中，孟钊往后拖动视频，十一分钟后，陆时琛再次出现在画面中，这次是从圆拱门内走出来。

"十一分钟……"周其阳在一旁喃喃道，"先勒死人，再将其拖至隐蔽处，如果是作案经验丰富的老手，倒也可以做到，但之前厉锦从勒痕上曾进行过技术分析，凶手很有可能是生手……这似乎有点矛盾。"

"这段视频截下来发给我。"孟钊说。

正在这时，任彬出现在门口，屈起手指敲了敲门："孟队，在华亭街附近的一个垃圾桶里找到了周衍的手机。"

孟钊从座位上起身，接过任彬递来的手机，隔着物证袋用手指在屏幕上尝试输入周衍 iPad 的密码——解锁了。

他打开手机的通话记录，上面显示在十三日晚上九点到十点这个时间段内，这个手机曾接到过一个陌生号码的来电，通话时间持续九秒。

"查一下这个通话记录。"孟钊用指尖隔空点了点那串号码，对任彬说。

任彬应了一声，记下了那个号码。

下午三点，法医科和物鉴科的结果先后出来。

厉锦将周衍的死亡时间范围缩小至十三日二十一点三十分前后半小时之内，也就是说，当晚九点到十点这个时间段内，都有可能是周衍的死亡时间。

而物鉴的结果则是，死者身上的那根毛发，跟孟钊后来递过去的那根毛发，DNA 的鉴定结果相似率达到 99.99%，亦即周衍身上的那根狗毛的确属于陆时琛的那条狗。

孟钊坐到物鉴科的办公室内，看着电脑屏幕上的鉴定结果，眉头

微锁。

就算对 DNA 分子结构一窍不通，他也能分辨出眼前的两张图片极其相似。

拿着物证鉴定结果回办公室，孟钊喊了几个人过来，让他们去查一下案发当晚九点到十点，周衍的室友秦小柏和家政阿姨赵云华在做什么。

"要确切的证明，有监控就把监控视频带回来。"孟钊拿过手机看了一眼时间，"最多一个半小时回来，快去。"

他话音落下，几个接了任务的人应了一声，快步离开了办公室。

孟钊开始翻看周衍的手机，先是短信，再是微信，周衍几乎都在跟朋友聊天，并没有什么有价值的线索。

几分钟后，任彬带着查到的通话信息回来了。

孟钊接过他递来的那张记录着通话人信息的字条，在看到"陆时琛"三个字的时候，他的表情开始变得凝重。

陆时琛，又是陆时琛，如果这一切都是巧合的话，那这巧合出现的次数也太多了一些。而且，上午跟陆时琛的那番对话中，陆时琛并没有表现出跟周衍有丝毫交集。

"通话内容很奇怪，虽然接通了，但周衍这边并没有说话。"任彬开始播放通话录音，杂音很大，听上去像是布料摩擦的声音，除此之外并没有人声。"电话是那边挂断的。"任彬又说。

"把通话录音拿去做一下声音分析，"孟钊说，"看能不能检测出其他的声音。还有，查一下周衍的家庭情况，看看他们一家有没有比较突出的财产纠纷或者是家庭矛盾，案发时间段之内周衍的继父、姐姐姐夫之类的都有没有不在场证明。"

"嗯，我这就去。"

任彬走后，孟钊拿着那张通话记录单坐到自己电脑前，在内部系统里输入"陆时琛"三个字。

陆时琛，本硕均毕业于斯坦福大学，主修金融，但同时也系统学习过心理学、管理学等课程，哪怕是在这种世界级名校，也属于天才型人物，毕业后在一家跨国金融机构的纽约总部工作，手中拥有至少两位数的高回报投资项目，五个月前回国，现被国内一家大型金融机构聘为高级顾问。

难怪自己当时客套的那一句"在国外混得风生水起"，陆时琛没表现出丝毫谦虚，看来确实是风生水起啊……只是，这种智商的人，如果真要杀人的话，会做得这么不隐蔽？

不过，这也难说……孟钊意识到自己正在做出一些先入为主的推断，很快打住了这个想法。

"程韵。"他提高音量，把程韵叫了过来。

程韵正在翻周衍生前的社交软件，试图从中找出可利用的线索，听到孟钊喊她，她站起来走到孟钊办公桌旁边："钊哥，找我什么事？"

她眼尖，一眼看到了孟钊电脑屏幕上显示的陆时琛的照片，一句脏话飙了出来："××，这谁啊这么帅？"

孟钊瞥她一眼。

程韵抬手捂了一下嘴，从善如流道："都快能跟钊哥你相提并论了。"

程韵的视线往下扫，第二句脏话紧接着又飙了出来："这履历也这么牛×闪闪的！"

孟钊屈起手指在桌面上敲了两下："行了啊，赶紧把这人传唤过来。"

"啊？"

"啊什么啊，快去。"

程韵领命，从资料页上记下陆时琛的号码，然后去旁边给陆时琛拨电话。

孟钊关了陆时琛的资料页面，盯着手里的鉴定结果陷入沉思，一根狗毛做证据会不会太牵强了？从今早的监控来看，陆时琛的确在遛狗时经过案发现场附近，但他并没有像那些路人一样过去围观。

这做法倒符合陆时琛的性格。孟钊记得高中时有一次周考，试卷的题目很难，班里有女生抑郁症发作，考试进行到中段忽然情绪崩溃，当时全班都停了笔，一脸惊愕地看过去，只有陆时琛自始至终没抬过头，且提前交卷出了教室。

陆时琛的性格用"不爱凑热闹"来表述远远不够，更准确一点，应该是极度冷漠。

这根狗毛到底是怎么沾在周衍裤腿上的？是巧合吗？

不管怎么说，他需要先把陆时琛叫过来，问清楚当晚他为什么会出现在案发现场的那个老旧小区。

"钊哥，我打过电话了，他说半小时后过来。"程韵放下电话，跟孟钊说。

"嗯。"孟钊应道。

"这人声音也挺好听的。"程韵凑过来八卦，"钊哥，我刚看见他好像还跟你是在一所高中，你不认识他啊？"

"认识，一个班的。"孟钊没打算避嫌，"不过不太熟，不会影响办案。"

"哇，这是缘分啊……"程韵感叹了一句，又问，"为什么传唤他啊？"

"因为他……"孟钊顿了顿，"有犯罪嫌疑。"

程韵嘴唇微张，有些惊讶。

"一会儿他来了之后你跟周其阳一起，重点问他案发当晚为什么要去那个小区，其他的问题，自己根据资料整理。"

"我来问？"程韵有些紧张，"可我从来都没做过这种事儿。"

"那这次就练练。"孟钊不给她拒绝的机会。

陆时琛有作案嫌疑，而这嫌疑又显得有点蹊跷，这种情况正好适合给程韵这种新人练手。

自打孟钊当上副队长之后，队里的实习生基本都是他来带，这也是徐局喜欢孟钊的原因之一。孟钊虽然脾气暴了点，但对实习生的帮助却是实打实的，他带出来的人，侦查能力和抗压能力都能在短时间内提高一大截。

陆时琛一向守时，半小时后开车到达市局。

他开了一辆保时捷帕拉梅拉，穿了一件黑色的薄款长风衣，一下车，就吸引了几道视线。

市局不缺富二代，但这么高调的可不多见。

程韵的位置在窗边，正为一会儿的讯问犯愁，一歪头瞥见楼下出现一长腿帅哥，从时间和气质分辨，应该就是陆时琛。

陆时琛正朝市局大楼走过来，程韵很有眼力见儿地站起来，对着孟钊指了指门外："钊哥，陆时琛过来了，我把他先带到讯问室啊！"

几分钟后，孟钊余光扫到陆时琛的衣角从门口掠过。

孟钊又坐了一会儿才起身，其实他挺烦跟陆时琛打交道的，陆时琛这人像裹着一层纸糊的皮囊，很假。

孟钊拿着案件资料，走到讯问室旁边的监视室，戴上耳机，通过双面镜观察室内的情况。

讯问还没开始，程韵正和周其阳说着什么。

陆时琛朝双面镜侧过脸，看向孟钊的方向——明明从讯问室内是看不到监视室的，但孟钊莫名觉得陆时琛此刻可以看到自己。他产生了一种正在与陆时琛对视的错觉。

这种感觉有点奇怪，他盯着陆时琛。

陆时琛忽然嘴唇微启，做了个口型。孟钊看懂了，陆时琛说的那两个字是——野狗。

高中时，陆时琛就这么激怒过他。

"啪"的一声，孟钊把手里的资料重重地拍到桌上，旁边负责录像的工作人员冷不防被吓得一个激灵，略有些慌张地看向他。

孟钊摘了耳机扔到桌上，推开隔壁屋的门："小周你出来一下，换我问吧。"

讯问室内，孟钊拉开椅子坐下来，程韵不明所以，她不知道孟钊怎么忽然改变了主意要亲自讯问陆时琛，但不可否认，她的压力减轻了一些，毕竟对面这个人看上去并不太好对付。

孟钊起先没说话，只是盯着陆时琛打量。当年孟钊刚到市局的时

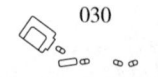

候，预审科的主任曾经试图说服孟钊转科室，因为孟钊有一双很适合做审讯的眼睛，即便不说话，只是无声地盯着对方，也会给对面施加一些压迫感。

而现在这种压迫感显然对陆时琛不奏效，陆时琛姿态放松地坐在对面，仿佛不是被传唤来的，只是赴约来喝一杯茶，在孟钊盯着他看的同时，他也饶有兴致地盯着孟钊。

"开始录像了没？"孟钊问。

程韵意识到这问题是在问自己，她立刻说："还没，要开始吗？"

"等会儿。"孟钊把资料翻开，不动声色地回击陆时琛上午那句话，"所以当年的优等生居然背上了犯罪嫌疑，也是稀奇。"还没等旁边的程韵反应过来，他继续说，"开始录吧。姓名？"

"陆时琛。"对面看上去很从容。

程韵赶紧握着笔开始记录。

"昨天晚上九点到十点这段时间你在哪儿？"

"在家。"陆时琛并不回避，"出去了一趟。"

"去哪儿？"

"案发现场的那栋楼附近，孟警官不是知道吗？"

出乎孟钊意料，相比上午那次，陆时琛这次出奇地坦白。孟钊继续问："为什么要去那里？去做什么？"

"因为……楼上的住户给我留了一张字条，说有重要的东西要给我。"

"因为"与后面的话之间微微停顿，且陆时琛搁在桌上的那只手，食指轻微抬了一下，孟钊判断着刚刚这短暂的片刻陆时琛在想什么，他继续问："字条还在吗？"

"扔了，一张废纸而已。"陆时琛说，见孟钊又蹙着眉盯着自己，他停顿了一会儿说，"不过我记得字条上的内容，要听吗？"

"说。"

"陆先生，我是您楼上的住户周衍，有重要的事情想要告诉您，能不能请您在晚上九点左右来华亭街附近的拆迁区一趟，我在七号楼的楼下等您。是很重要的事情，请一定要来。周衍，138×××××××××。"

陆时琛用不紧不慢的语速背出字条上的内容。

实话实说，陆时琛的声音是挺好听的，相比从前，音色似乎变沉了一些。但现在不是研究这些的时候，孟钊观察着陆时琛脸上的神色，陆时琛是最不好对付的那一类人，就算在说对自己最不利的事情时，他脸上的表情也不会有丝毫波动。

对付这种面瘫，微表情分析并不太能派得上用场。

孟钊手里的笔在指尖转了两圈，这是他思考时的习惯动作。把这一长串内容连同电话号码一字不落地背下来，放到平常人身上可能显得有点可疑，但孟钊清楚地知道，陆时琛就是有这种过目不忘的天赋。

"所以那晚九点你准时过去了？"孟钊问。

陆时琛想了想："也不算准时。"

"案发当晚你给周衍打过电话？通话记录给我看一下。"

陆时琛拿出手机，手指在屏幕上点了两下，调出通话记录的界面，将手机推到孟钊面前。

孟钊看了看上面的时间——十三日二十一点零七分，通话时间九秒，跟周衍手机上的一致。

如果陆时琛说的是实话，那当时接通电话的人是谁？一息尚存的周衍，还是……凶手？

不过，字条内容没有任何物证，陆时琛也有可能在说谎。孟钊飞速地在脑中思考这种可能性——陆时琛先躲开监控勒死周衍，清理犯罪现场，然后拨打周衍的电话号码并用周衍的手机接通，十几分钟后再次招摇地出现在监控中，这脑回路是不是太曲折了点？

以陆时琛这种多一事不如少一事的冷漠性格，如果能做到不露痕迹地杀死一个人，他会绕这么大一个圈子，让自己卷入这起凶杀案吗？

只是话又绕回来——那根狗毛到底是怎么出现在周衍身上的？

孟钊滑动手机屏幕，看到下面还有一个拨出未接的红字记录，也是给周衍打过去的。

"后来再拨过去他没接？"孟钊抬眼看陆时琛。

"关机了。"

是关机了还是陆时琛在制造对自己有利的证据？孟钊盯着他看了一会儿，又低头翻看了一下通话记录，通话记录再无可用的线索，孟钊将手机还给陆时琛。

"从收到字条到今天，你有跟周衍碰过面吗？"

"没有。"

"以前跟周衍也不认识？能不能猜到他找你到底什么事？"

"不认识，猜不到。"

"既然收到过周衍留下的字条，也给周衍打过电话，"孟钊盯着陆时琛，"那这么重要的信息为什么上午不说？"

"我猜孟警官可能更享受自己发现线索的乐趣。"

孟钊磨了磨后槽牙，要不是现在录音和录像设备都在开启状态中，他简直想一拳朝陆时琛挥过去。

手机振了一下，孟钊低头一看，厉锦发来了消息："孟队，周衍的家属问什么时候能把尸体接走？"

孟钊从椅子上起身："我先出去一趟。"

程韵抬头看他："那……"她的手藏在桌子下面指了指对面，意思是问要拿陆时琛怎么办。

"等我回来再说。"孟钊说完，拉开讯问室的门走出去。

孟钊带着周其阳来到了法医室，法医室里，厉锦正倚着桌子，指导她新来的小助手往系统里输解剖记录。

见孟钊过来，厉锦直起身："孟队。"

厉锦三十出头，除了技术厉害，还有一招是市局上下不得不服的——她可以每天穿着八厘米的细高跟解剖尸体、跟刑侦支队出外勤，雷打不动，四平八稳。

厉锦本来就一米七，也不知这种对高跟鞋的执念是打哪儿来的。

蹬着八厘米高跟鞋的厉锦比孟钊稍微矮一些，孟钊走到尸体旁边："我再来看一眼。"

孟钊观察尸体脖颈上的勒痕，从杂乱无章的几条勒痕来看，案发当时凶手尝试多次才将人勒死。

"有绳子吗？"孟钊问。

"我找找，应该有。"厉锦走到旁边的储物柜翻找出一根麻绳递给孟钊。

"周其阳，"孟钊走到他旁边，"来帮个忙。"

还没等周其阳反应过来，一根绳子就套到了他脖子上，继而他就被一股力量拖着往后走了两步，嗓子里发出"呃呃"两声呼吸困难的声音。

孟钊很快松开周其阳，周其阳捂着脖子，满脸通红地咳嗽："孟队，不带这样搞突然袭击啊……"

"不好意思啊，做个实验。"孟钊把绳子递给周其阳，"来，给你个报仇的机会，你勒我。"

"我哪敢啊我……"

"没事儿。"孟钊说，"别勒死就行。"

"算了孟队，还不如来顿饭实在……"

"少废话，赶紧的。"

周其阳把绳子套到孟钊脖子上，在厉锦的鼓励下才敢使上劲。

"停，别动啊。"孟钊伸手摸了摸自己脖子上的麻绳位置。

等周其阳拿掉绳子之后，他走到尸体旁边，手指轻压着勒痕道："这几条，看绳子交叉的位置，都是从背后勒的，只有这一条是从正面勒的，凶手当时应该是先趁周衍不注意，从背后勒住他，等到把周衍放倒之后，再从正面勒了这致命的一下，对吧？"

厉锦点头道："没错，你是想根据勒痕的走向推断凶手的身高？这可不好精准推算啊！"

"也不用太准确。"孟钊说，"你看这几条从背后勒住的痕迹，走向轻微朝下，说明凶手应该比周衍矮，或者跟周衍差不多高，大概率不会比周衍高太多。"

"这倒是，如果凶手比周衍高很多，位置靠下反而会不好使力。"

"嗯，那就先这样吧。"孟钊应道，又问周其阳："周衍身上那两把钥匙都是哪儿的,搞清楚了没?"

"一把是他租屋的,一把是他继父家的。"

"没有拆迁区老房子的吗?"

"没找到,租屋里也都找过了,没发现其他钥匙。"

"好,我知道了。"

从法医室离开,孟钊一边走下楼梯一边沉思。周衍身高一米七三,而陆时琛……孟钊粗略估计陆时琛的身高,他自己一米八三,陆时琛还要比他稍高一些,一米八七左右?

一个身高一米八七的成年男人想要勒死一个一米七三的人,按常理应该不会造成这么靠下的勒痕,况且,陆时琛不会不知道,靠近舌骨的下颌位置才是脖颈处最脆弱和致命的部位。

而且,消失的老屋钥匙,哪儿去了?是遗落在了哪里,还是……

孟钊正思考着,手机突然振了一下,程韵发来了消息:"钊哥,陆时琛说他的律师过来了,他申请跟律师见面。"

律师来得这么快?

孟钊低头回复消息:"没什么事儿了,让他走吧,随时保持联系畅通。"

"是解除嫌疑了吗?"

"算是吧,证据不足。"

孟钊下到二楼,正跟从讯问室出来的陆时琛撞见。与此同时,他也看见了站在不远处的陆时琛的父亲陆成泽。果然,陆时琛是把他爸找来了。

十几年前,陆成泽曾帮孟钊的舅舅打赢过一场官司,算是他家的恩人,按照礼数,孟钊得上去打个招呼。

在跟陆时琛一起朝陆成泽走过去时,孟钊压低声音,用只有他们两个才能听清的音量说:"没想到陆先生看着人模狗样的,遇事儿还是第一时间要找爸爸啊!"

陆时琛看他一眼："莫名被卷入一场凶杀案，第一时间找律师是常规操作。我倒是想找孟警官帮忙，你肯帮吗？"

孟钊笑了笑，甩给他一句冠冕堂皇的推辞："我只站在正义的那一方。"

两人走到陆成泽面前，孟钊跟陆成泽打招呼："陆叔，您来了。"

看到孟钊，陆成泽礼貌地微笑了一下："你好啊小孟，好久不见。"

"是啊。"孟钊和陆成泽握手，"但是您看起来一点儿都没变。"

孟钊这句话倒也不算完全客套，陆成泽虽然年逾半百，但一点也不见老，顶多四十出头的模样，就这么风度翩翩地站在市局大厅，派头能比得上徐局，脸上的褶子却没有徐局的一半多。

陆成泽跟孟钊寒暄完，转而问陆时琛："怎么会跟凶杀案扯上关系？"

"不知道。"陆时琛言简意赅。

孟钊算是看明白了，陆时琛这张脸上的纸皮面具不是为自己专属定制的，他对着他爸也是一样的德行。这人其实是从石头缝里蹦出来的吧？

"小孟，事情严重吗？"陆成泽转而问孟钊。

"暂时没事了，陆叔。"孟钊宽慰一句，又把目前能透露的案情大致说了几句，在打消了陆成泽的顾虑后，把父子俩送出了市局大厅。

送走陆成泽和陆时琛，孟钊看了一眼手机，得，忙活了一整天，除了锁定陆时琛这个嫌疑人，又暂时排除了他的嫌疑之外，他对这案子还是毫无头绪。

前去排查秦小柏和赵云华的两个同事先后回来了，都按照孟钊说的，把相关的监控记录带了回来。

"秦小柏当时确实在上夜班。"任彬把监控视频打开，把收集到的信息汇报给孟钊，"他在这个红谷会所工作，九点到十点正在包间里陪客人喝酒，除了中间去了一趟厕所，别的时间都没离开过。"

难怪在说起工作的时候有些吞吞吐吐，孟钊回忆着秦小柏跟他对话时的表情，原来是工作内容有些难以启齿。

"只是陪酒？"旁边的周其阳看着屏幕上灯红酒绿的画面，喷了一声，"派出所这扫黄工作做得不到位啊！"

"要不派你过去监督工作？"孟钊看他一眼。

"别别别钊哥。"周其阳把硬盘插入电脑，自己把话题带回来，"咱们看案子，那个赵云华说自己昨晚不到九点就回家了，我查了她回家必经的那条路，八点五十四分的时候她出现在监控画面里，那之前她去周围的垃圾桶里面翻纸箱和易拉罐了，这之后就回家了。哎……你看，这时候她还在翻垃圾桶呢……我问了一下周围的人，都说赵云华每天晚上回来都是一路翻着垃圾桶回来的，就是为了把没人要的纸箱捡回来卖。"

监控画面上，昏黄的路灯下，赵云华站在一个垃圾桶前，掀开盖子，把里面的纸箱拿出来，塞到自己随身带着的黑色塑料袋里，然后拎着塑料袋走远了。

"这两个人的不在场证明还是挺实的吧？"视频播完了，周其阳说，"案发时间内都有监控记录。"

孟钊拖着监控画面往回播，点了点头，没多说什么。厉锦的法医技术毋庸置疑，既然她把被害人死亡时间锁定在九点到十点，而这两个人又确实有充足的不在场证明，的确可以排除嫌疑了。

晚上九点，市局刑侦办公室内弥漫着浓浓的泡面味儿。

孟钊一边翻看周衍的资料，一边在脑中勾勒受害人画像。周衍的电脑上信息量爆炸，作为一个小有名气的音乐博主，周衍几乎所有的生活都是在网络上度过的。

周衍人缘不错，每周都会请朋友到家里聚会，而且为人大方，据他的朋友说，几乎每次吃饭时周衍都会提前买单。除了每晚直播有点扰民之外，几乎看不出周衍会跟谁有矛盾。

身后的同事任彬走过来："孟队，刚刚周衍的一个朋友联系我，说他想起谁跟周衍有过矛盾了，我让他明早八点过来做笔录。"

"好。"孟钊应了一声。

"让大家早点回吧,现在线索还不明朗,都这么干熬时间也没什么意义。"任彬又说。

在孟钊之前,任彬曾经是刑侦支队的副支队长,他资历深,破案经验丰富,跟前任队长搭档,一度把刑侦支队带得屡受表彰。

但四年前前任队长身体抱恙病休之后,任彬独自挑了一阵大梁,也就是在那个时候,他在一次办案的过程中犯下了似乎很严重的错误。在那之后徐局就把任彬撤了职,让孟钊顶替了他的位置,也正因此,任彬在支队的位置一直有点尴尬。好在他大多时候还是肯接受孟钊领导的,只是对工作不怎么上心,每天准点上下班,工作成绩也变得越来越差,在局里很不受待见。

而孟钊,虽然有点看不上他这种懒散的作风,但也知道要适度给他一点面子。

孟钊起身活动了一下肩,转过来看着几个还在加班的同事:"那大家明天再翻,先按彬哥说的,都回去休息吧。"

孟钊这一出声,办公室里刚刚埋头苦翻的几个人开始讨论起来:

"看得我眼睛都要瞎了……哎,那片拆迁区到底什么时候拆啊?'拆'字写了两年都快没颜色了,到底还拆不拆了?就这么撂在那儿绝对是个隐患啊!"

"明儿打市长热线,给他们反映反映这问题,不拆就多加几个摄像头……走了啊钊哥。"

"走吧。"孟钊也跟在后面走出了办公室。

走到一楼大厅才想起来忘了带外套,不过温度不算很低,孟钊也懒得再回去一趟,索性不穿外套了。

回到家已经近十点了,孟钊洗了澡,躺到床上,脑子里还在想案子。

那根狗毛的出现到底是巧合还是有意为之?如果是有意为之,那这案子跟陆时琛有什么关系?难道说,凶手其实跟陆时琛也有某种矛盾,在有意把作案嫌疑往陆时琛身上引?但一根狗毛作为证据实在是太牵强了……

孟钊紧接着又想到了陆时琛朝他做的那个"野狗"的口型,他当时是怎么忍住没把陆时琛揪出来暴揍一顿的?

睡不着,脑子里装了太多事儿,孟钊从床上坐起来,找了件干净的T恤穿上,然后出了门。

他打算出去跑两圈,清空一下大脑,助助眠。

孟钊有固定的跑步路线,但今天他改变了路线,打算跑步去案发现场再看一眼。

孟钊的住处离那片拆迁区大概六公里的距离,平时如果不遭遇严重堵车,开车十分钟就能到,而今晚他跑步用了半个多小时。

快到那片拆迁区时,他的速度慢下来,平复着呼吸走了几步。隔着几米远的距离,孟钊觉得前面那个身影极为眼熟。

——看来对这案子挂心的不止他自己。

眼看着陆时琛拐进圆拱门,孟钊越发疑惑。

陆时琛这时候来这里是为了什么?去破坏现场?不太可能,一方面由于早上围观的人过多,现场周围已经被破坏得很严重;另一方面调查取样已经完成了,所谓的现场实际上已经不具备任何价值,他这么做没有任何意义。

陆时琛……他到底要做什么?不管怎样,先跟上去吧。孟钊放轻脚步,希望能抓到一些头绪。

案发现场周围还是封锁状态,陆时琛半蹲下来,在封锁线以外,用胳膊肘搭在大腿上,似乎在低头看着什么。

等了许久,孟钊也未见陆时琛有其他动作,只是在周围观察、思考,又过了一会儿,陆时琛似乎有要离开的迹象。

与案件有关的线索看样子是没有了。但孟钊想到陆时琛的所作所为,还是有些压不住脾气,不行,这种天赐的报复机会,不能轻易错过。

要不是当年陆时琛出国了,这一架会提前十几年发生,不过,现在来得也不晚。

孟钊靠近陆时琛的背后,飞起一脚踹了过去。

不对，这家伙练过！出乎孟钊意料，陆时琛反应极快，一侧身躲开了孟钊踹过去的这一脚，并且抬手抓住了孟钊的小腿。

孟钊朝陆时琛倒过去的同时，用手肘发力，勾住陆时琛的脖子。背后偷袭变成了近身缠斗。

孟钊在警校的格斗成绩数一数二，但因为刚刚跑了六公里，消耗了太多体力，再加上陆时琛确实接受过正规的格斗训练，此刻两人居然堪堪打了个平手。

在短暂压制陆时琛的片刻，孟钊一只手屈起来压住陆时琛的前胸，另一只手迅速从兜里掏出一副手铐，"咔"的一声轻响，锁住了陆时琛的一只手腕，就在这稍稍占了上风的当口，孟钊停住动作，佯作才认出陆时琛："欸？怎么是你啊，我还以为是犯罪分子作案后回来观察现场呢……"

话没说完，陆时琛忽然抬手，"咔"，另一半手铐便铐到了孟钊的手腕上。

孟钊："……"

"孟警官这么轻敌，很容易被反制服啊！"陆时琛看着孟钊道。

"裁判口哨都吹了，之后的动作一律算犯规吧。"

"可惜我没听到口哨，还以为刚刚是赛点。"陆时琛说完，顿了顿又道，"你身上很热。"

明明听上去是很普通的一句提醒，眼前的动作也是格斗时的常见动作，但孟钊忽然觉得有些怪异，距离太近了……手臂几乎能感觉到陆时琛胸前的肌肉形状。

孟钊稍稍起身，拉开两个人的距离，一边从兜里摸钥匙一边问："你学过格斗？"

"学过一点。"

"不止一点吧？"孟钊看他一眼，继而微微皱起眉，兜里居然……没钥匙。

现在不是上班时间，他出来也仅仅是想跑个步，所以出门时根本没想带手铐，刚刚跑步时兜里的手铐一直发出咔拉咔拉的金属碰撞声,他还有些后悔没提前拿出来搁到家里。

这手铐是白天放在裤兜里的,钥匙应该装在外套口袋里,而外套……落在了市局,这就尴尬了。

"没带钥匙?"陆时琛看出来了。

孟钊轻抽一口气,觉得有点牙疼,他打算把这股邪火发在陆时琛身上:"这大半夜的你不在家睡觉,跑来案发现场做什么?"他说着,一只手撑着地面,蹲了起来。

因为现在跟陆时琛成了一根绳上的蚂蚱,他只能等陆时琛先坐起来,然后两个人才能一起站起来。

"睡不着,过来看看我是怎么被卷进这案子的。"陆时琛坐起来,反问孟钊,"不算违法吧?"

"谁知道你是不是来破坏现场的……刚刚你在找什么?"孟钊看向陆时琛刚刚半蹲的位置。

"血迹。"

"嗯?"

"不规则的长条状的血迹,断断续续的,从七号楼下面一直延伸到案发地附近,"陆时琛说,"死者是被拖过去的。"

孟钊看着他,示意他继续往下说。

"作案后把死者平放着拖过去,耗时很长,容易被发现,还会留下痕迹,相当不明智。"

"继续。"

"如果是我的话,会把死者架起来或者扛起来,快速转移尸体,减少暴露自己的可能。"

"所以现在是在试图为自己减轻嫌疑?"

"给孟警官提供一种思路罢了,别把精力浪费在无关的事情上。"

又来了,孟钊心道,这种居高临下的语气。

事实上,他刚刚跟陆时琛打的那一架不仅仅是为了想要揍陆时琛一顿,更重要的是想试探一下陆时琛是否外强中干。

而试探的结果是,陆时琛的体能极其可观,且对人体的致命点相当熟悉。

如果这案子是陆时琛做的,死者的脖子上不会留下那样的勒痕,案发现场周围也不会留下这些拖拽的血迹。

不过……当务之急是,孟钊得戴着这手铐,跟陆时琛一起回市局取钥匙。

"走吧。"孟钊轻叹一口气,遇见陆时琛准没好事发生,"跟我到市局走一趟吧。"其实他今晚改变路线,是想到陆时琛白天说的那个七号楼来看一眼的,不过现在跟陆时琛拴在一起,挺麻烦的。

孟钊打算先去市局取钥匙,一会儿再回来一趟,没想到陆时琛却主动提起这事儿:"不去七号楼看一眼?你来不就是为了这个?"

挺会猜啊,孟钊心道,七号楼里有什么值得他好奇的东西吗?如果他真的是凶手,带他去的话,会不会就顺了他的意?

但孟钊转念一想,现在还没找到老屋的钥匙,就算过去,也只能在门外看看,还能借此机会观察一下陆时琛的反应。有时候,陷阱也意味着机会。

"去。"孟钊做了决定。

老旧小区只有前面一排矮墙上安了几盏昏暗的灯,孟钊抬头看了看,一整排楼里只有不到十家还亮着灯,估计这起凶杀案发生之后,仅剩的这几家住户也正打算着麻溜搬家。

距离七号楼也就十几米远,两人都没说话,巷道安静得能听见树叶随风摇动的声音。

往前数十年,孟钊不会想到他跟陆时琛还能有这么和谐相处的时候,看来年纪的确不是白长的,他这些年的确沉稳了不少。而且,这手铐似乎也没那么碍事,因为他俩的步子还挺一致。

走到七号楼前,两人停下脚步。

"上去看看。"孟钊说着,抬步踏进楼道,同时用余光暗中关注着陆时琛的一举一动。

楼道里安了声控灯,灯泡散发出暗黄色微弱的光,六层里有四层是坏的,孟钊打开了手机上的手电筒功能,随着照在楼梯上的光线往上走,脚步声在狭窄的楼道里听上去格外清晰。

据周衍的继父说,很多年前周衍的生父和妈妈曾经带着周衍在这片老房子里生活,周衍的生父去世后,他妈妈就带着他独自在这里生活,直到周衍十岁,他妈妈改嫁,母子二人才搬了出去,改嫁之后第六年,周衍的妈妈因为重病去世了。周衍的继父虽然后来又再婚了一次,但因为跟周衍已经有了感情,一直把他当亲生儿子对待。几年后周衍上了附近的大学,刚毕业的时候因为生活窘迫,还在这儿住过一段时间。

走到四〇二门口,孟钊将手机对准锁眼周围,半蹲下来端详。时隔几年没人住,门上已经落了一层灰,但扶手处却有新鲜擦拭的痕迹,有谁来过这里?是周衍自己,还是其他人?

孟钊看了一会儿锁眼,同时也注意着陆时琛,并没有发现什么异常,便道了一句:"走吧。"

陆时琛没说什么,跟孟钊一起下了楼。下楼时孟钊在想,周衍把陆时琛约到老房子这一特定地点,目的应该不仅仅是交谈,很可能是这里面有什么东西要给他看,否则单纯说事儿的话,何必专门约到这里?

"周衍找你什么事儿,你一点也猜不到?"下了楼梯,孟钊关了手机的手电筒功能,问陆时琛。

"有东西要给我看吧。"陆时琛说,"不然何必约到这里。"

得,跟他猜的一样。

也是,一个从来没交流过的陌生人忽然找自己有事,任谁也猜不到到底是什么事情。

就这么心平气和地待了一会儿,孟钊发现陆时琛居然也没那么讨厌了。

不对,孟钊很快自我纠正过来,应该是,闭着嘴的陆时琛没那么讨厌,而陆时琛并不是话很多的人。

"怎么会想到要回国?"两人并肩走了一段,彼此都不说话有点怪异,孟钊起了个话头。

"想回就回了。"陆时琛说。

"刚回来就惹事儿,怎么着,回去的时候挨你爸骂没?"孟钊接着下午那个"遇事找爸爸"的话头,又撑了一句陆时琛。

陆时琛没接这话,转而问:"下午传唤我过来,不仅仅是因为在案发的时间段里监控拍到了我吧?"

"你觉得还能是因为什么?"孟钊不打算跟陆时琛透露案件细节,随口敷衍了一句。

"传唤我过去,不是普通的配合调查,是作为嫌疑人进行讯问,如果孟警官不是公报私仇的话,除了监控,应该还有其他证据,让我想想……"陆时琛顿了顿,"狗毛?"

孟钊一怔,居然还真让他猜中了,不对,陆时琛肯定是发现了什么才会做出这种猜测,孟钊不动声色地问道:"怎么说?"

"这证据需要暧昧一点,既能让我有作案嫌疑,又不至于给我立刻定罪。而且,你上午来我家的时候,应该还不确定这个证据跟我有没有关系,但下午反而传唤我过去,说明中间应该验证了这个证据确实跟我有关。"

这就想到了狗毛?哪怕陆时琛再怎么天才,逻辑推导能力再怎么强,孟钊也不能相信,仅凭毫无指向的信息就能知道是狗毛。除非,在狗毛掉落到周衍身上的那一刻,陆时琛就已经注意到了。因为刚刚的话,孟钊再次起疑,甚至觉得陆时琛是在自作聪明。

"就这些?"孟钊继续问,希望能通过陆时琛的话找出更多的漏洞。

"当然不是,如果靠这些就能推断出狗毛的话,没人会相信。"陆时琛看了一眼孟钊,"喜欢狗吗?"

"还行吧。"陆时琛为什么会这么问,孟钊有了些头绪。

"但你应该不会见到狗就要摸吧,更不至于摸的时候故意带下些狗毛吧,还是说,你有收集狗毛的癖好?"

看来收集狗毛的时候还是被发现了,孟钊觉得有些尴尬,口是心非地恭维了一句:"……你倒是可以来我们刑侦支队。"

"不去。"陆时琛没有丝毫犹豫,顿了顿又补上一句,"薪水太低。"

孟钊:"……"

案发地拆迁区距离市局不远,直行二百米,再过个红绿灯路口就到了。

刚刚那条路上灯光昏暗,两个人手腕上的手铐还没什么存在感,但到了红绿灯路口处,有几个小姑娘频频回头朝他们俩看过来,还不住地互相笑着窃窃私语,孟钊这才觉得有哪儿不对劲儿。

再看陆时琛,对方显然是经历过大场面的人,此刻一只手戴着手铐,另一只手抄着风衣的兜,神情极为自然,显然一点也没被这手铐扰了装帅的兴致。

但到底是哪儿不对劲儿,孟钊没细想,他脑子里还想着周衍的案子。

红灯变了绿灯,踏上斑马线,把那几个小姑娘的视线甩在身后,孟钊才觉得自在了一些。

但他不知道的是,在他看不见的背后,几个小姑娘已经对着两个人的背影举起了手机。

夜里十一点,崭新的市局大楼耸立在城市之中。

孟钊抬头看了一眼,二楼刑侦办公室的灯还亮着,不知道谁还在加班。

两人上了楼梯,刚拐进楼道,刑侦办公室里走出一个人,孟钊这才看清楚,原来加班的是程韵。

"怎么才回去?"孟钊走过去,"先别锁门。"

"欸?钊哥?"程韵有些意外这么晚了孟钊还在市局,"你不是回家了吗?这是?"程韵的眼睛看到了两人铐在一起的手腕,又抬眼看看孟钊,再看看陆时琛,如果是逮捕犯罪嫌疑人的话,这气氛无疑太和谐了一点。

"……没事儿,意外。"孟钊推门进办公室,"赶紧回家吧。"

程韵拦住他:"等等钊哥,我刚发现了一个疑似跟周衍有矛盾的人。"

"嗯？"孟钊脚步顿住。

"你看这个，"程韵从手机相册里翻出截图，"我在周衍的微博里发现的。"

这条微博是周衍两个月前发布的："关于抄袭的事情我已咨询过律师，我们法院见@梁川。"

"我去搜了一下这件事，这个梁川好像在一年前抄袭了周衍的几首歌，两个月前被周衍发现，但梁川粉丝比较多，近五百万，自从周衍在微博上公开说梁川抄袭自己之后，他的粉丝就一直在周衍的微博下面骂周衍。周衍一气之下，就发了微博说要去法院告梁川。具体有没有告，得等明天再具体调查了……"

孟钊听完，把手机还给程韵："做得不错。"

"我是被夸奖了吗？！"程韵顿时笑得露出了十八颗牙。

"快回家吧。"孟钊催道，"今天开车了没？"

"开了开了，那我走了啊钊哥。"程韵收了笑，目光掠过两人之间的手铐，又对着孟钊笑了一声。

这最后一笑显然不太简单，因为它让孟钊想到了刚刚在红绿灯路口，那几个笑着窃窃私语的小姑娘。

孟钊觉得不太对劲……"等等，是不是误会了什么？"

进了办公室，孟钊取了钥匙开锁，才把两人的手腕解放出来。

陆时琛一只手握着刚刚被铐住的地方，打量着这间刑侦办公室："工作环境可以啊！"

"废话，去年刚建成的，没见刑讯室的设备都朝美剧看齐了吗？"孟钊瞄到他手腕上的那块表，此刻表盘上的碎钻在天花板顶灯的照射下散发出低调而昂贵的光泽，让人想不注意都难，"走吧，工作环境再好有什么用，薪水太低也招不来陆先生这样的人才啊！"

孟钊走到门边，抬手摁灭了办公室的灯，躬身锁门。

陆时琛在旁边看着他："你话比以前多了。"

"开什么玩笑？"孟钊直起身，"以前班里那环境也不允许我们这号学渣说话啊!"

说来没人相信,虽然孟钊在高中期间年级平均排名一度在后百分之十,但高一刚开学时按照中考成绩分班,他却被分到了尖子生扎堆的实验一班。这得归功于他中考超常发挥,还有市运会长跑名次的加分。

他们那一届学生又恰好赶上了新教育局局长"新官上任三把火",全市实行素质教育改革,不再按成绩进行走班制,美其名曰减轻学生的学习压力。于是就算孟钊后来的成绩一落千丈,他还是在尖子班苟了三年。

歪打正着地进了全校学霸最多的一个班,现在回想起那会儿班里的氛围,孟钊还是觉得有点窒息。

不过,高中时他不喜欢说话,也不完全是氛围的原因,主要还是因为他舅舅孟祥宇那时陷入了一起冤案。

孟钊的父母在他很小的时候就离婚了,父亲再婚,他一直跟母亲生活。十岁那年,母亲孟婧在跟犯罪分子的搏斗中牺牲,在那之后,他就跟着舅舅孟祥宇一家生活。

孟钊高中时,孟祥宇不幸陷入一起冤案,一审被判十五年,舅妈听到消息后就病倒了,孟若妹又年幼,于是家里这摊子事就全都落到了孟钊身上。当年十几岁的孟钊为了孟祥宇的事情东奔西走,被迫成长,好在二审有陆成泽和陆成泽的大学导师周明生帮忙,才让孟祥宇得以洗脱冤屈。

高中时的孟钊被这摊子事压得脾气暴躁且一句话也不想多说,自然也会被其他同学所疏远。

到了市局门口,孟钊正想起一个问题要问陆时琛,旁边陆时琛先开口了:"你住哪儿?"

孟钊说了当地的一个地标建筑,陆时琛稍一思索,道:"挺远的,也没开车?"

"平时上班开,今晚跑步过来的。"

"怎么没在附近住?"

这问题一出，孟钊不禁又磨了磨后槽牙，这什么"何不食肉糜"的破问题啊……

"差不多行了啊！"孟钊看了他一眼，对方长得实在太过人模狗样，几乎有点掩盖住其欠揍的本质了，"别人为制造贫富差距的矛盾了。"

"要不我开车送你？"陆时琛总算说了句人话。

"算了，"孟钊说，"不劳您大驾了。"

跟陆时琛分道扬镳之后，孟钊往前跑了一段距离，忽然记起刚刚还有问题想问陆时琛，但被他那一打岔，忘记问了。

孟钊回头，看见陆时琛已经过了马路，心想：那就明天再说吧，也不急在这一时半刻。

看着陆时琛的背影，孟钊不自觉想到高中时的一幕。

那会儿他疲于为舅舅的案子到处奔走，不得已偶尔翘课，班主任了解他家里的情况，私下里纵容了他的做法。

某天中午快要上课的时候，孟钊赶回学校。学校地处市郊，门口是一条宽阔的马路，虽然设置了"前方学校请慢行"的警示标牌，但不到上下学的时间，来往的车辆还是行驶飞快。

孟钊当时正边走边低头想事情，到了要过马路时才抬起头，然后他看到了道路中央被车碾过的一条小狗，还有路对面正盯着那条狗看的陆时琛。

时至今日，孟钊仍能记起马路中央仰着肚皮，四肢痛苦挣扎的那条小狗，还有对面陆时琛冷漠的神情。

当时孟钊注意到不远处有一辆车要驶过来，他快步走过去，弯下腰把手放到小狗身下，迅速而小心地把它托了起来，然后站起身快步跑到路对面。

"喂，找死啊！看不看路！"身后的司机踩了刹车，对着车窗外的孟钊骂了一句。

孟钊没理，他在想要怎么处理这只血淋淋的小狗。他经过陆时琛，对方看了他一眼，但没说话，抬步过了马路。

事情若只到这里，孟钊对陆时琛的印象也只会是"有些冷漠"而已。但那天上晚自习，不知谁先传出来谣言，说有人亲眼看到孟钊在校外虐狗，那条狗被孟钊打得奄奄一息，浑身都是血。

孟钊当时的位置在教室角落，因为连着几天没休息好，他趴在桌上有些犯困，跟以往相比，那天的教室似乎有些吵，孟钊只听到耳边有嗡嗡的交谈声，但他并不知道自己正是话题的中心。

屡次翘课、成绩垫底、校外斗殴等劣迹，让孟钊在实验一班成为最格格不入的存在。

孟钊直起身，想从桌洞里翻出耳机戴上，然后他听到了陆时琛的声音。

陆时琛当时坐在他隔壁那一列的倒数第二排，虽然跟孟钊离得很近，但两人几乎没怎么说过话。

在一片嗡嗡的窃窃私语中，陆时琛的声音听上去很清晰。

"那条狗是被车轧死的，我看到了，"他的语调里听不出一丝感情色彩，"是两辆车，第一辆先轧了它的后腿，五分钟后第二辆又从它的肚子上轧了过去。"

孟钊拿着耳机的手顿了顿，他听到陆时琛周围的人都安静下来，教室其他人也转头看过来。

"好可怜啊……"有人小声说，"那是不是流了很多血？"

"肠子都被轧出来了。"陆时琛看了那女生一眼，平淡地说，"你说呢？"

周围一片哗然，孟钊看了一眼陆时琛，从他的角度，只能看到陆时琛微微低着头，握着笔在练习册上写着什么。那之后陆时琛就没再说话。

所以他就眼睁睁地看着那条受伤的小狗躺在那里挣扎了那么久？孟钊回忆起陆时琛站在路对面的场景，觉得他的眼神让人有些胆寒。

那条受伤的小狗当晚被孟钊带到了附近的宠物医院，但医生说它救不活了，于是孟钊花钱给它做了安乐死，又找地方把它埋了起来。

当晚他做了个梦，他梦到马路中央被车拦腰碾过、痛苦挣扎的不是那条小狗，是他自己，而陆时琛就站在路的对面冷眼旁观，一脸漠然。

次日上午大课间，依惯例所有人要下楼跑操，男生女生按照身高排成两列，陆时琛和孟钊站在队尾，陆时琛比孟钊要稍高一些，就站在他的身后。

"那条狗后来怎么样了？"跑操之前，孟钊听到身后的陆时琛这样问。如果没记错的话，这是陆时琛第一次主动开口同他讲话。

"死了，埋了。"孟钊不是很想跟他说话。然后他听到陆时琛在他身后笑了一声，听上去轻蔑而冷淡："一条无家可归的野狗而已，救了也是白救。"

不知为什么，听到这句话后，孟钊莫名一阵心头火起，负责跑操的老师站在前面喊："实验一班的同学，预备——"孟钊一转身，握起拳头朝陆时琛挥了过去。而陆时琛似乎也早有准备，一偏头避开孟钊的拳头，然后也挥拳砸了过去。

操场上顿时一片混乱，所有人都停下来看着这起毫无预兆的干架。

等到老师过来拉架时，两个人脸上都已经挂了彩。

"为什么打架？"办公室里，班主任站在他们面前问。

但两个人都很默契地一声不吭。孟钊说不清自己当时为什么想揍陆时琛，只是为了那条狗吗？好像也不是，但他知道如果再来一次，他还是会毫不犹豫地握起拳头朝陆时琛挥过去。

事情后来以两人分别交上两千字的检讨为结局，回教室的路上谁也没跟谁说话，但踏入教室的那一刻，孟钊听到陆时琛很轻地冷笑了一声，在他耳边低低说了两个字："野狗。"

孟钊的拳头再一次捏紧，但当着教室所有人的面，这一次他忍住了。

晚上躺在床上，孟钊想到这似乎就是他跟陆时琛结仇的开始。

原本以为先挑事的那人是陆时琛，今天这一梳理，当年先动手挑起矛盾的那人居然是他自己。

干得好啊，闭上眼睛的时候孟钊对自己说，对该揍的人就应该这么毫不留情地挥拳。

翌日清晨，孟钊七点半到市局。

因为有案子没解决，刑侦支队所有人都自觉提前到了一会儿。

就连约好八点过来的周衍的朋友王诺，都提前半小时就坐到了市局大厅里。

"我昨晚睡不着，越想越觉得是他。"王诺屁股还没坐定，就迫不及待地说了起来，"这个梁川就是个小人，抄袭了周衍的作品不说，还试图反咬一口说是周衍抄的他……"

"你等等啊。"周其阳不得不打断他，"你说的这个梁川现在也在本市是吧？他跟周衍现实中认识吗？"

"认识，我们都是一个大学的，这个梁川比我们高一级，在学校的时候对我们还不错，周衍也挺信任他，经常把新出的作品拿给他看，让他提意见。谁知道知人知面不知心，半年前周衍突然发现，他在大学期间创作的几首曲子被梁川抄过去了。

"两人这才闹掰了，我们听了之后咽不下这口气，都劝周衍去法院告他。但周衍念着大家的交情，本来想私下和解，让梁川公开道个歉这事儿就算完了，没想到梁川打死不承认，再加上他微博粉丝又多，经常来周衍微博下面倒打一耙，周衍气不过，才决定找律师寻求帮助。"

王诺言之凿凿，气得握拳砸了一下桌子："除了梁川，周衍根本就不可能跟别人结仇，到时候官司一打，梁川绝对会身败名裂，他知道我们几个朋友都会给周衍做证，这个官司他绝对会输。"

"官司还没打是吧？"孟钊问，"周衍找的哪家律所知道吗？"

"知道，找的是浩泽，肯定要找最好的律所。"

浩泽律所孟钊知道，不仅因为这律所本身就是明潭市最大的律所，在全国都久负盛名，还有一个原因，就是这律所的创始人就是陆时琛他爸陆成泽，当年为了舅舅孟祥宇那案子，孟钊还去过那个律所。

送走王诺，孟钊把手下几个人叫过来："程韵去浩泽律所见周衍的委托律师,把相关资料带回来;任彬去见一见梁川,顺便查一下案发当时他有没有不在场证明;小周,过来帮忙开个锁。"

"好嘞,钊哥!"周其阳拿上自家祖传的铁丝,跟上孟钊。

周其阳也是最近两年才刚刚入队的新人,刚来时也是由孟钊负责带的,这人吃货一个,刚来那会儿就四处打听哪里的东西好吃,闻到香味就走不动道,自称鼻子比狗还灵。

不过,虽然周其阳给人的感觉不太靠谱,刑侦能力也不算强,却是队里数一数二的开锁专家,算是个技术宅。不管是开极其复杂的密码锁,还是开这种平常家用的锁,一般都得仰赖他。

"咔嗒"一声,周其阳直起身:"搞定。"

孟钊拉开门,走进周衍的老房子。

因为前后都建起了新楼盘,这栋老房子便显得采光极差,虽说是日头极亮的上午,但一进门,整个房间还是显得阴沉沉的。

房间里家具齐全,倒也还算整洁,孟钊走到其中一间卧室,这大概是周衍以前常住的卧室,因为卧室旁边摆放了一张电脑桌,比其他家具显得要新一些。

孟钊拉开电脑桌的抽屉,里面有一些周衍手写的乐谱,还有几本书,除此之外……孟钊把最下面的黑皮笔记本拿出来,封皮上写着"文昭高中",像是那种在学校活动中获了奖就会得到的奖品笔记本。

孟钊拿起翻了翻,里面已经写满了字,看来周衍有写日记的习惯。他把笔记本拿到手上,稍微翻看了一下,然后将其和一些可能存有线索的物品放在一起,仔细收好,准备一起拿回局里。

紧接着,孟钊又开始仔细搜寻着房屋的其他部分。在打包整理好要带走的物品后,孟钊和周其阳就准备离开了。

正当他们又走到玄关处时,一股气味引起了孟钊的注意。这似乎是……油漆的味道?

孟钊看向玄关左侧的墙体,虽然并不明显,但的确有一小部分的墙面似乎是被重新粉刷过。孟钊戴上手套,用手指摸了一下那个部分，手套上接触过墙面的部分被染得更白了，的确，这部分墙面被刷过新涂料。

周其阳站在床边，看着孟钊："钊哥，你看啥呢？"

"你看这里，是不是被重新粉刷过？"

周其阳凑上去闻了闻："还真是，涂料味还没完全散干净。"

"你觉得涂上去大概有多久？"

"不会很久，一天半左右。"

"确定？"孟钊有点奇怪为什么周其阳这么笃定。

"你在怀疑我的嗅觉？那可是一家馆子一家馆子练出来的。"

"找打是吧？"见周其阳这么不正经，孟钊屈起手指，重重敲了一下他的脑门，"工作时间给我正经点。"

"我错了钊哥。"周其阳揉了揉脑门，赶紧正色下来解释道，"其实是我家最近在装修，我多少了解过涂料和油漆这些东西，这味道闻起来和我家用的像是一个牌子。这种牌子的油漆质量很好，味道散得很快，一般过了三十六小时就闻不出味道了，这块墙面的味道闻着就快散尽了，只剩下一点，所以我猜是一天半左右。"

孟钊点了点头。一天半左右……那个时候应该是周衍出事前后的时间，也就是说，这块墙面可能不是周衍自己刷过的。如果粉刷墙面的不是周衍，那做这件事情的人，就可能是——凶手。

孟钊环视这间房间，凶手打算掩饰什么呢？

孟钊拍了照，然后用小刀轻轻刮下了一些涂料，连同刚刚的笔记本、乐谱这些东西一起交给了周其阳："你先回局里，立刻把涂料交给技术部门做准确的鉴定，然后再问问王诺，知不知道周衍的老房子里有什么。等鉴定结果出来了你就立马回来。"

"行。我这就去。"周其阳立刻起身，赶回局里。

刚刚的墙面，让孟钊越来越觉得事情似乎并不简单，周衍的死，背后到底还隐藏着什么？孟钊盯着这面墙，思考了起来，在观察了几分钟后，孟钊又开始在其他房间仔细搜寻还有没有类似的线索。

一小时后，周其阳驾车回来了："哎钊哥，物鉴给结果了，涂料的使用日期我猜得没错，是三十六小时左右，涂料嘛，就是一般的涂料，没啥特别的。我也问过王诺了，他说他们几个没来过周衍这房子，他们甚至都不知道周衍还有房。"

孟钊点点头："知道了。"

与此同时，程韵也来了电话，孟钊走出老房子接了起来，周其阳跟在后面，关上了门。

"钊哥，我到浩泽律所了，刚见了周衍的律师，律师说周衍三个月前就找过他一次，当时两个人交流了一下，因为周衍这边有明确的证据，又有朋友做证人，所以打赢这官司应该没什么问题，但周衍本人还是比较犹豫，好像他一直有在尝试跟梁川做私下和解，应该是不想彻底撕破脸皮吧……但梁川这个人就有点阳奉阴违，表面上答应得好好的，说好会公开道歉，其实一直在拖时间，周衍实在气不过才下决心告他的。就在上周一，周衍去了一趟浩泽，跟王律师确定了要打这场官司，然后这周一法院那边就把传票寄给梁川了。"

这周一……也就是周衍遇害的两天前。孟钊问："传票上写的开庭时间是什么时候？"

"四月二十八日，差不多半个月之后。"

"我知道了。"孟钊说。

走下楼，孟钊刚要上车，一转眼，瞥见了不远处遛狗的陆时琛。

这一大早，自己已经工作近两个小时了，对方居然还在优哉游哉地遛狗，这差距……

不过遇上陆时琛也好，正好他有问题要问陆时琛，因为怕陆时琛又像上次一样一转眼就不见了，孟钊迅速拉开车门坐进去，对着周其阳撂下一句："一会儿到前面等你。"

周其阳还没反应过来，孟钊已经启动车子开远了。

"哎——"周其阳追赶不及，在原地不明所以地嘀咕道，"什么事儿啊这急匆匆的，又不是去追老婆……"

追上陆时琛,孟钊踩着刹车把车速降下来,一边慢吞吞地在后面跟着陆时琛,一边按下车窗,探头出来喊了声:"嘿。"

陆时琛脚步停下,回头一看是孟钊,牵着狗朝他走过来。

"够悠闲的啊。"等陆时琛走近了,孟钊才看清陆时琛的额头上出了汗,发梢有点湿,应该是到附近跑步去了。难怪体能不错,陆时琛平时应该没少锻炼。

"去过七号楼了?"陆时琛很快猜出孟钊为什么出现在这里,"有没有新线索?"

"算有一点吧。"孟钊不打算跟他泄露案件进展,他把从周衍卧室里找到的一张写满字的纸递给陆时琛,"还记不记得那天贴在你门上的笔迹?辨认一下和这个字是否一样。"

陆时琛接过来,低头看了看:"看起来应该是一样的字迹。"

"嗯。"孟钊收回那张纸,"对了,昨天有问题忘问你了,你这狗最近都接触过什么人啊,能列个名单出来吗?"

"你想从那根狗毛上下手?"陆时琛思忖片刻,"估计有点难度,不过我可以列个清单。列出之后怎么给你?"

"发我微信吧。"孟钊摸出手机,调出二维码让陆时琛扫自己。

接到陆时琛的好友申请之后,孟钊随口问了句:"怎么都是你自己遛狗啊,你女朋友呢?"

陆时琛正操作手机,闻言抬眼看了一下孟钊,对方显然是把乔遇当成了自己的女友,他简单解释了一句:"那不是我女友。"

不是女朋友?孟钊愣了愣,穿得那么奔放,而且一大清早从浴室出来,不是女朋友……那就是炮友了?啧……想不到陆时琛在这方面倒不藏着掖着,在国外待过几年的人果然开放。

"加上了。"陆时琛提醒道。

孟钊低头看了一眼,已经收到了陆时琛的好友提醒。

"哎哟钊哥,可追上你了。"周其阳气喘吁吁地追过来,一眼看到昨天刚光顾过市局的陆时琛,小声问孟钊,"这是什么情况?"

"没事，了解点事情。"孟钊说，"上车吧。"

"哎，没什么大事你跑那么快？"周其阳拉开车门坐进来，"我以为你偶遇梦中情人了呢。"

孟钊看他一眼，眼神里警告的意味很明显——再乱说一句，我就动手了。

周其阳委屈巴巴地看了一眼孟钊，边系安全带边小声说："路边拈花惹草，回去小心老徐削你。"

孟钊刚想动手，陆时琛屈起手指敲了敲孟钊那半扇未落的车窗："没别的事情，我就先走了。"

"行，列出来尽快发我啊！"孟钊停住了马上就要敲中周其阳后脑勺的那只手，叮嘱了一句。

车子开上路，孟钊接着周其阳的话问："老徐削我干什么？"

"嘿，钊哥你装傻是吧！"周其阳来了精神，"局里上下谁不知道，这案子破完之后你马上就要晋升正队长了，升完正队长，就离做老徐的乘龙快婿不远了。钊哥，升职加薪迎娶白富美，老徐都给你打造好一条龙服务了，以后发达了别忘了兄弟啊！"

孟钊嗤笑一声："哪儿来这么多谣言，而且我都不知道这年头还这么流行包办婚姻。"

"这叫什么包办啊……徐晏一准儿对你有意思，难不成你对她没感觉？"

徐晏是徐局的女儿，孟钊压根没想过他们俩能被凑成一对，他刚进市局的那一年，徐晏还穿着校服每天吭哧吭哧读高三，再加上徐晏跟孟若妹还是高中同学，这些年在他眼里，徐晏跟孟若妹的存在没什么两样。

"真没感觉？"周其阳看到孟钊无动于衷，"我真是好奇，钊哥你这眼光得高成什么样啊，你倒是说说你喜欢什么样的？"

"成熟点的。"孟钊也不知道自己究竟喜欢什么样的，随口挑了个跟徐晏相反的特质，"行了，别说废话了，有这时间不如多想想案子。"

周其阳在一旁撇撇嘴。纵观局里上下，没人能说出孟钊的择偶标

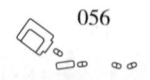

准,孟钊好像对所有异性都没表现出什么特别的兴趣,当然,他对同性也没什么兴趣,他好像只对犯罪嫌疑人感兴趣。

这样一想,周其阳觉得孟钊有点要孤独终老的节奏。

还没走到办公室,老远就听见有人情绪激动地说:"怎么可能是我杀了周衍,你们警察办案都这么不讲证据吗?那晚我在直播,你告诉我怎么去杀周衍?不带这么冤枉人的!"

"是那个梁川吧?"周其阳小声问孟钊。

孟钊走近那间屋子的后门,脚步停下,听着屋里的动静。

"你先别激动啊!"是任彬的声音,"叫你过来就是配合一下调查,没人冤枉你。你说十三号晚上你在直播,从几点到几点?"

"晚上八点到十一点。"屋内的声音居然染上了一丝哭腔,"直播回放里没有时间,你们可以去找平台查。"

"后续肯定会查的⋯⋯"

屋内任彬还没说完,就被梁川打断了:"凭什么都说是我杀的周衍啊,周衍那些粉丝网暴我,你们警察也这么冤枉人,跟周衍有矛盾的人肯定不止我一个,难道都是杀人犯啊?"他越说,情绪越激动,到最后居然真憋不住哭了,"再说我都跟周衍私下道过歉了,他非得让我公开道歉,非得让我在这行里从此干不下去⋯⋯"

"行了行了。"任彬被他哭得头大,"抄的时候没想到还有要承担后果的这一天啊?废话就别说了,叫你来是让你配合调查的,市局忙得很,没有多余的警力给你擦屁股,要哭回家哭去啊!"

周其阳看了一眼孟钊,憋着笑竖了个拇指:"彬哥这作风利索。"

孟钊也笑了一声,任彬最适合跟这类胡搅蛮缠型的人打交道,一打一个准儿,他抬手勾着周其阳的脖子往前走:"行了,别偷听了,查查这梁川在哪个平台直播,去找平台问一下案发当时他到底是不是在直播。"

"得令。"周其阳赶紧跟上孟钊,"哎钊哥,我有个大胆猜想,你说如果不是梁川做的,会不会是他哪个粉丝做的啊?不过,那也爱得太疯狂了吧……"

十分钟后，任彬进了刑侦办公室，一进门就吐槽道："哎！我天，你们是没见那个梁川，一米八的汉子在我面前哭得跟个泪人儿似的，这种人谁会喜欢啊！对了孟队，这个梁川说案发当时他在直播……"

"嗯，刚在门口听到了。"孟钊接过话，"周其阳已经去查了。"

"说实话啊，我觉得也不太像这个梁川做的，这人太尿，心理素质也不行，遇事儿的风格就是躲着和拖着，不像是能做出这种事儿的人。你什么看法？"

"等周其阳回来吧。"孟钊正站在办公位置摆弄手机，"彬哥，给你派个活儿。"

"什么啊？"任彬朝孟钊走过去，看向他的手机屏幕，"普睿宠物护理中心……哎，这地儿我听说过，据说是一个给狗洗一次澡抵得上给人洗十次澡的死贵死贵的地方。"

"应该是。"孟钊没去过这地儿，不过想到昨晚陆时琛那个在灯光下要闪瞎他眼睛的表盘，这地儿应该很符合陆时琛的德行，"尸体身上不是发现了一根狗毛吗？"

"对，不过不是暂时排除那狗毛的主人了吗？"任彬问，见孟钊顿住没继续往下说，他又补充了一句，"怎么了？"

孟钊顿住倒不是因为他忽然卡壳，而是他觉得任彬刚刚这话说得挺有意思，狗毛的主人……按理说应该是狗，但任彬在这里显然想指代的是陆时琛，不过，陆时琛确实挺狗的，这么说也没错。

孟钊觉得有些好笑，但他很快收住了这想法，继续道："我在想，如果那狗毛的主人不是凶手，而狗毛又不是被风很巧合地吹到死者身上的话，那会是怎么出现在死者身上的？"

任彬接着他的话道："大概率是凶手放的，你想从这里做切口？"

"嗯。"孟钊点了点头，"凶手是怎么拿到那根狗毛，又怎么放到死者身上的，我觉得这里可以当成一个切入点。"察觉出任彬对这个工作有些不情愿，孟钊并没有给他推辞的余地。

"哎哟！我天。"任彬果然不太情愿，他抬手朝后撸了一把头发，"那谁知道凶手是什么时候拿到这根狗毛的，万一是一个月前呢？"

"技术部门刚给了判断，说那根狗毛应该是近一周之内脱落的。"

"我光知道人的头发能查出脱落时间，现在连狗毛都能查出来了？"既然孟钊搬出了物鉴的判断，任彬只能认命道，"行吧，那我就去查查这个普睿护理中心的监控，看能不能查到有人故意拿走这根狗毛。"

"不光普睿，还有御湖湾三号楼楼下垃圾桶附近的监控，还有我刚发给你了一条路线。"孟钊把陆时琛发给他的遛狗路线转发给任彬，"这条路线上最近一周的监控也去要一下。"

"这得查到天荒地老啊……"任彬眼前一黑，虽然显得很不情愿，但还是按照孟钊说的那样，出去要监控了。

不管怎么说，这确实是个侦查切入口，必须有人来做这样大量排查的工作。

任彬刚出门，就遇上了去跟直播平台核对的周其阳，他抬手拦住周其阳的肩膀："怎么样，直播平台那边怎么说？梁川那晚根本就没直播对不对？"

周其阳摇摇头，用很笃定的语气说："他那晚确实直播了，九点到十点一直坐在电脑前，凶手应该不会是他，除非他找了个一模一样的替身替他唱歌，不过，那不太现实吧？"

任彬彻底绝望了，只听孟钊在屋内开口道："那正好，小周你跟任彬一起去吧，帮忙分担一下工作。"

"什么工作，彬哥？"周其阳不明所以地看向任彬。

因为有了可供使唤的助手，任彬这才打起精神，揽着周其阳的肩膀往外走："走吧，好活儿。"

孟钊拿起从周衍的老房子里带出来的那个日记本，大体翻了翻，这日记本上似乎记录的都是周衍高中时候的事情。

只能死马当活马医，抓住一点线索就往死里查了。孟钊叹了口气,再没线索,他就要跟任彬和周其阳一起,去没日没夜地排查监控记录了。

孟钊翻开日记本的第一页,周衍在上面记录着:"马上要文理分班了,我想选文科,以后走音乐艺考,但继父昨天找我谈话了,说还是希望我选理科。唉,好纠结啊,我知道继父让我这么选是对我好,但我还是不想放弃梦想。家里也不宽裕,以后走音乐艺考的话,如果要报班,我肯定不好意思找继父要钱的,真不知道如果我爸妈还在的话,会不会同意我以后学音乐……"

孟钊正要往后翻,忽然注意到封皮的背面有凸起的印迹。原来笔记本的第一页被夹到了封面后面的夹口处。

孟钊把那页抽出来,看到上面写着:"睡不着,刚刚又梦到ZT了,有时候我会想,如果我没有选择旁观,结局会不一样吗?"

陆时琛遛完狗,到家洗了澡,正打算开始今天的工作时,收到了一条消息——

"帅哥,房子还打算租吗?有人下午想来看房,如果你想租的话,我就不让他们过来了。"

是前几天看过的一套房子的房东发来的。

因为三号楼发生了凶杀案——尽管案发现场不是在这栋楼内——但有些迷信风水的租户已经在打算换房了。

不过……

陆时琛站到客厅的阳台往外看,前一阵子因为楼上太吵,他还真的去其他几栋住宅楼里看过房子。

他睡眠质量不佳,稍微有一点动静就足以干扰到他的入睡。但前前后后看了几套房子,也没找到心仪的新居。

这处楼盘的房子当时是精装修出售,格局和装修情况都大同小异,但只有三号楼的视野最佳,站在阳台上,可以看到很远的地方。

陆时琛在阳台上吹了一会儿风,看着市局前面那条马路上红灯变了绿灯,一辆警车驶了出来。他回到房间,在手机上回了消息:"不租了，您租给别人吧。"

孟钊盯着扉页上的那一行字，ZT……应该是个人名吧？

扉页的字迹颜色要比其他页更深一些，且字迹更加潦草，如果判断无误，这一行字应该比日记里其他内容记录的时间更晚一些，也许……是周衍上大学之后搬到老房子里住时写的？

孟钊继续往后翻，周衍在日记本上记录的内容十分简略——

"好烦，不想跟他们做朋友了，可是又害怕下一个被孤立的人是我。"

"如果能转学就好了。"

"路过 ZT 的时候想跟他说一声对不起，但老虎在前面扭过头喊了我一声，他应该看出来了吧？难怪下午不想理我，算了，我也不想理他们。"

"考试的时候 ZT 没有 2B 铅笔，没有一个人肯借给他，虽然老虎又在回头用眼神警告我了，但是我还是借给他了。真的很尴尬啊。不过，下周的日子可能又要有点难过了。"

这应该是……中学校园暴力事件？孟钊猜测着周衍在这个事件中扮演的角色，似乎就像他在扉页中说的那样，是一个旁观者，但他好像又跟主使者"老虎"一伙的关系不错。

接下来的几页中，周衍没再记录具体时间，他的日记本上全都是一些情绪化的表达：

"害怕，怎么办啊……"

"应该跟我没关系吧，我没有做错什么啊！"

"又要睡不着了，黑夜怎么来得这么快？"

"别让我再梦到你了，求你了。"

孟钊很快翻完了日记本，放到一边，在电脑上搜索了"文昭高中校园暴力"的关键字，但网络上并没有相关的新闻。

他又拿出周衍的手机，翻了翻相册。相册里存的大多是周衍和朋友的合照，可以看出周衍的人缘极佳，男性女性朋友都不少。除此之外，其中还偶尔夹杂着一两张他跟赵云华的合照。

从两人合照的姿势和脸上挂着的放松的笑容来看，如果孟钊不是提前知道他们的关系，他一定会做出"这两人是母子"的判断。毕竟，大多数家政阿姨不太会跟自己服务的客户坐在同一桌吃饭。

合照大多是在饭桌上照的，孟钊想象着这些照片拍摄时的情景，大概是赵云华又做了一桌好菜，周衍高兴地坐在桌边，拿出手机先给这些菜拍了照，然后举起手机对赵云华说："来，赵姨，我们拍一张合照！"

身形不高，力气不大，当晚在老旧小区附近，ZT，Z……孟钊越想便越觉得蹊跷，凶手会不会是……

"我回来了。"程韵这时走进办公室，用手当扇子在脸侧扇着，"今天好热啊，钊哥，我把律所那边的记录的复印件带回来了。"

"先放着吧，正好，"孟钊示意她过来，他在便笺上写下"文昭高中"四个字，撕下来递给程韵，"给这个高中打个电话，查查周衍当年在哪个班，然后把学生名单要过来。"

"哦……"程韵接过字条，有些意外道，"都查到高中啦？"

"线索而已。"孟钊从电脑前起身，"我去一趟楼上法医室，回来把名单给我。"

"知道了——"程韵拖长了嗓音。

因为没有新的尸体送过来解剖，厉锦正无所事事地逛购物网站，见孟钊过来，她站起来："孟队，案子有进展没？"

"没什么大进展。"孟钊说，"我来是想再确认一下周衍的死亡时间，是案发当晚九点到十点，对吧？"

"对，是不是想问还能不能再缩短时间？"厉锦翻开解剖记录，"前后其实可以再缩短八分钟，这个我当时和你说过了。"

"不是缩短，我是想问，有没有可能周衍是在九点之前被杀害的？"

"不可能。"厉锦简短而肯定地说。

"师姐，我不是怀疑你的专业能力，但是……"孟钊微微皱起眉，他想起监控左上角显示的时间，八点五十四分赵云华出现在监控中，当时她在翻垃圾桶,再往前,距离案发现场最近的监控显示,赵云华是在八点四十一分出现在御湖湾附近的监控画面中。

"往前推二十分钟绝对不可能。"厉锦说,"我解剖了食道,是根据食物消化的速度来判断死亡时间的,周衍的尸体现在还没接走,家属说下午过来接,要是孟队你不放心,不然我把我师父请过来,让他当场看看?"

厉锦的师父施棋是公安大学法医专业的教授,已经七十多岁的高龄,贸然把老人家请来似乎有些不合适,何况厉锦是施棋的关门弟子,又是法医专业的博士,读书时年年专业课第一,没道理这次会失手,但现在的情况,孟钊又觉得实在解释不通。

"先别请了,让家属暂时先不要来接尸体。"孟钊说,"等我通知吧。"

"行。"厉锦答应得很爽快。

下楼梯的时候,孟钊梳理着这案子的线索,从视频监控来看,案发前一天,赵云华曾经出现在御湖湾小区的监控画面中,据说赵云华每天都会来御湖湾小区的各处垃圾桶内翻找纸箱,虽说有足够的理由解释她为什么会出现在监控里,但这样一来,她也有足够的时间把快递员放在水表箱中的周衍的快递取走。

还有,周衍日记上记录的"ZT","Z"跟"赵"的首字母恰好重合,这会是巧合吗……

种种线索和直觉让他不得不将视线聚焦在赵云华身上,但在死者死亡的时间段内,赵云华的不在场证明又很明确……

这案子真是有些奇怪,孟钊不由得产生这种感觉,先是那根狗毛,再是七号楼被粉刷的墙面,然后是抄袭事件,现在又出现了周衍日记本里记录的十年前的校园暴力事件……干扰因素太多,似乎都跟这案子有种种关联,但就是连不成一条线。

孟钊走进办公室,程韵还在跟校方的工作人员打电话联系。

他走到电脑前,点开御湖湾附近的监控记录。案发前一天晚上,赵云华跟以前一样,拎着一个黑色垃圾袋,里面装着她从垃圾桶翻来的纸箱、矿泉水瓶和酒瓶，许是当天垃圾袋有点重，赵云华要两只手一起提着袋子，才不至于让袋子拖到地面上导致底部破损。

赵云华的力气显然不大，甚至让孟钊有些怀疑以她的力气，到底能不能勒死周衍，不过周衍当晚喝了酒，如果是那种头重脚轻的醉酒状态，结果也未可知……

"钊哥，校方说得出示证明才肯给班级学生名单。"程韵扣上电话，转头跟孟钊说，"我去跑一趟。"

"我去吧。"孟钊站起来，拿上车钥匙，"有别的事情给你做。"

"什么事情啊？"程韵走过去。

"你去翻一翻文昭高中的贴吧记录，重点看周衍高中那几年里有没有关于校园暴力的讨论。关键词可能比较隐晦，看仔细点。"

"十年前的贴吧记录啊……"程韵嘀咕着。

"查到了随时联系我。"孟钊说着，叫上同事，一边往外走，一边给周其阳拨了个电话。

周其阳一接起电话就说："钊哥，你是不是要来帮我们一起排查了？"

"先让他们排吧。"孟钊朝自己的那辆车走过去，"你查一下赵云华现在在哪儿，注意别打草惊蛇。"

"啊？会是她吗？"周其阳回忆着监控里的赵云华，跟孟钊提出了一样的疑惑，"一个四五十岁的中年女性，勒死一个二十八岁的大小伙子……"

"别忘了，周衍当晚喝醉了。"有别的同事在一旁说。

"微醉啊，又不是烂醉。"

听到两个人在电话那头争执起来，孟钊挂了电话，走到自己的车边，开车出了市局。

文昭高中距离怀安区接近二十公里，尽管路上没怎么堵车，孟钊还是开了半个多小时才到。

因为程韵在电话中已经说明了来意，只向校方的工作人员出示警

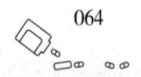

察证，对方就把当年班级名册找了出来，交到了孟钊手里。

ZT，ZT……孟钊接过来，从上至下浏览名册，突然间，"赵桐"两字引起了孟钊的注意："这个学生的资料有吗？"

负责对外接待的女人四十出头，她凑过来看了一眼名单，然后抬眼看了看孟钊。只这一眼，孟钊就从她眼里看到了一丝警惕。

"他们考上大学之后档案就都转出去了。"对方说，"我们这里没有档案。"

"那如果没考上呢？"孟钊问。

"没考上就给他们自己了。"对方的语气有些敷衍，似乎想赶紧打发孟钊离开，她又重复了一遍，"我们这里没有档案。"

"赵桐，已经死了吧？"孟钊看着对方的眼睛，直截了当地问。

对面的女人似乎被他的目光吓住了，但很快移开了目光，语气也变得很冷淡："都多少年前的案子了，怎么现在想起来查了？法院都说了他是自杀的，跟学校无关，难不成一有自杀事件发生，我们校方都要承担责任啊？"

难怪一副躲避的姿态，原来是怕被追责，孟钊在心里冷笑一声，平静地说道："既然你不清楚，那就让赵桐的班主任来配合调查吧。"

因为当年的校园暴力事件，赵桐的班主任张岳已经在十年前离职了，现在正在跟家人做小生意。尽管不太乐意，但校方工作人员还是给张岳打了电话，问到了他现在的地址。

对方还挺配合，说不劳烦警察跑一趟了，他自己到学校就好。

校方给孟钊安排了一间空置的办公室，然后就不见人影了。

等待张岳过来的这段时间，孟钊站到窗边，往下看着操场上正在上体育课的学生们。

似乎整个明潭市的高中校服都是这种蓝白款式，距离他高中毕业已经十二年了，但远远望去，校服的款式似乎并没有太多改变。

操场上的男生们正在打篮球，在孟钊印象里，高中时他也打过一次篮球。

孟钊将这件事记得很清楚是因为，那场篮球赛的前一天，他舅舅孟祥宇那起案子的二审结果出来了，法官当庭宣判孟祥宇无罪。那天之后，孟钊在学校仿佛卸下了一身重担，浑身轻松，走在路上，有种随时要飞起来的感觉。

恰逢第二天有节体育课，那天体育老师安排男女生分组活动，男生打篮球，女生则在小操场上做游戏。因为打篮球不需要那么多人，于是体育老师发了话，说男生也可以加入女生组玩游戏。

实验一班的学霸们普遍对体育活动不太感兴趣，不少男生一听打篮球，都主动加入了隔壁组跟女生一起玩游戏，仅剩的九个男生因为人数不齐而陷入僵局。

作为实验一班唯一一个格格不入的学渣，孟钊自始至终不太合群，他不想打篮球也不想玩游戏，此刻正蹲在操场边享受这难得的轻松时刻，想着怎么才能逃开体育老师的视线去别处吹风，谁知那几个好学生互相讨论了一番，居然派了个人过来问他要不要一起打篮球。

孟钊难得心情好，便起身加入了他们。具体的战况他到现在已经记不清楚了，只记得对面那几个人有点菜，只有陆时琛一个主力。

陆时琛当时运球跑过来，正要跳起来投篮，孟钊也随之跳起来拦他。与此同时，对面的一个人冲过来试图挡住孟钊，阻止他拍掉陆时琛手中的篮球。

那人撞过来的时候太莽撞，孟钊又正跳起来，两只脚都没着地，这一撞力度不轻，孟钊被撞得朝后跟跄了两步，然后跌坐在地上。

其实这件事情跟陆时琛没什么关系，毕竟撞人和犯规的都不是他，但孟钊记得当时伸手过来的反而是陆时琛。陆时琛朝他摊开手心，垂着眼看他，一副居高临下的模样。

尽管这种姿态让孟钊不太想伸手握住眼前的这只手，但因为陆时琛他爸陆成泽刚为孟祥宇做了辩护，本着"对方是恩人的儿子不能太过怠慢"的原则，孟钊还是握住了那只手，借着陆时琛的力站了起来。

"要不要去医务室？"孟钊记得当时陆时琛这样问。

他抽回了手："不用。"

现在想来，因为高中三年在班里一直都是游离状态，如今他还叫得出名字的同学根本所剩无几，对于高中生活的记忆，陆时琛居然占了大半。

"咚咚咚。"门被敲响了。

孟钊回过神，转身看过去，一个四十多岁的中年男人站在门边："是不是孟警官？不好意思啊，来得有点晚了。"

——是赵桐当年的班主任张岳。

"赵桐？对，他是自杀的……怎么说呢，学习压力太大吧。"

孟钊打量着对面的男人，四十多岁，腆着微微发福的肚子，跟记忆中那些沉默寡言的中年男老师不同，对方看上去甚至有些油滑。

"跟学习压力无关吧？"孟钊不打算跟他绕弯子，将自己的猜测直截了当地说出来，"据我了解，赵桐自杀是因为班里有一群人对他实施校园暴力，既然事情都闹上了法院，您不会不知道吧？"

"啊……"对方显然怔了怔，很快改了口，"那是我记错了，好像是有上过法院的事情，事情已经过去十年了，我实在记不太清楚了……"

"最近的新闻看了吧？周衍被人杀了。"孟钊很快摸清了对方的性格，对付这种人，用一本正经的压制语气说话显然不太奏效，他换上一种跟对方熟络的语气，"说实话，调查到现在还没什么明确线索，我也是凑巧知道了当年这件事，想过来碰碰运气，看看这两件事情之间有没有关系……张老师，我们警察这边也正为这事儿犯愁呢，您跟我说句实话，这周衍跟赵桐，当时在学校的关系到底怎么样？"

孟钊的语气即刻起了作用，对方挺吃这一套，努力回想了一会儿才说："孟警官，说真的，那年我家女儿也高考，我实在有点顾不上班里这些事儿，所以在管理上有些疏忽，校园暴力这件事我还是赵桐自杀之后才知道的。

"不过，周衍跟赵桐之间应该没什么矛盾……周衍这孩子不是个喜欢出头的孩子，性子也比较温和。我还记得有件事儿，当时班里周考，那次是我监考，赵桐的 2B 铅笔丢了，没法涂卡，我让他跟周围的同学借一下，结果居然没一个人肯借给他，还是周衍隔了两个位置把铅笔扔给他的……"

眼前这老师说的这件事情，跟周衍记录在日记本上的那几句话重合了。孟钊知道他这次没再说谎。

"那当年带头对赵桐进行校园暴力的学生您还记得吗？"

"这我真的不知道，赵桐自杀发生之后学校就禁止讨论这事儿了，当时学生都高考，因为怕他们心理出问题，我也就没再提过这件事。"

孟钊观察着对面男人的神情，在心里判断着他到底有没有说谎。

这起校园暴力案到底跟周衍被杀的案子有没有关系？如果无关的话，一桩已经上过法院的陈年旧案，就算中间藏着没调查清楚的细节，市局大概也不会投入警力重启调查；如果有关的话……

孟钊的手机这时振了一下，程韵发来了消息："钊哥，你看这张照片！"

孟钊点开程韵发来的照片，十年前的照片像素不高，但关键信息还是能看得很清楚。

照片上一个头发有些凌乱的女人举着一块牌子，上面写着"杀人偿命"四个大字，背景是文昭高中，十年之间，文昭高中的校门并没有翻新过。

孟钊用手指将照片放大，尽管像素有些失真，人的相貌在十年之间也会发生变化，但孟钊可以确定，照片上这个女人就是周衍生前请的家政阿姨赵云华。

照片上的赵云华当年还留着长发，三十五六岁的模样，虽然看起来面容憔悴，但远远没有现在这么老态。让人很难相信，一个尚有些姿色的女人会变成十年后那个翻着垃圾桶的家政阿姨。

周衍和赵云华，果然存在着联系……如果凶手真的是赵云华，孟钊接着刚刚的想法，那岂不是说明逼死赵桐的人就是周衍？但这又与班主任刚刚所提供的以及自己所调查到的信息相互矛盾。是班主任在

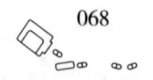

撒谎吗？还是中间发生了某些事情，让赵云华将目标对准了周衍？

孟钊在脑中过着这两天收集来的信息——

周衍把自己淘汰不用的手机送给赵云华；

周衍跟赵云华跳过家政公司，私下签订合同，为了避免家政公司从赵云华的工资中抽成；

赵云华从四年前开始给周衍做家政服务，一开始只是每周一次的保洁，后来周衍的经济水平上去，就开始请赵云华每天中午来给自己做饭；

还有，周衍从外地出差回来，还会特地给赵云华带礼物。

无论从哪个角度来看，这都是一段亲如母子的关系，假如凶手是赵云华，合作这四年之间，她明明有无数次杀害周衍的机会，为什么会选在四年之后才下手？

如果说蛰伏四年是为了计划一场万无一失的谋杀，但勒死周衍的手段又显得并不高明……难道说，赵云华最近才得知了某个真相？而这个真相，就是赵云华杀害周衍的直接诱因？

离开文昭高中，孟钊打算先去法院一趟。

既然当年这场校园暴力案件上过法庭，那肯定会有相应的法庭记录。不管怎么说，要先确认一下当时的被告都有哪些学生。

明潭法院。

"丢了？"孟钊皱起眉，"法庭记录怎么可能丢？"

这要是在市局，他一准会把这股火发出去，但这是在法院，他只能强压下来。

"这……当时资料还没完全实现网络化，负责整理资料的是个实习生，关于那案子的资料就放在抽屉里，本来打算第二天去送档案室，但第二天却发现资料没了，因为这事儿，那实习生虽然表现得挺优秀，最后也没能留下来工作。"

切，一出事，要么就推给实习生，要么就是临时工，孟钊心里想。他继续问道："发生偷窃事件也没报案吗？"

"报是报了,但当时我们那个旧楼孟警官你也知道,破得没比茅草屋好多少,监控多处损坏,最后也没能查出来小偷是谁,因为这案子已经结了,也不是什么大案,最后也只能这样了。"档案室的女工作人员脾气倒是不错,说起话来好言好语,让孟钊有火没处发。

"孟警官,这都十年前的事儿了,你们怎么又查起来了?"

"可能会跟最近的一起案子有关。"孟钊没明说,这时他手机铃声响了,周其阳来了电话。

孟钊走到一旁接起来。

"钊哥,赵云华不见了!"电话里周其阳的声音有点慌乱,"她今天有三家需要上门保洁,但今早跟公司请了假,我刚刚去了她家,没人,又打了她电话,关机了……"

孟钊当机立断:"任彬先回局里发协查通告,让火车站检票口和大巴检票口都注意一下,一旦发现赵云华即刻上报公安。还有,周其阳回局里申请搜查令,先去赵云华家里一趟,看看能不能找到证据,如果发现犯罪证据立刻申请逮捕令。"

"收到。"周其阳简短地应道。

孟钊出了法院,开车前往赵云华的家。

他办过一些类似的案子,像赵云华这种文化水平不算高的犯罪嫌疑人,一旦想要逃匿,多半第一时间会先想到回农村老家,所以在火车站和汽车站出没的概率极高。

如果赵云华真是意图逃匿,反倒坐实了凶手是她的可能性,抓住赵云华的难度倒是不大,剩下的种种谜团,就等将她逮捕之后再当面审问清楚吧。孟钊心里想。

赵云华住的地方比案发现场的那个老旧小区情况好不了多少,不知哪儿来的污水在水泥地的裂缝上留下一道道污渍,空气中弥漫着一股难闻的下水道的味道。

据说赵云华在文昭高中附近还有一栋老房子,但一直没舍得卖,因为怀安区的家政服务生意更多一些,这些年她一直住在家政公司提供的宿舍里。

孟钊把车停到楼下,周其阳和程韵也恰好到了。

几人三步并作两步上了楼,周其阳又拿出了那根祖传生锈铁丝,捣鼓了几下锁就开了。

这是间公寓式宿舍,房间格局狭长,人走进去之后,第一感觉就是有些憋闷。

房间里布置简陋,但赵云华拾掇得很干净,床单上看不出一丝褶皱。

周其阳和程韵在卧室内搜查,孟钊走到阳台上。

阳台上没晾衣服,靠窗的墙角堆着几摞纸箱,所有的纸箱都被拆开后折平整,再用绳子依大小捆成几堆,旁边还有几个纸箱里放着喝空的啤酒瓶,也是赵云华每天从垃圾桶里翻出来的。

孟钊注意到其中一摞被拆开压平的纸箱——其他的几摞纸箱都是用单股的尼龙绳绑起来的,只有这一摞的绳子是用几根尼龙绳编织到一起的。

他半蹲下来看着那纸箱的捆绳,这种尼龙捆绑绳其实挺常见,有些超市和商店会把它绑成网状用来给顾客装西瓜。这种尼龙绳单股的话其实算不上很结实,但如果编织起来的话……

孟钊戴上塑胶手套,把捆着纸箱的绳子解开,然后将绳子抽了出来,团起来放到物证袋里。

"钊哥你来看!"程韵在里屋喊了一声。

孟钊拿着物证袋,站起来走出去:"发现了什么?"

"在衣柜里发现了眼影和口红,都在这个袋子里。"程韵把手里的黑色塑料袋朝孟钊敞开,"牌子跟周衍在网上下单的那些一致。"

赵云华没有化妆的习惯,不太可能花这么多钱买这些无用的化妆品,这些东西会不会是周衍当时从网上下单的?

孟钊把装着尼龙绳的物证袋递给程韵:"程韵把物证带回物鉴科做检验,确认之后申请批捕令,周其阳跟我去查监控。"

只要能从这根编织的尼龙绳上找到周衍的DNA,那这物证就无懈可击了。

下了楼，孟钊拉开车门上了车，周其阳迅速跟上，坐到副驾驶的位置。

孟钊开着车，跟任彬通了个电话。

"已经发协查通报了，保证赵云华出不了本市。"任彬汇报着他那边的情况，"我先去赵云华的老房子一趟，看看她有没有藏在那里。"

"好，有消息随时联系。"孟钊说。

跟任彬结束通话后，孟钊又打电话让同事查了赵云华的老家，得到的信息是，从本市直通赵云华老家的火车只有下午四点十分这一趟，如果赵云华试图逃到老家，那极有可能就是乘坐这一趟车。

正赶上周末的出行小高峰，火车站人潮拥挤。

孟钊提前联系了火车站的工作人员，他站在监控显示器前，分辨着人群当中到底有没有藏着赵云华。

正仔细看着，程韵忽然发来了一条消息，是一篇微信公众号发布的文章。

孟钊只粗略扫了一眼标题，就皱起了眉。

那篇文章的标题是：《我们采访了周衍的高中同学，得知了一个关于校园暴力的故事》。

"你先看监控。"孟钊拍了一下周其阳的胳膊，往旁边走了几步，浏览这篇文章的内容。

出乎意料，这篇文章的内容极其翔实，还贴了那张赵云华举着"杀人偿命"牌子站在文昭高中门口的照片。

文章的内容写得极具煽动性——

十年前，一桩校园霸凌事件导致的自杀惨案发生在一所重点高中。一整个班的少男少女，在高考前一个月，共同逼死了一个十七岁的少年。当这个少年穿着红色连衣裙，倒在血泊中的那一刻，所有的罪恶都达到了高潮，也同时隐藏起了触角。直到十年后，这个男孩的同班同学周衍惨死，才揭开了这场罪恶的冰山一角。我们采访了一名不愿透露姓名的周衍的高中同学,为大家揭秘这起凶杀案背后的骇人真相。

被霸凌而导致自杀的这位同学叫赵桐,平时沉默寡言、待人温和,但不知为什么,忽然有一天,他不同于其他人的性取向就成了被公开取笑的话题。与此同时,赵桐身上那种偏女性的气质也成了大家模仿和嘲讽的点,就连他的名字里的"桐"字,也构成了他女性化的线索,被大家取笑。

这位匿名同学告诉我们,当时高三学习氛围压抑,所有人都自顾不暇,所以都心照不宣地对这起校园暴力事件采取了沉默和放任的态度。而周衍,虽然跟几个带头霸凌赵桐的同学关系不错,但对于赵桐的态度却有些微妙。周衍大多时候都是一个旁观者,偶尔还会对赵桐施以善意,因为他的存在,那段时间里,赵桐的日子才稍微好过一些。

我们推测周衍被杀害,是因为赵桐的母亲赵云华在实行报复,毕竟在十年前,赵云华就曾经举着杀人偿命的牌子在校门口站了三个月,让人毫不怀疑,一旦有一天她知道了逼死自己儿子的凶手是谁,她一定会痛下杀手。

但是,让人疑惑的一点是,为什么赵云华女士会对周衍首先下手,如果她真的知道了真相,就该知道,当年唯一给赵桐施以善意的那个人就是周衍啊!

所以,我们合理推测,赵云华女士掌握的真相出现了偏差,也就是说,她的报复对象出了错——她误杀了无辜的周衍!

而现在让人好奇的是,假设事实如我们猜测,那赵云华女士在得知自己误杀了周衍之后,会怎样面对这个荒谬的结局呢?

再往下,这篇文章里还截取了周衍微博的内容,那上面是周衍记录的跟赵云华有关的内容。

周衍在赵云华的生日时给她挑过礼物,在微博上展示过他们情同母子的合照,还多次夸过赵云华做饭有多么好吃……

这前后的对比，让文章中那个关于"误杀"的推论显得极其可信。

孟钊把文章看完，整篇文章虽然跟他先前的推测有一部分重合，不能完全称为胡编乱造，但那种故弄玄虚的语气，和似乎想要激化事情发展的态度，都让孟钊觉得极其不舒服。

很难想象如果赵云华本人看到了这篇文章，会不会采取过激的行为，这简直就是在干扰警方办案。

这篇文章是一个小时前发布的，末尾显示的阅读量已经破万，孟钊给程韵拨去电话："立刻联系这个公众号让他们删除这篇文章。"

察觉到孟钊语气中有隐隐的怒意，程韵赶紧应道："好，我马上就去。"

汽车站外人来人往，拉着行李箱的人们行色匆匆，赵云华抱着自己胸前的行李袋，缩着脖子，试图将自己隐藏起来。

通往老家的大巴车已经走了一辆又一辆，赵云华却迟迟不敢去检票口。

不远处有一群民工模样的人聚集在一起，赵云华朝他们走过去，她觉得自己待在那里会显得没那么突兀。

警察已经在搜捕自己了吗？赵云华贴着墙角蹲下来，一整天没吃饭，胃里现在空落落的，有些灼烧的疼痛感，临走前她在包里装了公司发的早餐面包，但现在却没什么心情吃下去。

今天早上她准备去客户家里做保洁，在家门口的公交车站等公交时，无意间听到了站在她旁边的一个人的打电话的内容，似乎是正在跟电话里的人讨论周衍的案子。她立刻警觉起来，那人站得离她很近，她可以清楚地听到他说的话。

"知道吗？又有保姆杀人了。

"又不是什么新鲜事！不过这次的事好像没那么简单，似乎是为了给儿子报仇，但实际上好像是误杀，有人已经把前因后果写成了文章，朋友圈都传疯了，你自己看。"

听到旁边人打电话的内容，赵云华顿时极度慌乱，保姆，说的是自己？警察这么快就查到自己了？他们是怎么查到的，难道她刻意贴着墙角走还是没能躲开摄像头吗？而且……他刚刚说的误杀，是什么意思？

她正这样不安地想着，刚刚正在打电话的那人忽然回过头，正跟赵云华对上眼，那人的眼神有些犀利，像是把她看穿了一样。

在那一瞬间，赵云华一口气提到了嗓子眼儿，只觉得两条腿发软，紧张得几乎要站不住了。

公交车这时候来了，乘务员走下来，喊着乘坐115的乘客赶快上车，那人这才转过头，上了公交车。

看着那人上了公交车，赵云华松了一口气，有那么一瞬间，她还以为对方认出了自己。

等公交车开走之后，赵云华才意识到，刚刚开走的那辆也是她要等的那一趟公交车。

害怕被警察发现的赵云华立刻放弃了原定去客户家里做保洁的计划，打算坐公交车到火车站，然后回老家。她老家在一个山村，她觉得那么偏僻的一个小地方，只要躲起来，警察一时半会儿不会找到她的。

但在去火车站的路上，她突然想到，这条路已经走不通了，如果自己这时候去火车站，无异于自投罗网。

她决定先去汽车站看看。

她的手心里全是冷汗，她竭力地安慰自己：恶有恶报，杀人偿命，这是天经地义的事情。

周衍害死了赵桐，还欺骗了自己的感情，亏得这些年自己一直将他当成情感寄托，把对赵桐的好全都给了他，却没想到这人就是她苦苦寻找了十年、做梦都想杀死的凶手！

她一定要想办法回农村老家，赵桐的骨灰就埋在那里，她要回去陪着他，告诉他，妈妈已经帮他报仇了，让他可以安心地睡下去了。

但自己究竟应该怎么做呢？赵云华仍然不知所措。就这么惊惶不定地徘徊了几十分钟，低血糖和心跳过速让赵云华觉得自己随时会晕倒。她找了个墙根，贴着蹲下去，身后有东西靠着，会让她觉得好受一点。

赵云华下意识把手伸到行李包里摸找手机。她想到了刚刚那个男人的话,朋友圈传疯了的文章到底写了什么?误杀又是什么意思?

她不太会用手机,周衍教过她用微信、抖音、微博,还有他平时直播的软件,她当下学会了,但因为微信上没什么朋友,只有几个客户的动态,所以她平时并不常看朋友圈。

到底有什么?赵云华不安地想着,关了一天机,现在应该打开看看吗?只看一下,应该没关系吧?

赵云华摸出手机开了机,打开朋友圈,往下滑动了没几下就看到了那一行字:《我们采访了周衍的高中同学,得知了一个关于校园暴力的故事》。

转发的那人头像有些面熟,她记起来,那是昨晚在公交车站等车时刚加上的一个人。那人说他没有钢镚,想用微信转账给赵云华,跟她换几个钢镚。赵云华不太懂这些操作,便把手机给那人让他帮忙操作,等到那人把手机还给她时,她已经加上了那人的微信号,并且收到了两元的转账。

"您平时会看微信吗?"临走时,那人还跟她闲聊了几句。

赵云华当时说:"会看,但也不常看。"

"还是挺有意思的。"那人说,"您无聊的时候可以常看看。"

看着那一行字,赵云华的手无法克制地开始剧烈颤抖,她点开那个链接,上面赫然记录着十年前赵桐被校园暴力逼死的真相。

这十年来,她一直想要问清楚当时到底是谁导致了赵桐的死亡,她不相信赵桐真的是自杀的,但是没人肯告诉她真相。

她的阅读速度有些慢,读到那句"她误杀了无辜的周衍"时,她几乎有些喘不过气来。

怎么可能!

周衍怎么可能是无辜的!

她亲眼看到了,亲耳听到了,逼死赵桐的那个恶人就是周衍,他该死!

这篇文章让赵云华的心里乱成了一锅粥。

真的是误杀吗?周衍确实对自己很好,虽然花了钱雇她做保洁,但有时候还会到厨房帮她打下手,跟他聊天的时候,会让赵云华偶尔想起赵桐。

周衍还会给她准备生日礼物,这是赵桐活着的时候都没做到的事情……

有那么几次,赵云华甚至把周衍当成了赵桐,当她对着周衍叫出"小桐"的时候,她当即愣了一下,周衍也愣了,随即开玩笑地对着她叫了声"妈"。

也正因为周衍对她这么好,在得知周衍才是当年逼死赵桐的真凶时,她才会那么愤怒。原来这些年周衍对她的好都是试图蒙骗她的假象而已,造成她这一切痛苦的根源就是这些年她像亲生儿子一样对待的周衍!

"要是我是赵云华,发现自己杀错了人,"赵云华听到不远处有两个女孩似乎也在讨论这篇文章,"这个人还这么真心地对我,而且当年还对我的儿子施予过善意,我简直要后悔死了……"

"怎么这样啊?照片都被公布了。"

"就因为她,给别人带来多大痛苦啊……"

"赵桐和周衍都死了,都是无辜的受害者啊!"

"死、死、死……"赵云华满脑子都是这个字,几乎听不清周围的其他声音了。

她把手机又装回了行李包内,撑着地面站起来,腿软地踉跄了一步,那两个女孩抬头看了她一眼,顿时噤了声。

是啊……她怎么有脸活下去,赵云华一边离开汽车站一边失魂落魄地想,她活着干什么呢?

正前方走来一个年轻的男人,低着头,像是没看清路,重重撞了一下赵云华的身体。

"对不起啊！"那个戴着帽子的男人立刻说。

但赵云华根本就没注意到他，她行尸走肉一般地想：

赵桐死了，她当成儿子来寄托的周衍被自己亲手杀了，等到被警察抓住，她还有什么活头呢？如果周衍不是真正的凶手，还有她能看到真相的那一天吗……

她加快了脚步，觉得好像整个车站的人都已经认出了她，都在回头看着她。

"孟队，赵云华开机了！"

市局技术队给孟钊打来了电话，把定位发给了孟钊："她在汽车西站，目前手机一直在移动。"

"走！"孟钊迅速离开火车站。

上了车，孟钊把手机连接到车载导航，跟着红点移动的方向开过去，赵云华这是要去……高铁站？奇怪，赵云华的老家经济发展缓慢，还没通上高铁，而且，依赵云华平时的生活习惯来看，有这么近一班直达的绿皮火车，她没道理去价格更高、发车时间更晚、检查更严格的高铁站啊……

不管怎么着，只能先追上看看了。

孟钊脚下用力，重踩油门，压着黄灯飙过了十字路口。然后他一打方向盘，绕过前方的拥堵路段，准备抄小道去截住赵云华的去路。

小路多年未经修整，坑坑洼洼，一路连轧五六个大坑后，周其阳终于捂着脑门出声了："钊哥，你哪儿发现的这一条破路啊……"

"查酒驾。"孟钊面不改色。

"哦对，就是你上次……"周其阳话说一半，轮胎下面轧过一块大石头，他蹿起来又磕到了脑门，大叫"哎哟"一声。

孟钊握着方向盘，前方出口狭小，堪堪够一辆SUV的宽度，他丝毫不见减速，踩着油门飞速通过，一转弯，驶到了公路上。

周其阳松了一口气，再看车载导航，因为刚刚弯道超车，距离前方移动的小红点只剩很短一段路了。

"要追上了。"孟钊语气平稳,"准备好了。"

"知道。"周其阳掏出警察证,按下他那一侧的车窗。

孟钊又是一阵加速,在赶上前方那辆面包车后,他稍微降下车速,跟旁边那辆车保持同步。

"不对啊。"周其阳趴向窗外观察了几秒,"这车上没有赵云华,是这辆车吗?"

果然,孟钊暗中骂了一声,虽然一开始就料到赵云华不在这辆车上,但确定之后他还是不由得有些火大:"让他停下来配合调查。"

"哎!兄弟,"周其阳捏着警察证伸出窗外,"警察,有事儿问你,停一下车。"

旁边那辆面包车正敞着车窗,在听清周其阳说的话后,居然一踩油门,又开始加速。

周其阳骂了一声。

孟钊立刻加速,朝另一侧车道偏过去,试图逼停那辆面包车。

谁知那面包车居然不见减速,孟钊估摸着前方路况,正打算在前面路口截住它,没想到到了前方路口时忽然蹿出一辆车。

孟钊迅速踩了刹车,但因为车速过快,在刹住车的那一瞬间,他的车还是跟那辆左转的车发生了轻微的碰撞。

伴随着轮胎摩擦地面的声音,三辆车同时停了下来。

孟钊推开车门下车,顾不上眼前这起突发的交通事故,眼见着那面包车上的司机要推门逃跑,他冲过去一把揪住那司机的领口,将他抵到车身上:"跑什么呢?!"

在把这司机制服之后,他才顾得上跟前面那辆车的车主说上话,虽然按理说应该拐弯让直行,但刚刚这情况的确是自己车速过快:"哥们儿,不好意思啊,车有问题的话我负全责……陆时琛?怎么是你?"

"你怎么在这儿?"孟钊有些意外,难怪刚刚一转眼,觉得眼前这辆帕拉梅拉有点眼熟。

"到附近办点事情。"陆时琛没明说,"这是在办案?"

既然是陆时琛，孟钊顿时觉得自己不需要多废话了，他把精力放到眼前这青年身上："手机给我。"

"什、什么手机？"青年神色慌张。

"你说呢？"

"我不知道啊……"

周其阳跟上来，眼疾手快地把这人身上搜了一遍："钊哥，没找到。"

孟钊揪着这人的领口，把他丢给周其阳，然后拉开车门，上半身探进车里，从操控台下面找到了赵云华的手机。

上次在周衍家里，他让赵云华出示周衍短信的时候记住了赵云华的开机密码，此刻轻松地解了锁，但解锁后的页面让孟钊的神色随之一变——赵云华丢手机之前，打开的页面就是那篇关于误杀周衍的文章！

孟钊揪过那司机："你在汽车西站见到了这手机的主人？描述一下她。"

"四……四五十岁的女人，有点驼背……"这人明显有点怵孟钊，话说得都不利索了，"我就偷个手机，没犯什么大事儿啊警察……"

陆时琛这时走过来，从孟钊手里拿走了手机，用手指滑动着翻看，脸上的表情若有所思。

孟钊顾不上理他，继续问那司机："她当时朝哪儿走了？有没有离开汽车站？"

"我不知道啊……"

"用脑子想。"孟钊将他往车上撞了一下，"根据方向判断！"

"离、离开、汽车站……对对对，是离开了汽车站！"

离开汽车站……是去哪儿呢？火车站和汽车站现在全部都是实名验票，一旦她过去了，就会立马被发现。孟钊现在倒是不担心赵云华会逃跑，反而担心……

"注意到她的状态了吗？"孟钊又问了一句。

"没、没太注意……不过我差点撞倒了她，她也没什么反应，好像在想别的事情……哦对，她，她好像哭了……"

"小周，你先把这人带回局里，等我回去审。"

孟钊说着，拉开那辆面包车，把那小偷塞了进去，掏出手铐将他的一只手腕铐到车的方向盘上。

合上车门后，孟钊走到自己那辆车旁边。

联想到赵云华离开汽车站时的状态，孟钊越发觉得事情不对劲。

那篇公众号文章出现的时机也未免太过及时……但现在最重要的事情是找到赵云华，否则……孟钊没敢再继续想下去。

赵云华会去哪儿呢……孟钊陷入思索，抑郁、活着、复仇，赵云华的一切行为，都是围绕着赵桐，这么多年来，对赵桐的思念，可以说是赵云华活着的唯一意义。

难道……孟钊立刻重新翻看了那篇公众号文章，他迅速滑动屏幕，赵桐的自杀地点是——文昭高中附近的化工厂！

只能去那里看看了。孟钊拿起手机给市局的同事打电话："帮我查一下离文昭高中最近的一家化工厂……没有？那查一下十年前的地图，急事儿，查到了赶紧发我。"

孟钊打完电话，只见周其阳坐在驾驶位，迟迟没启动车子，在等同事发来地址的间隙，他走过去问："怎么了？"

周其阳又试着扭了一遍车钥匙："钊哥，这破车好像歇菜了，我试了好几遍也没能启动……"

"叫局里派人来接吧。"孟钊皱了下眉，让警察跟一个戴手铐的犯人站在街边，不知道会不会又碰上哪个闲人发到网上去，"你先跟这人在车里等着吧。"

正在这时，陆时琛在旁边开口了，是对孟钊说的："你要去哪儿？坐我的车吧，我送你。"

孟钊转过脸看向他，准确地说，是打量着他。

那根狗毛以及……陆时琛现在出现在这里，是巧合吗？

陆时琛会这么好心？还是说他其实别有用心？思考片刻后，孟钊决定采纳这个提议。一方面，现在的情况实在是太过紧急，每一秒都很宝贵；另一方面，这或许也是试探陆时琛与这件事到底有没有关联的一个机会。

"那正好。"孟钊面色缓下来，他将周其阳带到旁边，小声叮嘱了几句话后，便坐上了陆时琛的车。

孟钊坐上陆时琛的车，一边系上安全带一边讲道："尽量开得快一点，我赶时间。"

"知道。"陆时琛启动了车子。

车辆在道路上疾驰，孟钊看着驾驶中的陆时琛，开口道："你这是到附近办什么事儿啊？"

"银行业务。"

附近好像是有一家银行，孟钊回忆着刚刚那路段附近的情况。

"都到路口了，也不知道慢点。"孟钊继续套他的话，"按常理是左拐要让直行，你这要是遇上别人，让你全责也说不准。"

"这不是遇上你了吗？"陆时琛说。

"可不是嘛，你也就是遇上我……"

"我看见你了。"

"嗯？"孟钊朝他看了一眼。

"你不是想逼停旁边那辆车吗？"陆时琛说道，"帮你一把而已，这都没看出来？"

"你会这么好心？"虽然这样说，但孟钊心里却有些拿不准，陆时琛刚刚那车的确有种方向诡异的感觉，要解释为帮他逼停那辆车倒也说得过去，只是这代价也有点太高了……

陆时琛没回他这句，孟钊注意到，虽然自己没开口催过，但陆时琛已经自觉地把车速提到了一百一十，并且短短一段距离连超好几辆车。孟钊自己开车已经算猛了，没想到陆时琛平时看着属于理性型的，此刻超起车来也毫不含糊。

虽然陆时琛表面看上去依旧冷静，但从车速判断，孟钊觉得陆时琛对这案子的关注超乎寻常。

孟钊判断了一下车子行驶的方向，突然想起，自己并没有告诉陆时琛目的地："哎，你知道我要去哪儿？"

陆时琛的声音听上去也是冷静的:"化工厂吧?"

"怎么知道的?"孟钊有些惊讶。

"刚刚赵云华手机上那篇文章提到了,赵桐就是在那里自杀的。"

"所以?"

"只要赵云华还在明潭,你就不会担心赵云华逃跑吧。你真正担心的是——她会自杀。"陆时琛顿了顿,"如果她真的这么打算,你能猜到的,我想也只有那里。"

"你觉得有没有可能是其他地点?"

"当然有可能,随便选择一个地点的可能性也不是没有,但我们能推测的,似乎只有那里。"

孟钊啧了一声,别的不说,跟陆时琛待在一起太省心了,他这还没开口,陆时琛已经凭借一篇公众号文章把他的推断猜了个七七八八——这还是在陆时琛并不了解案情的情况下。只是……

"你知道赵云华是谁?"

"是楼上那家的保姆吧,我见过。"陆时琛说,"刚刚那司机不是说四五十岁的女人吗?猜一下就猜到了。"

"所以是刚刚才知道的?"孟钊判断着陆时琛对案情的了解情况。

"嗯。"

距离文昭高中还有一段距离,虽然陆时琛这车技并不比自己逊色多少,但孟钊估计着少说也还得十分钟才能到。

他拿出手机,给当地派出所打了电话,让他们先去化工厂附近查看情况,准备好防自杀的设备。

"你这车走保险的时候,如果需要的话随时联系我,你那儿有我的联系方式。"孟钊说着,觉得有点肉疼,虽然保险公司会把这次的维修费用报销了,但因为陆时琛的车价昂贵,估计明年再投保的时候,保险费用会上涨一大截。

本以为陆时琛会念在两人微薄的交情上,象征性地客气一下,没想到他只点了头:"好。"

赵云华爬上了楼，走到天台的边缘，还没顺过气来。

九层楼对她来说太高了，但她刚刚一刻也不敢停下来，她害怕警察抓住自己。

在监狱里待完余生没关系，但如果她真的误杀了周衍，她该怎么在接下来漫长的时间中面对这个残忍的真相？

她站在楼顶边缘，看着文昭高中的操场上正在上体育课的学生们。

曾几何时，赵桐拿着录取通知书扑过来跟她说"我考上了"的那个笑容，她明明每天都会回忆一遍，但到现在还是已经有些记不明晰了。

赵桐说不想继续读高中的时候，自己怎么就没问清楚，反而骂他没出息呢？

赵桐说自己睡不着的时候，自己怎么就没怀疑过他在学校里受人欺负了呢？

赵云华回想起赵桐穿着红色的连衣裙倒在血泊中的那一幕，她的儿子到底是受到了多大的侮辱，才能以那样的方式从楼上跳下来……

电视上说天理昭昭，说正义必胜，都是狗屁！这些年她一刻都没放弃寻找真相，她报过警，打过官司，可是通通都没用！

明明前一天赵桐还在跟她争执，说他想去外地上大学，赵云华当然不同意，她还骂了赵桐没良心，于是那顿饭母子二人不欢而散。没想到第二天，她还在上班，忽然就接到了赵桐的死讯……

他们都说赵桐是跳楼自杀的，可赵云华不信，一个意图自杀的人怎么可能前一天还在跟她讨论要上哪所大学？

赵桐死了，她在这个世界上没有任何寄托了，她也想过自杀，可是不弄清赵桐真正的死因，不让凶手得到应有的惩罚，她不甘心就这么死了……

可是，她亲手勒死的周衍真的是逼死赵桐的真凶吗？赵云华脑中走马灯一样地闪过周衍跟自己相处的那些片段——

"赵姨，我回来了！看看我给你带了什么礼物，一条围巾！好不好看？赶紧戴上试试！不年轻啊，你又不老……太合适了吧，我这眼光绝了！"

"赵姨，过来帮我听听这首歌……好不好听？真的好听？你可是我第一个听众，别糊弄我，好听那我可就发布了啊！"

"生日快乐！赵姨！是不是自己都不记得了？我可喜欢给别人过生日了，陪伴别人长大一岁的感觉特别好……什么变老，你也是长大，谁还不是个宝宝啊！"

她脑中又闪过周衍被勒死的瞬间，他眼中的那种不可置信的神情。

事实上，在她刚把绳子勒到周衍脖子上时，周衍并没有剧烈挣扎，而是嗓子里发出含混不清的声响，像是想要问清她为什么会这么做。

可是赵云华怎么可能给他说话的机会，她恨死了他，他害死了自己的孩子，还骗了自己那么多年！

赵云华脑中回想起周衍临死前那一瞬，他挣动的双腿和因为痛苦而扭曲到有些狰狞的神情，还有他嗓子里发出的绝望的喑哑的声响。曾经那么一个生机勃勃的孩子啊……

周衍临死前嗓子中发出的"呃呃"的声响在赵云华脑中连续不断地响起来，那声音越来越大，几乎要将她的脑袋震碎。

如果不是周衍……

如果不是周衍……

赵云华表情痛苦地抬手捂住耳朵，背过身，朝后退了一步。

跟怀安区的情况差不多，文昭高中的周边也在大兴土木，一些老旧楼房都在推翻重盖。

十年前那个废弃的化工厂已经不见踪影，取而代之的是一处新建的楼盘，此刻已经盖成了一栋栋灰白色的毛坯房。

从陆时琛车里下来，孟钊抬头扫了一圈，正值一天中日头最盛的时候，明晃晃的阳光让他眯了眯眼睛。

他抬手挡了一下光，几秒之后，看见了不远处那栋楼顶上，有个矮小的、佝偻着的背影——赵云华！

孟钊拔腿便往那栋楼跑过去，陆时琛甩上车门，紧随其后。

水泥墙体上还散发着没干透的味道，九层楼的小高层，孟钊一步跨三个台阶，快步朝楼顶跑过去。

最上面一层通往天台的入口处架了个梯子，应该是方便建筑工人施工而架设的。

两人先后爬上梯子，然后看到了站在楼顶边缘的赵云华，她看的那个方向孟钊知道，那是文昭高中，赵桐读了三年高中的地方。

"赵云华！"孟钊爬上了天台，顾不上平复呼吸，试图谨慎地接近赵云华，他看见那张比实际年龄还要更老一些的脸上已经淌了满脸的泪水，"你冷静一点，你先冷静一点……"

"我知道你想做什么，请一定别这么做，事情还没调查清楚，周衍和赵桐的死可能根本没那么简单，如果你选择从这里跳下去，所有的线索都会被切断，真相可能永远都不会被查清！那赵桐到底是怎么死的、被谁害死的，可能永远都不会有人知道了……所以，请不要死，请活下去！"

可赵云华像是崩溃了一样，她打断孟钊，哭号着喊："别靠过来！我看见了，我看见了……我明明听见了……他就是凶手，就是他逼死了赵桐！"

孟钊停下脚步，与此同时伸手拦住旁边的陆时琛，在这种情况下，任何一点盲目的靠近都可能导致无法挽回的后果。

孟钊看见不远处，警车已经在朝这栋楼的方向驶过来，他在心里计算着楼下搭设气垫床所需要的时间，只要拖延时间，就一定可以阻止赵云华自杀！

"好，我不靠近。"他尽量把声音放得缓和，"你来这里是想看赵桐是不是？我不打扰你，你可以多看他一会儿……"

赵云华爆发出崩溃的哭声，她泣不成声，听不进孟钊说的任何话，嘴里不断重复着："他就是凶手，他就是凶手……他就是凶手，我不知道……我不知道……"

楼下的派出所警察开始搭设气垫床，就在孟钊刚要松一口气的当口，赵云华像是也听到了楼下前来搭救的声音，又往后退了一步。

"别——"眼见天台边缘的赵云华要一脚踩空，孟钊第一时间做出反应，迅速跑过去试图拉住赵云华。

但已经来不及了，几乎是同一瞬间，赵云华整个人跌落楼下——跳楼自杀了！

她的动作太快，几乎没给孟钊留下任何缓和的余地。

孟钊停在楼顶边缘，看着转瞬之间就躺在楼下血泊中的赵云华。

他脑子里顿时发出尖锐的嗡鸣声，只觉得大脑中一片混乱。

赵云华，就这样跳楼自杀了？

事情怎么变成了这样？

眼前这一幕，为什么这么不真实？

他察觉到陆时琛走到他旁边，抬手攥住了他的手腕，像是怕他失足跌下去。

孟钊忍着剧烈的头疼，勉强让自己保持理智——从发现尸体到现在还不足四十八小时，这侦破速度已经远超其他案件了，每一步他都在最短的时间内做出反应，可是怎么还是晚了一步？到底是哪儿出了错？

楼下派出所的警察也没有料到这场变故会来得这么突然，正在架设气垫床的人都停下动作，看着倒在血泊中的赵云华。

良久，孟钊才叹出一口气，从早晨到现在他还没吃上一口饭，现在头顶这大太阳晒得他有些发晕。但七年的刑侦工作经验让他不得不保持镇定，集中精力处理眼下的事情。

离开楼顶的时候，孟钊注意到陆时琛不知什么时候松开了自己的手腕，刚刚那会儿是错觉吗？但那种微凉的温度好像还停留在手腕上没完全消散。

孟钊快步下了楼，拨开几个凑到楼前的建筑工人，走到赵云华旁边。

他绕开血泊，半蹲下来，探出手指试了试赵云华的呼吸。

"怎么样？"一旁的陆时琛问他。

"很微弱。"孟钊说。

陆时琛也半蹲下来，他看着赵云华的脸，那双眼睛的眼皮半合着，露出些许眼白，让人无从判断她到底还能不能看清眼前的世界。

"周衍到底是不是你杀的？"陆时琛问。

孟钊看了他一眼，不管眼前这人是不是罪犯，但平常人看了那篇公众号的文章，再面对着这样死不瞑目的赵云华，多少会生出一些复杂的恻隐之心，但陆时琛脸上那种冷漠的神情，让孟钊不由得又想到十几年前，十七岁的陆时琛无动于衷地望着那条痛苦挣扎着的狗的神情。

正在这时，孟钊注意到赵云华的指尖微不可察地动了一下，显然陆时琛也注意到了，于是他又追问了一句："为什么要杀周衍？回答我。"

"她现在没有意识。"孟钊不由得对这样逼问一个将死之人的陆时琛产生了些许厌恶的心理，他开口阻止道，"先别问了，这种情况下如果再让她产生情绪波动，会加速她的生命流逝。"

陆时琛看了一眼孟钊，站起身，没再说什么。

这张毫无表情的精致的脸，让他看起来像是一个无法与人类共情的假人，孟钊产生了这种联想。

几分钟后，周边距离最近的公立医院派出的救护车呼啸着到达现场，医护工作者把赵云华抬到了救护车上，并且承诺一旦有消息，会立即通知孟钊。

坐着陆时琛的车返程时，孟钊强迫自己冷静下来，在脑中梳理着这件案子。的确，那根狗毛在最初极大地干扰了他的视线，让他一度把陆时琛当成了案件的突破口，但这中间也没耽误多少时间，起码陆时琛提供的"七号楼"信息，让他发现了周衍日记本的重要线索……

明明每一步都没出错，都在按部就班地接近真相，到底是从哪里开始被打乱了节奏……大脑中一片混乱，孟钊有些头疼地揉了揉太阳穴，他倚到座椅靠背，闭上眼，想让自己镇定下来。

片刻后陆时琛在旁边开了口："那篇公众号文章写得够及时的。"

对，是那篇公众号文章，孟钊倏地睁开眼，那是导致赵云华自杀的最直接的原因。很明显，从一开始赵云华像往常一样去周衍家里打扫卫生,故意表现出自己对周衍的死毫不知情,再到后面她打算将作案凶器——那根编织的捆绑绳秘密处理掉,还有她今天试图逃跑,都说明最初赵云华的自杀念头是没有那么强烈的。

而那篇故弄玄虚、一口咬定赵云华误杀了周衍的公众号文章,直接导致了赵云华放弃逃匿选择轻生。

作为杀害周衍的凶手,赵云华固然该受到惩罚,但绝不应该怀着对周衍的一腔恨意而死,她选择这样自杀,无论对于周衍还是她自己来说,都是最残酷的结局。

一般来说,为了不干扰办案进程,这种涉及凶杀案的新闻,正经媒体在发布之前都会比较慎重,像这种直接点名道姓揣测凶手身份的文章,以前从来没发生过。

想想就知道发布这种文章的后果会有多严重——

如果作者猜错了,赵云华不是凶手,那这篇文章很可能把一个无辜的人逼上众矢之的的绝境。

而如果恰好猜对了,赵云华就是凶手,那这篇文章会直接导致凶手逃匿,更别提这文章还采用了激化事态发展的那种故弄玄虚的语气……而且,作者到底是怎么了解事件始末的,为什么知道的比警方还多,这一切都需要去探究。

孟钊拿出手机,给技术部拨去:"喂,潮哥,给你发个公众号,帮我查一下背后运营者的地址。"

挂了电话,孟钊捏紧了手机,他必须亲自去见一见那篇文章的发布者。

几分钟后,孟钊的手机振了一下——张潮发来了那个公众号的地址。
是本地的地址,孟钊估计了一下位置,跟御湖湾还算顺路。
"劳驾,麻烦把我放到云西路那里。"因为刚刚陆时琛那张神情淡漠的脸,孟钊前一阵刚对他好转的印象又急转直下了。他再次清楚地认识到,他跟陆时琛根本就不是一类人。他打算从云西路下来,然后再打车过去。

陆时琛用手指敲了敲方向盘:"连车载导航吧,我送你过去。"

"不用了。"孟钊委婉地回绝道,"这一下午也耽误了你不少时间,离4S店下班还有一段时间,先把车送过去维修吧。"

陆时琛先是没说什么,到了云西路后才又说了一遍:"地址。"

"在这里停下就可以了。"孟钊说,但他察觉到陆时琛并没有停车的意思,"不是,陆时琛,你什么意思?"

陆时琛的语气无波无澜:"告诉我地址,我送你过去。"

孟钊:"停车。"

"地址。"

眼见着陆时琛丝毫没有停车的意思,孟钊提高了音量:"陆时琛,你给我把车停了!"

"前面要左拐吗?"

"我让你停车!"孟钊的脾气彻底上来了,"你这是在妨碍执行公务知道吗?"

"我以为我是在帮你,刚刚你也看到了,我没有做出任何对你不利的事。"陆时琛的语气镇静得像一捧冰水,浇在孟钊腾腾的怒气上,见孟钊没有反应,陆时琛继续道,"我左拐了。"

……行吧,孟钊深吸一口气,努力平复情绪。的确,虽然陆时琛在自己看来仍有嫌疑,但从刚刚的表现来看,他也算是帮了忙,否则自己只会更晚赶到现场。现在如果跟陆时琛起冲突,也会浪费自己的时间。

孟钊收起了拳头,僵持片刻后,还是没忍住骂了一句:"你是有什么毛病,陆时琛?"

"看来你已经权衡好利弊了,你刚刚的话,是在给自己找台阶下吗?"陆时琛面无表情地讲道。

孟钊没有说话,更准确地说是无言以对,自己的心思被猜透也就罢了,想找个台阶下竟然还被陆时琛公然指了出来,一般人会这么做吗?他是完全不懂人情世故,还是单纯地在嘲讽?

什么叫骑虎难下,什么叫退一步海阔天空,孟钊觉得自己今天算是有了深刻体会。

孟钊身心俱疲，实在懒得跟陆时琛再废话，他将手机连接了车内的蓝牙，导航的声音响起来，车内剑拔弩张的气氛这才消散了。

孟钊拿出手机，打开那个公众号。

他翻看着公众号的历史推送，从推送内容来看，这是一个专门分析陈年旧案、未解疑案的公众号，很多案子的发生年代几乎比孟钊出生的时间还要早，只有周衍这个案子是最新发生的。

公众号的阅读量也不算很大，除了周衍这一篇，其他文章基本上都刚刚破万。

孟钊翻看着这个公众号的文章想，这个自称是赵桐和周衍高中同学的人，为什么不直接找到警方配合调查，或者把线索提供给正规媒体，反而选择了这样一个阅读量不太大的公众号呢？这一点有些解释不通。

按照张潮提供的地址，公众号背后的运营者住在一处住宅区内，孟钊跟门口保安出示了警察证，防护栏杆抬起，陆时琛方才把车开进去。

"把我放在十一号楼下面，然后你直接开车回去就行了。"孟钊尽量让自己的语气听上去没那么冲，谁知陆时琛对他的话仿若未闻，径自开去了十一号楼附近的停车点。

车子停下，孟钊抬手试图打开车门下车，但陆时琛还没解中控锁，他催了一句："解锁啊哥……"

陆时琛的动作不紧不慢，解了安全带后才打开了车门中控锁，然后跟孟钊一起下了车。

"你要跟我一起上去？"下了车，孟钊往前走了几步，脚步顿了顿。

"嗯。"陆时琛看上去理所当然。

"不行，你这样是干扰警方办案。"

"不会干扰你办案。"陆时琛看着他。

"那也不行！"孟钊不容置喙地说完，撇下陆时琛，快步朝楼道里走去。

电梯停在十三层,孟钊从中走出,来到一户门前站定,抬手敲了敲门。

这时,身后传来一阵不紧不慢的脚步声,孟钊回头一看,陆时琛也上来了。看来自己刚刚的警告根本没起任何作用,孟钊心头顿时蹿上腾腾的火气,但还没来得及发火,身前的门被推开了,一个青年探出头来:"您是?"

孟钊没时间跟陆时琛计较,回过头,朝青年亮了一下证件:"警察,跟你了解一些情况。"

"什么情况……"屋内的青年二十出头的模样,个子不高,黑瘦,看着有些精明,一听孟钊是警察,眼神里有些慌张。

"能进去看看吗?"见青年让出路来,孟钊拉开门走进屋里,陆时琛也神情自然地跟着走了进去,孟钊瞥了他一眼,眼神里透出一些警告的意味。然后他一边在房子里走动,一边观察着房间内的细节。

这房子是个两居室,敞开的那一间里乱七八糟的,电脑开着,旁边堆放着打印资料。

"你就是在这儿写出那篇关于周衍和赵云华的报道的?"孟钊走进去,随手捡了一张打印材料,"卢洋,你是叫这个名字吧?"

"有什么问题吗?"那个叫卢洋的青年跟着进去。

"你怎么确定赵云华就是凶手的?"孟钊转过身,盯着卢洋,"有证据吗?"

"我没确定啊……我在那篇文章里面都写了,一切都是基于猜测。"

"所以什么证据也没有,只是猜测?"孟钊朝他走近一步,伸手揪起他的衣领,"有没有想过猜错的后果?"

"猜错了,等真凶抓住不就还她清白了。"见孟钊逼近,青年明显开始慌乱,"抓、抓住真凶是你们警察的事情……"

他的话顿时激怒了孟钊,孟钊比他高出整整一头,一用力就将他从地上拎了起来,他把卢洋抵在墙上,捏着拳头正要挥过去时,陆时琛抬手抓住了他的胳膊。

孟钊顿时气不打一处来,他虽然的确想把卢洋揍一顿,但因为

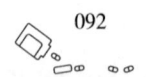

近一年来徐局总在他耳边念叨让他不要过于冲动,所以刚刚那一下挥拳,根本不是朝着卢洋去的,只是想砸到他耳边的墙上吓唬一下他。

陆时琛握着孟钊的胳膊,将他拉离卢洋,然后向卢洋发问道:"那篇文章是你写的?"

"是……"虽然没挨到刚刚那拳,但卢洋还是有些发怵。

"什么时候写的?"

"今天早上……"

"那个提供内情的人是怎么联系到你的?"

"我在公众号里有写联系方式,她打电话给我的。"

眼见着陆时琛喧宾夺主地问了起来,孟钊没出声,他在一旁冷静下来,观察着眼前这两个人一来一回间的神色。

"给我看一下通话记录。"陆时琛说。

"这……我要对消息提供者保密的。"卢洋看上去有些为难。

"原来你还懂点儿媒体从业者的素质要求啊?"孟钊嗤笑一声,从旁边的桌子上拿过卢洋的手机,"解锁,赶紧配合调查。"

卢洋接过手机,嘟囔道:"你们这样,要是被别人知道了,以后都没人肯给我提供线索了。"

"你知道赵云华怎么样了吗?"陆时琛看着他。

"什么怎么样,她那么大年纪,不会看朋友圈吧?"

"一个小时前她自杀了,自杀之前看的就是你那篇文章。"

闻言,卢洋顿时睁大了眼睛,几次张了张嘴才发出声音:"那……那也跟我没关系吧……"

"没关系吗?"陆时琛语气平静,"在我看来,是你直接逼死了赵云华。"

"你别血口喷人。"卢洋后退一步,"再说了,她自杀说明她就是凶手,那她就该死……"

"该不该死不是你说了算的,你这篇文章涉及一条人命,解锁,别让我催第二遍。"孟钊上前一步,对卢洋说。

卢洋肉眼可见地变得忐忑不安,或许在发布这篇文章之前,他也没想到真的会把赵云华逼上绝路，从而导致她跳楼自杀的结局。

他抖着手解了锁，孟钊把他的手机拿过来，调出通话记录。陆时琛垂下眼，看向他手里的手机屏幕。

最近的一条通话记录发生在今天上午九点，是一个境外电话。陆时琛用指尖点了点那条记录，问卢洋："是这个？"

"嗯……"卢洋清了清喉咙。

"你的电话是不是能往境外打？"孟钊这句话还没问完，只见陆时琛已经拿出了自己的手机，在屏幕上输入了那串号码，然后把电话回拨过去，按了免提。

听筒里响起等待的嘀嘀声，片刻后传来英语的提示音，凭借着当年低空飘过英语四级的水平，孟钊勉强听懂了只言片语。

他抬眼跟陆时琛对视："没人接？"

"嗯。"陆时琛说。

把那个境外的号码抄下来，孟钊又跟卢洋了解了几句情况，然后离开了卢洋的家。

看样子，作为文章的发布者，卢洋并不知道自己这篇文章会引发赵云华自杀的后果。

临走时孟钊看了一眼卢洋，青年脸色惨白，一副魂不守舍的模样，显然被陆时琛刚刚那几句话吓住了。

不得不说，陆时琛这种不近人情的处事方式，有时候还是挺有效的。

不过，涉及境外号码，侦查难度又增加了……接下来只能看这个号码能不能打通了。

乘坐电梯下楼的时候，孟钊隐隐觉得自己有点胃疼，他这胃病算是老毛病了。在任彬犯错，孟钊被破格提拔为副队长后，市局上下当时都在传，徐局是铁了心让孟钊以后做自家女婿，所以才急于在这个当口让孟钊上位。

但没过几个月，这个传闻就销声匿迹了。因为孟钊这个副支队长办起案来是不要命的，不光如此，整个刑侦支部在他的管理下，有一阵子也是拼了命地加班，一度怨声载道，甚至有两个身体扛不住的老刑警还因此申请转岗了。

后来还是徐局亲自跟孟钊谈话，让他不要为了追求破案速度拖垮整个支队的身体，要可持续发展，孟钊这才尝试着逐渐把绷紧的工作节奏放缓了。

不过，赵云华的这件事情又让他开始怀疑自己是不是做错了……如果在发现尸体当晚他就去了周衍的老房子，拿回了那个日记本，是不是就不会走到如今赵云华自杀的局面了？

上了车，陆时琛系上安全带，见孟钊在旁边迟迟没动作，转过脸看了他一眼。

孟钊的脸色白得像一张纸，额头上沁出了一层薄薄的冷汗，一只手正按着腹部左上方。

"怎么了？"陆时琛一怔。在他印象里，孟钊从没这样过，就算在高中那段最难熬的日子里，也能感受到孟钊那双黑白分明的眼睛里，那种蓬勃倔强的生命力。

而现在孟钊眉头微锁，闭着眼睛，看上去有些痛苦。

"没事，胃病犯了。"孟钊咬着牙道，"出了这小区左拐好像有个药店，劳驾一会儿停个车，我去买点止痛片。"

陆时琛看着他，孟钊很少流露出脆弱的痕迹，他现在的这个样子，在陆时琛印象里只出现过一次。

陆时琛稍作犹豫，然后朝孟钊倾过去，帮他把旁边的安全带拉了过来，又帮他扣上。因为以往从没帮别人这样做过，在把安全带拉过来的时候中间还卡了一下。

察觉到陆时琛靠近，孟钊睁开眼，看见陆时琛正帮他拉安全带，他抬起那只按压着胃部的手，帮忙扯过安全带，不由自主地被陆时琛这有些生疏的动作逗得笑了一声："你也有这么好心的时候啊！"

"先去附近吃饭吧。"陆时琛帮他把安全带扣上，没接这个话茬。

"算了，吃止痛片就行了。"孟钊勉强坐直了，"还得回局里审那个小偷呢，回去我叫个外卖吃，谢谢你的好心了啊。哎，说句实话，你还是好心起来比较招人喜欢。"

陆时琛帮他系好了安全带，抬眼看他一眼："我不需要招人喜欢。"

"啧，也是，"孟钊忍着胃痛想，"这话说得虽然欠揍了一点，但好像确实是那么回事。陆时琛高中时也是这副德行，但追捧他的女生还是一抓一大把，他的确不需要招人喜欢。"

到了药店门口，孟钊正要解安全带下车，陆时琛先一步下去了。

孟钊按压着自己的胃部，试图减缓疼痛感，看着陆时琛推门进了药店，他又想到陆时琛逼问濒死的赵云华时的那个神情。

"这人真是……说他不近人情吧，这会儿倒是挺好心。简直让人捉摸不透……"孟钊"嘶"了一声，停止胡思乱想，胃真挺疼的，不会胃穿孔了吧……

几分钟后，陆时琛从店里出来，拉开车门坐进来，丢给孟钊一个牛皮纸袋。

孟钊打开袋子，里面装着五六盒药，他低着头扒拉一通，拿出其中一个药盒："这花里胡哨的怎么这么多啊……"他觉得胃更疼了，倒抽一口凉气道，"陆时琛你是不是被店员忽悠了，买这么一堆有的没的……"后面还有一句"人傻钱多"，他忍住了没说出口。

陆时琛启动了车子："不知道哪个对你有效，就都买了。"

"止痛片还有有效无效的？"孟钊几乎被他气笑，"我这人皮实，吃什么都有效。"

他拿出手机："药钱多少？我转你。"

陆时琛将车子开到了路上："下次请我吃饭吧。"

孟钊："……"他极度后悔刚刚没坚持自己下车买药，明明只是一盒几块钱止痛片的事情，到现在，他居然莫名其妙欠了陆时琛一顿饭。

——有这请饭的钱，大概能把他这辈子吃的止痛药都包圆了吧？

到了市局，孟钊拎着这袋金贵的药走到刑侦办公室。

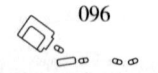

程韵一见孟钊进来就站起身："钊哥，刚给你打电话你没接，检测结果出来了，那根编织的捆扎绳上残留周衍的DNA，确实就是赵云华勒死周衍的作案凶器，我已经申请了逮捕令……"

事到如今，这个结果显得有些无力。孟钊脚步顿住，轻叹一口气："赵云华她……自杀了。"

不只是程韵，此刻在办公室里的其他人也都愣住了，齐刷刷地抬头看向孟钊。

"回头等开会说吧。"孟钊觉得他现在不只胃疼，头也开始疼了，"小周带回来的那个小偷呢？"

"在、在二楼……"程韵还没消化赵云华自杀的事实，"赵云华死了吗？"

"去医院了，情况不太乐观。"孟钊用手指掰下来两粒止痛胶囊，就着矿泉水咽下去，把手机递给程韵，"帮我点个粥，附近那家就成，我先去二楼。"

"……哦，好。"程韵接过手机，应道。

进了监控室，孟钊观察着审讯室的情况。

"罚款我认，钱就在我车上，您去拿一下就放我走吧，警察同志。哎哟，这都一下午了，您到底要把我关到什么时候……"

周其阳在对面无动于衷，陪着他耗时间。看来这小偷是惯犯，知道就这手机的价格来说，根本够不上拘留的惩罚，所以显得有恃无恐。

事实上，周其阳等得也有些心焦，对面这小偷每隔几分钟就要来几嗓子，要搁在平时，这种小偷交给下面的派出所处理就行了。带到市局来审，着实有些小题大做。

孟钊在监控室里看了一会儿，推门进去，问那小偷："放你去哪儿？"

见孟钊进来，周其阳起身坐到里侧："钊哥。"

"放、放我回家啊……"那小偷见到先前把自己抵到车上的警察，嘴上打了个磕巴。

"这么急着出去，有什么急事儿？"孟钊闲聊似的，坐到他对面。

"没有急事儿你们也不能老把我关这儿,我就偷了个不值钱的破手机,都说了认罚了,你们不能变相拘留我啊……"

"不就偷了个破手机?"孟钊盯着他,"这么说你也觉得那手机不值钱,那费劲偷它干什么?"

"这……"那小偷明显哽了一下,然后很快道,"蚂蚁肉也是肉啊……"

"别跟我嬉皮笑脸的。"孟钊拍了一下桌子,脸色冷下来,"到底是谁让你偷的这手机?"

"我、我自己偷的啊……"

孟钊屈起手指敲了敲桌子:"涉及人命的事情,想好了再说。"

对面的小偷愣了一下:"什么人命,我就是偷了个手机怎么就涉及人命了……"

孟钊盯着他,神色冷峻,用目光捕捉对面这小偷脸上的每一个微表情:"这手机的主人现在跳楼自杀了,她最后遇见的那个人就是你,所以,就不用我多说了吧。"

他目光锐利,语气严肃,对面的小偷顿时慌了:"我怎么知道她要自杀,她自杀跟我没关系啊……再说那手机也不是我自己要偷的,是有个人让我偷的!"

"哪个人?叫什么名字?!"

"我不知道……我真不知道他叫什么,他就今天中午忽然直接上门找的我,给我看了那个女人的照片,让我去汽车站偷她的手机,还给了我五千块现金做定金,说是剩下的五千等我到了高铁站交货后再给他,别的我就都不知道了!"

"什么时候来找你的?地点,说具体点。"

"中午十二点多,隆兴手机店后面的那条小吃街……"

"描述一下那个人的长相。"

"长相……他戴了帽子和口罩,就只有一双眼睛露在外面,我、我没注意到他长什么样啊……"

对方戴了帽子和口罩……够谨慎的,看来是做了周全的准备,孟钊垂眼思索,片刻后又抬眼看向对面:"那年纪呢?就算遮得严严实实,年纪总能大概看出来吧?还有露出的眼睛什么样,那人的身高有多高,也说清楚。"

"眼睛……眼睛周围好像有一道疤,看着不年轻了,四十多吧。"对面的小偷极力回忆着,"身高,比我稍微高个五六厘米……"

孟钊一边听着,一边把关键词誊写到纸上,撕下来,示意周其阳跟他一起出去。

走出审讯室,孟钊把那张字条递给周其阳:"去高铁站查查监控,看有没有他说的这个人。"

"好嘞,钊哥。"周其阳接过来,快步跑远了。

在等周其阳回来的时候,孟钊待在监控室里梳理这案子的各种线索。

过了一会儿,程韵推门进来:"钊哥,你的外卖到了。"

"拿过来吧。"孟钊伸手要接过来。

"不过,来了两份……"程韵走过来,把两份外卖放到桌上,"一份是我点的你说的那家,还有一份也写了你的名字……"

孟钊看着眼前这两份外观差异巨大的外卖。

其中一份是用银色保温袋装起来的,上面的 logo 显示,这份外卖来自本区一家以价格昂贵著称的潮汕砂锅粥。孟钊点外卖的时候,曾无数次瞥见过这份死贵死贵的粥,但因为这么昂贵的价格跟他的社畜身份有点不符,所以选择了视而不见。

还有一份,是用普通透明塑料袋装着的,看上去极其朴实无华,非常接地气,然而此刻却被旁边这奢靡的架势衬得犹如地沟油套餐。

……这不求最好只求最贵的作风,论及认识的人里面,孟钊只知道一个。而这人,他不久前才刚刚见过。

"钊哥,谁给你订的啊?"程韵好奇地多问了一句。

孟钊回过神,顿了顿,开口打发她道:"问这么多没用的干什么,赶紧下去想案子。"

程韵撇了撇嘴,临走前又看一眼那份外卖,心道,这么贵,不正常啊!

这粥打眼一看得有三四人的分量，还配了几个一次性的碗，孟钊用汤匙舀了一碗出来。

砂锅粥里配料丰富，饶是孟钊此刻没有什么胃口，在咽下一口混合着饱满的虾肉的粥之后，他也不得不承认，这玩意儿比自己平时吃的地沟油套餐美味多了。

热粥顺着食道滑到胃里，空了一天几近麻木的胃似乎又被渐渐温活了。

新闻推送上开始出现赵云华跳楼自杀的消息，孟钊打开扫了一眼，大多消息来源还是之前那篇公众号，只是媒体措辞更加谨慎，说网传赵云华误杀了周衍。

难道真的是误杀？孟钊看着那篇新闻，脑中又出现赵云华一脚踏空之前的画面——

"他该死！

"我看见了，我看见了……

"我明明听见了……

"他就是凶手，就是他逼死了赵桐！"

泪流满面的赵云华临死之前还言之凿凿地认定周衍就是凶手，她看见了什么，又听见了什么？孟钊把剩下的粥推到一边，陷入沉思，虽然这案子看上去结束了，但因为未解的谜团太多，他一点结束的感觉都没有。

"钊哥，我回来了！"赶在下班前一分钟，周其阳推门进来了。

他一眼看见了孟钊桌上的外卖包装："哎哟，钊哥，你真的要升职加薪了啊，都提前实现消费升级了！"

孟钊看他一眼："升什么职，别乱传没谱的事儿。"

"不是……那你点这么贵的外卖，你这一顿够我吃好几顿好的了，而且剩这么多……浪费啊！"

"这些你一会儿拿下去分了吧。"孟钊转回话题道，"监控怎么样？找到他说的那个人了没？"

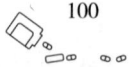

"按照他说的接头地点找了,也看遍了高铁站的监控,那边一下午根本就没站人。哎钊哥,回来的路上我自己琢磨,这人当时的目的应该是想通过赵云华的手机定位引开我们,拖延时间,否则当时如果我们一开始就能追踪到赵云华,她可能根本就自杀不成……所以,到底是谁这么想让赵云华自杀啊?"

"又是谁料定了赵云华一定会自杀……"孟钊抬手揉了揉太阳穴。

"你是说赵云华的自杀很有可能不是自发的……"周其阳很快反应过来,"是有人设计的?"

"我是说,"孟钊站起身,走到窗边,"可能从一开始赵云华勒死周衍就是计划好的。"

周其阳愣住:"啊?"

"只是猜测而已。"孟钊摇了摇头,转过身,"先进去再审一遍那个小偷吧。"

"没有人?怎么可能?"在听到高铁站约定的地点没有人的时候,那小偷几乎要从座位上跳起来,"他真的来找我了!那五千块钱还在我那儿,我一分钱都没动!"

"别激动,没说你在撒谎。"周其阳示意他少安毋躁,"但是,如果真的有人让你到高铁站一手交钱一手交货,然后这人又没出现,那你很有可能被坑了。"

"你们把我关在这儿一下午,谁能等这么长时间啊!"

"别这么说啊,我按照你说的时间查了监控,从中午十二点查到了下午四点多,你说的那个地方根本就没站过人。那人还有没有给你留其他的联系方式?"

那小偷一口咬定:"没有。"

"那你把那人中午找你见面的地址给我留一下,我需要去找监控核实一下你说的是不是真的。"

对面的小偷说完地址,嘀咕了一句:"那地儿能有监控吗……"

记录完地址,周其阳朝双面镜的方向看了一眼。

孟钊在耳机里说:"行了,偷手机的事情交给派出所处理吧,让派出所过来接人。"

审完那小偷,周其阳推门出来:"钊哥,就这么让他走?"

孟钊"嗯"了一声。

从那小偷的表情来看,在知道高铁站约定地点根本没人出现时,他的那种反应确实是被骗之后的愤怒的反应,不像是装出来的。

"好吧。"周其阳拎着孟钊的那一大盒粥,"那这粥,我真拿下去分了?"

"分吧。"孟钊点头道。

"徐局暂时没说什么吧?"临走时,周其阳又有些担忧地问孟钊。局里上下都在传,徐局让孟钊负责这案子,是为了给他的升职找个由头,但现在赵云华自杀了,外界的舆论众说纷纭,相比按部就班地侦破案件,这实在不能算是好结果。

"不知道,不是还在省里开会吗?"相比升职的传言,孟钊更在乎这案子中牵涉的种种谜团到底能不能一一解开。

已经到了下班时间,孟钊推门走进办公室,还没回家的几个人正分食那份粥,这一天里,大家几乎都没吃上一顿安稳饭。

"孟队,"任彬拿着一次性碗走过来,"监控还查吗?"

"先等赵云华那边的情况吧。"孟钊想了想说。

任彬指了指外面:"那我去幼儿园接我女儿去了?"

"去吧,彬哥。"

察觉出孟钊的情绪有些不对劲,任彬走出两步,又退了回来,抬手拍了拍孟钊的肩:"有些事,我们是没有办法的,别太往心里去。"

"我知道,就是……"孟钊顿了顿,"再早一步就好了。"

"你以为再早一步可能会有改变,但可能这就是注定的结果,有些事,并不会因为人的介入而改变。"说完,任彬转身走了出去。

真的是这样吗?孟钊抬头看着任彬的背影,陷入了沉思。

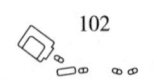

任彬走后,其他同事也陆续下班了。

天色渐渐暗下来,办公室里只剩下孟钊一个人。他没开灯,坐在工位上,电脑屏幕散发出荧蓝的光线投在他脸上。

孟钊看着周衍的主页上的那张照片,周衍面容清秀,因为嘴角天生微微上翘,不笑的时候也像在笑,看起来就是一副招人喜欢的模样。

听周衍的朋友说,虽然周衍一直很喜欢音乐,但因为害怕用音乐养活不起自己,一直没敢辞掉之前稳定的工作。大概一年多前,周衍决定彻底改变自己的生活,不顾身边人的反对从公司辞了职,专门沉下心做音乐,出乎意料,他的音乐得到很多人的喜欢。

那套御湖湾的房子是周衍三个月前租的,他一直想租一个能把所有朋友聚到一起的大房子,如今这个想法终于实现了,没想到他却忽然遭遇了意外。

孟钊滑动着鼠标看着周衍这些年记录的生活片段,周衍在微博上很多次提到赵云华——

"阿姨明天过生日,我送这个颈椎按摩仪怎么样?不是广告不是广告,有用过的朋友说一下效果啊!"

"阿姨做的饭太好吃了……吃撑了,躺平。"

"阿姨给我泡了胖大海菊花茶,感觉今天晚上可以来一场直播!"

周衍微博的互动量是近一年才猛增上去的,往前两年,他还停留在自言自语的状态。

孟钊搜索了"阿姨"这个关键词,最早一条是四年前发布的,上面写着——

"今天第一次请家政阿姨过来,意外遇到了高中同学的妈妈,看着她现在的生活状态,感觉心里很不好受。不过……这会是上天给我的一次弥补过错的机会吗?"

弥补过错……周衍到底是不是逼死赵桐的真凶,还是他在苛责自己当年不该旁观赵桐被校园霸凌?

如果这是一场误杀,那周衍这样离世的方式实在太让人唏嘘了,孟钊心情复杂地看着屏幕上那几条周衍发布的动态。赵云华究竟看到、听到了什么,才怀着那样的恨意将周衍勒死,甚至到自杀前一秒都咬定周衍就是当年害死赵桐的凶手……

手机铃声响了,是留在医院等赵云华消息的同事。

"怎么样了?"孟钊接起电话,走到窗边问。

"孟队,赵云华……咽气了。"

孟钊捏紧了手机,有那么一瞬间他全身僵直,大脑中出现了一阵嗡鸣。片刻后,他呼出一口长长的气:"辛苦了,试试看能不能联系到赵云华的家人,让他们明天过来接一下吧。"

关了电脑后,孟钊又怔了好一会儿才走出市局,干刑侦这一行这么多年,他还是无法平静地面对生死。

尤其是……周衍的死让他联想到当年自己舅舅的案子。

或许是因为跟周衍一样,孟祥宇也曾被误认为凶手,这案子便让孟钊觉得更加唏嘘。

孟钊走到自己的车旁边,躬身观察了一下车头的位置,下午跟陆时琛的车发生碰撞,虽然不太严重,但撞击位置有一处明显的凹陷,还有两处被蹭掉了漆。

看来明天一早要送去 4S 店修理了,这一送修又不知道要几天才能取回车。孟钊坐进车里,打算趁着还能开车的时候,去医院看看周明生老先生。

跟陆时琛的父亲陆成泽一样,周明生也是当年孟祥宇一案的刑辩律师,而且,周明生还是陆成泽的大学导师。师徒二人当时强强联手,愣是将一起看似铁板钉钉的案子当场翻了案,让孟祥宇免去了牢狱之灾。

按说陆成泽跟周明生都是他们一家的恩人,这些年孟钊跟周明生的联系没断过,逢年过节总会去走动走动,而至于陆成泽——孟钊总觉得陆时琛身上某种气质就是遗传自他,总让人觉得有种距离感似的。

孟钊去市局附近的超市买了营养品,刚要启动车子,收到了孟若妹发来的一条消息："哥，老孟今晚炖了鱼，让你回来吃饭。"

不知从什么时候起，孟若姝对孟祥宇的称呼由"爸"变成了"老孟"，不过，这也不是什么稀奇事，在孟祥宇面前，孟若姝一向被惯得无法无天。

"我晚点回，你们先吃，给我留点就成。"孟钊回了消息，然后把手机扔到一边，发动了车子。

已经过了下班那阵最拥堵的时候，但路上的车也不算太少，孟钊不紧不慢地开着车，回忆起当年孟祥宇的那桩案子。

孟钊记得很清楚，那是高中开学的第一天，他因为跟以前初中的同学在操场上打了一会儿篮球，回家的时候天已经黑了。

因为担心舅舅和舅妈在等自己吃饭，孟钊是一路跑回去的，但没想到一进家门就听到了孟若姝的哭声。与此同时，家里笼罩的阴沉气氛也让孟钊敏感地察觉到有什么事情发生了。

孟钊关了门，这才注意到隔壁卧室里，那哭声好像不只是孟若姝的，舅妈好像也哭了。而孟祥宇在客厅里来回踱步，神情焦躁。

"舅舅，"孟钊下意识放轻了声音，指了指里屋，"怎么了？"

孟祥宇这才注意到孟钊进了家门，他没明说，只是摇了摇头，让孟钊先回房里写作业。

那晚孟钊察觉到家里气氛不对，懂事地没多问，谁知第二天，舅舅孟祥宇就被警察带走，说他有犯罪嫌疑。

孟钊是后来才猜到发生了什么，因为一向跟他亲近的孟若姝忽然有些抗拒他的靠近，他尝试着问她发生了什么，结果孟若姝神情惊恐地尖叫起来。

孟钊去拘留所看望孟祥宇时，孟祥宇思前想后，还是选择了跟孟钊坦白真相，说孟若姝遭遇了一个成年男人的猥亵。

那天孟若姝刚开学分班，跟班里同学还不熟，放学时其他同学走得差不多了，孟若姝还待在教室里写作业。因为孟祥宇下班时间稍晚，就让孟若姝待在教室里等他来接。

当时有个男孩过来，说班主任叫孟若姝去某个地方说事情，孟若姝误以为那个男孩是自己的同班同学，便跟着他过去了，到了那个废弃的储藏室才察觉到不对劲，但突然出现的一名成年男子早已不由分说把她拉了进去。

孟祥宇下班去接孟若姝，在发现自己的女儿不在教室后，他赶紧跑出去打听有没有谁看到了孟若姝。

等到赶到的时候，孟若姝身上的衣服已经被那人撕烂了，孟祥宇愤怒地扑过去，跟那人撕打起来，而那个人显然身手比他好得多，孟祥宇试图压制那人，但最后还是让他逃脱了。

孟祥宇报案之后，孟若姝在一旁哭得很凶，且抗拒他的靠近，孟祥宇手足无措，不知道该怎么应对眼前的情况和安抚应激的小女儿。他只能先带着孟若姝离开案发现场，去找妻子宋宁，在把孟若姝交给宋宁之后重新回到案发现场，没想到却看到刚刚猥亵过孟若姝的那个成年男人惨死在了储藏室里，身上有多处被捅伤的痕迹。

警方赶到之后，在搜索了犯罪现场的证据后，发现现场搜索到的凶器上留有孟祥宇的指纹，且死者身上还有孟祥宇的鞋印，因为证据充分且动机明确，孟祥宇很快被锁定为犯罪嫌疑人。

那之后的一审中，孟祥宇因为故意伤人罪被判十五年有期徒刑，家里遭遇这样的噩耗，舅妈宋宁很快就病倒了，而年幼的孟若姝也因为那天被猥亵的事情，患上了自抑性失语症，拒绝上学和跟人沟通，于是家里的重担就全部落在了孟钊身上。

孟祥宇的案子一审过后，孟钊实在没办法，才去求了陆时琛的父亲陆成泽。后来二审时，陆成泽和他的导师周明生共同做辩护律师，为孟祥宇做了无罪辩护，最终按照疑罪从无的原则让孟祥宇免去了牢狱之灾，但当时真正的杀人凶手至今还逍遥法外……

红灯，孟钊踩了刹车，攥紧了方向盘，因为太过用力，手背上凸起了几根青筋。

高考过后填报志愿的时候，他在第一志愿上填了公安大学，就是觉得这件事情发生得蹊跷，希望能抓住当年的真凶，但案件发生的时

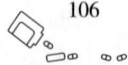

间太过久远,他一直没能找到有效的切入口。

车子停至医院的地下停车场,孟钊下了车,按照之前师母发来的地址去了住院楼。

孟钊读公安大学时,周明生曾是公大聘请的客座教授,在公大办过几场讲座,孟钊还去听过几次。虽然周明生不算他的老师,但孟钊却一直尊称他一声"老师"。

这么多年来,周明生每隔一段时间就会发短信来关心孟钊的近况,孟钊也乐于将人生中的重要时刻和他分享,无论是当时被公大录取,还是后来考上了市局,他都在第一时间告知了周明生。

直到前一阵子周明生忽然中风,被送进了医院,好在发现得及时,没有对大脑造成太过严重的损害。

孟钊走到病房前,抬手敲了敲门。

门开了,周明生的太太探出头:"是小孟啊,来来来快进来,吃饭没?"

孟钊把营养品递给她:"我吃过了,师母。"

"每次来都带东西,让你不要带了你也不听。"师母嗔怪了一声,把他让进来。

因为周明生中风的事情,一直不见老的师母现在看上去也有些疲惫。

周明生老先生正坐在护理院的病床上,见孟钊过来,抬手朝他摆了摆:"小孟来了啊。"

虽然身体没什么大碍,但毕竟还在恢复中,周明生的腿脚和口齿都不太利索。

孟钊走过去,叫了声"老师",又看了看桌上的碗:"师母还给您炖了鸡汤啊,这么丰盛。"

师母走过来,端起碗一边继续喂周明生喝汤,一边问孟钊:"真的吃了?这鸡汤是我刚从家里带过来的,老头子根本吃不了多少,还剩下不少,你一起再吃点吧?"

"真的吃过了,我就是来看看老师,看起来恢复得挺好的。"孟钊看着周明生。这话倒也没说谎，只是还有一些隐秘的情绪没说出口，以前每次他破案遇到难题的时候，都会来找老先生聊一会儿。

不仅因为周明生身为博导，人生阅历丰富，能给他提供其他看问题的视角，还因为只要跟周明生聊几句，孟钊就能想到当年高中时最晦暗的那段时光，那会儿都能撑过来，眼下这些情况实在没必要太丧气，所有事情最终都能走到拨云见日的那一步。

"案子又遇到难题了？"周明生又喝了几口汤，示意妻子先不要喂了，转而跟孟钊聊起来。

"倒也不算什么难题。"孟钊说，"还在调查，只是遇到了一些突发情况。"

"尽人事，听天命。"周明生抬手拍了拍孟钊的手臂。

周明生动作迟缓，说话费力，见他有些犯困，孟钊不便多叨扰，留了一会儿便要告辞离开了。

出门时，孟钊刚走两步，师母小跑着追了上来："哎，小孟，你等等。"

孟钊脚步停下，回头看着她问："您慢点，怎么了？"

"之前我们不是收拾着搬家嘛，我从你老师的文件夹里找到了一点跟你舅舅当年案子有关的材料，放在我们这里也没什么用，扔了又怕你用得着。"师母把文件袋递给孟钊，"今天出门前我想起来这事，就带了过来，打算等你过来了再给你，刚刚又差点忘了。"

孟钊接过来，抽出里面的材料看了看，是当年关于孟祥宇的案件资料，其实他托人要过当年孟祥宇案子的资料，师母递来的这份资料不见得有多少用处。

但他还是把材料拿出来翻了翻，道了谢："谢了师母，今天来的路上我还在想当年的案子——"话没说完，材料里掉出了一张纸，三十二开大小，上面写满了字。

孟钊躬身把那张纸捡起来，翻过来一看，上面条分缕析地记录着当年孟祥宇一案的线索。

他微微一怔，倒不是因为这张纸上记录的内容，而是这字迹有些眼熟，不是周明生的字迹，倒像是……陆时琛的字迹。

说起孟钊为什么熟悉陆时琛的字迹，这还要追溯到高中的时候，当时孟钊用过陆时琛的笔记。

准确地说，他就是因为陆时琛的笔记，才能在距离高考还有半年的那段时间里一路翻身，最终被提前批公安大学录取。

"这是……"孟钊捏着那张纸问师母。

"哦，这个啊，"师母偏过头看了看，"这好像是当时一个孩子写的，具体的情况我也不太清楚，就记得那时候明生从学校回来，说有个十六七岁的男孩突然来找他帮忙接一个刑事案子，这个案子，就是你舅舅的案子。"

"要说起来，那男孩可是帮了你家的大忙，但说来也奇怪，那男孩帮了忙，还要明生不要跟别人说起他……你周老师还真答应他了，也瞒了我好一阵子。不过，这么多年过去了，老头子还是无意间提起过一次这件事，你猜那男孩是谁？"

孟钊的眼神从那张纸上抬起来："是……陆叔的儿子？"

"哎哟，你知道啊。"师母笑起来，"怎么猜到的？"

"我跟他是高中同学。"

"亏你周老师还一直觉得自己在保守秘密，原来你知道啊！"

"那倒没有。"孟钊否认道，"我也是根据这张纸上的笔迹才认出来的。"

"那现在还有联系没？要是遇见了可得好好谢谢他。明生当时还跟我说，这陆成泽的儿子性格一点也不像他。"

"不像吗？"孟钊脑中出现陆成泽和陆时琛父子俩，不仅那种棱角分明的长相一脉相承，连身上拒人千里之外的气质都极为相似，天底下哪找这相似的父子俩，他笑了一声，"我倒觉得很像。"

"那是你没见过年轻时候的陆成泽。"师母也跟着笑，"那时候的小陆既阳光又健谈，在学校里那可是标准的校草人选，后来可能是家庭变故的原因吧，这些年简直像变了一个人，你说他俩像，倒也正常……"

"原来陆叔年轻的时候是这样的。"孟钊附和着。

"可不是嘛。"师母笑着问,"成泽年轻时带头打赢的那起民工讨薪案你听说过没?"

"听说过。"孟钊说。

那是让陆成泽在全国范围内名噪一时的一个大事件,当时一家房地产公司恶意拖欠民工薪资,上千名农民工讨薪无果,一夜之间有好几人选择了自杀,而这家公司的董事长背靠权势,买通了当地媒体,硬是将事情捂得严严实实。

那还是陆成泽刚参加工作不久的时候,距今已经二十多年了,在那个互联网不发达的时代,那些挣扎着的底层农民工根本无法让自己的声音被更多人听到。当地的律师知道对面的势力有多强大,没人敢接这个烫手山芋。

彼时陆成泽大学毕业两年,在一家鼎鼎有名的律所工作,他长相英俊,气质出众,能力拔尖,在公司受到领导重用,前途一片大好。他还有一个在大学阶段相爱的漂亮妻子,以及一个刚出生不久的可爱儿子,人生可谓春风得意。

而就在陆成泽去见了某位客户之后,他的人生走向从此发生了改变——在跟妻子认真商量过这件事之后,他接手了这个讨薪的案子。

陆成泽所在的律所自然不同意他的做法,这案子难度大、耗时长,且报酬低微,市面上任何一家商业公司都不可能接手这样的亏本生意。当年的陆成泽大抵是很傲气的,他干脆地辞掉了那个别人眼中前途无量的好工作,踏上了这条漫长的讨薪之路,这一走就是几年。

等他终于打赢这场官司,本以为人生从此会一帆风顺,没想到刚回来不久,在一家三口外出郊游时,半路却遭遇了一场严重车祸,妻子时辛当场去世,他和儿子陆时琛也被撞成重伤……

以前只是对陆成泽这段过往有所耳闻,如今听着师母回忆起当年陆成泽的往事,孟钊顿时觉得有些感慨。

原来陆时琛是在这样的环境中长大的，母亲遭遇车祸身亡，父亲在悲痛之下性情大变，原本应该团聚的三口之家却在一夜之间支离破碎，这样想来，陆时琛如今的性格似乎也有迹可循……

"这人的境遇啊，真是说不准，你说那么好一个人，怎么就遇上了这种事呢……"师母叹了一口气，"前些年我还一直说给成泽再介绍一个，他怎么也不同意，一转眼都到了这个年纪，看来就打算这样孤独终老了。"

"倒也能理解。"孟钊说，"毕竟是曾经共患难的爱人。"

"是啊，何况时辛还是那么好的姑娘……对了，小孟，你是不是也还没有女朋友？"师母说着，大概是觉得太过沉重，又把注意力转移到了孟钊身上，拐到了她擅长的话题，"我们学校今年新招进来一个女老师，长得可漂亮……"

一提起给孟钊介绍女朋友的事情，师母开始滔滔不绝，孟钊应付了几句，找了借口落荒而逃。

平心而论，师母给他介绍的女孩其实都不错，但孟钊就是觉得跟人家没话聊，之前碍于师母态度热情不好推拒，他也去见过两次面，但全程如坐针毡，一场相亲下来，感觉比连续二十四小时不间断破案还累。

打那之后，他就学会了跟师母在这个话题上打太极，任凭师母再怎么把对方夸得天花乱坠，他也没再答应去相亲过。

告别师母后，孟钊走出医院。

他拉开车门坐进去，拿起那个文件袋，从里面抽出那张纸，借着车外昏黄的路灯又盯着看了一会儿。

那张纸上记录的线索并不新鲜，都是当时媒体报道过的内容，更像是关于线索的整理。

上面还记录着孟若姝放学的时间，被人叫出去的时间，以及孟祥宇下班的时间。

孟钊想起自己跟陆时琛最大的矛盾来源——那条被车轧过的奄奄一

息的狗算是开端，而更重要的原因，是陆时琛曾对孟若姝进行过逼问。

那是孟祥宇的案子一审结束后不久，孟若姝的精神状态开始好转，但失语症还是没好，她有些抗拒上学，孟钊就把她送到了附近的少年宫里，让她逐渐适应跟同龄人的相处。

周六下午，孟钊去少年宫接孟若姝，却看见陆时琛低头看着还不到他胸口高的孟若姝，他神情冷淡，似乎在问孟若姝什么事情，而患了失语症的孟若姝站在他对面怯生生地摇头，看上去有些畏惧。

孟钊走近了，才听清陆时琛在问什么——他在问孟若姝那天被实施猥亵的具体时间，还有猥亵持续了多长时间。

这话立刻激怒了孟钊，这半年多以来，所有人都小心翼翼地在孟若姝面前避而不谈那件事，想让她慢慢遗忘掉，而陆时琛的这几句话直接摧毁了他们的努力！

在看到孟钊的一瞬间，孟若姝站在原地，"哇"地哭出了声，哭得撕心裂肺。

孟钊捏起拳头，又一次重重地朝陆时琛挥过去。

相比上次在操场上的那场打架，这次的后果要严重得多，有路人报了警，警察来了之后把他们俩拉开，带到了派出所里。

按规定，打架斗殴是要被拘留的，但因为两个人都未满十八岁，警察便试图让两人和解，谁知两个人都没有和解的想法，就那么一声不吭地待了好几个钟头，把派出所警察都愁得不知道该怎么处理。

最后还是陆成泽赶过来，替陆时琛向孟钊道了歉，这件事才算结束了。

孟钊看着那张纸上按时间记录的线索，心绪复杂。难道说……当时陆时琛逼问孟若姝，是为了了解孟祥宇的案子，然后把与案子相关的一些线索传达给周明生和陆成泽？

但这手段也真是不近人情……明明知道孟若姝遭遇了侵犯，怎么能那样逼问一个还不到他胸口高的小女孩？

孟钊又想起自己先前对陆时琛的评价——说他不近人情吧，偶尔

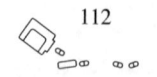

做的事情还挺有人味儿。

陆时琛这人真是……让正常人难以理解。

孟钊把文件袋放到副驾驶位上，启动车子，开着车的时候，脑中那个关于高中陆时琛的影像始终挥之不去。

这么多年来，他一直以为是陆成泽先去找了周明生，才有了后来师徒二人的那场合作，没想到事情追溯到最初，居然是陆时琛先踏出了那一步。

在孟钊的记忆里，高中时陆时琛的确翘过一次课，准确地说，是翘了一周的课。

孟钊当时心情绝望，不久前他去求过陆成泽，希望陆成泽能帮他舅舅一把——陆成泽声望很高，曾经在法庭上逆风翻盘，帮一群无助的农民工打赢一场看似不可能打赢的讨薪案，也因此在全国范围内名噪一时。

但那会儿陆成泽出于案子本身的原因，并没有立刻答应为孟钊的舅舅做无罪辩护。

那天之后，孟钊觉得舅舅翻案无望，开始计划之后的事情，他甚至做好了退学的打算，毕竟孟祥宇一旦入狱，家里的收入来源就断了，仅凭存款是无法负担舅妈的医药费和孟若姝之后的学费的。

孟钊打算好了，如果二审法院还是维持原判，他就退学去邻市打黑拳，据说打赢一场能挣不少钱，他觉得自己没有别的本事，但打架的水平还是可以的。

与此同时，没有人知道陆时琛去了哪里，陆时琛只让他的同桌帮他请了一周假，连班主任会不会准假都没管，就那么无缘无故地消失了一周。

翘课一周算重大违纪，陆时琛当时还因此被记了过，班主任质问他去了哪儿，他只微垂着头缄口不言，孟钊当时去办公室找班主任请假，还撞见了这一幕。

后来班主任在班里大发雷霆，说有些同学不能只顾着发展成绩却不发展品德，明里暗里把陆时琛批评了好一顿，孟钊记得班主任在讲台上唾沫横飞的时候，陆时琛就坐在座位上做练习题，好像挨批的那个人跟他无关似的。

高中那会儿班里都是尖子生，日子每天都过得相当平淡，陆时琛翘课一周这件事，已经算得上惊天动地的大事件，一时之间，猜测陆时琛到底翘课去做什么了，成了班上同学最感兴趣的话题。

饶是孟钊当时心思不在班里，对这件事也印象深刻。

因为那一周的翘课，陆时琛错过了那次周考，于是在下一周周考的时候，按照成绩排座号，他坐到了全班最后的位置——也就是孟钊以往的位置。

而孟钊，因为交卷前随手在答题卡上涂的两个C全部蒙对，以四分的总分在班里排名倒数第二，坐到了陆时琛的前面。

孟钊记得这件事，是因为那次周考之前他刚接到消息，那个经常在电视法制节目上出现的、在全国范围内都鼎鼎有名的周明生教授主动找上门来，说要接舅舅孟祥宇的案子。

因为这个消息，孟钊连日来的沉闷心情好似拨云见日，连眼前天书一样的数学试卷都变得有点顺眼了，他尝试着做了几道题，结果发现一道题也不会。

他听到身后传来笔尖摩擦纸面的声音，应该是陆时琛正在纸上运算，孟钊从那时起才把注意力分了一点给学业，也是在那个时候他才意识到，因为舅舅的这桩冤案，高中这两年他几乎一节课都没好好听过，曾经他也畅想过考上大学的场景，如今大学似乎要跟他无缘了。

有了周明生和陆成泽的强强联手，事情开始变得明朗起来。

周明生那时候就经常跟孟钊说"尽人事听天命"，虽然不知道二审的结果怎么样，但孟钊总觉得压在他肩膀上的那副担子变轻了，他可以承受这件事情的任何结果。

高三上学期，二审结果终于出来，那是孟钊最后一次翘课，从法院出来的时候他还遇见了陆时琛，陆时琛应该是到法院找他爸陆成泽的，他们对视了一眼，但谁也没说话，然后就朝着不同的方向擦肩而过了。

孟钊再次跟陆时琛产生交集，是高三上学期快要结束的时候，陆时琛连续几天没在班级出现，但跟上次翘课不同，班主任这次没有任何过激反应，于是班里都在传陆时琛要出国了。

几天之后陆时琛再次出现，是回来收拾东西走人的。他把课本和练习册都搬到桌面上，班里的几个好学生凑过来想跟陆时琛寒暄几句，但陆时琛平时为人冷漠，没什么交心的朋友，于是那几个人跟他说了没几句话，就识趣地散开了。

班里人声嘈杂，陆时琛收拾完东西，抱着那摞书和练习册，朝教室后面走过来——他是来扔垃圾的，那些书对他来说都成了废纸。

孟钊当时坐在教室最后一排的垃圾桶旁边，正在跟高一的数学课本死磕，他初中基础不错，其他科目自学起来也没那么难，但就是数学这一科，课本有些地方怎么看也搞不明白。

就在他打算放弃眼前这个知识点，转而进攻下个知识点的时候，一摞书重重地拍在了他桌上。

孟钊一抬头，看见陆时琛站在他面前，正居高临下地看着他。

虽然很想给这张脸直接来上一拳，但碍于陆成泽不久前刚刚帮舅舅翻了案，孟钊还是克制着自己对陆时琛的厌恶，不带什么语气地问他："干什么？"

"这些垃圾给你了。"陆时琛当时看着他，"反正我也用不着了。"

被当成了垃圾回收站的孟钊捏紧了拳头。

陆时琛俯下身，贴在他耳边轻声道："'嗟来之食'这个词懂吧？野狗。"

他说完就起身离开了，孟钊刚要站起来和他打一架，这时班主任进了教室："都在干什么呢？教室里乱哄哄的，课代表赶紧过来发卷子！孟钊你过来一下！"

因为班主任找孟钊有事，于是两人这最后一架没能打成。

而陆时琛解决了他留在学校的那堆垃圾，没跟任何人告别，就那么走了，再也没在班里出现过。

那就是十二年前，孟钊见到陆时琛的最后一面。

到了舅舅家里，孟钊抬手敲门，是孟若姝起身开的门，孟若姝素面朝天，懒洋洋地说："哥，你怎么才回来啊？我都要饿死了，晚上八点之后吃饭很长肉的好不好？"

舅妈宋宁起身去厨房："小钊回来了，我去端饭。"

孟钊在玄关处换拖鞋："你们还没吃？不是让你们别等我？"

"你地位这么高还能不等你啊？"孟若姝虽然嘴上抱怨着，但神色看起来却很高兴，"快点快点，我妈做鱼那么好吃，你怎么一点也不着急啊？"

坐在客厅的沙发上看电视的孟祥宇见孟钊回来，也起身了："别抱怨你哥了，你哥那是工作忙。"

"知道了。"孟若姝走到厨房帮宋宁端饭，"大忙人。"

宋宁做鱼确实是一绝，一条红烧的大鲤鱼几乎在十四寸的鱼盘中摆不开，上面撒了碧绿的葱花，让人一看就食欲大开。

"周衍的案子怎么样了？"孟若姝一边在碗里挑着刺一边问，"为什么那个保姆要杀他啊，他到底是不是那场校园暴力的主使？"

孟钊洗了手坐下来，还没说话，孟祥宇在一旁开了口："这案件的内情你哥还能跟你透露啊？"

孟若姝往嘴里塞了一大口饭，含混不清道："我不是好奇嘛！"

孟祥宇接着问孟钊这几天工作是不是很忙，又让他一定要注意安全。孟钊吃着饭，点头应着。

孟钊的妈妈孟婧当年就是警察，在孟钊十岁时以身殉职，正因如此，当年孟钊要报公安大学时，孟祥宇说什么也不同意，后来还是孟钊偷偷改了志愿，被提前批录取之后，孟祥宇才知道了这件事。但事情已成定局，他也不好再说什么了。

只是因为姐姐的死，孟祥宇始终对孟钊不太放心，只要一有机会坐到一起吃饭，就不忘叮嘱孟钊要注意安全。

吃过饭，孟钊起身要帮忙刷碗，被宋宁推出了厨房，孟若姝也一并被推了出来。

孟若姝拿了木糖醇口香糖一人分两个，分到孟钊的时候，孟钊问她："高中的时候我给你的那本笔记扔了没？"

"啊？"孟若姝对于学习资料这件事丝毫不上心，"我早忘了。"

"没扔。"孟祥宇说，"都在小妹床下的柜子里，你们兄妹俩的课本和资料，我一点也没扔过。"

"小妹去把那本笔记找给我。"孟钊对孟若姝说。

孟若姝已经躺到了沙发上，拖鞋脱了一只，还有一只摇摇晃晃地挂在脚尖上："我不去，你自己去。"

"快点去。"孟钊拿出了副支队长的派头。自打孟若姝那件事情发生之后，他就再也没迈进过孟若姝的房间一步。

"快去帮你哥找找。"孟祥宇也在旁边帮腔。

"你们好烦啊！"孟若姝不情不愿地从沙发上起身，推门进了自己房间，然后开始翻箱倒柜地找。

十几分钟后，孟若姝拿着那本笔记走出来，递给孟钊后，她一屁股坐到沙发上："哥你都毕业多少年了，还要这笔记干什么？现在高中课本都改版了吧？"

"有点事儿。"孟钊说着，翻了翻笔记，那上面全都是陆时琛的字迹。

瘦长的字迹有些潦草，透着一丝不加掩饰的傲慢和漫不经心。

相比这本笔记，那份线索整理上的字迹更加端正和认真一些，不过，虽然写字人的态度有差，但毫无疑问，这两份笔迹全都出自陆时琛。

又跟孟祥宇聊了几句，看时间不早了，孟钊站起身，打了招呼要离开。

"小妹去送送你哥。"孟祥宇喊孟若姝。

孟若姝这次倒是没抱怨，起身到玄关处换鞋，宋宁从厨房走出来，拿着一袋垃圾递给孟若姝："顺便倒一趟垃圾。"

"我来吧。"孟钊伸手要接过来。

宋宁不让："别别，让小妹来，你还开车，沾了手不好洗。路上开慢点啊！"

孟若姝拎着垃圾跟孟钊下楼："哥，你最近又相亲了没？"

"没，怎么了？"

"哦，没事，关心关心你。"孟若姝笑嘻嘻的。其实她在给好朋友徐晏——也就是徐局的女儿——探听情报，但又不能表现得太明显。

又往下走一层楼，孟若姝再问："哥，你看上去有心事啊？"

"没心事的是傻子。"孟钊看她一眼。

孟若姝自动对号入座："哎，你怎么骂人呢？"又很快想到自己此行的使命，再接再厉道，"你有什么心事跟我讲讲啊，我可是坐拥两百万粉丝的美妆兼情感博主，什么都知道。"

"哦，又涨粉了啊？"听出孟若姝话里话外翘尾巴的意思，孟钊象征性地给她捧了个场。

孟若姝是学美术的，前两年因为一个仿妆视频点击量暴增，从此踏上了美妆博主这条路。小姑娘年纪轻轻，已经实现了经济自由。

孟钊暂时没打算跟她说陆时琛的事情，但他忽然觉得孟若姝的女性视角也许可以发挥作用，分析一下陆时琛这不按常理出牌的性子到底是怎么回事。

"你说啊，"孟钊在自己的车边停下脚步，"如果有这么一个人，平时看上去非常冷漠，像个假人，偶尔还很欠揍，十句话里有九句话在激怒你，但是背地里却会做一两件挺有人味儿的事，这人到底在想什么？"

孟若姝脱口而出："这人肯定喜欢你啊！"她自觉抓住了今晚谈话的重点，立刻顺杆往上爬，"这是哪家姑娘啊这么野，居然连你也敢激怒？"

孟钊一言难尽地看着她："他是男的。"

孟若姝倒吸一口气："哥，你居然还男女通吃！"

孟钊彻底无言，他就不该试图让孟若姝参与分析陆时琛。

见孟钊一脸无奈地看着自己，孟若姝平复情绪，变得正经下来：

"还有一种可能。"

"嗯？"

孟若姝煞有介事："他在PUA你。"

孟钊："……赶紧回家吧。"

打发走孟若姝，又目送她扔完垃圾走回楼道，孟钊这才拉开车门上了车。

回到家，孟钊洗漱完，看着那本摊开的笔记和旁边的那份线索整理。一份潦草，一份端正。陆时琛这人还真是让人有些看不透。

孟钊拿起那份笔记，上面记录的全都是不同类型的题和每道题的最优解法。

孟钊记得，当时陆时琛离开教室后，他其实是想把那摞书一起掀到身后的垃圾桶里的。但前座的女生这时回过头，把最上面那本陆时琛的笔记拿走翻看起来："能借我看看吗？我看完了就还你。"

"不用还我了。"孟钊当时这样说。

话虽如此，几天后，前座的女生还是把那本笔记还给了孟钊，而那时候，孟钊心里的火气已经消得差不多了。

"这笔记好神啊，学神不愧是学神。"那女生小声地，神神秘秘地对他说，"不要借给别人看哦。"

真的有那么神？孟钊原本想随手丢掉那本笔记，但这几句话让他改变了主意。

他看着那本素净的黑皮笔记本，脑中又闪过陆时琛那种居高临下的神情。

陆时琛已经出国了，往后这一生里他们都不会有见面的机会，跟他单方面结仇有什么意义？孟钊这样对自己说。

被当成野狗就当成野狗吧，难道野狗就没有挣扎着活下去的权利吗？他根本就没必要把一个已经从他世界消失的疯狗当回事。

孟钊这样想着，怀着"欲练此功必先自宫"的信念打开了陆时琛的那本笔记。

还别说，如前座女生所说，陆时琛的这本笔记真的挺神的。相比数学老师遇上哪题讲哪题、东一榔头西一棒槌的那种针对优等生的授课方法，陆时琛整理的这份高考类型题，对孟钊这种基础薄弱的学渣来说更有针对性。

更别说陆时琛对很多题的解法都比数学老师讲得更要精练和巧妙一些。

于是，在高三接下来的那段时间里，这本笔记帮了孟钊很大的忙，不仅帮他克服了数学这道坎，更让他有余力去顾及其他科目。

再到后来，他又把这本笔记给了孟若妹。孟若妹成功从一个纯种学渣，到后来从艺术生二本线上低空飘过，这本笔记也算立了大功。

也正因此，十二年后再次遇到陆时琛，孟钊发现，自己对他的那句"野狗"居然有些免疫了。

孟钊翻看着陆时琛的笔记本，他发现跟周衍的那个日记本一样，这个笔记本的扉页也折到了夹层里，只是当年他从来都没有想过抽出来看看。

会不会也记了内容？孟钊把那一页从夹层中抽了出来。

虽然只是一瞬的念头，但在看到那上面真的有字的时候，孟钊还是微微一怔。

藏在夹层里的那张纸的右下角写着——努力成为好的大人吧。

这句话的字迹比笔记上更认真一些，跟记录线索的那张纸上的字迹更像了。

陆时琛，孟钊盯着那行字想，这还是他认识的那个陆时琛吗？

入睡时外面好像下了雨，学生时代孟钊其实挺喜欢下雨天，但做刑警这几年，他遇到雨夜就有些犯职业病，总觉得犯罪分子会趁这种容易掩盖罪行的夜晚偷偷犯罪。

这一晚他没怎么睡好，一会儿梦见喝醉的周衍摇摇晃晃地走在那个老旧小区，一会儿梦见赵云华一脚踩空跌入楼底，一会儿又梦见高中

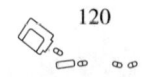

时的陆时琛俯身在他耳边问他知不知道"嗟来之食"是什么意思。

直到外面的天色变得灰蒙蒙的,有了快要亮起来的迹象,他才真正睡着了。

这次他梦见了孟祥宇二审结束、沉冤得雪的那一天。

那是十二月份的一天,那天下了冬季的第一场雪。

就在法官宣布孟祥宇无罪的那一刻,宋宁和孟若姝都哭了,宋宁默默无声地流泪,孟若姝则哭得几乎喘不过气。

两年多的到处奔走让孟钊自以为长成了大人,他想像大人一样忍住眼泪,但是在看到不戴手铐的苍老的孟祥宇站到自己面前时,他还是忍不住地流下了眼泪。

从法庭出来时一家人都擦干了眼泪,孟若姝的应激性失语症忽然好了,她伸出手接住雪花,说了从那件事情发生以来的第一句话:"下雪了。"

那声音很哑,不太流畅,但足够让孟祥宇和宋宁高兴得要跳起来。

孟祥宇欣喜若狂,一弯腰把孟若姝抱了起来,一向抗拒任何异性接触的孟若姝罕见地没有表露出畏惧,而是咯咯地笑出了声。

孟钊当时也在笑,也许是因为很久没笑过,在嘴角扯起的时候他有种僵化的脸终于放松的感觉。

然后他就看到了路对面的陆时琛。

陆时琛当时在看着他,那神情,跟他当时看着道路中央的那条狗的神情没什么不同,不带任何情绪,反倒是像在观察某种笼中动物。

对,观察,孟钊脑中忽然冒出这个词,说冷漠其实不太恰当,陆时琛更像是一个置身事外的观察者,没有任何喜怒哀乐似的。

那一刻他在想什么?孟钊脑中出现这种想法,然后睁开眼,醒了。

这不是梦,他意识到,这就是那天发生的事情。

早上,孟钊提前半小时出门,把他那辆车送到了4S店修理,然后坐公交车去了市局。

这车是孟钊两年前买的,当时他准备用存款买一辆不到二十万元的大众,因为孟祥宇经营一家二手车行,对车了解得比较多,孟钊在买车前和他商量了一下,谁知孟祥宇一听,非要给他补贴十多万元,拉着他去买了一辆高配的汉兰达。

孟钊迟迟对相亲不感兴趣也有家里的一部分原因,一旦他真的和哪个姑娘谈上了,孟祥宇一准儿又要开始张罗着给他买房了。孟祥宇把他当亲儿子养,但孟钊却不能不把自己当外人,孟祥宇那些钱是要留给孟若妹当嫁妆的,孟钊无法心安理得地接受下来。

于是他自己打算着,等攒够了首付的钱,再开始考虑这件人生大事。更何况,到目前为止,他还真是没遇见过让自己心动的人。

到了市局,孟钊刚要抬步迈上楼梯,遇见了从停车场走过来的厉锦。

厉锦跟他打招呼:"孟队,今天没开车过来?"

"车送修了。"孟钊跟她一边走一边聊,"对了,师姐,关于周衍的死亡时间,你有什么想法没,比如有没有什么可以让死亡时间延后的方法?"

"你可真是一心扑在案子上,这一大早还没到上班时间呢,就开始想案子了。"厉锦笑道,又想了想道,"让死亡时间延后的方法倒也不是没有,比如让死者丧失行动能力后大量出血,因失血过多而死,这样在查到的死亡时间内,凶手很有可能已经逃脱了。但是周衍是被勒死的,出血量很少,不可能因为失血过多而死。"

厉锦说的是很常见的情况,这一点孟钊当然也清楚,但他还是认真听着。

两人到了楼梯口,厉锦要乘坐电梯去三楼,孟钊没往办公室的方向走,而是跟她一起迈进了电梯:"周衍的继父是今天来接周衍吧?我再上去看一眼。"

"好。"厉锦按了电梯上的按键,接着说,"还有就是借助药物延长死亡时间,比如在当时只是让死者失去行动能力,然后在喂了死者药物之后离开案发现场,这样在死亡时间内,凶手也有不在现场证

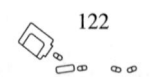

明。但是这样来猜的话,就是赵云华先把周衍勒到窒息,然后再给他喂药物,或者让他闻到可以致人死亡的气体,但死者的体内又没有查到这种物质……"

电梯上到三楼,门开了,厉锦刚要走出去,转头一看,孟钊还盯着旁边的数字显示板,似乎正陷入沉思,她开口提醒了一句:"到了,孟队,想什么呢?"

"哦。"孟钊这才回过神,跟她一起走出电梯,"没什么,只是你刚刚的话让我产生了一个新的猜测。"

"是吗?能给你提供灵感那再好不过了。"厉锦笑了笑,朝法医室走过去,"什么猜测?"

"先去解剖室吧。"孟钊说。

到了解剖室,孟钊躬身仔细观察着周衍脖子上的几道勒痕,问厉锦:"你还记不记得,当时在哪条勒痕上检测出了跟凶器有关的残留物?"

"这个啊……我只在勒痕上提取了样本,具体哪条勒痕真是没注意。"

"师姐,帮我个忙。"孟钊直起身说,"这几条勒痕你再提取一下跟凶器有关的物质,要每条都提取一遍,然后把结果告诉我。"

"行。"厉锦答应得很爽快,"那等结果出来了我叫你。"

从法医室出来,孟钊往楼下的刑侦办公室走,脑子里盘算着关于这案子接下来的行动。

他走到工位,刚从抽屉里拿了包速溶咖啡出来,程韵凑了过来,给他递了杯现成的。

程韵在办公室里搞了个小型咖啡机,平日里跟同事共用,但孟钊从来没用过。

孟钊过得太糙,觉得咖啡这玩意儿就是用来提神的,哪怕用冷水冲开他也喝得下去。而程韵隔三岔五主动递过来的咖啡,他也没觉得在口味上有什么太大区别。

"钊哥,一会儿你去做什么?"程韵在一旁说,"你车是不是送修了,我给你当司机啊?"

"猜吧。"孟钊一边喝咖啡，一边查路线，"猜对了就带上你。"

这又是在考程韵了，看她对办案步骤到底有没有自己的规划，还是只会跟在别人屁股后头做跟班。

程韵想了想："去赵云华工作的家政公司？"

"走吧。"孟钊把喝空的纸杯扔到垃圾桶内，起身走出办公室，"说说理由。"

程韵赶紧跟上："因为我觉得，首先要搞清楚的事情是，赵云华明明跟周衍和谐相处了四年，为什么忽然咬定周衍就是害死她儿子的凶手，并且会下狠手把周衍勒死，在此之前她应该会有表现异常的地方，我们去家政公司就是为了问清这一点，对不对？"

"下次可以自己出师了。"孟钊说。

程韵受了表扬，心里挺高兴，笑嘻嘻地"拍马屁"道："都是钊哥你教得好。"

到了顺意家政公司，一听孟钊是为了赵云华的案子过来的，负责接待警方的经理愁眉苦脸，开始往外吐苦水："你说我们公司也是倒霉，这个赵云华跳过公司，私下跟客户签合同，我们公司也算是受害者了吧，现在可好了，周衍这案子闹得这么大阵仗，所有人都觉得我们公司的保洁员工有问题，有几个刚谈好的客户还没签合同就被吓跑了……"

不同的警察有不同的办案风格，而配合调查的人也有不同的聊天风格，眼前这位明显就是话痨型的。遇上这种，孟钊一般都是先不动声色地听着，然后从他话里找线索。

"你说我们公司找谁说理去？就不说这个，前几天这赵云华去帮人家干活，还被投诉了一次，那客户都是我们公司五年的老客户了，给我们介绍了不少主顾，现在也说要解约，唉……"

孟钊听到这里，抓到了他话里重点："赵云华被投诉？投诉是哪天的事情？"

"投诉啊……我得找找记录。"经理拿出手机给人事打了电话，挂了电话后说，"是十二号。"

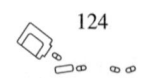

"因为什么事情投诉？"

"因为赵云华打碎了客户家里的一个花瓶。"经理叹了一口气，"人家客户还不要赔偿，说那个花瓶是一个有名的设计师朋友送的，多少钱也赔不来……"

"赵云华以前有没有犯过这种错误？"

"没有。"经理很肯定地说，"她在我们这儿干了这么多年，每年都是年度优秀员工，就因为这个才让她负责这么重要的客户，这么长时间以来她一直也没犯过什么错，谁承想这一来就来个大的。那花瓶她也知道有多宝贝，人家客人都交代过好几遍的，怎么能犯这种错误……"因为怨念太深，经理又开启了话痨模式。

等他说完，孟钊又问："那在这之前赵云华有没有什么反常的地方，比如情绪不高、经常走神之类的？"

"没有吧……"经理说着，转头看了看前台的接待："你看出她哪儿不对劲吗？"

"没有。"前台接待也摇头，犹豫了片刻又说，"不过……平时每天早上她过来的时候我都跟她问好，她也都笑着跟我打招呼，只有十二号那天早上她没理我，还挺反常的……"

孟钊注意到前台旁边安置了一个快递置物架，上面放着还未取走的快递，他问："她最近有没有收过快递，或者跟什么陌生人接触过？"

"没收过快递。"接待又摇头，"她好像不怎么网购，从没见过她来取快递，至于跟陌生人接触……她只是早上来取一趟保洁工具，这些我们也不太清楚。"

问题都问完了，孟钊道了谢，又给经理和前台留了电话，让他们如果想到什么线索，一定要第一时间联系他。

出了家政公司，程韵跟上孟钊："钊哥，你说赵云华为什么十二号忽然变得反常，十三号周衍回来她就下了杀手，她是不是掌握了周衍是害死赵桐的真凶的证据啊？"

"有可能。"孟钊上了车，关上车门，"再去赵云华家里一趟吧。"

上次因为急着申请逮捕令，只顾着在赵云华家里搜索她的杀人证据，却错过了不少细节。

到了赵云华家里，孟钊先用视线扫了一圈，许是阳光有点强烈，当孟钊的视线经过卧室时，角落中反射出的一丝亮光让孟钊觉得有些刺眼。

他走近了，半蹲下来，看清了亮光的来源——倒在地上的垃圾桶中，有一个被摔碎的玻璃相框。

这相框看上去有些廉价，一看就是在那种批发市场买来的，小时候这种相框还挺常见，这些年已经在各种场合难觅踪影了。

相框里框着的是赵云华和周衍的合照，从动作来看，照片是周衍伸长另一只胳膊自拍的。两人的距离很近，脸上都挂着开心的笑容，乍一看真是让人觉得情同母子。

这相框是被赵云华扔在了垃圾桶里？保护照片的那层玻璃也被打碎了，出现了发散状的裂痕。这裂痕，是摔出来的？

孟钊注意到相框下面还有一个小纸盒子，他把那纸盒子拿起来打量。

是那种快递常用的纸箱，但比一般纸箱要小一些，底部只有巴掌大小，上下盖子的开合处缠了一圈封口的胶带，其中一面被裁开了，切面整齐，应该是使用了剪刀或小刀裁开的。

这个封口的纸箱是哪儿来的？曾装过些什么？孟钊又看了看垃圾桶，里面没有其他有价值的东西了。

孟钊之前看过赵云华的手机，上面虽然下载了购物软件，但一打开就是"版本过低请升级"的提示，如那个前台接待所说，赵云华似乎没有网购的习惯。

他站起来对程韵说："让周其阳带人过来一起搜一下这屋里，看看有没有能装进这个纸箱的东西。"

孟钊说完，又在屋内转了一圈，依次拉开赵云华的抽屉看了看。

赵云华的抽屉里分门别类地装着不同东西，有塑料袋，有捆扎绳，还有一些零零碎碎的小玩意儿，看上去都跟案子没什么直接关系。

孟钊又拉开电视下面的抽屉，那看上去是赵云华专门盛放药物的

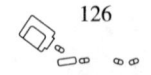

抽屉，里面装的多是一些感冒药。在将抽屉合回去的时候，下面的滚轴卡了一下，孟钊活动了一下抽屉，才将其彻底合上。

滚轴下面似乎有什么东西……孟钊敏感地察觉到，他把抽屉再次拉开，手掌伸下去托住抽屉底部，另一只手一用力，将抽屉卸了下来。

他俯下身一看，里面果然有东西被卡住了，是一个小药瓶。大概因为来回活动抽屉，药瓶上的字迹已经被磨损得看不太清楚了。

这药瓶里的药是赵云华之前吃过的吗？这会是什么药？孟钊脑中又出现了那个疑问：赵云华的自杀，以及整个案件中所透露出的不知该如何形容的仓促感和违和感，真的都只是巧合吗……

孟钊把药瓶装起来，打算拿回去让物鉴科化验一下药物成分。

下午，孟钊让周其阳带了几个人去赵云华家里又系统地搜了一通，也没能发现更多可疑的东西。

"会不会是从外面捡回来的纸箱啊？"周其阳说，"赵云华不是每天都会翻垃圾箱捡纸箱吗？"

"这纸箱是新的。"孟钊说，"而且没跟她那些要卖废品的纸箱捆在一起，应该不是捡来的。"

"那里面装了什么？吃的东西，被她吃了？或者是纸被她烧掉了？但是没发现灰烬啊……"

如果纸箱里确实有东西，而现在这东西又不翼而飞了，那会不会是……

"难道有人在我们之前去过赵云华家里，拿走了那个东西？"周其阳适时地说出了孟钊的猜测。

"那可不好查啊……"周其阳喃喃自语，"那地儿群租房那么多，每天人来人往的，根本查不出来是谁啊！"

正在这时，办公室里的电话响了，离得最近的程韵接起来，应了两声后对孟钊说："钊哥，厉姐找你。"

"知道了。"孟钊应了一声，起身后对周其阳说，"去找找赵云华家附近的监控吧，看看十一号晚上她回家的时候情绪怎么样。"

孟钊到了楼上法医室，厉锦正倚着桌子看新出的检测报告。

"怎么样？"孟钊走过去。

"真是有点奇怪。"厉锦把报告递给他，"你不是让我检测每条勒痕上的凶器残留物分布吗？你看啊，这几条从背后勒的痕迹上，都提取出了捆扎绳的相关物质，反而这条从前面勒得最深的这一条痕迹上，却没有提取到。"

孟钊翻看着那份检测报告："是很奇怪。"

"或许是从背后勒的这几条，周衍挣扎得比较剧烈，所以摩擦之下凶器残留比较多。"厉锦分析道，"而从前面勒的这一条，很明显，周衍当时已经没什么挣扎的力气了……"

"但经过前面的挣扎，捆扎绳已经磨损得比较严重了，不会一点残留物都没留下。"孟钊摇了摇头，否定厉锦的猜测，"然而这份报告上，那条从前面勒的勒痕上，却没有检测出跟捆扎绳有关的一点物质。"

"确实。"厉锦点了点头。

"可能是因为凶手换了凶器。"孟钊说，"如果是跳绳这类光滑的绳索，就很难在勒痕上留下痕迹。"

"倒是有这个可能，但凶手拿着两个凶器去也是准备够充分的，而且……"

"而且，"孟钊接着她的话说，"明明有跳绳这种更不容易留下痕迹，而且更不容易断裂的绳索，为什么一开始会选择用捆扎绳？"

厉锦抬头看着他，觉得他还有话没说完。

果不其然，孟钊接着说："所以，可能换的不只是凶器。"

厉锦的神色开始变得凝重起来："什么意思，你是说……换的是凶手？勒死周衍的真凶不是赵云华，而是另有其人？"

"嗯。"孟钊指着报告书上周衍脖子上的勒痕，"你看这几条背面的勒痕，虽然周衍当时挣扎得比较剧烈，但这些勒痕相对来说比较浅，可能会让周衍短暂窒息，但不足以致命。但这一条正面的勒痕，显然力度和位置都很致命，导致周衍舌骨断裂、彻底断气的就是从正面勒的这一下。"

厉锦听着他的分析，提出自己的疑问："这点我们之前也考虑过，但从后面勒住的时候，周衍是挣扎的状态，而且因为赵云华比周衍要矮，不好使力，而从正面勒住的时候，周衍是接近窒息的躺倒状态，这时候的勒痕比之前更深也是有可能的……"

"你说得也有道理。"孟钊说，"但还有一个侧面证据，赵云华每天从垃圾桶捡纸箱和酒瓶回家的时候，要用两只手一起提着那个袋子，说明她并不是一个力气很大的人。而且，周衍当时是被勒到窒息的状态，赵云华经过这一番折腾，估计也累得没什么力气了，这时候再从正面一击致命，一下子精准勒断周衍的舌骨，几乎不太可能。"

话至此，厉锦被说服了，她思索片刻道："那这样的话就能解释为什么在周衍的死亡时间段内，赵云华有确切的不在场证明了……"

"这也只是我的猜测而已。"孟钊合上那份报告，"具体的还要再往下查，谢了师姐，这份报告我拿走了。"

从法医室出来，周其阳那边的结果也出来了，他打电话给孟钊："钊哥，我拿到了十一号那晚的监控。你猜怎么着？赵云华那晚一切正常，快九点的时候翻完垃圾桶后回家了。"

孟钊已经摸清了周其阳这故意卖关子的说话方式，催道："后面是不是还有'但是'？赶紧说。"

"但是啊，她回家之后又出来了。"

"嗯？"孟钊顿住脚步，"去哪儿了？"

"去了她家附近的那条华兴街，但因为那条街比较破，摄像头也是坏了好几个，只能锁定她走进了这条街，具体去了哪里，见了什么人，就不知道了。"

"那你先把监控记录带回来吧。"孟钊说。

正在这时，他的手机振了一下，孟钊挂了电话，打开微信一看，居然是陆时琛发来了消息："几点下班？"

"五点半，怎么了？"

"我在市局门口等你，找你有事。"

陆时琛找自己能有什么事？孟钊正盯着屏幕猜测，耳边一道声如洪钟的声音："戳这儿干什么呢？"

不用抬头也能听出来，去省厅开会的徐局回来了，来找他兴师问罪了。

"跟我到办公室来。"徐局语气不善。

孟钊收了手机，知道接下来又会是一场训话，没多说话，跟着徐局走到了办公室。

徐局年近五十，相比同龄的陆成泽，他脸上的褶子要更惹眼一些。传说徐局年轻时也是公安大学系草级的人物，但大概平时思虑过多，现在已经完全看不出当年的风姿了。

不过，这也都是流传下来的说法，具体是不是有人拍马屁说的，因为年代久远，现在也不可考了。

"怎么回事？"徐局果然大发雷霆，"事情都闹到省厅了，省长还专门问我这案子怎么回事，我这张老脸都挂不住了！你这刑侦队长是吃干饭的吗？都已经到了现场，结果就眼睁睁让嫌疑人自杀了？"

"我的错。"孟钊没多言，揽下责任，"这案子我会查清楚的。"

"查清楚？人都死了还怎么查清楚？"徐局看着他，"查当年的校园暴力案？十多年前的事，你上哪儿去找证据？"

"过去没有的证据，现在未必不能找到。"孟钊的眼神有些锐利。

徐局沉默了片刻，他的瞳孔微微收缩，情绪也不再像刚刚那样激动："你……是不是发现了什么？"

孟钊把厉锦给他的那份报告展开，从桌子上推给徐局："你看看吧徐局。"

徐局一页页翻看着报告，眉头逐渐紧皱："这案子……"

"我觉得没这么简单。"孟钊接下话，"这案子的背后，还隐藏着什么。"

徐局仍在紧盯着这份报告，似乎是在思考着什么，许久之后，他终于开了口："那接着往下查吧，但这件事，你需要在暗中调查，也不能动用太多的警力，明白吗？"

暗中调查，还不能动用太多警力？孟钊还是第一次遇见这种情况，徐局的葫芦里卖的是什么药？孟钊刚想发问，就被徐局噎了回去。

"你不要问为什么，按我说的去做。总之，我不会害你。"他把那份报告还给孟钊，"对了，晏晏今天要回来，你晚上没事儿的话去机场把她接回来，顺便带她吃个饭。"他抬腕看了看手表，"六点半到机场，现在去正好。"

徐局说的"晏晏"就是他女儿徐晏，孟钊一听，联想到之前周其阳跟他说的那个徐局有意让他做女婿的传言，推辞了一句说："我有事儿。"

徐局没想到孟钊会这么直截了当地拒绝自己，眉心一拧道："你有什么事儿？不重要的话先往后推推。"

孟钊还真有事，但他无意跟徐局提到陆时琛，只说："而且我的车也送修了。"

这是又找了一个拒绝的理由，徐局这次彻底被他拂了面子，挥手赶人道："滚吧。"

孟钊不害怕徐局，这人虽然总说他脾气暴，让他收收脾气，但孟钊觉得徐局的脾气其实比自己暴多了，只不过，经过岁月的淘洗，徐局已经掌握了克制的方法。

对大多数人，徐局轻易是不会发火的，但是对他，却总是一副暴脾气的样子。

且不提孟钊对徐晏到底有没有感觉，就说他跟徐局这俩暴脾气凑一块儿，以后也不会有安生日子，以孟钊的性格，他是不可能找个领导做老丈人长期管着自己的。

出了市局，孟钊四处看了看，没看见陆时琛的车。

他一边往前走，一边拿出手机给陆时琛发消息："没见你啊！"

消息还没发出去，他走到一辆车旁边，落下的车窗里伸出一只手，握住了孟钊的手腕，把他拦了下来。

孟钊停住脚步，转过头一看，车里坐着的正是陆时琛。

"嚯，这么快就换了车？"孟钊看了一眼陆时琛开的这辆大奔。

"公司的车。"陆时琛收了搭在孟钊手臂上的那只手，"上来说吧！"

要搁在以前，孟钊是不会这么好说话的，他还想去华兴街看一眼，没工夫跟陆时琛浪费时间。

但也许是因为那张记录着线索的纸，让孟钊现在看见陆时琛就心绪复杂，他甚至对陆时琛产生了非常强烈的兴趣，在他眼里，陆时琛就像一桩难以侦破的案件，诱使他拨开表面的层层迷雾，一步一步深入地探究那掩藏在其中的真相，愈是谜团重重，就愈是让他兴致浓烈。

走到车子的另一边，孟钊拉开车门坐了进去，刚坐进去，手机就响了——是徐局打来的电话。

孟钊不知道的是，就在他离开市局的这几步路上，楼上徐局站在窗边，观察着他有没有开车离开，以此判断他那个"车子送修"的说辞到底是不是推辞。

在确认孟钊今天确实没开车之后，徐局给孟钊打了个电话，打算把自己的车借给他开，让他去把自己的宝贝女儿接回来。

但他没想到电话刚拨出去，就眼睁睁地看着孟钊上了 辆豪车的副驾驶位。

电话接通了，徐局陷入沉默，孟钊这是傍上了哪个富婆？什么车送修了，果然是借口。

孟钊听着手机那边没动静，问了句："徐局，什么事？"

徐局再一次说："滚吧。"

孟钊："……"

挂了电话，孟钊决定不理这个正处于更年期的老头儿，他收了手机问陆时琛："找我什么事？"

"你不是还欠我一顿饭吗？"陆时琛看着他。

孟钊见他脸上的表情没有开玩笑的意思，顿觉不可思议："所以你这是找我讨饭来了？"

"只是觉得边吃边说更合适一点。"

"……我今天有事，改天吧，少不了你的。"孟钊说，"找我什么事，说吧？"

陆时琛这才切入正题："死者的手机找到了没？"

居然还是周衍的案子，陆时琛对这案子表现出了异常的关注，这让孟钊觉得有些奇怪，陆时琛明明就是那种事不关己高高挂起的性格。

"案件细节不便透露。"孟钊说着，抛出了一句试探，"这真凶都落网了，你怎么还在纠结这些细节，不像你的性格啊！"

谁知陆时琛没理他这一茬，反而语出惊人道："你真的觉得真凶落网了？"

孟钊一怔，顿时察觉到陆时琛话中有话，难道陆时琛……

孟钊知道，自己之所以能做出"真凶另有其人"的判断，是基于厉锦的法医检测和赵云华的不在场证明，可这些内部消息他从没跟陆时琛透露过，陆时琛是怎么推断出来的，难道是基于那根不知从何而来的狗毛？

孟钊没把自己这一刻在大脑中的思虑表露出丝毫，他只是仿若平常地顺着陆时琛的话问："什么意思，难不成你对这案子还有别的高见？"

谁知陆时琛并没有上钩，而是说："我们做个交易吧，你向我透露案情细节，我帮你查那个给公众号提供线索的境外号码。"

陆时琛果然聪明，知道自己最需要的是什么，孟钊思绪起伏，他确实想查清到底是谁给那个公众号提供的"真相"，但是他在公大的校友都没什么出国进修的经历，一时半会儿摸不到国外的人脉。报到上面申请调查的话，一套烦琐的流程下来，等结果出来大概会遥遥无期……

虽然陆时琛的条件很诱人，但孟钊并没有透露案件细节的打算。

与此同时，他开始推测陆时琛的动机，为什么会对周衍的手机感兴趣？两个人有过什么联系吗？

突然，孟钊想到，在周衍死亡时间之内，陆时琛曾给周衍打过的那通电话，当时电话接通了，但对面的人却没有说话。

等等，孟钊脑中闪过一个念头，那通电话一开始自己推测的是凶手，也就是赵云华接的。但监控显示，赵云华那时已经离开了现场，如果周衍当时还没死的话，那接电话的人是谁？会不会是奄奄一息打算求救的周衍？

他迅速梳理着线索，假设赵云华当时没能勒死周衍，周衍从窒息状态中苏醒过来，挣扎着接通了陆时琛拨来的电话，那时候颈部被勒伤的周衍极有可能说不出话来，这也符合接通电话却不说话的事实。

那会不会……陆时琛通过这通电话找到了周衍的准确方位，对着奄奄一息的周衍实施了二次行凶，彻底勒死了周衍？

想到这里，境外号码已经显得不那么重要了。

接电话的人究竟是谁，才是目前最需要搞清楚的一件事。

"思考了这么久，决定好了吗？"陆时琛打破了平静。

孟钊直截了当地回答："做交易可以，但在这之前，你也要回答我的问题。"还是先套话比较重要，孟钊想。

"可以。"陆时琛倒是很干脆。

"你问死者的手机干什么？"

"只是想知道那个手机最后的状态是静音还是别的。"

"具体点。"孟钊说。

"我记得我当时打那通电话的时候，等了很长时间对面才接起来。"陆时琛停顿片刻，继续说，"如果是铃声或者振动状态，凶手未免太大胆了一些。"

这确实是一个思路，孟钊将自己代入凶手的心理状态，在实施杀人举动之后，无论心理素质多强悍的老手，都会想方设法躲避别人。假设周衍的手机是响铃或振动的状态，那么在等待接通电话的每一秒，凶手都有暴露的可能。

所以，无论凶手选择接通还是挂断电话，都会在第一时间做出反应，而不是放任手机铃声一直响。

尽管已经猜到了陆时琛的思路，但孟钊还是问："所以你的推测是？"

"如果电话是死者接通的，那很有可能赵云华在当时并没有成功杀死他，至于后续实施二次行凶的人是赵云华还是其他人，就要看赵云华有没有不在场证明了。"

孟钊简直要为刑侦支队不能拥有陆时琛这样的人才而感到惋惜了，这以小见大的推理思路，大胆推论小心求证的办案逻辑，真是个干刑侦的好苗子。

但他表现得挺矜持，点头道："这倒是个思路。"

"那要不要做交易？"陆时琛再次提起那个交易，意味深长，"如果孟警官同意的话，以后我们可以经常共享思路。"

"那我问你最后一个问题，你到底为什么对这案子这么感兴趣？"

"我怀疑那根出现在死者身上的狗毛不是偶然，而是有人有意为之，目的是把这桩杀人案嫁祸给我，而我想查清这个人到底是谁，为什么要这么做，这个理由还不够充分？"

孟钊思忖片刻后，笑了笑，他向陆时琛伸出手道："成交。"

陆时琛低头看着孟钊的手指，就在孟钊以为他有什么肢体障碍不能和人正常接触，正准备收回手的时候，陆时琛的手握了上来。

微凉的温度让那覆上来的触感显得有些冷硬，而陆时琛握的这一下又极有力度，等到陆时琛松手的时候，孟钊才觉得指关节居然被握得有些发疼。

这像是一个和解画面，但孟钊知道，自己之所以答应陆时琛，一方面是因为陆时琛曾帮过自己，如若陆时琛确实跟这案子无关，他定会尽全力帮陆时琛查清真相；另一方面则是因为，他觉得在这件案子中，陆时琛的身份和态度着实有些微妙，似乎只有靠得足够近，才能彻底看清陆时琛这个人和他真正的动机。

而至于案情线索，孟钊并没有打算真的透露。毕竟主动权在他这里，要不要透露、要透露什么，都由他说了算，随便找一些无关痛痒的信息糊弄一下陆时琛，他应该也不会发现。这样想来，这桩交易可谓一石三鸟，既能够试探陆时琛，还能够获得一些破案上的思路，更找到了帮忙查境外号码的免费劳动力，看来陆时琛对这个案子的执着已经影响到了他的思考逻辑，这么绝顶聪明的人，居然也会做这样亏本的交易……

陆时琛看了一眼孟钊，眼神中透露出一丝不易察觉的幽深，短短的一瞬，孟钊没有发现。

交易达成了，孟钊说："周衍的手机状态等我确认了再告诉你，还有别的事吗？"

陆时琛也不跟他客气，提出了自己的要求："我想去周衍说的那个七号楼里的房间看看。"

七号楼已经被同事彻底搜查过，并没有找到其他线索，突然，那面被涂抹的墙壁又映入孟钊的脑海，那面墙壁下，真的什么都没有吗？

那天是周衍主动约陆时琛过去的，周衍的目的也很可能是要给陆时琛看什么重要的东西，陆时琛，能不能发现什么对破案有利的线索？他看到那面墙壁后，会是什么反应？

现在，整个案子就如同一潭死水，想要盘活，就必须出现新的变化。陆时琛，能带来变化吗？这次的冒险，值得吗？孟钊想了一会儿，看了一眼毫无表情的陆时琛，终于点头道："可以，不过我得先回市局取钥匙。"

"顺便验证一下周衍的手机状态。"陆时琛提醒道。

回市局取了钥匙，孟钊又拿出周衍的手机，用自己的手机给周衍的号码拨了过去。

手机铃声响起来，是周衍自己写的歌。

真的是响铃状态……孟钊盯着手机屏幕，如果真如陆时琛所说，当时那通电话是过了好一阵才被接起来的，那极有可能是周衍本人接通的电话。

这样一来，有人在赵云华之后二次行凶的可能性就变得更大……

那陆时琛，会不会就是那个二次行凶者？孟钊又开始思考这个问题，查看手机的状态是陆时琛提供的思路，如果陆时琛真的是凶手，那他何必提供这个思路来帮助我们确定二次行凶者的存在，那岂不是引火烧身吗？从这个角度讲，陆时琛的确嫌疑不大，而且，自从得知了陆时琛曾帮助过自己打官司后，孟钊的内心似乎总是在有意无意地

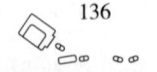

偏袒着陆时琛，而这种偏袒，连他自己也没有发觉。

把周衍的手机放好后，孟钊走出市局，拉开陆时琛的车门坐进去。

"怎么样？"陆时琛侧过脸看向他。

"响铃状态。"孟钊不打算在这个问题上撒谎，他打算借这个引子，了解陆时琛的更多想法。

"那基本可以排除是凶手接的电话了。"陆时琛发动了车子。

"嗯，当然也不排除当时手机太难找到之类的原因……对了，如果那根狗毛真的是意图嫁祸你，那这人跟你也有矛盾？你这刚回国不久，都跟谁结过仇？"

"不知道。"陆时琛把车开过了马路，径直驶向七号楼。

"不过，用一根狗毛来嫁祸，凶手没觉得这力度不太够吗……"

"案发当时我出入过犯罪现场，又有狗毛做证，还给死者打过电话，换个警察来侦破这案子，说不定我现在已经是犯罪嫌疑人的身份了。"距离七号楼很近，陆时琛说完这话，车子已经开到了圆拱门前。

孟钊推开车门，下了车："这么说来，我算是你的救命恩人啊……"

这时陆时琛也从车里下来，走到孟钊旁边，孟钊用手背拍了拍陆时琛的手臂："就不让你对救命恩人以身相许了，以后对救命恩人放尊重点儿。"

陆时琛看他一眼："你对救命恩人都以身相许？"

两人穿过圆拱门，迈进七号楼，孟钊摸出钥匙，"啧"了一声："也不一定，起码得看看救命恩人顺不顺眼吧。"

拉开七号楼的门，两人走进屋里，孟钊递给了陆时琛一副手套，自己也紧贴着陆时琛，悄悄观察着陆时琛的反应，一旦陆时琛有什么出格的动作，自己必须立刻制止。

陆时琛先踏进距离最近的那间卧室，站在那面刷白的墙前，孟钊紧跟在他后面走进去。

"新刷的墙。"陆时琛低声道。

"对,你不要碰,免得破坏现场。"孟钊叮嘱道。

"周衍死后刷上的?"陆时琛自己观察着这面墙。

"这个……还不能确定。"孟钊有点警觉地看向陆时琛,"你觉得这面墙上有什么?"

"猜不到。"陆时琛说。

"周衍要给你看的东西,你觉得会不会就在墙下?"孟钊又打量了一遍那面墙,"用鲁米诺试过了,也没发现血迹,当然了,完全被白漆遮住了也不一定。"

陆时琛在这间屋子里转了一圈后,走出去,又迈进了周衍那间卧室。

孟钊跟在他后面,随时观察着他的一举一动。

陆时琛似乎只是随便转转,他环视这间屋子,然后走到周衍的书桌前,拿起了桌上的相框,相框里裱着一个六七岁男孩和母亲的照片,从脸上的轮廓来看,大致能分辨出那是小时候的周衍跟母亲的合照。

孟钊走近了,他看到陆时琛的眉心蹙了起来。

在此之前,谁都没注意过这张平常的照片有什么不对劲,孟钊看了一眼那张照片,问道:"怎么了?"

谁知下一秒,陆时琛就抬手按住了自己的太阳穴,眉心蹙得更紧,似乎一瞬之间陷入了某种极度的痛苦之中。

且那痛苦来得似乎极为迅猛,让陆时琛的脊背顿时躬了起来,手臂上的青筋悉数暴出。

"头疼?"看着陆时琛饱受折磨的表情,孟钊顿时紧张起来,"怎么回事?"

陆时琛似乎头疼得更厉害,他呼吸粗重,两只手都抬起来,手指紧紧地掐着太阳穴附近,力气大得像是要把自己的头捏爆。

看着那几近变形的手指,孟钊有些于心不忍,他用了些力气把他的手拉下来,扶着陆时琛到床边坐下:"你先别跟自己较劲,坐下缓一缓。"

把陆时琛按到床上坐下之后,孟钊抬手放到陆时琛头上,手指插

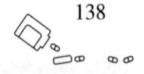

到他的头发里，摸索到太阳穴附近，用了些力道按压，因为没学过推拿，这样按也不知道有没有效果，他看着陆时琛："好点儿没？"

陆时琛闭着眼没说话，好一会儿，粗重的呼吸才逐渐平复下来，紧蹙的眉头也慢慢舒展开来。

"好点了是不是？"孟钊观察着他的神情，松了口气，"你这怎么回事儿啊……"

陆时琛摇了摇头，没应声，像是一时被头疼激得没力气说话。

孟钊手上的动作没停，又控制着力道帮陆时琛按了一会儿："你这头疼是经常犯吗？我记得你高中的时候也犯过一次。"

"偶尔。"陆时琛出了声，声音有点哑。

"没去医院看过？"

"看过。"

"医生怎么说啊？这国外的医疗技术这么先进，这么多年了都没治好？"

"治不好。"

孟钊手上的动作停顿下来："什么意思？无药可治？"

陆时琛看了一眼孟钊："你怕我死啊？"

一听陆时琛还能这样说话，孟钊顿时意识到自己会错了意。他停了动作，收回了手："祸害遗千年，我觉得你死不了。"陡一停下来，才觉得刚刚这动作实在过于亲密。

"那还真是不幸。"陆时琛回应道。

孟钊走到周衍的桌前，拿起那个相框："你刚刚看着这照片……想到了什么？"

"什么都没想到。"陆时琛抬手捏了捏眉心，"小时候的事情我都不记得了。"

"也是，这照片距离现在也得有二十年了，记不清也正常。"孟钊继续试探着问，"不过，会不会觉得这张照片有哪儿不对劲？"

陆时琛摇了摇头，片刻后才说："我十岁的时候出过一场车祸。"

这件事孟钊前几天听师母提到过，所以听到陆时琛这样说，他并不觉得惊讶,他更好奇陆时琛为什么忽然提起这个。

"车祸之后,我患了应激性失忆,十岁之前的事情全都不记得了。"陆时琛看着他,平静道,"所以,我有没有看到过这张照片,认不认识照片上的人,我全都不记得。"

"不过有一点可以确定,"陆时琛继续说,"这张照片应该跟我有某种联系。"

"应激性失忆?"孟钊知道这种症状,它和孟若姝当年的应激性失语症一样同属于 PTSD 的表现,"所以,你小时候的记忆完全消失了?"

"也不算完全消失,我能感觉到它就在我脑子里的某个地方,但一旦我试图用力想起什么,就会像刚刚这样。"

"所以你一直以来的头疼都是因为这个?"

"嗯。"陆时琛看上去被刚刚那阵头疼折腾得有些疲惫,"失忆症的并发症。"

"这么严重,你爸那时候没给你找医生看过?"

"找过,没用。"陆时琛记得,那场车祸之后他手臂骨折,在医院躺了一段时间,出院之后,陆成泽带他去医院拜访过医生,但他的失忆症始终没有任何起色。

那段时间,陆成泽每天都会问他有没有回忆起以前的事情,而他每次都沉默地摇头。再过一段时间,陆时琛被送到了学校,生活回归正轨,陆成泽的工作也开始忙碌起来,治疗失忆症这件事就被搁置下来了。

"那也不能就这么不管了吧?"孟钊看着陆时琛微微失色的唇色,那让陆时琛看上去有些苍白,更加接近于一个假人。

但假人是不会有痛苦的,而陆时琛刚刚那阵惊天动地的头疼让孟钊看了都心有余悸。

"我觉得你还是得去医院看看。"孟钊说,"老是这样,万一又引发什么其他的并发症怎么办?"

陆时琛看上去并没有听进去。孟钊顿了顿,转而思考起这桩案子,如果陆时琛跟周衍母子之间有某种联系,那这样看来,他跟这案子牵扯得够深的……而且从陆时琛刚刚的表现看，与周衍相关的回忆会给他带来巨大的痛苦，陆时琛的表现不像是加害者，反而更像是受害者……

陆时琛的头疼缓了下来，看向孟钊："在市局门口的时候你不是说有事吗？也是跟案子有关的事？"

孟钊从思考中回过神，"嗯"了一声。

"什么事？"陆时琛又问。

"周衍被勒死的前一晚，赵云华的行动有些异常，我要去查一下她那晚到底去做了什么。"

"那走吧。"陆时琛站起身，"你不是没开车吗？我送你过去。"

"你行吗？"

陆时琛看了他一眼。

"没有说你不行的意思啊，但你这头疼？"

"已经没事了。"陆时琛说。

两人下了楼，孟钊主动问："用不用我开车？"

"不用。"陆时琛走到驾驶位，拉开车门坐了进去。

车子驶上路，孟钊看了看陆时琛的侧面，陆时琛嘴唇的血色又回来了一点，似乎好些了。

这辆车隔音效果极佳，外面嘈杂的声音一律透不进来，安静的车厢内流淌着一种似乎能安抚神经的轻音乐。

在音乐的作用下，孟钊也觉得放松下来，他的后背靠上椅背，朝下坐了坐。他觉得裤兜里有些硌，伸手拿出来看了一眼，是上午从赵云华家里找到的药瓶，里面的药已经被物鉴拿去化验成分了，但药瓶他拿了回来。

"那是什么？"陆时琛瞥了一眼他手上的药瓶。

"从赵云华家里找到的药。"

"什么药？"

"过期太久了，字都被磨得看不太清楚了，等化验了成分才能知道。"孟钊仔细辨认着药瓶标签上模糊不清的字体，"这字是普还是替啊……"

"西酞普兰、阿米替林、马普替林……"陆时琛神情自然地说出了一连串的药名。

"等等，好像是阿米替林，这药是治什么的？"

"抑郁症。"

因为先前已有猜测，孟钊并没有对这个结果感到意外——赵云华曾经因为赵桐的自杀患有抑郁症，而那个公众号的内容刺激她的抑郁症复发了，在情绪的剧烈波动之下她选择了自杀，这样想来，凶手还真是步步为营，从一开始就选了一个自杀可能性最大的人来实现借刀杀人的目的……

但除此之外，孟钊还有一个更想搞清楚的问题："你怎么知道这些药的，难不成你也……"

没等他说完，陆时琛就"嗯"了一声，打断了他。

这得吃了多少药才能一点不磕巴地说出一连串的药名啊……联想到陆时琛的成长环境，孟钊几乎要对陆时琛心生同情了，这人表面混得风生水起的，但细究起来，过得还真是挺惨的，再加上一直待在国外，乍一回国也没什么朋友……同情心一泛滥，孟钊觉得自己应该对陆时琛好点。

一会儿完事了，请他吃顿好的吧，孟钊心道。

华兴街距离赵云华住处不远，从偏门出来，再走个十几米就到了。

巷道本就狭窄，有几家小餐馆还因为座位不够，把店里的桌子摆了出来，于是这条街便显得更加逼仄拥挤。

贩卖海鲜的店主正用水桶往外泼污水，空气中弥漫着浓郁的鱼腥味儿，街面上流淌着混浊的污水，几乎让人无处下脚。

孟钊也是第一次来这儿，但他下意识给陆时琛带路，他踏上旁边高出一截的水泥路肩，抬手握住陆时琛的手臂往自己的方向拉了一下："过来点，走这儿。"

走在路肩上，他打量着这条街，十几家小商铺，赵云华那晚到底去了哪儿？赵云华生活节俭，且家里的厨房是经常使用的样子，应该不会出来吃饭……那会不会去了杂货铺买东西？但监控显示，赵云华回家的时候手上并没有拿任何东西。

孟钊走在前面，目光扫过这一排商铺，忽然注意到不远处有一家小网吧，他脑中闪过一个想法，会不会是去了网吧？赵云华临死前说她"看到了""听到了"，她当然不可能目睹当年的场景，否则不用等到现在才锁定周衍，最有可能的，是她看到了记录着当年现场的视频……

"我们去……"他转过头，正准备跟陆时琛说去前面的网吧，却看到陆时琛也在看向那家网吧。

天儿挺热，破败拥挤的狭窄巷道里，鱼腥味久久未散，小餐馆店铺前面的桌子上，有不少光着膀子的食客喝着啤酒正骂脏话，而在几步开外的距离，陆时琛穿着剪裁得体的烟灰色衬衫，此刻正微抬着下颌看向那家网吧，跟这条街看上去格格不入。

这人还真是长得人模狗样的……孟钊脑中再一次冒出这种想法，甚至到了有些让人赏心悦目的地步。

"去网吧？"陆时琛一开口，打断了孟钊的思绪。

"……对。"孟钊回过神，忽然起了逗逗陆时琛的想法，"哎对了，我不是还欠你一顿饭吗，我看这条街就不错，价格实惠品种齐全，你随便挑，挑一家贵的，千万别跟哥客气。虽然我们警察薪水微薄，但这里还是请得起的。"

他是故意说出来寒碜陆时琛的，这人总一副高高在上的不食人间烟火的模样，也不知道下凡一次是不是相当于让他历劫。

眼见着陆时琛的眉头微微蹙起，露出了有些一言难尽的表情，孟钊正准备嘲讽他一句，再还他几句让他"放低身段与民同乐"的挖苦，没想到陆时琛居然什么也没说，真就打量起眼前这几家店来。

片刻后，陆时琛抬起一只手臂，指向其中一家面馆："那家吧。"

"确定了？"孟钊朝他指的方向看了一眼，相比其他被油烟熏黑的店铺，那家面馆看上去的确要整洁不少，这还真是下了功夫在挑啊……

孟钊有些意外，又忍不住想笑，脚尖掉转方向朝网吧的方向走："那就这么定了，先去网吧吧。"

一进网吧，孟钊差点被扑面而来的烟味儿熏个跟头。

这网吧内部格局狭长，光线昏暗，一眼看过去没有通风的地方，难怪刚一踏进来，就觉得有些透不过气。

十几年前这种网吧曾开遍大街小巷，但现在随着家庭电脑的普及，这种网吧也逐渐被条件更好的网咖取代，几乎难觅踪影了。

"上网吗？身份证。"靠近门的那台电脑后面传来懒洋洋的声音，但只闻其声不见其人。

孟钊朝前靠近了，才看见那台电脑后面，在电脑椅上"葛优瘫"的小青年网管。

他把警察证拿出来，那人立刻坐直了："警察哥哥，我们这儿是正规营业，什么法都没犯啊……"

"没说你犯法。"孟钊收了证件，"我来是想查一下，十一号晚上，有没有一个叫赵云华的人来上过网。"

"哦……我查查登记记录。"网管立刻应下来。

几声键盘敲击的声音响起来，网管把屏幕朝孟钊的方向转过来一些："有，十一号晚上八点半到九点半……欸？是不是那个大妈啊……"

"你有印象？"孟钊见他想起来什么，问道，"想到什么就说什么。"

"哦，是有点印象……"青年抬手挠了挠后脑勺，"主要是来我们这里上网的基本都是熟人，那个大妈看上去都四五十岁了，没见过这样的人还来上网的，而且她上了没一会儿就走了，挺奇怪的……怎么了，这大妈犯什么事儿了？"

孟钊没答他最后一句，继续问："她在哪台电脑上网？"

"那台，墙边那里。"青年起身指了一下，"算了，我带你们过去看看吧。"

跟着那青年走到赵云华当时上网的那台机器，孟钊抬头打量周围的摄像头，正巧，斜对面有一个摄像头正对这台机器的屏幕，如果像素稍好一点，应该可以看清当时屏幕上的内容。

"那个摄像头能保留多长时间的记录？"孟钊朝摄像头的方向抬了抬下巴。

"那个……"青年支支吾吾，"那个好几年前就坏了……"

孟钊："……"果然事情不会那么顺利。

"那这电脑能保存当时的浏览记录吗？"

"电脑每次关机都会清空记录……保存不了。"

"这电脑先借我用用，我拿回去试试能不能恢复记录，过几天还你。"

"哦……好。"青年看上去并不敢提出反对意见。

"还有，赵云华上网期间，她前后左右的人都帮我找一下信息。"孟钊环视周围上网的人，问那个网管，"有没有人固定坐在附近位置？"

"有是有……"网管指了一下赵云华旁边的位置，"那台机器的配置好，有个黄毛就经常坐那儿，对了，那晚他好像也在来着，不过他现在出去吃饭了。"

"去哪儿了？附近吗？"孟钊抬手拍了下网管的后背，"走，给我指一下。"

两个人走到网吧门口，陆时琛也跟着走出来，网管正用视线搜寻着那个人。孟钊转过脸看了看陆时琛："里面的环境不好受吧？你要是受不了就在外面等着。"

陆时琛说："不至于。"

"找到了。"网管朝他们跑过来，伸长手臂给他们指，"就那家烧烤摊，那个穿灰T恤的黄毛，我帮你们叫过来吧？"

"不用。"孟钊朝那个烧烤摊的方向走过去，"我过去就行。"

烧烤摊烟熏火燎，黄毛正拿着一把肉串大快朵颐。

孟钊拉开他对面的椅子坐了下来，拿出证件朝他亮了一下。陆时琛也拉开椅子坐在他旁边。

一看见警察证，黄毛的脸上顿时露出了一种"手里的肉串不香了"的表情。

"我……我最近没犯事儿啊。"他放下了手里的肉串。

"跟你没关系。"孟钊发现这条街上的人都特别擅长对号入座，"我来是想问，十一号晚上你有没有注意到你旁边坐了一个四五十岁的女人？"他从手机上调出赵云华的照片拿给黄毛看。

"哦——"黄毛看了看照片,松了一口气,又吃了一口串,"那个大妈啊,我记得。"

"那你有没有注意到当时她在电脑上做什么?"孟钊收回手机问。

"我是看了一眼来着,她好像在看什么视频吧……"黄毛抓了抓头发,"嗐,我就看了一眼,没太注意。"他把肉串递给孟钊,"哥,来一串?"

"谢了,我不吃,视频的画面能回忆起来吗?"孟钊看着那黄毛,"就算是一转眼,应该也能注意到画面吧?能想起什么就说什么。"

"画面……"黄毛有些费力地回忆,"好像有个楼?楼上有几个人好像在打架还是什么的,唉,我是真的没太看清,那个画面特别模糊,跟那种偷录的成人小电影似的。"

楼顶上打架的几个人……难道是当时赵桐被逼自杀的录像?孟钊回忆起那篇公众号的内容,上面说赵桐就是在一家化工厂的楼顶被逼死的……

"那当时坐在那个电脑前的女人的神情你有没有注意?"

"那个大妈啊……"黄毛把嘴里的肉串咽下去,"她哭了。"

"嗯?"

"对,她哭了,我就是听到她哭了才看了她的屏幕的。"

陆时琛注意到孟钊的眉心很轻地皱了一下,透过烧烤炉飘出的丝丝缕缕的白烟,他察觉到孟钊的眼神似乎跟平常很不一样。

他观察着孟钊,试图从过往中的经验中找出与之相对应的情感,然后他勉强分辨出,那应该是一种类似于有些"悲哀"的情感。

这是一种很微妙的神色流露,陆时琛不动声色地判断着,它似乎是无法通过反复练习而习得的。

孟钊低头沉思片刻,虽然线索很零碎,但已经足够做出推测了。

很明显,赵云华家里的那个小纸盒子里面,装的应该就是有人给她的U盘,因为赵云华家里没有电脑,所以当晚她收到U盘之后来到了网

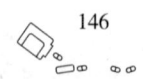

吧，看到了里面的视频，从而确定了周衍就是当年逼死赵桐的主使。

但是，如果周衍在这起校园暴力事件中是无辜的，难道U盘里的视频是伪造的？还是说赵桐的死另有内情？

而且，如果像这个黄毛说的，那个画面很远很模糊，那赵云华是怎么看清那几个人中，周衍就是那个逼死赵桐的主使的？

孟钊脑中闪过一个想法……对，声音！赵云华跟周衍情同母子，极其熟悉周衍的声音，寄U盘的人甚至可以不用伪造视频画面，只要将声音处理成周衍的声音，就足以误导赵云华。而且，周衍经常在网上直播，想要伪造他的音色简直轻而易举……

"那个……"黄毛打断了孟钊的思绪，"别的我是真的想不起来了，我就扫了一眼。"

"这些就够了，谢了。"孟钊转头看陆时琛："我们走吧。"

陆时琛正在看向他，于是他们对视了一瞬，但陆时琛很快就收回了眼神，应道："嗯。"

虽然只有一瞬，但因为距离足够近，孟钊注意到，刚刚陆时琛的眼睛里又出现了那种观察笼中动物的眼神。

站起身走出烧烤摊，孟钊侧过脸看着陆时琛问："刚刚看我干什么？"

他试图观察陆时琛脸上的神色变化，但陆时琛这次却没再让他抓住把柄，没什么表情道："我觉得你刚刚想到了什么，按照交易内容，我需要知道你的推测。"

这人倒挺会倒打一耙，孟钊回击道："交易内容是我跟你透露案情细节，没说连着推测也一块儿告诉你吧？"

话说着，两人又走到了网吧门口。

孟钊走进去，让网管帮他把赵云华当时用过的那台主机拆解了，他把主机抬起来，对陆时琛道："走吧，只能先放你车上了。"

"我来吧。"陆时琛朝他走过来，伸手要把主机接过来。

"哎，不用不用，这玩意儿挺轻的。"孟钊把电脑扛起来，"用不着两个人抬。"

"先把主机放到这里吧。"陆时琛抬手拦了一下他,"等吃完饭再回来拿。"

孟钊看向他:"嗯?"

"不是说去前面那家面馆吃?"

"哦……对。"孟钊想起刚刚那一茬,忍不住笑了一声,"逗你的,你还真信吗?"他走出网吧,"怎么着也不能让您这号人物受这份人间疾苦啊。"

走到车后,孟钊把主机放到陆时琛的后备箱里,然后拉开车门上了车,拿出了霸道总裁的气势:"说吧,想吃什么?"

"你定吧,我对这里不熟。"陆时琛说。

陆时琛在这方面出乎意料地随和,但孟钊也不能让他太将就,最后在车子开上主路,行驶了大概两公里后,他指了路边一家法餐:"就这儿吧。"

抬步迈进去的时候孟钊知道,这一顿饭估计要榨干自己半个月的工资,不过,自己请客的对象这么不接地气,他下意识就选了一家同样不接地气的餐厅。

而一家餐厅想要营造出不接地气的氛围,显然是要付出昂贵的代价……

本以为选了规格这么高的一家餐厅,陆时琛应该会给点面子,象征性地收一收他那张面瘫脸。

但没想到陆时琛表现得兴致缺缺,甚至连菜单都没有翻完,只点了第一页的主打套餐。

而孟钊,他本来也对西餐不太感兴趣,搞不懂鹅肝这种既残忍又让人腻味的食材到底是怎么被炒成顶级美食的。

还不如吃刚刚那家面馆,孟钊叉了一块鹅肝,没滋没味地咽了下去。

但不得不承认,对面陆时琛的吃相确实跟这家餐厅挺搭的,孟钊看着对面的陆时琛,想起孟若妹录视频时经常提过的一个词——性冷

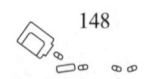

淡风。

啧，吃饭也能吃出性冷淡风，真够可以的。孟钊心想。

一顿饭被陆时琛吃得既冷淡又昂贵，也不知这钱花得值还是不值。

"对了，你那辆车的情况怎么样？"孟钊吃完了最后一口鹅肝，喝了一口冰水解腻，"要不要我配合走保险？"

"不用。"陆时琛简短地说，又将话题转到了案子上，"当年的校园暴力案会重启调查吗？"

孟钊把水杯放到桌上："不好说。"孟钊回想起了徐局当时的交代，不让动用太多警力，还叮嘱自己暗中调查，徐局他……是不是在顾忌着什么？

"真凶应该跟这起校园暴力案有关，否则不会拿到当年的录像。"

孟钊转着手里的杯子："是不是当年的录像还不知道呢！"

"你是说录像有可能是伪造的？"陆时琛看着他，沉思片刻道，"画面应该不会是伪造的，虽然像素很差，但对于自己的儿子，赵云华应该不会认错，凶手伪造视频画面的风险太大了，倒是声音……"

"是这个理，不过……"孟钊有意停顿。

陆时琛顺着他的话问："怎么？"

"我记得刚刚那黄毛说的是，那视频画面既远又模糊，像那种偷录的成人小电影，没提过像素的事情啊，难不成……"孟钊打量着他，恍然大悟道，"你对他说的那种成人小电影有过研究？看不出来啊，陆时琛。"

陆时琛："……"

吃完晚饭，天已经黑透了，孟钊去前台结账的时候，陆时琛去停车场开车了。

"这个单已经被签了。"服务生翻开票据说。

"不会吧，是不是搞错了？"孟钊偏过头看票据上的字，上面居然真的签了陆时琛的名字——难道是陆时琛刚刚去卫生间的时候签的？明明说好了这顿是自己请，这又是什么意思……

孟钊从店里走出来，陆时琛的车已经开到了店面门口。

他拉开车门坐进去："你提前签单了？不是说好这顿我请吗？"

陆时琛"嗯"了一声，没多说什么，提醒道："安全带。"

"我说陆先生，"孟钊拉上安全带，看着他，"你是不是觉得我们警察都过得特清贫啊？行吧，相比你们这些高端金融人才，确实过得清贫了点儿，但一顿饭还是请得起的啊……"

"你选的这家正好在我工作的那家公司的签单范围内，下次再请吧。"陆时琛淡淡道。

"行吧。"孟钊靠上椅背，好不容易挑了一家餐厅，这顿居然还没能请成，"那说好了啊，下次请你之前先把你公司的签单范围发我。"

陆时琛开车把孟钊送到市局。

下了车，孟钊绕到车后，正准备去开后备箱，忽然察觉到旁边有人在看着自己，他一转头，是那个公众号的主笔，卢洋。

卢洋朝他走过来，看起来有些怵他："孟警官。"

出于赵云华被逼自杀这件事，孟钊对卢洋印象不佳。他看了卢洋一眼，有些冷淡地问："你怎么在这儿，找我有事？"

"我，我来是想道歉的。"卢洋有些结结巴巴地说，"我那天不是故意的，没想到那篇文章会被赵云华本人看到，当时以为这篇文章发出去，我这公众号就能火了，我，我家人都不支持我不出去工作……"

"所以你就想通过这篇文章证明自己是吧？"孟钊把后备箱打开了，却没急着去拿那台主机，转身看向卢洋道，"那篇文章的阅读量不低，你的目的也达到了，还来找我做什么？"

见卢洋低着头，半响不说话，孟钊不打算跟他耗时间了，刚要转身拿主机，卢洋忽然伸手拉住他，着急忙慌地抬高了声音："我也没想到那篇文章会逼得赵云华自杀，我要是知道就不会发了，这几天我都没睡着，一闭眼就是赵云华在盯着我……"

孟钊被他缠得有些烦躁，打断他道："那你想怎么办？我们市局找人去给你跳个大神驱驱邪？"

这时，陆时琛推开车门走了过来，他先是看了一眼卢洋握着孟钊手臂的那只手，然后目光移到卢洋的脸上："什么事？"

因为上次陆时琛是跟孟钊一起去找卢洋的，卢洋显然将陆时琛误认成了警察，他握着孟钊手臂的那只手松开，转而去握陆时琛的："我真的不是故意的，如果当时我知道……"

"过去的事情就不要再说了。"陆时琛打断他，"还有别的事吗？"

"有。"卢洋忙不迭地点头，"我觉得给我打电话的那个人另有目的。"

"怎么说？"

"那个人其实不光给我提供了当年的事实，还给我发来了完整的文章，就是我发在公众号上的那篇，他还跟我提出了条件，说如果今天不发，他就把文章提供给别的公众号，我觉得这案子现在正受关注，是个热点话题，就没有改内容，直接用了他发给我的那份……"

这倒是个有价值的线索，孟钊和陆时琛对视一眼。幕后推手居然提前准备了稿件，真是筹备周密……

"他是怎么把文章发给你的？"孟钊把目光转向卢洋，"邮箱？"

"嗯……"

"邮箱地址有吗？"

"有，在我手机上。"卢洋从兜里掏出手机，调出邮箱的页面，递给孟钊。

孟钊接过来看了一眼，是个 Gmail 邮箱，没猜错的话，这封邮件的来源应该也是境外。

孟钊把那份邮件转发给自己，又把手机还给卢洋："这邮件别删，明天我让技术部的同事去你那儿查一下邮件的来源。"

"好。"卢洋点头应下，又说，"孟警官，我想弥补我这次的错误。"

孟钊没把他这句话当回事，随口问："你想怎么弥补？"

卢洋信誓旦旦："我觉得这个校园暴力案件肯定有别的内情，我想把内情查清楚。"

"行了。"孟钊打发他说，"这事儿你就别再管了，查案是警察的事情，你别再添乱就够了。"他把主机扛起来，合上后备箱，转头对陆时琛道："那我先过去了,你也回吧。"

"你一会儿怎么回去?"陆时琛问。

"打车吧。"孟钊抬起手腕看了看表,"而且这个点儿,公交车也没停。"

"我送你吧。"

孟钊刚要说话,一旁的卢洋这时又抬高了声音,对孟钊说："我一定会查清楚的,孟警官,我是学新闻的,在报社实习过,还写过调查类的稿子,我肯定能帮上忙……"

见卢洋不听劝,孟钊朝他走近了,面沉似水地看着他道："我警告你啊卢洋,不要自作主张,离这个案子远点儿。"

他眉眼略深,神色冷峻的时候颇有震慑力,卢洋一时不敢出声了。

孟钊看了他几秒才离开。

等到孟钊走远,陆时琛也上了车,卢洋才悻悻地走了。

看着孟钊迈上市局大楼前的台阶,走进大厅,不见人影之后,陆时琛收回了目光。

他从中控台下面拿起手机,调出通讯录界面,拨通了一个境外电话。

那边很快接通了："喂?你居然会主动打电话过来,打算回来了吗?"

"还没。"陆时琛说,"帮我查一个号码。"

"果然是有事情拜托我才会打电话啊,行吧,什么号码?发来我看看。对了,你什么时候回来,不会就留在国内不回了吧?"

"事情解决了就回。"

"那赶紧解决吧,公司最近高层内斗又升级了,太让人心累了……"

对方开始抱怨一些公司高层的人事争斗,陆时琛看着车窗外来来往往的车辆,心不在焉地听着,几分钟后他看见孟钊从市局大楼里走出来了,开口打断对方："我还有事,先挂了。"

孟钊本以为陆时琛已经离开了,但出了市局,却发现陆时琛的车还停在刚刚的地方。

陆时琛的表现有些反常,孟钊觉得有些不对劲,他好像在刻意地

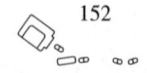

接近自己。只是为了查清这案子的真相吗？似乎也不像。

孟钊走近陆时琛的车，屈起手指敲了敲车窗。

车窗随之落下来，露出了陆时琛的侧脸。

晚上八点多，昏黄的路灯照亮了整条街道，马路上车辆的尾灯飞驰而过。那张线条流畅的侧脸一半隐在车里昏暗的光线中，一半被路灯照亮。

孟钊俯身趴在车窗边沿："真等着送我回去啊？"

"上车吧。"陆时琛转过脸看着他。

孟钊盯着陆时琛的眼睛，他发现陆时琛的眼珠颜色似乎要比平常人更浅一些，也正因此，当陆时琛面无表情的时候，这双眼睛看上去尤为冷漠，让他看上去更像个精致的假人了。

与此同时，陆时琛也在看着他。

孟钊忽然有些好奇陆时琛失控的模样，似乎从十几年前高中开始，陆时琛始终就戴着这样一张不动声色的面具。

但凡是人总会有感情，只要有感情，就总有失控的某一时刻。陆时琛失控的时候，这张脸会是什么样的？还挺想看看的，孟钊想。

不过，以陆时琛的相貌、家境和事业之优越，孟钊实在想不出陆时琛会在什么情境下失控。

对视片刻后，陆时琛终于开口问："盯着我做什么？"

"在烧烤店的时候你不是也盯着我吗？"孟钊说，"那时候你在想什么？"

这次是陆时琛先收回了目光，他将脸转向前面："有吗？"

"你这打马虎眼的水平也没比平常人高到哪里去啊……"孟钊笑了一声，绕到车子的另一旁，拉开车门坐了进去。

车子开在路上，孟钊想到当年的事情，觉得还是应该跟陆时琛道一声谢。

"那个……"他的手指搭在车门的把手上，看向窗外，"当年的事情，谢谢。"

"嗯?"

"我舅舅的案子,还有……那本笔记。"

陆时琛"嗯"了一声,除此之外没再说别的话。

也不知道十二年过去了,陆时琛到底还记不记得当年的事情。

车厢里轻柔的音乐存在感不强,两人不说话时有些太过安静,孟钊没话找话地提起当年的事情:"对了,你高中时候的同桌还记得吧?我上次去市政大厅办事儿,还见着他了,一时没认出来,他叫魏什么来着?"

"不记得了。"陆时琛看上去并没有配合他去回忆。

"连你同桌都不记得了?你不是过目不忘吗,那高中那些同学你还记得谁?"

"你。"

"除了我呢?"

"没了。"

孟钊怔了怔,失笑道:"这算是我的荣幸吗?"

翌日上午,技侦的张潮给孟钊打了个电话:"做完修复了,不过这网吧的清空系统还是挺彻底的,我这浑身解数都使上了,也没能全部恢复数据。"张潮在电话里说,"你先来看看吧。"

挂了电话,孟钊去了一趟技侦办公室,走到张潮的工位旁边。

那台从网吧扛回来的主机已经连接了显示屏,张潮见他进来,说:"别抱太大希望啊,就修复了两秒钟的视频。"

他点击播放,屏幕上显示出画面,几乎是一闪而过就结束了。如那个黄毛所说,这视频画面的确既远又模糊,只能看清楚那栋楼的楼顶上站着几个穿校服的少年,整个画面的色调灰沉沉的,于是站在天台边缘的穿着红裙子的赵桐便成了这个画面上最显眼的一抹亮色。

"声音修复了没?"孟钊盯着那帧画面问。

"修复了,也按照你说的,跟周衍直播时的声音做了对比。"张潮递给孟钊一副耳机。

孟钊把耳机戴到头上，里面传来年轻男生的声音："真恶心，你怎么不去死啊？"

孟钊查案时看了周衍的一些直播，此刻轻而易举地分辨出，那声音的确属于周衍。

他又点击播放了几遍，然后摘了耳机挂到脖子上，问张潮："对比结果怎么样？"

"相似度 99.99%。"

"这声音会是合成模拟的吗？"

"难说。"张潮侧过身子，从另一台显示器上调出对比的声波图，"视频文件应该本来就被压缩过，现在数据又损坏了，是不是合成的还真不好说。"

"应该是合成的。"孟钊看着屏幕上那如出一辙的声波对比图，"十七岁和二十七岁的声音不可能是完全一样的。"他说到这里，脑中涌现的例子居然是陆时琛，当时在讯问室里，他就觉得陆时琛的声音相比高中时更沉了一些。

"确实。"张潮点头表示赞同，又说，"对了，还有一个东西应该会对你有用。"

"什么？"

张潮从桌面上点开一张图片，放大给孟钊看。

孟钊顿时一怔，那是赵桐自杀后的画面，画面上穿着红裙子的赵桐躺在化工楼前，脑后溢出了大量的鲜血，而站在他面前的正是少年周衍。那时的周衍尚且面容稚嫩，正抬头看向楼上。

相比刚刚修复的视频画面，这张照片要清晰得多，难怪赵云华说她亲眼看到周衍就是凶手。

这张照片应该不是监控录下的内容，更像是用相机拍下来的，孟钊陷入沉思，这张照片被拍下的瞬间，现场应该是怎样的情境？

他想象着自己就是周衍，楼顶响起声音："哎！"

周衍闻声抬头朝楼顶看过去，那个人拿着摄像机，"咔嚓"一声，拍下了他和死去的赵桐，留下了这张合照。

——拍摄这张照片的人,极有可能就是当年逼死赵桐的真凶,也极有可能就是诱导赵云华杀死周衍的人……

必须去查清当年的校园暴力事件了,孟钊拿定主意。

从技侦办公室走出来,孟钊开始思考这件校园暴力事件的着手点,校方对当年的事情三缄其口,法院又恰巧弄丢了当年的案卷,这会是巧合吗……哪个小偷会去法院专门偷一份案卷?

只能再去一趟法院了,当年的法官、双方的律师、庭审的工作人员,总会有人记得相关的细节。

下午,孟钊带着程韵又去了一趟法院。

"当时负责的余法官已经调到省里了。"还是上次那个工作人员接待了孟钊,"至于庭审的工作人员,我帮你问问吧……"对方看上去也有些为难,"这都十年了,真是不好查。听说这案子当时因为被告全都是未成年人,根本没公开审理过,到场的工作人员也尽量压缩到了最少人数。"她把手机上的聊天界面给孟钊看,"喏,我在大群问了,还没人回我。"

"那当时双方的律师你还记得吗?"

"双方的律师……"对方有些费力地回忆着。

"是陆成泽。"旁边有人说。

"陆成泽?"孟钊抬头看向那人,"确定吗?"

"确定。"那人点头道,"怎么着也是法律界德才兼备的大人物,这我还能分不清?而且,我记得陆成泽很帅的,一点也不像四十岁的人,当时有不少人想去围观他出庭,但就像刚刚林姐说的,未成年人的案子不允许无关人士到场,好多人还很失望来着。"

"是你很失望吧?"旁边的林姐揶揄一句。

"我记得你那时候也很失望。"对面也打趣回去。

出了法院,孟钊打算去一趟浩泽律所,因为不确定陆成泽在不在律所,他在微信上给陆时琛发了消息:"你爸的联系方式给我一个。"

陆时琛回复:"找他做什么?"

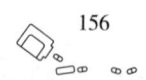

"那起校园暴力案他是律师之一,想找他了解点情况。"孟钊捏着手机发去语音,"你爸那么大的大忙人,也不一定在律所,我提前问了,别白跑一趟。"

陆时琛这次没再多问什么,发过来了一串号码。

孟钊给陆成泽拨去电话,那边过了一会儿才接起来,陆成泽不仅长相不显老,声音也听不太出年纪:"你好。"

"陆叔,我是市局的孟钊。"孟钊先是自报家门,又说,"有个案子想找您了解点情况,您现在要是方便的话,我就去律所跑一趟。"

"哦,小孟啊。"陆成泽在电话里说,"我今天在律所,你过来吧。"

浩泽律所的大楼在十年间经历了翻新重建,看上去更加气派,孟钊开车过去,从车里下来,抬头看了一眼眼前这座办公大楼。

因为孟祥宇的案子,再次踏进这里,他的心境很难不发生波动。

十二年前当他迈着沉重的双腿踏进这座大楼时,他不会想到,有朝一日自己会以刑警孟钊的身份出现在这里。

跟十二年前一样,陆成泽的办公室设在六楼,秘书把孟钊引到办公室门口,先是敲门进去报告孟钊过来了,等到秘书出来,孟钊才推门进去。

陆成泽的办公室通透而敞亮,一进去,孟钊第一眼看见了坐在实木桌后皮椅上正在办公的陆成泽。

随后他又注意到了旁边单人沙发上坐着的陆时琛。

在孟钊进来之前,父子二人似乎正在交谈什么。

见孟钊进来,陆成泽停了手中的笔,站起来,绕过桌子,简单地跟孟钊握了手:"过来了?坐下说吧。"

陆时琛则仍旧坐在沙发上没动身。

"时琛,孟警官过来了,你起码也要起身打个招呼。"陆成泽言语中透着些责怪,"怎么这么没礼貌?"

陆时琛看样子并没有听进去,只是朝孟钊抬了抬下颔:"来了?"

"你怎么也在?"孟钊看着他问。

"我来旁听,这案子毕竟跟我有关。"陆时琛看上去理所当然。

"嗯?你知道小孟这趟过来的目的?"陆成泽有些意外地看了一眼陆时琛,他很快推测道,"难不成还是上次那个案子?来,小孟,你们坐下说。"

三人坐到沙发上,秘书端过茶水,孟钊简单地向陆成泽介绍了一下程韵,很快切入正题道:"陆叔,不瞒您说,我这次过来,就是为了上次那个把陆时琛牵扯进去的案子。"

"还是那个案子?"一听又是那桩跟陆时琛有关的案子,陆成泽果然皱了一下眉,"我早上在车里听到了广播新闻,不是说那个凶手已经跳楼自杀了吗?"

"是。"孟钊无奈地笑了一下,"但也就因为她自杀了,很多案件细节都无从追究了,如果真相不能查明,案子就不能算结束,陆时琛也没办法完全跟这案子割离。"

陆成泽点头,又问:"时琛坐在这里合不合规?不合规的话你就直说。"

虽然陆成泽这样说了,但孟钊总不能开口把陆时琛赶出去,他看了一眼对面的陆时琛,陆时琛似正低头翻阅一本法律杂志,孟钊对陆成泽说:"没事,陆叔,那我们就开始吧。"

孟钊挑着能透露的细节,把这案子后来的发展给陆成泽大致讲了讲,陆成泽不发一言,眉头紧蹙,看上去听得很认真。

在听到当年那起校园暴力案件时,陆成泽开口打断了孟钊:"赵桐?这名字很耳熟,当年我好像接过一起发生在文昭高中的校园暴力案子,那个自杀的男孩……"

"对,就是那个赵桐。"孟钊接过他的话,"您还记得那起案子?太好了,我这次过来就是为了这个案子。"

"真是那个赵桐?"陆成泽脸上露出了些许意外的神色。

"对,就是您当年参与辩护的那个校园暴力案。"

"所以你们打算从当年那起校园暴力案件入手?"陆成泽沉吟片刻,"虽然追溯的时间是比较长,但的确该查得彻底些,你在电话里说要找我了解情况，具体是了解什么情况？"

"当年您是被告一方的律师对吧？"

"是。"

"我来就是想要一下当时被告的名单，说来也是荒谬，法院那边居然把庭审记录弄丢了，只能来问律师了，也多亏遇见了您，不然这点小事也是够头疼的。"

"被告名单？没问题。"陆成泽立刻答应下来，"我这就让秘书查一下当年的案件存底。"说完，他就给秘书拨去了电话。

几分钟后，秘书把电话打过来，陆成泽按了免提，跟孟钊一起听电话。

"陆律师，档案柜和系统都查过了，没找到当年的案件存档。"

"怎么可能？"陆成泽皱起了眉，"你查一下同期的案件存档工作是谁做的，问问到底是怎么回事。"

陆成泽的秘书应下来。

挂断电话，陆成泽站起来，在屋内来回踱了几步，似乎意识到了这件事情不太简单："这法院的庭审记录丢了，我这里的案件存档怎么也会丢？"他沉吟片刻，"小孟，你那儿有没有周衍高中班里的名单？如果真的找不到，我试试能不能回忆起来。"

"名单我这里有。"见陆成泽面露愠色，孟钊宽慰道，"您也别急，就算案件存档丢了，肯定也有别的办法能查到。"

"这要是别的案子也就罢了，主要是这案子牵涉……"陆成泽没把话说完，但孟钊知道他要说的是陆时琛。看来，尽管这父子俩看上去都有些拒人千里的气质，但涉及自己的儿子，陆成泽还是会流露出为人父母的担忧。

几分钟后，秘书又来了电话："陆律师，当年存档的小孙已经在五年前辞职了，我刚刚试着联系她，但是那个号码已经换成别人在用了……"

"怎么会出这种事儿？"陆成泽脸上的怒意更深，"一会儿你来我办公室一趟。"

挂了电话，面对着孟钊，陆成泽克制着脸上的怒意："小孟，周衍班级的名单你给我看看吧，我试着回忆一下。"

孟钊把之前在文昭高中拍的花名册照片拿给陆成泽看，陆成泽拿起桌上的银边眼镜戴上，对着名单仔细地回忆，然后从旁边抽了一张白纸，将回忆起的名字记录到白纸上。

几分钟后，他将名单递给孟钊："事情过去太久了，我也不能确定这些就一定是当年的被告名单，只能说八九不离十吧。"

"这就够了。"孟钊看着陆成泽在白纸上写就的一长串名单，粗略一扫得有十几个，"这么多人？"

"对，我记得原告当时并不能确定到底是谁逼死了她儿子，所以她把能找到证据跟她儿子有过接触的同学都写了上来，对方律师也不太有经验，开庭当天原告那边找的证人甚至都没出庭，被告这边就相当于不战而胜了。"

陆成泽话里话外并没有偏袒自己当时负责辩护的被告，孟钊刚想开口接话，却发现旁边的程韵一直没开腔，这时反而有些欲言又止。

他转过脸，用眼神询问程韵想说什么。

程韵有些迟疑，但陆成泽这时也意识到程韵有话要说，主动问道："想说什么？有话直说就好。"

程韵这才放开了胆子："陆律师，我在高中时就听说过您的事迹，从那时候起我就非常崇拜您。按理说我不该多嘴，但我有点想不明白，这种案子您当时怎么会负责被告那方？您是真的觉得被告方是无辜的吗？您这样做，仿佛让人觉得您在为坏人辩护似的，跟您的形象……"程韵叹了口气，"这实在是让我有点接受不了。"

"谁来定义坏人？小程，你虽然是公安系统的高等人才，但对于律师这个职业的理解，就显得有些稚嫩了。"陆成泽看向程韵，情绪上没有丝毫的波动，"我是一名律师，不是一个劫富济贫的正义使者。律师的工作当然也包括了协助打击犯罪，但保护犯罪嫌疑人法律上的权利，不也是对法律尊严的维护吗？如果在某一天，你，或者是你的亲人犯了罪或者出于某些原因被冤枉，结果却没有一名律师愿意为你们辩护，这难道是你所期望的结果吗？"

这时候，陆成泽看了一眼孟钊，想到当初舅舅的那场冤案，孟钊也是深有体会地点了点头。

程韵听完后，赶紧点头道："对不起陆律师，是我刚刚的问题肤浅了。"

陆成泽先是沉默片刻，然后也叹了口气，继续说道："刚刚讲的那些话，是希望你们能够正确认知律师这个职业。但就个人而言，我当时也不太想接这案子的。"

"为什么？"程韵继续问道。

"是我自己的私人原因。当年浩泽遇到了一些财务问题，差点发不起下面人的工资，所以我就决定开始接手一些公司的法务外包工作。"陆成泽顿了顿，"临江药业你们知道吧？那是浩泽的第一个大客户，给的价格足够让浩泽解除财务危机，签合同的时候，临江的老总提出了一个要求，就是帮他朋友接手这个案子，说是只需要我挂个名，开庭那天到场就好，别的都不用管。说实话，虽然是拿钱办事，但挂名这种事，有违职业道德。"

原来是这样，孟钊心道，这倒也能理解，以陆成泽的影响力，再难的困境，扭转局势也并非不可能，难怪被告一方会找上陆成泽。

"浩泽当时的财务情况，用危在旦夕来形容也不为过。开一家律所是我和小琛的妈妈在大学时的梦想，'浩泽'这个名字就是她取的，本来不需要这么久才开起来，就因为我临时改变计划，辞掉了工作接手那个讨薪案，这个想法才推迟了这么久实现，我实在不能眼睁睁看着这个律所惨淡收场。"

陆成泽说到这里，大概是想到亡妻，顿了顿，平复了一下情绪，然后才继续说："为了保下这个律所，我就同意了这个条件。"他陷入回忆，神色变得有些严肃，"接手这个案子之后，对方的确没让我太多参与进去，很多证据证人都是他们自己找的，一直到开庭当天，我才看见了被告那几个学生。"

"你们当时还小，可能都没留意这个案子，因为涉及校园暴力和未成年人自杀事件，这案子还引起了不小的轰动，但后来不知道是怎么回事，没过多久，关于这个案子的讨论就越来越少，到现在，好像销声匿迹了一样。我当时也大致了解过这个案子，原告的确没有充分的证据，但是，案子本身有很多说不通的地方。"

"说不通的地方？您还有印象吗？"孟钊问道。

"时间太久，我了解得也不多，想不起来了。这也许就是报应吧，谁能想到因为我当年不负责任的举动，居然会在十年后把时琛牵扯进去……"陆成泽叹了口气，看向孟钊，"小孟，这案子的真相不查清楚，我担心……时琛也会陷入像你舅舅一样的境地。时琛他虽然看上去不太友善，但杀人这种事是不会做的，这一点还请你相信。"

"嗯。"孟钊看了一眼对面的陆时琛，"我会尽快查明真相。"

陆时琛已经放下了杂志，在听他们交谈。孟钊留意了一下陆时琛的表情，他发现就算陆成泽在表露出对陆时琛的担忧时，陆时琛的脸上依然没出现任何动容的神色。

这人真是……铁石心肠啊，孟钊不自觉出现了这种想法。

他抬手拍了拍陆成泽的手，这样宽慰一个父辈的人显得有些奇怪，但陆成泽这番话是真的有些打动到他："您放心，事情没您想得那么严重，不至于到我舅舅那时的地步。"

拿到了名单，孟钊又跟陆成泽核对了一些校园暴力案的细节："那您记不记得，周衍当时在不在被告名单内？"他拿出手机，把周衍高中时期的照片拿给陆成泽看，"就是这个男生。"

陆成泽看了几秒后摇头道："如果我没记错的话，应该是不在。我刚刚也说了，赵云华那边选定的被告名单非常草率，因为她无法确定到底哪些是霸凌了她儿子的人，哪些人又是无辜的，所以这份被告名单只是赵云华心里的真凶名单，不一定是实际上的霸凌者名单。"

孟钊点头，跟他之前的猜测一致，如果周衍也在被告名单内，赵云华这些年不会跟他相处得这么和谐。那么，周衍到底是不是那个霸凌小团体的一员？孟钊对着那张名单，陷入了短暂的思索。

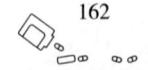

片刻后，所有问题都问完了，孟钊跟陆成泽告辞，然后起身离开。

就在陆成泽送孟钊和程韵出去时，陆时琛也主动站起身，随他们走到门口。

孟钊推开门，在对陆成泽表示感谢之后，他又看向陆时琛："看来陆叔还是教导有方，你居然起身送我了？"

"你还欠我一顿饭。"陆时琛看着他，又是那种理所当然的语气。

孟钊："……"

孟钊还没开口，陆成泽先听不下去了，他回头斥责了一句陆时琛："孟警官为了你这案子专门往我这里跑一趟，这顿饭应该你来请。"

"知道了。"陆时琛抬步迈出屋子，握住孟钊的手腕："走吧。"

"我也一起下去，去问问档案丢失到底是怎么回事。"陆成泽握着门把手将门合上，跟几个年轻人一起朝电梯的方向走去。

进了电梯，他的目光落在对面的陆时琛和孟钊身上，跟孟钊闲聊了几句："一转眼你们也都这么大了，小孟成家没？"

"还没。"

"是没遇到合适的？"

"算是吧。"孟钊笑了笑。

"你们这一代都不着急，时琛也是……"陆成泽说着，无奈地笑了一声。

电梯下到三层，陆成泽迈出电梯间，孟钊跟他道完别，察觉到陆成泽的眼神在自己手腕的位置停留了一瞬。

电梯门合上，孟钊才察觉到，陆时琛那只手还握着自己的手腕，一直没松过。

陆成泽走后，孟钊按了向下的按键。

然后他察觉陆时琛终于松了手。与此同时，那只手伸进了他大腿侧的裤兜，抽出了那张写着名字的纸。

孟钊"嘶"了一声，看向陆时琛："哎，你够自觉啊！"

"这么多人？"陆时琛没理他这话，看着那张名单说。

"是啊,只能一个一个地排查了,这么多年了,这些人可能都不在当地了,又是一项大工程。"孟钊把那张纸从陆时琛手中抽出来,折起来又放回兜里。

说完,孟钊看了一眼程韵,这姑娘今天总是欲言又止的,他问了句:"怎么了?"

"倒也没什么事情……"程韵抬眼看了一眼陆时琛,又看着孟钊小声道,"钊哥,就是我有一个推测。"

"嗯?"

"是跟那根狗毛有关的……"

听到程韵这样说,陆时琛垂下目光看她:"什么推测?"

程韵看向孟钊,没有孟钊同意,她是不敢轻易开口的。

孟钊发话:"说吧。"

程韵清了清嗓子:"之前我们不是觉得那根出现在周衍身上的狗毛来历不明吗?刚刚听了陆律师的话,我推测那根狗毛是赵云华放的。"

陆时琛果然起了兴致,看向程韵。

见孟钊和陆时琛都没提出异议,程韵心里有了底,继续道:"陆律师当年迫于无奈,做了被告一方的辩护律师,但赵云华并不知道他在这案子里参与了多少,她肯定会认定陆律师和逼死她儿子的那些人是一伙的,而她的这起官司失败,陆律师的存在算是起了决定性的作用,所以对于她来说,不但逼死赵桐的人是她恨极了的仇人,为被告辩护的陆成泽律师很可能也是她恨意的发泄口。"

从电梯走出来,程韵继续说:"赵云华想报复陆成泽,但她苦于找不到途径,于是她就想到了楼下的住户陆时琛,她自己因为失去儿子痛苦了那么多年,如果这案子能嫁祸到陆时琛头上,让陆成泽尝到自己儿子被逼得走投无路的苦果,这样,她就能既杀了当年的校园暴力主使周衍,又同时报复了那个助纣为虐的律师,她的恨意这才能够平息。"

程韵说着,三人都不约而同地在律所楼下停住了脚步,见两人都在认真听她说话,程韵继续说:"而且,赵云华一直有翻垃圾桶的习

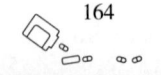

惯，对于她来说，从垃圾桶里翻到琛哥家里扔的垃圾，然后从里面挑出一根狗毛，可以说轻而易举，而且不会引起怀疑。"

她说完，看向孟钊，等着他的判断。

但孟钊没有说话，而是看了陆时琛一眼，开口道："你觉得呢？"

"只能说有一些道理吧，但我跟赵云华几乎没见过面，就算在电梯里打过照面，我也不知道她是楼上的家政，她也不知道我就是楼下的住户，更别提我是陆成泽律师的儿子这件事了。"

听完陆时琛的质疑，程韵思考了几秒说："周衍生前不是在浩泽律所打过官司吗，并且他那个朋友王诺在配合调查的时候说，如果能请到的话他们就请你爸做律师了，会不会其实周衍发现了你是陆律师的儿子这件事，在跟朋友聊天或者打电话的时候提起过，又被赵云华听到了相关的信息？"

"周衍生前去浩泽打过官司？"陆时琛看向她问道。

"嗯，他的作品被别人抄袭了……"

话说一半，程韵突然感受到了一股凉意，她立刻注意到孟钊有些暗沉的眼神，怯怯地噤了声。

陆时琛也随即看向孟钊："你的上司似乎不想让你说下去了。"

意识到自己刚刚说得有些多了，程韵好一会儿没再敢吭声。不过更令她摸不着头脑的是，这种事，一般都是看破不说破，陆时琛这人怎么什么都敢说，不怕挨揍吗？看着面色越发不善的孟钊，过了片刻，程韵才小心翼翼地问孟钊："钊哥，你觉得我的推测有没有道理？"

"还算有理有据。"孟钊想了想，给了肯定的答复，"尤其是赵云华一直有翻垃圾桶习惯这一点，确实可以说得通。"

程韵脸上露出笑容，但随即又叹了口气："但赵云华已经自杀了，就算那根狗毛是她放的，现在也没有证据能证实了……"

"嗯。"孟钊应着，抬手摸了摸下颌，虽说程韵这番推理可以说得通，但实际上，孟钊并不认同程韵的想法。赵云华是冲动杀人，而且是没有任何犯罪经历的绝对新手，应该不会计划得很周密，短短的两天时间，想构思出这么一套既能够杀人、还能够嫁祸于人的方案，基本不现实……他之所以一直没有表态和反驳，主要还是想看一下陆时琛对这件事的态度，以陆时琛的智商，如果他无条件地对程韵的推理表示赞同，就相当于主动露出了破绽，但从陆时琛刚刚的表现来看，似乎狗毛的事，真的与他无关……

程韵晃了晃车钥匙："快到下班时间了，钊哥你坐我的车回市局吧？"

"他坐我的车走。"陆时琛说。

孟钊没作声，心想：我好像没这么说过。

见孟钊没说什么，程韵往前走两步："那我先回去了钊哥。"

"回吧。"孟钊说，但他也没跟陆时琛走，"欠你的那顿饭今天补不上了，我的车修好了，跟4S店约好了今天下班去取。"

陆时琛倒也没表现出不悦："那我送你过去。"

坐进陆时琛的车，孟钊决定再试探一下："我觉得程韵刚刚的推理有道理，赵云华确实有将凶手嫌疑引到你身上的动机，你什么看法？"

"没有证据，猜测就只是猜测。"陆时琛说。

孟钊觉得他这话听起来耳熟，想了想到底是谁总这么说，最后得出结论，似乎他自己也说过一模一样的话。

"你毕竟在国外待了那么多年，回来也才三个月，应该没结什么仇吧。至于你爸……这些年打过那么多吃力不讨好的官司，得罪的权贵也不在少数，难道说……凶手的目的其实不在于你，而在于你爸？那这范围可就大了……"

"继续往下查吧。"陆时琛说。

车子开上了通往4S店那条路，见陆时琛的表现确实没什么问题，孟钊稍稍放松下来，他将手搭上车门："能开窗吗？"

"随你。"陆时琛说。

孟钊压下车窗，傍晚温度正好，微凉的风灌进来，自从周衍被杀一案发生后，这几天来孟钊头一次有了些许放松的感觉。

他打算先从案子里出来一会儿，让紧绷的神经松懈几分钟，他靠着车座靠背，侧过脸看向陆时琛，忽然起了跟他闲聊的兴致。

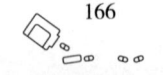

"对了,当年的事情……前一阵子我去看周老师,偶然知道了一点情况。"孟钊转过脸看向陆时琛的侧脸,陆时琛并没有表现出什么神色,似乎知道他要说的是哪件事。孟钊继续道:"其实有一点我挺想不通的,那时你为什么会觉得我舅舅是无辜的?"

"你不是一直翘课为他东奔西走吗?"陆时琛的视线落在前面的路上,脸上没什么表情。

"我为他东奔西走是因为他是我舅舅,我妈是警察,我小的时候她忙得没时间带我,所以我几乎是被我舅舅带大的,他说他没杀人,我当然无条件相信他,但我和你,我们当时的关系……"孟钊想起当年的事情,笑了一声,"好像不怎么样吧,就因为我翘课为他东奔西走,你就相信他是无辜的?"

陆时琛简短地"嗯"了一声。

孟钊怔了片刻。

联想到自己被视为"小混混"的少年时代,孟钊从没想到过,那时候还有这样一个虽然没有任何证据,却无条件跟自己站在了一边的人,而那个人还是他厌恶了很长时间的陆时琛。

命运真是神奇。孟钊看着陆时琛的侧脸,心想:陆时琛这人也挺神奇的。

第二卷

暗笼

车子开到4S店门口,孟钊收到了一条短信,他拿起手机一看,是卢洋发过来的——

"孟警官,我今天去了赵云华之前的家里,打听到她邻居的女儿叫林琅,跟赵桐是一个高中的同学,虽然不同班,但我觉得她应该会了解一些当年大概的情况,明天我打算去问问看。"

"还真开始查了啊!"孟钊看着那条短信低声自语了一句。

"什么?"陆时琛问。

"那个公众号的编辑卢洋,上次说要查清当年校园暴力的真相,没想到还真的开始查了,添什么乱啊这是……"孟钊收了手机,真不知道这案子哪儿来这么大吸引力,居然有这么多人抢着过来帮他查案。

"他查到什么了?"

孟钊把卢洋的短信内容拿给陆时琛看:"思路倒是没错,我们能从法院和律师这边入手,他知道自己接触不到这些,就先从受害人那边迂回入手,这卢洋倒是挺聪明。"

陆时琛把手机还给孟钊:"那就让他查吧,说不定他查到的信息会有价值。"

"那可不行。"孟钊推开车门,"随随便便一个人就去查案还不乱了套了,回头我还是得跟他说说,让他不要插手这案子了。我去取车了,你先回吧,欠你的那顿饭忘不了,放心吧。"

次日早上,市局会议室。刑侦支队的人围着长桌坐成一圈,正中间的是过来监督工作的徐局。

孟钊坐在徐局旁边的位置主持会议，他把案子的推进给刑侦支队的所有人捋了一遍："……所以现在，我们的侦破切入口就围绕着这个校园暴力案展开，选择这个切口入手，主要是因为这张照片。"他把打印出来的那张周衍抬头看向楼顶的照片投放到屏幕上，"照片找张潮确认过，没有修图改图的痕迹。从这张照片拍摄的时间和角度来看，拍摄者一定是当时参与霸凌赵桐的那些学生中的一个……"

孟钊开会一向只讲重点，废话一概没有，于是在把案子厘清、任务分配完毕之后，他就宣布散会了。

孟钊收拾完案件资料，正打算离开会议室，见徐局还站在门口。

难怪今天散会时这么安静，敢情是门口戳着这么一尊门神，孟钊停住脚步："您找我有事？"

"这案子打算几天侦破？"

"才刚确定切入口，这个我也说不准，不过我保证，能两天侦破绝不会拖到第三天。"

徐局对孟钊的能力还是放心的，他抬手拍了拍孟钊的肩膀："办案是重要，但也要注意劳逸结合。"

这是句极具普适性的废话，孟钊便也回了句废话："这我知道，您放心吧！"

接下来的一句才是重点："还有，平时的生活作风也要注意。"

孟钊还没想清楚自己的生活作风哪儿出了问题，徐局不给他打岔的机会，继续说下去："你这么年纪轻轻就升上了副支队长，虽然是因为能力被提拔上来的，但市局人多眼杂，多少人的眼睛都集中在你身上，千万不能给人留下落井下石的空子。"

"……不是，我作风怎么了？"孟钊莫名道。

徐局说完，给孟钊留了个眼神让他自己领会，然后就迈着步子溜溜达达地走了。

孟钊对于自己已经背上了"傍富婆"的嫌疑这件事一无所知……

这老头儿的更年期症状越发严重了，都开始无中生有了。孟钊对着徐局的背影嘟囔了一句，然后把他刚刚那番话撂到脑后，开始把精力集中到案子上。

趁开会这段时间，程韵拿着陆成泽提供的那份被告名单，在警务系统上把所有人的资料查了出来，等孟钊一回来，她就走过去汇报进度："钊哥，这几个人的资料我已经调出来了，十一个人里面，一个出国了，两个在外地，还有八个都在本市。"

孟钊接过资料，从上到下扫了一遍。文昭高中是重点高中，一本录取率跟孟钊的母校明潭一中不相上下，所以尽管地处偏远，每年还是会有大批家长不惜一切代价将孩子送去文昭高中。

但或许是因为高考前发生了赵桐那件事，名单上的这些人中，有一大半都没考上一本学校。看来大多数参与霸凌的人只是在跟风而已，根本就没想到这样做会导致这么严重的后果。

按照以往的经验，这种多人犯罪事件发生后，在往后的很长时间里，参与犯罪的人之间都不会再有联系，因为他们害怕这段血腥的陈年旧事会被重新提及。

不过，这是一般情况，谁也不能保证当年逼死赵桐的那几个人，这些年就一定没有联系，毕业后留在本市工作的占了一大半，或许他们共同策划了这起保姆复仇案也未可知……

孟钊拿过资料扫了一遍，一眼看到了"临江药业"四个字，他顺着往旁边看，与之对应的是一个叫"范欣欣"的女孩，大学毕业之后留在临江药业做人事工作。

孟钊朝后翻了翻，找到范欣欣的资料。资料显示，范欣欣的父母都是普通的退休工人，跟临江药业丝毫不沾边。

"临江药业老总的资料查了没？"孟钊翻着范欣欣的资料，问程韵。

"查了，在范欣欣前面。"见孟钊翻到那一页仔细看着，程韵在一旁说，"这个临江药业的老总叫任海，已经六十多了，他儿子也三十多了，比周衍大了能有五届……我本来怀疑这个范欣欣是这老头儿的私生女，但是我查了范欣欣父母的照片之后……"

程韵帮孟钊把资料翻到后面："钊哥你看，范欣欣跟她爸简直就是一个模子刻出来的，这根本就不用查，看一眼就知道是亲生的了……"

孟钊看着范欣欣和她爸的照片，的确，这父女俩的长相一脉相承，根本就没给人留下怀疑的余地，但不管怎么说，既然"临江药业"这个线索在一个人身上重合了，范欣欣就有重点调查的必要。

"把这份资料多复印几份，让周其阳他们从后往前排查，然后你跟我走，去找一趟范欣欣。"孟钊把那沓资料递给程韵。

程韵应着，麻利地干活去了。

在她把任务分配下去的间隙，孟钊又自己去查了查范欣欣的资料。

范欣欣大学是在本市一所二本民办学院上的，六年前毕业，毕业之后就直接进入了临江药业。临江药业是本市的纳税大户，公司里有员工上千名，算得上本市有头有脸的大企业。范欣欣虽然考上的学校相当一般，但毕业后找的工作却不错，这样的人生可以说是顺风顺水。

孟钊翻看着范欣欣的资料，心道如果这人真的是逼死赵桐的主使之一，那"恶有恶报"这话还真是一句仅供人自我安慰的屁话……

临江药业。

"范欣欣今天请假了。"人事部的女职员在查看了公司系统后，抬头告诉孟钊。

"知道她去做什么了吗？"

"好像是生病去医院了，具体的她也没说。"

"那给我一下她家的住址吧。"在那人往便笺上誊写地址的时候，孟钊闲聊似的问，"范欣欣在你们这儿工作多少年了？"

"她一毕业就来了，算起来也有五六年了吧。"

"校招进来的？"

"好像不是，我想想……"那人停了笔，想了一会儿才说，"虽然是跟校招的那批同时进来的，但她应该是通过社招渠道进来的，具体的我也记不清了。"

"近七年的社招条件能给我看一下吗？"

"没问题，稍等我给您找一下。"

孟钊长得好，虽然看上去不苟言笑，但单单往那儿一戳，就能比其他人多获得一些情报。帅哥嘛，总归是让人有多聊两句的兴趣。

"地址给您。"那人撕下便笺递给孟钊，又打印了一份招聘条件递给孟钊。

"对了，任总在吗？"孟钊接过那张纸，又问起临江药业的老总，"能找人帮我引荐一下吗？"

"任总？您说的是董事长还是总经理？"

"任海。"

"任总现在很少来公司了，现在都是他儿子在管理公司的事务。"那人挺热情，"您需要的话，我打电话问一下他秘书，看看他现在有没有时间。"

"先不用了。"孟钊稍一思忖，说。

十年前任海的儿子才二十出头，应该还在上大学，对于这起校园霸凌案，他很有可能知之甚少，还是得找到任海本人才行……孟钊收了那张地址条，对那人道了谢，打算先去找一趟范欣欣。

从临江药业离开后，孟钊开上车，带着程韵径直去了范欣欣家。

在看过范欣欣的各种资料之后，孟钊几乎可以断定，这个范欣欣不太可能是当年霸凌小团伙的主导者——她没有那么大的能量。

不管是主导一整个班霸凌赵桐、逼死赵桐，还是后续平息舆论影响、解决法律案件、销毁法庭记录，都不像是范欣欣能做出来的事……如果范欣欣真有这么大能耐，不至于在临江药业工作六年还是人事部门的基层员工。

站在范欣欣家门前，程韵抬手敲了敲门。孟钊则倚着旁边那面墙看那沓资料。

从猫眼里看，只能看见程韵站在门前，范欣欣开了门："你找谁？"

"欸？你在家啊。"程韵用自来熟的语气道，"你同事说你去医院了。"

"我刚回来……"范欣欣有些疑惑，"你是？"

"警察。"程韵亮了一下证件,"能进去坐坐吗?"

大抵是因为面对着程韵这样一个看上去明媚的小姑娘,范欣欣放低了警惕,将门开大了些,在看到靠墙的位置还站着一个身量挺拔的年轻男人时,她显然怔了一下。

孟钊把手里的资料卷起来拿在手里,站直了,看了一眼范欣欣,跟在程韵后面迈进了玄关。

走进客厅,孟钊注意到范欣欣的茶几上放着一个袋子,上面印着本市三甲医院的名字。他俯下身用手指扒拉了一下,看了看里面装的几盒药,其中一个药瓶上写着"阿米替林",跟赵云华家里发现的那瓶过期药一样。

"周衍被人勒死了,对你来说这几天也不好过吧?"孟钊放下那瓶药。

"毕竟是曾经的同学。"范欣欣抬手捋了捋额前的头发,有些不自然地说,"你们随便坐吧。"

孟钊坐到沙发上,语气还算温和,但说出的话却很直接:"那跟赵桐高考前自杀相比,哪个更不好过?"

范欣欣没应声,刚一坐下来,她的手指就将衣角紧紧地攥住了。

程韵在一旁唱红脸:"别紧张,我们就是来问一下当年你们班里的情况,范小姐你应该也看了新闻,周衍已经确定是被赵桐的母亲勒死的,这是一起报复性的杀人事件,所以为了还原整件事情的全貌,我们想找当年班里的同学问一下当时的情况。"

"范小姐,你回忆一下,当时周衍有没有参与霸凌赵桐?"程韵语气平和,循循善诱。

"没有吧……"范欣欣又捋了一下头发,"我也记不太清楚了。"

"这样啊,没关系。"程韵朝她笑了一下,"那范小姐,麻烦你再回忆一下,当时参与霸凌赵桐的同学都有哪些?"

"我真的记不清了。"范欣欣还是摇头,"不然你们去问问别人吧。"

"那这张照片,"程韵把打印出来的照片放到范欣欣面前,"你知道是谁拍的吗?"

孟钊盯着范欣欣观察，他发现在看到那张照片的一瞬间，范欣欣的眼神里透出了些许畏惧。

"能想起来吗？"程韵又问了一遍，"据我们了解，你当时就站在楼顶的天台，亲眼看到了赵桐的自杀，跟你一起的都有哪些人，这么重要的事情，不会全都忘了吧？"

范欣欣的眼神避开那张照片，她摇了几下头："我真的不记得了，对不起，麻烦你们去问问其他人吧。我要去上班了……"她说完，站起了身，似乎在下逐客令。

程韵转过头看孟钊，范欣欣虽然什么信息也不肯透露，但慌乱之下，却没否认自己当时就在赵桐自杀的现场……也就是说，范欣欣知道真相，她在替某个人隐瞒真相。

"别着急。"孟钊抬手往下压了一下，示意范欣欣坐下，"记不清楚没关系，我们再问点你能记清楚的。"

他把那沓资料展平了，抽出最上面一页放到范欣欣面前："范欣欣，高中三年的平均成绩排名在全校前百分之二十，但是高考的成绩却在年级排名倒数，能问下原因吗？"

"考砸了，还能有什么原因？"范欣欣的态度开始变得不配合。

"考砸了不稀奇，但考得这么烂也没选择复读，而是去了本市一所民办学院，毕业后还能立刻找到一份大公司的好工作，还是挺稀奇的。"孟钊抽出下面的纸推到范欣欣面前，"这是你毕业那年临江药业的招聘条件，校招的基础条件是211学校起步，你这个岗的社招条件需要有两年的相关工作经验，而你一毕业，在没有任何工作经验，专业也不对口的情况下，就通过社招渠道进了临江药业的人事部门。我能请问一下范小姐，到底是怎么应聘上这个职位的吗？"

"我……"范欣欣语塞，"我家亲戚给我介绍的。"

"什么亲戚？"孟钊抽出第三张纸推到范欣欣面前，"相关资料我也查过了，没找到你有这么大能耐的亲戚啊，可能是我的疏漏，你说，我去查证一下。"

"你们这么逼我有意义吗？"范欣欣忽然情绪失控，拔高了音量，

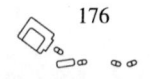

"事情都过去这么多年了,赵桐也不是我逼死的,跟我有什么关系?!"

孟钊的脾气算不上多好,但他的语气却出奇平静:"可能现在就算把逼死赵桐的那几个人聚齐了,所有人也都会跟你一样,坚定地认为逼死赵桐的人不是自己,集体犯罪嘛,每个人都会觉得自己是无辜的。"

"但是,如果一个人从这件事里得了好处却还这么认为,"孟钊把那几张资料收过来,抬眼看了看范欣欣,"那可真是有点无耻了。"

"让我猜一下,虽然当时赵桐的母亲把你们告上了法庭,但是真正的主使并不在被告名单之内,为了隐瞒这个人的身份,你们几个接受了他提出的丰厚条件。这案子的开庭时间是七月十八日,当时已经能查到高考分数和相应的分数线,你考砸了,所以他们给你提供的好处是,不管你考上了哪所野鸡学校,他们都会在你毕业后,给你提供一份待遇优厚的工作,条件是这辈子你都要把这件事烂在肚子里,我猜得对不对?"

"如果你实在不配合调查,我们也没办法对你实行强制措施,但是——"孟钊捏着那沓资料,站起来走近范欣欣,压低了声音,"范小姐,这些年人血馒头你吃得开心吗?赵桐死后你睡得安稳吗?看到周衍被勒死,有没有想到下一个也可能会轮到你?"

范欣欣猛地抬头看向他。

"对于这场霸凌的主导者来说,他只需要轻轻松松地给你们提供一份好工作,就能让你们帮他背着这起血债,而他自己,说不定现在正清清白白地平步青云呢,你觉得公平吗?"孟钊说完,捏着一张名片递给她,"需要我们提供帮助,或者想通了要给我们提供线索的话,随时联系。"

一直到孟钊和程韵离开,范欣欣仍旧一动不动地站在客厅里,关门之前孟钊看了她一眼。这个年轻的女孩此刻一副失魂落魄的模样,肩膀微微抖动,无声地哭了……

下了楼,程韵跟在孟钊后面:"钊哥,你刚刚说的那些会不会有些不合规啊……"

"又没录音，她自己身上还背着人命，你担心她会去举报我？"孟钊看她一眼，"还是你打算举报我？"

程韵立刻竖起手指："我肯定不会！"接着她又有些担忧道，"但如果他们在十年前已经谈妥了条件，会不会所有的牵涉者都不肯透露信息啊……"

"有可能，不过，"孟钊拉开车门，抬头看了一眼范欣欣所在的楼层，"这个世界上，真的会有不透风的墙吗？"

坐上车，搁在中控台的手机振动了两下，来了消息，孟钊拿起来一看，是陆时琛发来的："境外号码的查询结果出来了。"

"今晚请你吃饭。"孟钊拿起手机，给陆时琛回了条语音消息。

临近下班，按照被告名单出去排查的同事陆陆续续地都回来了。

"这个张林还挺坦诚的。"周其阳翻开下午的记录，对孟钊说，"说当时班上莫名其妙地开始孤立赵桐，说他是同性恋、异装癖什么的，谁要是跟赵桐走得近，尤其是男生，那肯定是会被嘲笑的。"

"张林曾经是赵桐的同桌，据他所说，赵桐其实人还不错，虽然娘了点，但脾气好，几乎对所有人有求必应，也不知道怎么就忽然成靶子了。"

"他是赵桐的同桌啊？"程韵抬头问，"那既然他觉得赵桐不错，没出手帮帮赵桐？"

"我也问了，但他说，那种环境下，谁要是敢跟赵桐站在一边，一准儿会被认定跟赵桐是一对儿。"周其阳耸了耸肩膀，"所以没过多久，他就申请调座位了，正好班里那时候有个女生休学了，赵桐的座位就单下来了。"

程韵"嘁"了一声："真夙啊。"

周其阳说完，任彬接着他后面说："这个许阳阳一见到我们就挺警惕的，也没从他那儿问到什么，感觉应该是知道内情，但就是不肯配合调查。"

几个人都把调查结果说了一遍，排除了两个跟导致赵桐自杀没有直接关系的人,并没有什么特别有价值的线索。

这收买人心的工作做得够彻底的,孟钊心道,已经这么多年过去了,但事件牵涉的知情人都讳莫如深,没有人肯说出真相。不过这也从侧面验证了一个事实——那张照片的拍摄者,应该就是这些人共同隐瞒的那个人。

"剩下两个暂时没联系到的。"孟钊把手上的资料卷起来,"明天小周和彬哥再去上门找一趟。"

从楼上走下来,孟钊先去了一趟停车场,把资料放到了车里。

陆时琛应该会开车过来,孟钊打算等吃完饭再回来开自己的车。

走出市局,对面正由红灯变为绿灯,十几个人踏着斑马线走过来,孟钊一眼看见了陆时琛。

陆时琛肩宽腿长,外加身上那种拒人千里又不接地气的气质,让他在人堆里看上去鹤立鸡群。

"没开车?"等陆时琛走近了,孟钊问。

"你的车不是修好了吗?"陆时琛的脚步停下来,"开你的吧。"

"那你等会儿,我去开过来。"孟钊说着,往市局的停车场方向走。

孟钊把车开过来时,陆时琛正在市局门口接电话。

孟钊一打方向盘,将车开到路边,压下车窗时,他隐约听到陆时琛在说"护理院"什么的,但陆时琛朝他的方向看了一眼,随即朝另一个方向走了几步。

商业机密吗……孟钊看着陆时琛的背影,还要这么避着人。

片刻后陆时琛打完电话,朝孟钊走过来。

"给谁打电话啊?"见陆时琛上了车,孟钊问了句。

陆时琛拉过安全带:"一个朋友。"

孟钊启动车子的同时,闻到了一股很淡的类似檀木的香味儿,这香味儿他以前坐陆时琛车的时候闻到过,本以为是某种高档的车载香水,现在才发现是陆时琛身上的味道。

真讲究啊,孟钊心道,还喷香水。

一路从公安大学读上来，到了公安局后，打交道的要么是一群糙汉子警察，要么就是比糙汉子还糙的犯罪分子，偶尔遇上一两个貌似精英的律师，也常常打扮得像卖保险的，看上去远没有陆时琛讲究得这么得体。

以往觉得香水这种东西都是女人喷的，但现在陆时琛身上的这股檀木香很淡，若有若无的，不仅不女气，反而……有点性感。

意识到自己出现这种想法后，孟钊对自己感到有些无语，单身单久了，居然闻到一股香水味就开始想些有的没的，连对方性别都忽略了……

他赶紧把自己的想法转向案子，问陆时琛："对了，你那国外的朋友帮你查到那号码的主人了吗？"

"是国外的网络电话。"

"国外的……网络电话？多层加密啊，够谨慎的。"孟钊有些犯愁，如果是国内的网络电话，以张潮的技术，起码能定位服务器的位置，但国外的加密号码，张潮纵使再有技术，手也伸不了那么长……

陆时琛继续说："托人破获了加密层，定位到了这个网络电话的服务器位置，又上门去问过了。"

"嚯，你这一套流程走得够利落啊。"孟钊知道，虽然陆时琛这话说得简单，但在短短两天之内做到这一步，这意味着陆时琛在国外拥有的资源，并不比他在国内的少，"结果怎么样？"

"他们接受的是国内的委托。"

"委托人查到没？"

"没有，黑客也是要有职业操守的，泄露客户信息他们还想不想接着干下去了？能问到这一步已经是极限了。"

"也是。"孟钊点头。刚刚那一瞬他还是操之过急了，还以为那会是重要突破口。

不过，陆时琛提供的这条线索也足够重要了，起码验证了一个事实，赵云华杀人、自杀，每一步都是有人在背后精心策划外加诱导操纵的。

孟钊正陷入沉思，陆时琛开口道："这调查结果孟警官还满意吗？"

"嗯？"孟钊回过神，"满意，能查到这一步不容易，回头等这案子破了，我自费给你送个锦旗。"

"刚刚那线索是我花大价钱搞到的，既然是交易，那作为回报，孟警官也需要让我满意吧？"

"我请你吃饭啊，这顿饭保证让你吃得满意——哎，到了。"

陆时琛转头一看，孟钊把车停在了一家日料店门口。上次是法餐，这次是日料……陆时琛推门下车，抬眼看了看门头，然后跟孟钊一起走进店里。

在服务员的指引下坐定之后，孟钊接过服务员手里的茶壶："我来。"

他给陆时琛面前的茶碗里倒了杯茶："我跟你说，为了让你这顿饭吃得满意，我也花了不少时间才问到这么一家店，你知道我们干刑侦的，时间比金子还值钱。"孟钊开始胡说八道着糊弄陆时琛，"所以不管结果怎么样，我的诚意肯定是有的。"

简而言之，不管这顿饭你吃得满不满意，反正吃了这顿就没下顿了。

没想到陆时琛没理他这一茬："我对吃饭没什么兴趣，果腹而已。"又把话题转到了案子上，"你们今天去查那个被告名单上的人了吧？怎么样，有进展吗？"

"一见面就聊案子。"孟钊端起茶碗喝了一口茶，"我说真的，你来我们刑侦支队吧，薪水什么的都是身外之物。"

"一百万。"陆时琛说。

"嗯？"

"雇用黑客加急破解多层加密网，追踪定位虚拟服务器，再到上门找到黑客，花大价钱购买客户资料，一共一百万。"陆时琛的手握上茶碗，"之前的交易内容是，我查清这个电话的来源，你给我提供案件线索，如果孟警官现在后悔了，先还钱吧。"

你大爷的。孟钊放了茶碗，在心里骂了一句，果然陆时琛提前挖好了坑等着他——一个贫富差距的深坑。

"不是我说啊……这线索要一百万？"孟钊一言难尽地看着陆时

琛,"虽然也不能说完全没价值,但你有没有觉得你做了一回冤大头?"

"有吗?"陆时琛的语气淡出了一股挥金如土的味儿,"不查到最后,你也不知道会买来什么样的线索。"

"资本主义也太坑人了。"孟钊摇头道。

"还钱还是继续交易?"陆时琛又问,"还是孟警官有其他让我满意的办法?"

"你这吃饭是为了果腹,睡觉是为了生存,我还能想出什么让你满意的招儿。"孟钊叹了口气,站起身,去车里取资料。

他打算把程韵查到的那几份被告资料给陆时琛看看,这资料说重要也没那么重要,相比陆成泽提供的被告名单来说,只是更具体了一些,但是说不重要,还是挺能看出问题所在的……

"给。"几分钟后,孟钊把取回的资料拍到陆时琛面前,"不是我不跟你透露,今天确实也没什么进展。"

陆时琛翻着那沓资料:"这些人都不肯透露当年的真相吗?"

"是啊。"餐食陆陆续续地被端上来,孟钊再一次心情复杂地吃起来。

难得他今天在回局里的路上,特意跟程韵打听了附近有什么适合请客吃饭的地方,落了一身稀奇古怪的眼神不说,这顿日料也没比上次那法餐便宜到哪儿去,而陆时琛居然说"吃饭只是为了果腹"。

"你早说我带你吃市局食堂去啊!"

"十一个人中,排除了三个跟案子没有直接关系的,还剩的八个人里,有一个出国了,两个在外地,剩下的五个全都在本地。"陆时琛翻看着那沓资料说。

"嗯。"孟钊夸了句,"小学算术学得不错。"

"五个人上的大学,有外地,有本地的,但学校应该都不怎么样,是吧?"

"对。"

"但是毕业后都回本地找到了一份好工作,如果不是自己有能耐的话……"

果然这样一份看似无用的资料到了陆时琛的手上，还是能被他看出端倪。孟钊也不打算再遮遮掩掩了，接着他的话道："那就是背后有高人相助。"

"这些人工作的公司，有供热集团、有地产集团、有证券公司、有餐饮集团。"陆时琛低头翻着资料，"各行各业的，很可能是人情往来，毕竟往公司里面塞个员工，对于有一定地位的生意人来说还是很容易的。"

"所以查一下他们班里所有人的家庭背景，就能大概锁定目标了。"孟钊点头道，"我是打算这么做，但问题是，如果所有人都选择隐瞒真相的话，十年前的案子……就算查到了真正的主使可能也没什么证据。"

"要证据做什么，你的目的又不是调查这起校园暴力案的真相，只是找到照片的拍摄者，查清到底是谁给赵云华寄了照片而已。"

也许做一个陆时琛这样的人会更轻松一点，孟钊拿起茶碗喝了一口茶，虽然对调查校园暴力案件这一步的目的再清楚不过，但他还是想知道真相，如果可能的话，他还想找到那几个人逼死赵桐的证据，让这案子中涉及的所有人都自食其果。

毕竟这十年间，因为这案子已经死了三个人了，而作恶者却还在逍遥法外……

不过，陆时琛说得也有道理，孟钊轻叹一口气，当务之急，还是查清眼下的案子比较重要。

陆时琛翻到临江药业那一页，又问："去过临江药业了？"

"去了，老子现在退休了，是儿子在管理公司事务，下午给任海打过电话，没接。"孟钊摇了摇头，"啧，难办。"

"临江药业很有可能只是当年的牵线人，如果两方是生意合作伙伴的话，这个任海多半也不会透露消息。"陆时琛的目光从纸上移到孟钊脸上，"先把这个班有权有势的人找出来。"

"是，陆总。"眼见着对方不但对这案子兴趣甚浓，甚至开始指挥自己下一步行动了，孟钊觉得好笑又无奈，到底谁是刑侦支队的人啊……"行了,吃饭吧。"

  资料都翻完陆时琛才开始吃饭。

  孟钊看着对面不紧不慢的吃相,似乎这顿饭对陆时琛来说还真是果腹而已。

  把陆时琛放到 3D 电影里,应该丝毫不违和。精致,讲究,像个毫无破绽的 AI。

  "怎么了?"陆时琛抬眼看他一眼。

  "陆时琛,"孟钊停下筷子,问出了他作为一个拥有七年刑侦经验却还是观察不出陆时琛喜好的刑警的疑问,"你这人到底喜欢吃什么啊?不会什么都不喜欢吃吧?"

  "好像确实没什么喜欢吃的。"

  "……你是喝露水长大的吗?"

  就在孟钊打定主意以后绝不跟陆时琛同桌吃饭的时候,对面开口了:"上次那个黄毛吃的东西,好吃吗?"

  "啊?"孟钊一愣,"你说路边那烧烤摊?"

  "嗯。"

  "你没吃过烧烤?"孟钊几近震惊,"您可真是不食人间烟火啊,真是喝露水长大的?"

  "我十七岁就出国了。"陆时琛平静地说。

  "也是。"片刻后孟钊放下筷子,看着对面,"行,有时间带你吃烧烤去。"

  从日料店出来,两人上了车。

  孟钊把那沓资料扔到后面一排的车座上:"送你回家?"

  "去你家吧。"陆时琛说。

  "去我家干什么?"孟钊看他一眼,"我家就你那儿一个卧室大小,你去了都迈不开腿。"

  "去看看。"

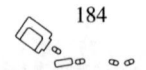

"去我家,然后我再把你送回去,然后我再开车回来?"

"嗯。"

孟钊觉得自己要被陆时琛打败了,这人说话的风格似乎一贯如此,虽然明明什么理由都没有,偏偏说什么都显得特别理所当然。

"行吧。"他不知道自己怎么就答应了。

正值周五下班的时候,城市的夜生活明显要比其他工作日时更热闹一些。

停车场的车位已经被占满了,还有几辆插空塞到了过道边上,想要把车倒出去还是挺考验技术的。孟钊正看着倒车影像和后视镜倒车,这时他的手机振动起来,有人打进了电话。

孟钊无暇去看电话是谁打来的,陆时琛低头扫了一眼:"是卢洋,我按免提了。"

"按吧。"孟钊一边将车子倒进狭小的空间一边说。

"孟警官。"电话接通了,卢洋在电话那头说。

车子平稳地倒了出去,孟钊这才松了一口气:"你说。"

"我今天去了林琅读高中时的家里,但她家里没人,好像已经搬家了,我暂时还没找到她现在的家。不过,我听他们周围的邻居说,林琅好像患有精神病,高中时病情加重,连高考都没参加……你说,会不会跟这个校园暴力案件有关啊?他们还说,林琅高中时交过一个男朋友,就是因为这个男朋友,她的精神病才加重的……"

"卢洋。"孟钊打断他。

"哎,孟警官你说,我听着呢。"

"你说的这些警方都会去着手调查。"卢洋在电话里的声音听上去干劲十足,孟钊有些摸不透他如此热衷这案子,到底真是如他所说想要弥补错误,还是想借机再发出一篇噱头满满的稿子博得眼球,抑或是有其他目的……孟钊把制止的话说得挺委婉,"这案子接下来就不劳你费心了,写公众号也不是个轻松的活儿,回去做自己的本职工作吧。"

谁知这卢洋还真没听懂他的言外之意:"我不累孟警官,而且这两天查下来,我觉得破案还挺有意思的,我明天就去打听一下林琅高中时交过的那个男朋友,说不定他会有线索,还有林琅搬家以后的地址……"

"那我再说明白一点。"孟钊的嗓音沉下来,"卢洋,停止插手这个案子,我没跟你开玩笑,这是命令,听懂了没?"

"但是……"

"没有但是,明天开始继续写你的公众号,你停更几天了?放着自己的本职工作不做,来插手警方的工作,你是要跟我们抢饭碗吗?你要真想查案,可以,公安系统随时欢迎你来报考,只要你考得进来,我负责把你调到外勤。"

"我……"对面的声音听上去不情不愿,"好吧。"

电话那头传来"嘟嘟"的声响,孟钊嘀咕一句:"查案还查上瘾了……"

"还挺凶的。"陆时琛在一旁评价道。

孟钊这股气还没顺下来,又被陆时琛这句噎了一下,他瞥一眼陆时琛:"什……"话没说完,他看见陆时琛笑了一下。

那笑容微不可察,没有嘲讽的意味,反倒是真的觉得很有意思一样。

什么跟什么啊……孟钊心道,发个火旁边还有看热闹的。但不知为什么,刚刚那股气居然莫名其妙地顺下来了。

车子停至杨庭小区,孟钊将车熄了火,解开安全带:"到了,下车吧。"

他走在前面,用门禁卡解了大门的锁,一边朝电梯走一边说:"到我家参观要交门票啊!"

"交多少?"陆时琛问。

"你看着给吧。"孟钊站到电梯前,按了上行的按键,"都是老同学,我就不坑你了,十万八万的意思意思就行了。哪像你那个朋友啊,居然跟你说要一百万?"

"一百万怎么了?"

"一百万怎么了？"电梯门开了，孟钊看他一眼，迈了进去，"这事儿可不能让我们技侦的同事知道，否则都该跳槽去当黑客了。"

两人站在电梯里，陆时琛淡淡道："一百万是骗你的。"

"……我就说。"

"我也没想到刑侦支队的支队长这么好骗。"

"副支队长，别给我提衔。我就说怎么可能要价一百万还有冤大头答应。"

居然被陆时琛摆了一道，真是大意。不过这事儿也不能怪自己，孟钊心道，要怪就怪陆时琛上次在药店买了那堆花花绿绿的止痛药，让他潜意识里觉得陆时琛就是个人傻钱多的冤大头。

站到门前，孟钊输入密码解锁，然后推开门让陆时琛先进去："请吧，陆先生。"

陆时琛站在玄关处打量孟钊的房子，两室一厅，装修很简单，房子虽然不大，乍一看却有些空。

"这房子是你买的？"陆时琛问。

"租的。"孟钊从鞋柜里找出一双拖鞋扔到陆时琛面前的地板上。

灰色的，男士拖鞋的款式和大小，陆时琛换着鞋，在孟钊关上鞋柜的时候，他注意到里面还有两双女士拖鞋，他开口问："你这儿经常来客人？"

"哪有客人？我朋友都是做警察的，每天累成狗哪有时间来做客。"他很快意识到陆时琛这问题是从何问起的，"你说拖鞋啊，我舅舅他们一家偶尔过来坐坐，那是给他们准备的。"

"嗯。"陆时琛应了一声，走进客厅。

"坐吧。"孟钊也换了鞋走进去。

"能参观吗？"

"也没什么好参观的。"孟钊去厨房拿杯子倒水，"你想看就随便看吧。"

陆时琛倒也不见外，孟钊将杯子放到茶几上时，见他进了自己的卧室。

他拿着水杯走过去，倚到门框上。

陆时琛走到孟钊的书桌前，扫了一眼上面摆放的书，全都是一些刑侦类的书，还有一些与法医和物鉴相关的材料书。他的目光落到书架上的某一处，抬起手，手指搭了上去，把那本笔记抽了出来。

陆时琛打开那本笔记，低头翻看，然后用手指抽出了里面夹着的那张记录着线索的纸。

许是眼下这灯光和角度都像极了高中教室晚自习时的那场景，孟钊从侧后方看着陆时琛的脸，觉得陆时琛似乎根本没怎么变过，又似乎像是变了很多。

陆时琛身上那种孤高且冷漠的气质没变，但十几年前的孟钊看到他时心生厌恶，如今却产生了一种想要凑近了一探究竟的念头。

真不知变的是陆时琛还是自己。孟钊心想。

"什么时候拿到的？"陆时琛捏着那张纸问。

"就在前几天。"孟钊倚着门框，"周老师前一阵中风，是师母给我当年的案件材料，我偶然在里面发现的，那什么……谢谢啊，虽然事情过去了十几年，现在说好像有点迟了。"

陆时琛没说什么，把那张纸重新夹到笔记本里，然后又把笔记本放回了原来的位置。

这人似乎总是这样，明明帮了自己这么大一个忙，居然从来没提起过。孟钊不动声色地打量着陆时琛。

陆时琛放下笔记后，目光又移到孟钊床头柜上的相框，看着上面年轻的女人："这是你妈妈？"

"对啊，我妈漂亮吧？"

"嗯。"陆时琛说，"你长得像她。"

孟钊笑了一声："这是变相夸我吗？"

"你爸呢？"

"我爸……我还没怎么记事儿的时候他们就离婚了，我妈的职业是警察，太忙顾不了家，我爸……就出轨了，我妈是个干脆的人，没多说什么就选择跟我爸离婚了。"

"那你妈就一直一个人把你养大？"

"是一直一个人……不过，"孟钊顿了顿说，"没等把我养大她就先走了。我妈当年在追捕逃犯的时候以身殉职，威风吧？"

"所以你才选择当警察？"

"算是吧。"孟钊说。虽然距离母亲过世已经近二十年了，但陆时琛提起这张照片，孟钊不由得回忆起这张照片拍摄时，母亲孟婧牵着他的手去游乐园的情景。

"想起她你有什么感觉？"

孟钊顿了顿才失笑道："这问题问的……你专门来扎人心窝子的是吧？"

"很难过吗？"

"……"这问题要是十二年前的陆时琛问的，孟钊觉得自己可能已经挥拳砸过去了，然而现在他只觉得有点无语，陆时琛这人到底懂不懂什么叫将心比心……"你说呢？"

"因为我母亲也过世了。"陆时琛平淡地说，"提起这件事我并不觉得难过。"

这下，孟钊看着陆时琛的眼神犹如看着一个怪胎："你认真的？"

"很奇怪吗？"陆时琛看他一眼，"如果你记不起一个人的相貌和跟你相处的细节，这个人对你来说就好像一个陌生人，一个陌生人过世了，你会难过吗？"

孟钊越发觉得不可置信："她是你妈妈，怎么会是陌生人？"这话问出口，他察觉到有些不对劲，"你说你不记得跟她相处的细节？"

"嗯，不是跟你说过吗，那场车祸之后，十岁之前的事情我全都不记得了。"

孟钊有些错愕，虽然知道陆时琛车祸后患了应激性失忆症，却没想到事情这么严重，陆时琛居然丝毫不记得他的母亲，孟钊无从想象这种感觉。

无言了几秒之后，孟钊转移了话题："除了卧室也没什么好参观了，去客厅坐坐？"

陆时琛"嗯"了一声，跟着孟钊去了客厅。

两人在沙发上坐下，孟钊给陆时琛倒了杯水放到他面前："这次回国就不打算回去了？"

陆时琛喝了一口水，然后握着杯子，手指在杯把儿处摩挲了几下："不一定。"

"居然对之后没有计划吗？不像你的作风啊。"

"你希望我留下吗？"陆时琛看着他。

"我？"孟钊失笑道，"我哪能决定你这号人才的去留啊。"

"你希望我留下吗？"陆时琛又问了一遍。

孟钊意识到陆时琛是认真的，他看过来的眼神像是真的在等一个答案，这让孟钊不自觉地移开了自己的眼神。

气氛有点怪异，孟钊试图换了一种轻松的语气："你是想让我给你做职业规划吗？照我看啊，哪边给的薪资高就去哪边呗。"

陆时琛并没有立刻应声，几秒过后，他才发出了很低的哼声，似乎是笑了一声："嗯，有道理。"说完，他起身道，"走吧。"

"这就走？不多坐会儿了？"孟钊起身道。

"不了。"陆时琛说，"回去还有工作。"

回去的路上两人没怎么说话，孟钊察觉陆时琛似乎心情不佳。

一直到御湖湾，陆时琛推门下车前，才开口说了话："下次什么时候见面？"

这问题让孟钊一时没反应过来："下次……什么时候都可以啊，你有事就联系我。"

"嗯。"陆时琛说完，推门下了车，朝三号楼的方向走去。

下次什么时候见面？孟钊琢磨了一下这个让他一时不知怎么作答的问题，这问题问得……有水平，连他自己都不知道下次什么时候跟陆时琛见面。陆时琛是怎么想到问这个问题的？

看着前面那个肩宽腿长的背影，孟钊想到十几分钟前陆时琛提及的失忆的事情。

原本以为失忆这种小概率事件只会发生在电视剧里，没想到真就让陆时琛赶上了。不过……一个人失忆之后，真的会对过世的母亲毫无留恋和感情吗？

孟钊无从体会这种感觉，但总觉得若真如此，陆时琛实在是有些可怜。毕竟很多时候支撑他走下来的，其实就是记忆里母亲曾经给予他的那些力量。

一直到陆时琛走进了三号楼的大门，孟钊才收回目光。

搁在控制台的手机振动了一下，打断了他的思绪。他低头把手机拿过来，有人发来了短信："不是周衍。"

根据以往的经验，孟钊推断出这应该是个网络号码，果不其然，回拨过去后，电话里出现了一款网络电话的广告。

"不是周衍"，孟钊盯着屏幕上这四个字，是说周衍并没有参与那起校园暴力案件？

给自己发这条短信的人是谁，是某个良心发现的知情者吗……他正盯着屏幕，这时又来了一条短信："成绩单。"

陆时琛又梦见了那个女人。

梦里是一个冬天，天寒地冻，气温低至零下。校门口有很多人站在风中，他们的脸都被呼出的一团团白气氤氲得看不清，那个女人朝他招手："小琛，这里！"

陆时琛像是一个旁观者，看着那个小男孩撒开步子朝女人跑过去，扑到她怀里。

"冷不冷？"那个女人说着，把脖子上的围巾解了下来，弯下腰绕在小男孩的脖子上，然后搂着他，"车里暖和，快，我们跑起来。"

很奇怪的是，他这个旁观者居然也感觉到了那条围巾带来的体温，还有那个女人手心的温热。

在手机闹铃响起的瞬间，他甚至有些贪恋这种温热，想跟那个女人一起跑下去，想去她说的更暖和的地方。

明明已经醒了，但陆时琛还是闭着眼睛又回忆了一会儿刚刚那个梦。

那个女人是他妈妈，他看过她的照片，知道她叫时辛，生前是一个平面设计师。

十岁时从那场车祸中幸存下来之后，那些心理医生曾经试图用他母亲的照片唤起他的记忆，但陆时琛每每看到她的照片，都会感觉到剧烈的头疼，以致治疗过程无法顺利进行下去。

也不知从什么时候开始，也许是前两年，他开始偶尔梦到妈妈，有时候间隔几个月，有时候间隔几周。

梦里他妈妈的面孔有些模糊，但他却能感受到她的体温，那种熟悉又陌生的感觉，会让陆时琛拼命地想回忆起十岁之前的事情，但如果想得太费力，他的头疼症状又会剧烈发作。

也许是因为昨天看到了孟钊和他妈妈的合照，他才又做起了关于自己妈妈的梦。陆时琛从床上坐起来，用手指捏了捏眉心，拿起床头的手表看了一眼时间，然后下了床。

他走到窗边，拉开窗帘看向窗外，不远处的十字路口似乎亮起了绿灯，人潮涌动，赶着上班的人们行色匆匆地穿过马路。

陆时琛觉得挺放松的，这些年在国外他一直保持着只睡四小时的习惯，他不太需要睡眠，只需要高浓度的咖啡来维持精力。

心理医生说这样的生活习惯不但不利于他的精神状态好转，而且可能会加速消耗他的生命，导致短寿。这话也不知是不是在危言耸听，反正陆时琛没当回事，在这个世界上活得太长，变得衰老而无力，在他看来会是一件无趣且可怕的事情。

不过，这几个月回国之后，他反而开始睡起了懒觉。许是因为生活作息逐渐规律，他的精神状态也慢慢好了起来，心理医生上次甚至给他减轻了药量。

陆时琛看到那辆黑色的汉兰达驶入了市局，然后停至停车场，孟钊从车里下来，跟同事打招呼，踏上市局大楼前的台阶，之后消失在市局大厅里。

床头上的手机嗡嗡振动了两下，陆时琛收回目光，转身走到床边，躬身拿起手机。

上面写着："知道了。"

再上一条，是陆时琛发出去的消息："温颐疗养院，早上九点。"

早上八点，刑侦办公室的人各司其职地进入了工作状态。

周其阳和任彬继续走访当年的被告，程韵坐在工位上，一边咬着包子一边在系统中查询案发班级的所有同学的背景资料。

孟钊给周衍的继父打了个电话，让他找一下周衍高中时的成绩单。对方对这事儿挺挂心，挂了电话后不久，就传来了三份周衍高三时的成绩单。

孟钊把那张成绩单打印出来，盯着看了好几遍，也没看出什么端倪。倒是能看出赵桐的成绩下滑得很快，三月份时赵桐还在班里前十名，到了四月份就下滑到了中段，等到五月份，赵桐的成绩已经成了全班倒数第一——他交了白卷。

但这根本就不算什么有价值的线索，孟钊来回看着这三份成绩单，猜测着那人在短信中说的"成绩单"到底是想提供什么信息。

"钊哥，资料都查好了。"程韵拿着一沓资料走过来，"这班有钱有权的人真是挺多的，绝对是那种'特别关照'班，我们高中时候就有这种班，全校的好师资都可着这一个班招呼……"

孟钊翻看着那沓资料，程韵已经把当年班里家庭背景优越的孩子放到了最上面。这些人中，有区长的儿子、有教育局局长的女儿，还有集团老总的儿子……

以这些人的权势，帮忙安排工作善后处理都不是什么难事，虽然缩小了范围，但看来事情进展得并不会那么顺利。

孟钊拿起笔，在几个人名后面做了标记，然后递给程韵："查一下这几个人的通话记录，看他们跟那几个被告之间最近有没有过联系。"

把任务逐次交代下去，孟钊开车又去了一趟文昭高中。

大概是因为文昭高中是本市最负盛名的私立高中，对于警方的问题和要求，校方的配合度并不算太高。

程韵打电话跟校方索要成绩单和毕业合照时，校方工作人员以"必须有相关证明"为由拒绝传真过来。

孟钊本来也打算今天去赵云华的旧家里跑一趟，于是就顺便跑了一趟文昭高中。

上班早高峰还没结束，路上车流拥挤，主路太堵，孟钊又抄了小路。

文昭区是明潭市的老城区，虽然相比市区，此处略显偏远了一些，但因为明潭市的著名景点都集中在这片区域，又赶上近几年政府在旅游业重点发力，于是这里吃到了不少政策红利，经济发展不亚于市里其他几个区。

路上车不多，但因为这条小路有些窄，前面几辆车又开得慢慢悠悠，孟钊便也只能将车速降下来，一边开车，一边观察着附近的路况。这是他的职业病之一，一遇路口，就开始琢磨万一遇上通缉犯，绕到哪个路口去堵会快速形成死角。

来到十字路口，前面停了长长一排车。孟钊停下车子，耐着性子等着这个长达一分半钟的红灯，还剩下三十秒的时候，他忽然瞥见一辆车停在路对面的疗养院门口，从车上下来一男一女两个人。

孟钊一眼便认出了陆时琛，真是巧了，他今天来文昭区，陆时琛也恰好过来。

他想起陆时琛昨晚问的那句"下次什么时候见面"，居然这么快就又见面了……

不过，这大清早的，陆时琛不工作，到疗养院做什么？

旁边那女孩是上次出现在陆时琛家里的那个吗？如果是一起到疗养院看望长辈的话，那这关系还真是够暧昧的……就这还说不是女友？

渣男，妥妥的渣男。孟钊心道。

红灯变了绿灯，前方的车队开始缓慢行驶，孟钊脚下松了刹车，他打算不跟渣男打招呼了，还是干正事比较重要。

他踩着油门，赶在绿灯的最后一秒过了马路。

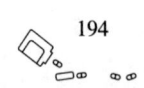

"请问您怎么称呼？"

"周。"

"周先生，您说一下家里老人的情况，我帮您做一下推荐。"

陆时琛沿着疗养院内部的长廊向前走，停在窗边，观察着这座疗养院的构造。

这是本市最豪华的一家疗养院，院内亭台楼阁修筑得颇有几分古色古香的气韵，有几个老人正在对面的长廊上缓慢地散步。相比高中那会儿，这里后来又扩建过，结构和格局都发生了很大的改变。

旁边的客户经理见陆时琛不说话，又问了一遍："周先生？"

"你去忙吧，我自己看看就好。"

"这怎么行呢？"客户经理殷勤地笑道，"服务客户是我们的职责，您可不能让我失职啊。"

"那就继续往前走吧。"陆时琛没再坚持，顺着客户经理的指引，继续朝长廊的另一头走去。

"我们这里的医生都是从三甲医院挖过来的，经验非常丰富，一旦老人出现什么紧急情况，会在第一时间给予救治……"

"去年全院上下都装了新风系统，来，您来这间房间感受一下，温度非常适宜，再过两个月就要夏天了，这套系统就算开冷风，也不会让客人觉得有丝毫不适……"

客户经理滔滔不绝地介绍着，陆时琛打断他："抱歉，能不能借用一下这里的卫生间？"

"可以可以。"客户经理走到门口，朝不远处指引，"公共卫生间就在走廊尽头，来，我带您过去吧。"

"让他自己去吧，您接着给我介绍介绍。"一直在旁边没出声的乔遇这时开了口，她拿起手机看了看时间，"一会儿看完了我还有事，反正也是给我奶奶看的房间，我男朋友只是抽时间过来陪我而已啦……"

乔遇说着，陆时琛已经走远了。

"乔小姐，你男朋友真是一表人才啊。"见乔遇话里话外秀了一番恩爱，客户经理也很有眼色地奉承道，"跟电影明星一样。"

"电影明星哪有我男朋友帅。"乔遇笑嘻嘻的,"我们接着看吧,我觉得一楼太矮了,高层还有房间吗?视野还是挺重要的,视野好了,心情也会好,心情好了老人才会长寿,你说是不是……"

乔遇反客为主,将客户经理拉到电梯前。与此同时,陆时琛也拐进了消防楼梯口。

消防楼梯内空无一人,陆时琛快步走下楼梯,一直走出了老年公寓的大楼,然后看了看周围,见无人注意自己,他抬步朝疗养院精心打理的那片花园走去。

上到六层,乔遇缠着客户经理,让她带着自己把所有房间都逛了一遍。

十几分钟后,六楼的房间都逛完了,她在客户经理的陪同下走在走廊上,朝外看了一眼,陆时琛已经从花园的方向回来了。

客户经理被乔遇缠得晕晕乎乎的,这才想起一直没出现的陆时琛:"乔小姐,你男朋友呢?"

"啊,对了,我男朋友呢?"乔遇也装作才想起来,"哎哟,刚刚看得太开心,把我男朋友都给忘了,他估计没找到我们吧……"正在这时,乔遇的手机铃声响起来,她对着客户经理笑笑,"这不,打电话过来了。"

"我们在六楼呢,对不起啊亲爱的,我错了,我这就下去找你……"乔遇挂了手机,拉过客户经理,"完了完了,我男朋友生气了,咱们赶紧下去吧。"

下了楼,陆时琛正在大厅等着,乔遇匆匆忙忙地走过去,一迭声地说着:"怪我怪我,我的错……"

客户经理落在后面,看见比乔遇高出一头的男人,眉宇间似乎缀着些不耐烦,看来确实是等得有些烦躁。

客户经理意识到自己犯了错,走过去连声道歉:"实在不好意思周先生,是我的疏忽。"

乔遇主动替她开脱道:"跟你没关系啦,主要还是我的错。对了余经理,我觉得你们这里的条件还不错,我挺满意的,你的名片给我

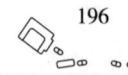

留一张吧,回头考虑好了,我再联系你。"

"要不要带周先生再逛逛?"客户经理提议道。

"我还有事,算了。"陆时琛语气冷淡。

面对着陆时琛有些不配合的态度,客户经理一时有些语塞。看着陆时琛不由分说地转身走了,她只好赔着笑将两人送出大厅,目送两人离开。

"怎么样?找到你想找的东西没?"走远了,乔遇才低声问。

"算是吧。"陆时琛说。

"你到底要找什么啊……我帮了你,你总要满足一下我的好奇心吧。"

陆时琛没说话,看样子并没有打算回答。

乔遇嘀咕道:"什么啊……神神秘秘的。"

文昭高中。

"成绩单?"这次换了个四十多岁的中年男人接待孟钊,对方比上次那个女人要油滑得多,"孟警官您这就开玩笑了,有哪个学校会留着十多年前的小考成绩单,我们这里只存了十年前的重本录取名单,要不我找给您?"

不等孟钊点头,对方就转头吩咐工作人员在电脑上调出名单打印出来。

"还有他们这一届的毕业照,麻烦也一并找给我。"孟钊说。

在孟钊拿到毕业照和高考成绩表后,对方又盛情送他出校园,那架势,生怕孟钊会在学校里多待一秒。

下电梯时,孟钊跟那人闲聊了几句:"刚刚从楼梯走上来,看见墙上挂了不少优秀校友的履历,看来贵校对于学生很重视啊。"

"那是当然。"对方冠冕堂皇地点头,"学校自然以学生为本。"

"是以知名校友为本吧?至于赵桐、周衍这样要么高考前就跳楼自杀的,要么十年之后被人勒死的,对于学校来说,分明是避之唯恐不及吧?"

对方意识到孟钊这番话来者不善，干笑了两声道："您这就言重了，我们也想知道真相，但实在是有心无力啊……"

"当年赵桐高考前自杀，学校为了次年招生率，花了不少钱公关媒体，还费心请了陆成泽做律师，对于维护学校名声来说还是挺成功的。"

电梯门开了，两人迈开步子走出去，那中年男人这次不说话了，大概是想让孟钊赶紧说完赶紧走人。

走到校门口，孟钊停下脚步："原本这校园暴力案已经过去十年了，市局也不是非得动用警力查得一清二楚，但既然贵校在这案子上这么配合，我也打算代表我们市局送贵校一份厚礼。等真相查清之后，一定会请官媒出面，重点报道这桩旧案，保证不遗漏任何细节，在招生季之前把贵校当年的作为全部宣传出去。"

孟钊这番话说完，向对方伸出手，男人脸上有些挂不住，但碍于孟钊的身份，只好伸手握了握。

上了车，孟钊系上安全带，扫了一眼那份高考成绩表和毕业照，放到副驾驶座上，打算等回到市局再好好看看。

他打算拿着毕业照和张潮修复的那一小段视频进行对比，看能不能对上号。不过，那段视频模糊成那样，估计不会有太大收获，只能一点一点往下摸索了。

这时，他的手机铃声响了，是技侦的张潮来了电话："我刚查了一下你早上给我的那个网络电话。"

"怎么样？"

"多层加密，破解了两层，到第三层中转站就无法定位了，这种层层防护的网络电话，基本没有破解的可能。"

"辛苦，潮哥，还有一个问题，这种网络电话不好搞到吧？"

"很难。"张潮说，"一般容易搞到的那种付费网络电话，基本也就一两层加密，破解起来很容易，像这种专业级别的，估计得花大价钱。"

挂了电话，孟钊又调出那条"成绩单"的短信，到底是谁这么大费周章地给自己提供线索……

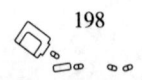

不管怎么样，先顺着这条线索查下去吧。孟钊按熄屏幕，将手机扔回中控台上。

从学府路出来，孟钊驱车前往赵云华的旧家。

行驶了大约一公里，车子开到十字路口，再开一段路，又要经过温颐疗养院了。

等红绿灯的间隙，孟钊想了想，拿出手机，给陆时琛拨了个电话。

听筒内的嘟嘟声响起来，过了一会儿对方才接通了电话。

"你在哪儿呢？"孟钊问。

"在外面，找我有事？"

"不是要吃烧烤吗？一会儿请你啊，我正出外勤，正好开车接你去，地址给我一个。"

"你在哪儿？"陆时琛问。

孟钊察觉到陆时琛的谨慎，似乎陆时琛说话一直如此，也不知他是在刻意隐瞒什么，还是确实一贯如此。

"你先说你在哪儿啊！"绿灯亮了，孟钊开车驶过路口，索性跟陆时琛玩起了初中生的幼稚话术，"我先问的。"

听筒里短暂沉默了片刻，陆时琛问："你来文昭区了？"

"嗯，来的时候正好看见你了。"被陆时琛猜中，孟钊不跟他打马虎眼了，他将车沿着路边慢悠悠地开，"这一大早带着姑娘去疗养院做什么？"

"探望老人。"

废话，孟钊腹诽一句，去疗养院不看望老人，难道是去看望孩子？

见对方每一句都答出了"明明说了什么又好像什么都没说"的效果，孟钊察觉到陆时琛可能在回避透露自己的感情生活，也是……没有人愿意被别人看穿自己渣男的本质。

孟钊觉得自己这电话打得有些多事，连他自己都说不清为什么要打这通电话。

眼见着马上要开到温颐疗养院门口了，他顿觉无趣，想挂电话了："那你探望吧，我先开车走了啊。"

"别走。"陆时琛在电话里说,"看见你了。"

孟钊下意识一踩刹车,转头一看,车子正经过温颐疗养院门口,陆时琛从温颐疗养院走了出来,他腿长,走在前面,后面还跟着那个一路小跑的姑娘。

陆时琛侧过脸跟那姑娘说了句什么,然后就径自朝孟钊的方向走过来了。

陆时琛走过来,拉开车门,先是拿起了副驾驶位置上的毕业照和高考成绩表,然后坐了进来。孟钊朝那女孩的方向抬了抬下巴:"就这么把人撇这儿不管了?"

"她开了车过来。"陆时琛扣上安全带,"你要去哪儿?"

"去赵云华和赵桐以前的家里看一眼。"孟钊又看了一眼不远处那女孩,心道陆时琛可真是渣得理直气壮。

"赶紧陪姑娘回去吧。"孟钊没急着启动车子,"我正工作呢,没空顺路载你回去。"

"我跟你一起过去。"陆时琛说。

乔遇上了自己的车,把车开过来,还落下车窗跟陆时琛摆了两下手。

"她走了。"等那辆车开上了主路,陆时琛又说。

孟钊听懂了,这句话的意思是"我现在只能跟着你走了"。

孟钊:"……"这人不仅渣起姑娘来理直气壮,说什么都挺理直气壮的。

"行吧。"孟钊总不能把他从车上赶下去,"一会儿别打扰我工作。"

陆时琛"嗯"了一声。

孟钊开车上路,忽然记起一件事:"哎,我刚刚突然想起来,咱们高中的时候是不是来这儿做过义工啊?我记得那会儿这里没这么大,好像也不叫温颐疗养院,叫什么……仁安护理院?"

陆时琛又"嗯"了一声。

"我记得你那次头疼来着,亏我还好心跑去药店给你买了止痛片,回来你就不见人影儿了。"孟钊侧过脸瞥了陆时琛一眼,"什么人啊都

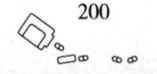

是，我那天来回跑了四公里！"

一提起这茬，孟钊又想起了那天发生的事情。算起来，那才是他跟陆时琛第一次产生交集。

那是高一开学后不久，班主任在十一假期前组织全班到护理院进行义工活动。

那天上午，孟钊因为去拘留所探望舅舅，到达仁安护理院时已经九点多了。

因为不知道班上同学都去了哪里，他只好在护理院内瞎转悠了一阵，没想到碰上了陆时琛。

陆时琛当时蹲在地上，两只手死死按着太阳穴。孟钊快步跑过去，跑近了才看清他的脸白得几近透明，眉心紧锁，额头上沁出了一层冷汗。

孟钊不太认识班上的同学，但陆时琛这人的长相实在太过打眼，以至于他一眼认出这人就是坐在他斜前方的那位高冷学霸。

"怎么了？"孟钊半蹲下来看着他，"头疼？"

对方仍是捂着太阳穴，没搭理他。

"我扶你到那边坐吧。"孟钊俯下身，费了好些力气才把他扶起来。陆时琛像是被刚刚那阵头疼耗尽了力气，一大半体重都压在孟钊身上。

孟钊没见过有人能头疼出这种架势，他甚至有一瞬间怀疑对方得了什么不治之症，有些担忧地问道："带药了没？"

陆时琛仍旧没说话，孟钊看见他胸口起伏，呼吸急促，似乎还在被头疼困扰。孟钊摸了摸校服的兜，摸出了两颗糖，随身带几颗糖是他那时候的习惯，有时候是给孟若妹准备的，有时候他自己也会吃几颗。他剥开糖纸送到陆时琛唇边："是糖，能缓解疼痛。"

其实孟钊那时候已经学过生物，知道糖跟缓解疼痛之间并没有什么关系，但很小的时候母亲孟婧带着他去医院打针时，总是往他嘴里塞一颗糖："吃点甜的就不疼了。"

于是后来遇到很苦或是很疼的状况，孟钊总习惯吃点甜的东西。

见陆时琛皱着眉吃下了那颗糖，表情痛苦得像是在吃某种苦涩的中药，孟钊直起身，看了看四周，然后朝护理院外面指了指："我去附近找找有没有药店，你坐在这里等我一会儿。"

说完，他快步跑出了护理院。

孟钊沿着路边跑过去，也不知是不是遇到的行人给他指错了方向，跑了很远一段距离，他才看见了一家药店。他买了治疗头疼的药，又快步跑了回去，但等他喘着气跑到刚刚那个地方，陆时琛已经不见了。

"你在想什么？"陆时琛开口，打断了孟钊的回忆。

孟钊回过神："没事。"他说完，才察觉陆时琛坐在副驾驶座上，似乎一直盯着他看，他被盯得有点发毛，转移话题道，"你不看看线索吗？"

"什么线索？"

"成绩单。"孟钊把那条短信上的三个字原封不动地告诉陆时琛，心道说不定陆时琛这种天赋型选手能解出来这道谜题。

谁知天才也不顶用，陆时琛看了一会儿手里的那张成绩单："成绩单有什么线索？"

"看不出来了吧，线索都告诉你了，看不出来也没招了。"

车子开到赵云华的旧家附近，相比周衍案发生的那片住宅区，这里看上去甚至要更陈旧一些，墙上写了一排红色的"拆"字。

这片住宅区南北不正，楼房排布得十分不规整，孟钊开着车，绕着楼与楼之间的小路，寻找赵云华所在的那栋楼。

把车停到附近，孟钊拿了赵云华家里的钥匙，跟陆时琛上楼。

楼道有些昏暗，水泥楼梯经过经年累月的踩踏，已经变得有些不平整，墙上贴满了花花绿绿的小广告。赵云华的家在顶层，两人走到门前，孟钊将钥匙插到锁眼里："按说带你过来都是违规的，一会儿你就别乱动了，随便找个地方待着吧。"

"违规会怎么样？"陆时琛问。

"违规啊……"锁开了,孟钊直起身,推开门走进去,观察着这房子的内部格局,随口说道,"会被开除出警察队伍。"

这是套两居室的房子,有六七十平方米,面积不算大,但赵云华将这里收拾得非常整洁利落,所以这套房子虽然略显老旧,但给人的感觉却很舒心。

孟钊走进其中一间卧室,很明显,这是赵桐的房间。墙上贴满了赵桐从小到大获得的奖状,书桌上摆放的全都是高中的课本和练习题。

孟钊这趟过来主要是想找当年的成绩单,周衍的继父只从家里找出了三张,文昭高中又不肯提供成绩单,只能来这里碰碰运气了。

孟钊拉开书桌的抽屉,抽屉内码放得井井有条,赵桐写过的试卷被整理得相当整齐,孟钊把那摞试卷拿出来,里面滑落了一沓A4纸,正是赵桐高中时的成绩单。

孟钊躬身去捡,看到陆时琛走了进来,正站在那面贴满了奖状的墙前,打量着这些奖状。

他捡起成绩单,直起身道:"哎,不是让你别乱走动吗?"

陆时琛没看他,仍旧盯着那面墙:"被开除出警察队伍,听起来后果也不算严重。"

见陆时琛又开始"何不食肉糜"了,孟钊觉得牙根疼:"我大龄未婚,还没买房,失业了你养我啊?"

陆时琛看着那面墙说:"可以。"

被他这一打岔,孟钊噎了一下,反应过来这句"可以"是对应的他那句"失业了你养我啊"。

"……"孟钊无言,又拿陆时琛没什么办法,人是他带进来的,总不能把他绑起来扔到一边。他暗中观察着陆时琛,同时开始翻看赵桐的成绩单。赵云华这里居然保存了赵桐从小学开始的每份成绩单,实在是一份绝佳物证。

他正低头翻着高中成绩单,那边陆时琛开口道:"这些奖状都贴上了透明胶带。"

"是啊,应该是怕褪色吧。"孟钊应道,抬头看向那些奖状,"赵云华非常爱赵桐。"

除去奖状不说，就算赵桐已经过世十年了，他的所有东西都还完好无损地保留在他曾住过的房间。一迈进来，就仿佛这个房间里仍旧住了一个正在备战高考的少年。孟钊觉得有些唏嘘。

陆时琛看完墙上的奖状，朝孟钊走过去，拿过桌上的相框看了看，那是赵云华和赵桐的合照。

照片里的赵桐看上去面容稚嫩，眉目极其清秀，像极了年轻时的赵云华。拍摄这张照片时，母子俩的眼睛都笑得弯弯的，就算这张照片距现在已经过去了十几年，也依稀能看出他们眼神里泛着的光。

陆时琛盯着这张合照，许久未动，忽然间，他觉得有些不适，好像脑中有什么东西又要大片地涌出来。他移开目光，把相框放回原来的位置，看向孟钊："成绩单有什么线索吗？"

"看这儿。"孟钊用手指碰了碰成绩单的右下角。那里已经被磨得看不出棱角，应该是赵云华曾经无数次地翻看这沓成绩单。

他翻看着成绩单，见陆时琛没应声，就侧过脸去看他。

这一看，他怔了一下。

陆时琛抬手按着太阳穴，眉心紧锁，虽然看上去并没有当初在护理院时那么狼狈，但可以看出来，他又犯了头疼症。

"怎么了？"孟钊赶紧上前扶住陆时琛，仔细观察了片刻，看样子不是装出来的，"我车里有止痛药，下去拿给你？"

"好。"陆时琛忍着痛苦道。

"你先坐下等着我。"孟钊弯腰把椅子从书桌下抽出来，扶着陆时琛坐下，然后快步跑下了楼梯。

孟钊从车里拿出止痛药，又去楼下附近的商店里买了矿泉水，跑上楼梯时他想，陆时琛的体格看上去不错，格斗水准也并不亚于自己，怎么一头疼起来就是一种地动山摇的架势。

推开门走进屋里，看上去陆时琛已经缓过来了不少，此刻正翻看着那沓成绩单。

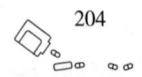

"你这头疼犯得有没有规律啊?"孟钊把止痛药和矿泉水递给陆时琛,"这都十几年了,还是一点不见好啊……不过,这两次好像没以前疼得那么厉害了对吧?"

孟钊想到那次在护理院,陆时琛的两只手按在太阳穴上,那力道像是恨不能将自己的脑袋挤爆,刚刚这次发作,好像并没有那次那么严重。

"对疼痛的阈值提高了而已。"陆时琛淡淡道,抠下几粒止痛胶囊,刚要放进嘴里,孟钊抬手抓住他的手腕,拦住了他的动作。

"你都不看说明书的吗?按剂量吃。"

"说明书的剂量对我无效。"陆时琛抬眼看孟钊。

两人僵持片刻,无奈之下,孟钊只能松了手。看着陆时琛就着水将大剂量的止痛药咽了下去,孟钊微微皱了皱眉。

轻轻摇了摇头后,孟钊试着推测引发陆时琛头疼的因素:"上次看到周衍母子的合照你犯了头疼,是因为你觉得似乎见过他们,这次又是看到赵桐母子的合照……但你之前也在那个公众号上看到过赵云华年轻时的照片,那次并没有诱发头疼,难道说,你以前没见过赵云华,但是见过赵桐?"

大剂量的止痛药让陆时琛觉得好受了一些,须臾,他摇了摇头,否定孟钊的推测:"引发头疼的因素有很多,某个人、某个场景、某个事件……都有可能。"

"你觉得这两次引发你头疼的因素不一样?"孟钊看向陆时琛,"具体怎么说?"

"周衍母子那张照片,让我有一种见过那两个人的感觉,但赵桐……"陆时琛顿了顿才说,"我能感觉到引发我头疼的不只是这张照片,还有这个房间。"

"什么意思?"孟钊被他说得更糊涂了,"你觉得你来过这个房间?"

陆时琛又抬手捏了捏眉心,似乎头疼还没完全缓过来:"跟房间本身无关,应该是某种强烈的感情。"

陆时琛能感觉到,赵云华与赵桐母子之间的感情才是这次他头疼

205

的诱因，似乎记忆里，很久之前也曾有人这么对待过自己……是出现在梦里的那个女人吗？

陆时琛想顺着这条线想清楚，但刚刚缓下来的头疼似乎又开始加剧了，迫使他将注意力转移到别的地方。

某种强烈的感情？孟钊似乎有点懂了，赵云华给予赵桐的母爱确实足够强烈，大概就是这种感情，唤起了陆时琛的某种童年记忆。

如果说陆时琛每次头疼的诱因都是有迹可循的，那十五年前在护理院那一次……

孟钊看着陆时琛，提出了自己的疑问："护理院那次头疼是什么引发的？"

他这问题刚问出口，就看见陆时琛闭起了眼睛，眉头皱得更深，似乎头疼又开始犯了。孟钊赶紧停止了自己的追问："算了算了，别想这些了，我不问了。"

良久，陆时琛才睁开了眼，他看见孟钊在盯着自己，那眼神像是怕自己随时会被头疼折磨得死过去。

孟钊的眼珠黑白分明，眉眼线条利落且漂亮，但吸引陆时琛的是这双眼睛里此刻透出的情绪，这让陆时琛想到十五年前在护理院内，这双眼睛似乎也是这样盯着自己。

"怎么了？"见陆时琛忽然一瞬不瞬地看着自己，孟钊莫名道。

陆时琛看着他，许久未开口，正当孟钊心中的怪异感加深时，陆时琛才看着他的眼睛道："这种情绪，是代表着担忧吗？"

"嗯？"孟钊一愣。

"你在担心我？"

对着陆时琛的眼睛，孟钊忽然觉得心脏的位置空了一下，紧接着心头莫名有些恼羞成怒，移开目光道："你哪只眼睛看见我担心你了？你跟这案子牵扯不断，你出事了，这案子会更麻烦，别自作多情了。"

孟钊说完，拿过手边的成绩单继续翻看。

陆时琛继续语气平淡道："你担心我，又不肯承认。为什么？"

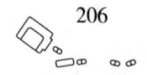

两句话搅得孟钊无法静心分析案情，陆时琛说这些有的没的到底要做什么？或许一开始同意陆时琛搭车就是个错误决定。

"闭嘴吧你，找揍是吧？"孟钊没好语气地甩过这句话。

陆时琛总算消停下来，没再继续追问，却仍是看着孟钊。

孟钊无视他的目光，将精神竭力集中到成绩单上。片刻后，他忽然发现，这几页成绩单，似乎确实有问题。

而正在这时，陆时琛也开了口，这次他说的是案子的事情："刚刚你下楼的时候，我仔细看了这些成绩单，发现这个班到高三下学期的三月份少了一个人。"

"确实。"孟钊翻看着成绩单，陆时琛所说的，也是他刚刚发现不对劲的地方——高三上学期这个班还有四十五人，到了下学期只剩下四十四人，"不过这也不算什么奇怪的地方，转学，休学，或者到别的省参加高考，再或者出国，班里少一个人的情况太常见了……当时你出国之后，咱们班不也少了一个人吗？"

孟钊说着，将成绩单继续往后翻了翻，他越发觉得这件事似乎没那么简单——正是从成绩单上少了一个人开始，赵桐的成绩开始下滑——这是碰巧，还是另有原因？

"许遇霖。"孟钊看着那个从成绩单上消失的名字，决定回去之后要查一下这个叫"许遇霖"的女生。

陆时琛走到窗边，打开窗户通风："成绩单的线索是怎么来的？"

"一条来源不明的短信。"孟钊说着，打开了赵桐的第二层抽屉，里面存放着一沓像是值班表的材料。

"我能看看吗？"

孟钊把自己的手机递给陆时琛，又拿起那沓材料，先是看了看正面，又翻过来看了一眼，才发现这沓白纸的正面是公司的值班表，背面则是赵桐演算的痕迹，这可能是赵云华当时专门从公司带回来给赵桐演算的废纸。她连赵桐的演算纸都整理得一张不漏。

孟钊大致翻了翻这沓演算纸，原本以为这只是一沓无用的废纸，没想到上面居然记录了赵桐的不少想法。赵桐把他的演算纸当成了日记本。

孟钊翻看着赵桐在这些演算纸上留下的字迹，出乎意料，虽然是当年校园霸凌的受害者，但在赵桐留下的这些内容里，却不太能看得出来痛苦哀怨的影子，反而处处都是为自己打气的内容——

"还有两个月，加油啊赵桐，考上大学，就能彻底摆脱这些人了。"

"我妈妈说，在她老家，梧桐树是吉祥、祥瑞的寓意，而且梧桐树身形高大，在秋天里很美，我觉得赵桐这个名字很好，他们不懂就算了。"

"为什么连我同桌都要往我的课本上踩一脚，他明明平时对我挺好的，是因为害怕他们也像对我这样对待他吗？有时候我也很好奇，如果我跟他们一样是旁观者，我会怎么做？"

"我觉得周衍也许是个好人，不知道有没有机会和他做朋友。"

"昨天是我的生日，妈妈给我做了长寿面，我们都吃了，我们都会长寿的。"

要不是这些内容中提及的细节跟自己了解的一一对应，孟钊几乎不相信这是一个因为霸凌而自杀的受害者留下的内容。

赵桐怎么会自杀呢？孟钊心头的疑惑渐深，从这些内容来看，赵桐是一个相当善于自我开解、苦中作乐的男孩，字里行间看上去有种无法被打倒的韧劲儿，这样一个少年，真的是因为精神崩溃而选择跳楼自杀的吗？

孟钊往后继续翻看，赵桐开始倒计时了，他在数着距离高考的日子。

孟钊翻到其中一页，停下来看着上面的字——

"最后一次月考了，他们把我的笔全都偷走了，我跟前面的徐盈盈借笔，但是她拒绝了。有时候我也会恶毒地想，如果当时不帮她，让她也失踪了，会不会才是正确的做法。"

这群浑蛋，孟钊心里暗骂了一句。他联系起那张成绩单，难怪最后一次月考赵桐交了白卷，不过，这里提到的徐盈盈是谁？看赵桐的

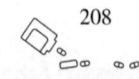

语气，这女孩似乎跟他当年被霸凌的源头有关系……但如果徐盈盈是霸凌者之一，她怎么会不在被告者名单之内？还是说，其实她就是那个带头霸凌的主使……

不像啊，孟钊的目光停留在徐盈盈三个字上，如果这个女孩是主使，那赵桐会选择跟她借笔吗？

还有，什么叫"让她也失踪了"，赵桐说的"也"指谁，难不成许遇霖真的失踪了？

孟钊把这些材料全都收起来，又搜查了屋里其他地方。

打开赵云华的衣柜，有一抹极为鲜亮的红色吸引了孟钊的目光。赵云华平时衣着朴素，从屋里的照片看，就算年轻时，她身上也少见亮丽的颜色。

孟钊把那件衣服拿出来，那是一件红色的连衣裙，似乎就是赵桐自杀时穿的那件，背面还残留大量干涸的血迹，颜色已经成了暗红的铁锈色。

这件连衣裙到底是怎么经年累月地摧残赵云华的神经，才能让她在抓住一丝线索之后，做出了勒死周衍的决定……

凶手该是怎样一个善于掌控人心且谋划周全的人，才能借这样一个行将崩溃的母亲的手，杀死了无辜的周衍，且提前做好了备用计划，在赵云华失手后果断进行了二次行凶……

还有，赵云华勒死周衍是因为她误以为周衍是当年逼死赵桐的真凶，那真正的凶手又为什么将目标瞄准了周衍？孟钊陷入沉思。

片刻后，孟钊将连衣裙装到物证袋里，离开了赵云华的房间。

他转头看了看外面，夜幕已经落下来，远处的高楼隐在昏暗的天色中。

他拿着物证袋走到隔壁赵桐的卧室，见陆时琛倚在书桌上，又拿起了赵云华和赵桐的合照看。

昏暗的光线将陆时琛的侧面勾勒出一道流畅的剪影，孟钊有些看不清陆时琛的神情，但总觉得空气中弥漫着一种异样的、有些哀伤的氛围。

虽然上次陆时琛说他对自己的母亲毫无记忆和感情,但孟钊注意到,陆时琛每每看到这种母子相偎的画面,都会有意无意地多打量几眼。

陆时琛像个谜,孟钊无从得知他介入这案子的真正原因,也无从判断他那些话的真假,但起码这一刻的陆时琛,孟钊觉得应该是暂时褪下了面具,有些脆弱且尚存温情的陆时琛。

这时,墙壁上响起了"咚"的一声,似乎是隔壁将什么东西撞到了墙上。

这声响动让陆时琛从照片上抬起视线,先是抬眼看了看对面的墙,然后他把那个相册放回桌子上,恢复了平常的模样,看向孟钊:"搜查结束了?"

"结束了。"孟钊扬了扬手中的材料,"走吧。"

刚刚那声响动让孟钊想到了卢洋在电话里提到的"患了精神病的林琅",不过,卢洋不是说林琅已经搬家了吗?那刚刚那声响动是哪儿来的?

跟陆时琛一起离开赵云华的家里,孟钊轻轻合上门,他在唇前竖了一下食指,示意陆时琛不要出声,然后走近隔壁,听着里面的动静。

里面安静极了,无法判断出到底有没有人。孟钊屈起手指敲了敲门,无人应声。

他出声道:"请问有人在家吗?"还是无人应声。

孟钊侧过脸看向陆时琛,陆时琛也在看着他,他朝陆时琛做了个下楼梯的手势,陆时琛很快看懂了。

孟钊蹲下来避开门上猫眼的视线范围,陆时琛则离开这里下了楼梯,脚步声渐远,陆时琛停在下一楼层。

这时,孟钊听到门内响起了极轻的、几不可闻的脚步声,那脚步声在靠近这扇门,然后停住了,似乎在观察外面。

门内有人,且这人极为谨慎,简直像媒体上报道的穴居人。

在场的三个人都没出声,过了好一会儿,也许是确认了门外的确

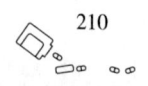

没人，门内的脚步声才离开了。

又过了一会儿，孟钊才直起身，放轻脚步地离开了这扇门。

陆时琛在楼下那层等着他，等孟钊靠近了，他抬手指了指楼上，孟钊看懂了，他的意思是问楼上到底是不是有人，他点了点头。

两人下了楼梯，颇有默契地将脚步放得很轻。

如果屋内真是林琅的话，那她的谨慎会与十年前的赵桐自杀事件有关吗？孟钊回想着林琅刚刚在门内的谨慎举动。

到了饭点，也到了堵车的点。马路上的车辆挤挤挨挨，缓慢蠕动。

怀安区各种犄角旮旯的小路孟钊都熟，但在文昭区遇上堵车，他也插翅难飞。

孟钊一边开车，一边想案子。据陆成泽所说，赵云华当时不仅坚持赵桐遭受了校园暴力，而且她一口咬定赵桐不是死于自杀而是他杀。

赵桐跳楼时赵云华不在现场，所以她的推断很可能没有任何理由，只是基于无法接受现实的不理智推测。不过，在看了赵桐留下的记录之后，孟钊也产生了些许怀疑。

赵桐对抗校园暴力的方式就是"熬"，熬到高考，他这段炼狱般的饱受摧残的高三生活就结束了。赵桐在死前一个月内并无自杀念头，他真的会是自杀的吗？不过，如果是在精神极度崩溃的瞬间一时想不开的话，这种情况也不好说……

毕竟自杀与否也就是赵桐一念之间的事情，再理智的人，崩溃的瞬间也可能做出不理智的举动，何况当时的赵桐只是一个故作坚强的十七岁少年而已。

事情已经过去十年，赵桐的尸骨都已被火化，那片化工厂也已经盖起了新楼，除非能找到当年的录像，否则这可能会成为一个永远无法解开的谜题……

红灯，孟钊踩了刹车停在十字路口。

他看了一眼旁边的陆时琛，大概是被下午那阵头疼折腾得够呛，此刻陆时琛倚在座椅靠背上，正闭目养神。

"头还疼吗？"孟钊问。

"好多了。"陆时琛睁开眼，看向他，"你刚刚在想什么？还在想案子？"

"我在想……赵桐到底是不是自杀的。"孟钊说，其实他想听听陆时琛的想法。跟陆时琛重逢以来，他察觉到，自己身为刑警的思维定式有时反而让他容易忽略一些内容，倒是陆时琛这样的外行，对于线索偶尔会有另辟蹊径的分析。

但陆时琛只是"嗯"了一声，再没说别的。孟钊只好问得更直白了一些："你不是也看了赵桐的日记吗，你怎么想？"

谁知陆时琛似乎对这个问题兴致缺缺，他再次闭上眼："他是不是自杀的重要吗？一个死了十年的人，就算他的死因另有蹊跷，证据也早就消失了，为什么要把精力浪费在一件无从追究的事情上？"

这话倒也不无道理，只是理性过了头就成了冷漠，陆时琛这番话又让孟钊想到了十年前那番"野狗论"，他忍不住微微皱眉："好歹这起案子前后涉及三条人命，如果不能真相大白，怎么给这三个人交代？"

"你打算怎么给他们交代？"陆时琛语气平淡，淡出了一股嘲讽的意味，"把案卷记录烧给他们吗？"

这话让孟钊忍不住动怒，似乎每次都是这样，一旦他开始对陆时琛产生改观时，陆时琛总有方法证明他就是这样一个没有任何人情味儿的精致的利己主义者。

孟钊的声音不自觉冷了下来："所以在你眼里，死了一个人跟路边死了一条野狗没什么区别是吧？"

察觉到孟钊语气有异，陆时琛睁开眼看向孟钊。他意识到孟钊再一次被自己激怒，激怒孟钊是一件很有意思的事情，但陆时琛觉得有些奇怪——这一次，他似乎并不觉得有趣。

他侧过脸看向车窗外，语调平静："是没什么区别。"

孟钊气不打一处来，忍不住又说了一句："既然没区别，你老是掺和进这案子做什么？"

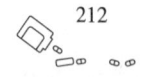

"我自然是为我自己,不然你以为我是为了追寻所谓的迟到的正义?"陆时琛语气漠然,"孟警官,我想提醒你一句,圈子绕得太大未必是件好事。你大多数时间都在独自办案,这是不合规的吧?你的行为告诉我,公安局似乎在忌讳着什么,并不希望把这案子摆在明面上调查,挖得太深,可能会招惹到一些危险的人。而且,你觉得你在追寻正义,事实上,对于你声称的要给交代的那三个人来说,死了就是死了,你现在如何侦破案件,如何追求正义,对他们来说都于事无补,毫无意义。你所做的,充其量是给那些活着的人看看,让他们继续相信所谓的天理昭昭而已。"

人太聪明,也不是一件好事,孟钊听完这段话,对陆时琛又多了点厌恶的感觉。孟钊也不打算跟陆时琛继续这个话题了,车子驶入了怀安区的地界,孟钊一打方向盘,从拥挤的闹市拐入了一条黑漆漆的小路。

他打开大灯,将前路照得灯火通明。

一言不合,余下的路再无人说话。

孟钊一顿七拐八折,抄着小路将车子开到了御湖湾,这才有人主动开了口,是陆时琛:"不是说去吃饭吗?"

"今天没心情,改天吧。"孟钊开了车门锁,"咔"的一声轻响,这逐客令下得彼此都心知肚明。

陆时琛倒也没再说什么,推开车门下了车。

看着陆时琛的身影被浓黑的夜色包裹,孟钊思绪难宁,如果说这十二年间陆时琛一点都没变,那为什么回国之后他要养一只狗呢,为了督促自己起床跑步?

这是养了只工具狗吧……孟钊在心里吐槽了一句,正打算开车离开,一转眼,看见中控台下面的那盒止痛药。

陆时琛推门下车时忘了带走。

想到十五年前的陆时琛头痛欲裂地蹲在地上,那副痛不欲生的模样,孟钊又觉得于心不忍。

陆时琛的性情这样冷漠，会不会跟他的经历有关？孟钊微微动摇，算了，跟一个失去了人生最初十年记忆的人计较这些做什么？一个人如果连对自己母亲的感情都弄丢了，让人怎么去苛责他无法跟路边的野狗、跟其他陌生人共情？而且，他刚刚的话，似乎也带有一些劝说自己远离危险的意思，他是在担心自己？

孟钊在车里静坐几分钟，叹了口气，有些认命地拿起那盒止痛药，下了车走到楼门前。

恰好有人从楼内出来，孟钊便蹭了门禁卡，闪身走进去，见那人回头有些不信任地看着自己，孟钊扬了扬手中的盒子："来送东西，一会儿就走。"

他上了电梯，走到陆时琛门前，屈起手指敲了敲门。

陆时琛推门走进家里，脱了外套挂在衣架上，家里的狗一天没见他，亲热地冲着他摇着尾巴，似乎在乞求着他的抚摸。

陆时琛没什么心情，他走到客厅的窗前，看着窗外的夜色。

有时候他也会意识到自己跟其他人有些不同，他一直都很清楚自己在这世界上是个异类，也正因此，他疏远其他人类，偏好独处。

但其实他从来也不在乎这一点，所谓的人脉、社交、朋友，都在他的人生中无足轻重。

可是刚刚那一刻，他忽然意识到在孟钊眼里，自己就是那个无法被理解的异类。

陆时琛觉得有一种异样的、从未体会过的情绪弥漫在身体里。他试图对应着自己学习过的各种情绪词汇，觉得"悲凉"这个词或许能与他此刻的感受相吻合。

这样活着，真是无趣啊……

正在这时，身后的门铃响了。

平时家里少有客人，到了晚上，除了外卖基本不会有人敲门。那门铃响了好一会儿，陆时琛才收回目光，转身去开门，那条狗也跟在他后面，紧紧跟随他走到了玄关处。

走到门前,在看到门边的屏幕上映出的那张脸时,陆时琛微微一怔。是孟钊。

孟钊眉心微蹙,似乎神情不悦。这人连生气都比旁人更生动一些。

陆时琛打开门,不置一词地看着他。

孟钊把那盒止痛药递了过来,听上去火气还没全消,语气挺冲:"别人的命不重要,你自己的命总该重视点吧?抽时间赶紧去医院查查到底为什么头疼,医疗技术进步那么快,几年前治不好,说不定现在就能治好了。"

陆时琛接过那盒止痛药,这才开了口:"要不要进来坐会儿?"

他话没说完,孟钊已经转身走了:"不了,赶电梯!"

看着孟钊走进电梯,陆时琛捏着那盒止痛药,上下翻转着看了看,半晌,他脸上的表情松动下来,那条狗这时凑过来,用脸蹭着他的腿。

陆时琛半蹲下来,他的手落到那条狗的脖颈上,慢慢地顺着抚摸下去。

孟钊回到市局,点了份外卖。

在等外卖送来的时间里,他忽然想到,今天卢洋没给他打电话"汇报"调查进度。

是之前那番训话起了作用,还是卢洋开始玩起了阳奉阴违这一套?

孟钊把电话给卢洋拨过去,正好想问问上次他提到的林琅到底是什么情况。由于徐局让他暗中调查这个案子,他无法动用大批人手开展调查,现在,为了快速推进案情,只能尽可能地用上一切可利用的资源了。

电话拨通后,卢洋很快了起来:"孟警官,找我有事吗?"

"没听我话啊卢洋,今天又去查案子了。"孟钊一上来,先诈了他一下。

谁知这卢洋不禁诈,真就慌里慌张地结巴了:"我……我没有,我今天什么都没查到。"

"什么都没查到?看来真是去查了。"没在陆时琛身上发完的火,孟钊发到了卢洋身上,他的语气比前一天更严厉,严令卢洋赶快停止接触这个案子。

卢洋大气不敢喘,一迭声在电话那头应着。

见对方答应不再自己去查,孟钊也不想跟他多说废话了。遇到这种事情,实话实说,他们警察也没什么招儿。只要对方没有严重干扰办案进程,根本也不能拿这种人怎么办,总不能把他们关起来吧?

孟钊问回正事上:"你之前不是提到过林琅吗?把你了解到的情况跟我说说。"

"哦,林琅是赵桐的邻居,跟赵桐在一个年级,但是不同班。"卢洋倒是挺热心,一股脑把自己了解到的信息全都告诉孟钊,"那天我过去的时候,正好碰上她楼下的住户回旧家取东西,那家人告诉我,林琅以前学习成绩还不错,但是高中时忽然精神出了问题,再也没出过家门,连高考都没参加。"

"一直到现在都没出过家门?"

"应该是,我那天去敲门,听着里面没动静。我遇上的那家人说,反正从那之后他们就没再见过林琅,但有时候会听到楼上有大喊大叫的声音,说那就是林琅发病时的声音。"

"那她父母现在还跟她住一起吗?"

"听说她父母早在几年前就带着她弟弟搬走了,把她自己留在那里,就每天来给她送一次饭。"

孟钊又问:"那你之前说的林琅在高中时候的男朋友是怎么回事?"

"因为楼下的住户说,林琅得精神病之前,有个男生经常送林琅回家,得病之后那个男生就不见了,所以我猜,林琅这病会不会跟她那个男朋友有什么关系啊……不过,我试着去打听她那个高中的男朋友现在在哪儿,没打听到。"卢洋说完,又试探着问,"孟警官,我保证不给你们添乱,你就让我查呗……"

"不行。"孟钊拒绝得很干脆,"你知不知道自己在以身犯险?这案子的真凶没你想得那么简单,万一被他知道你在查这件事,你就危险了,所以不要再查下去了。"

"哦……"卢洋在电话那头说。

挂了电话，孟钊订的外卖也到了。

孟钊一边毫无滋味地吃着外卖套餐，一边想着卢洋刚刚提供的关于林琅的线索。

到底是什么原因会导致一个女孩子十年不出家门，倏地，他想到了孟若姝。当年孟若姝遭遇猥亵后，也是极度抗拒出门和接触外人，甚至患了应激性失语症。

难道说……林琅也遭遇了跟孟若姝类似的性侵事件？

还有许遇霖，为什么她的名字会在成绩单上消失……孟钊把饭盒放到一边，在键盘上噼里啪啦地敲了几下，进入内部系统，搜索了"许遇霖"的名字。

许遇霖的相关资料出现在屏幕上，在她的名字后面，清楚地标记了两个字——"失踪"。

孟钊点开资料页面，上面显示，十年前许遇霖的父母就报案失踪了。

所以，许遇霖的名字从成绩单上消失，是因为她在高三这一年失踪了？

孟钊拿出赵桐的那沓演算纸，快速翻到其中一页，盯着那句"如果当时不帮她，让她也失踪了"，神情变得凝重起来。这样看来，赵桐遭遇校园霸凌很有可能跟许遇霖的失踪有关……

孟钊又搜索了"徐盈盈"这个名字，徐盈盈倒是没有遭遇任何意外，资料显示，徐盈盈目前在本市一家叫作"云芽科技"的公司工作。明天得去见见这个徐盈盈，孟钊做了打算。

林琅、许遇霖、徐盈盈……孟钊拿起笔在纸上写下这三个女孩的名字，本以为只是一桩简单的校园暴力案件，没想到居然牵扯出一起十年前的失踪案。

陆时琛说得也不无道理，这圈子绕得实在是远了些，绕来绕去，也不知什么时候能绕回周衍这个案子上。

但如果放任许遇霖的失踪不管，孟钊又觉得于心不安。

算了,孟钊叹了口气,都已经走到了这里,就索性绕得远一些,从这三个女孩身上入手,把隐藏在这起校园暴力案件背后的真相彻彻底底地揭露出来。

孟钊拿起筷子继续吃饭,他今天订了一份大盘鸡,平心而论,这饭做得比食堂差远了。

这鸡到底吃什么饲料才能长得这么难吃的?孟钊看着色香味无一处佳的大盘鸡,觉得实在没什么胃口。

他还真挺想吃烧烤的,本来都已经准备好了吃烧烤的心情。

刚刚这阵脾气来得真够急的,孟钊有点后悔,陆时琛没人味儿是真的,但食物是无辜的啊!

孟钊盖上饭盒,正打算问问孟若姝家里有没有剩饭,手机的电话铃声响了。

孟钊接通电话,将手机夹到脸侧和肩膀之间,一边收拾饭盒一边接电话:"喂,你好!"

"孟先生您好,您订的外卖到了,能到大门取一下吗?"

外卖?孟钊停下手中的动作,怎么还有一份?

"是我的吗?孟钊?"

"对,孟钊。"外卖小哥语气笃定。

是刚刚多订了一份?不对啊,孟钊脑中忽然冒出一个想法,难不成这份外卖……

他快步下了楼,从外卖小哥那里接过外卖,只扫了一眼那精致的包装纸袋,就知道又是上次那家食材丰富、贵得要死的潮汕砂锅粥。

果然,猜对了,是陆时琛订的。

拎着外卖回办公室,孟钊心情复杂。

他后知后觉地察觉到,虽然陆时琛对其他人的生命视如草芥,可是他对自己却好得似乎超出常理。无论是孟祥宇的那桩冤案、当年那本笔记,还是这两次的粥。

孟钊心下一动:是因为老同学的关系吗?还是因为这起案子的关

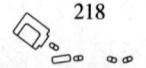

系？抑或是……因为别的？

刑侦办公室，孟钊支走了其他人，只留下程韵、任彬和周其阳，他将一张人物关系图投放到显示屏上。

最中间是周衍、赵云华和赵桐，外面一圈则是林琅、许遇霖和徐盈盈，所有的线条指向一个问号。

孟钊先把林琅的情况大致说了一下，又让程韵说一下查到的关于另外两人的资料。

程韵拿起桌上的资料，走到显示屏前面："许遇霖和徐盈盈都是女生，跟周衍和赵桐是同班同学。孟队在赵桐的家里找出了这个班高三所有的月考成绩单，发现高三寒假过后，许遇霖就从名单上消失了，而赵桐遭遇校园霸凌这件事，就发生在寒假后开学第一个月。"

"什么叫从名单上消失？"任彬提出疑问，"许遇霖转学了？"

程韵摇头道："警务系统显示，许遇霖目前是失踪状态。早在十年前，许遇霖的父母就向文昭区派出所报警失踪了，但是这十年间一直没有女儿的消息。"

见任彬点头，程韵继续往下说："至于这个徐盈盈，从赵桐的日记来看，她很有可能跟赵桐遭受校园霸凌有直接关系。"

"徐盈盈？"周其阳这时插话道，"不会是云芽网的那个徐盈盈吧？"

"欸？"程韵看向他，"我刚想说，资料显示她确实在本市的云芽科技公司工作，你怎么知道？"

"她以前在云芽直播唱歌啊，我看过几次。"见程韵露出鄙夷的神情，周其阳赶紧解释了一句，"怎么了？我就是睡前听听歌催催眠……哎你们别都用这眼神看着我啊，听甜妹唱歌很解压的好吧！而且我就是前两年听听，现在早都不听了……"

"不听你心虚什么啊！"程韵起哄了一句。

孟钊转过头看他："小周把你了解的情况说一下。"

"哦，行。"周其阳应了一声，"这个云芽直播是个小众的直播App，两年前就一直是半死不活的亏损状态，我以为过了直播这阵风口它就要倒闭了呢,没想到一直撑到了现在。云芽科技呢,是一家专门孵化网红的 MCN 机构。这个徐盈盈就是云芽签约的歌手之一,每晚都会在云芽直播上唱歌。她这种唱歌的性质和周衍那种不太一样,周衍属于创作歌手,唱的基本都是自己的原创,徐盈盈就是纯粹的唱歌直播间,什么都唱,大多数都是粉丝打赏点的歌,外加唱歌间隙跟粉丝聊聊天,我记得她的粉丝不算很多,几十万吧,不过我真的是很久之前才关注过她,现在涨没涨粉就不知道了。"

周其阳说话间,程韵已经拿起了手机,等到他话音落下,程韵把手机屏幕面向其他人:"我查到这个徐盈盈了,刚刚翻了翻她的直播记录,她最近几天都没直播哎。"

与此同时,孟钊也在手机上下载了云芽直播的软件,用手机号注册成功后,他开始翻看徐盈盈的主页。

"而且,她的主页动态也没有交代不上线的原因。"程韵收回手机,继续往下翻,"她的粉丝都在留言区问她去哪儿了,还有人骂她不上线也不提前说一声……"程韵快速翻完了徐盈盈的主页,有些困惑道,"周衍是十三号被害的,这个徐盈盈从十六号开始就没再直播了……好奇怪,她不会也跟周衍一样遭遇意外了吧?"

办公室里一时陷入安静,所有人都开始下载云芽直播,翻看着徐盈盈的主页。

片刻后,周其阳出了声:"还真是,她们这种主播应该会有固定的直播时间表,无缘无故不播就相当于翘班啊……"

"先不要做没根据的推测了,周其阳今天去徐盈盈那里,问问她最近几天没直播的原因。"孟钊开口,打断了几人的猜测。

"分配一下任务啊。周其阳主要负责调查徐盈盈;任彬负责许遇霖,调查她在失踪前的情况;程韵负责林琅,去拜访一下她父母,问问当时她得病的具体原因。走吧,起身干活去。"

几个人走到自己的办公桌前,开始做出外勤的准备。

程韵凑过来眼巴巴地问:"钊哥,你会跟我去调查林琅的事,对不对?"

"不会。"孟钊翻看着手里的资料,"我跟小周去。"

"小周可以独立行走啊……"

孟钊瞥她一眼:"你不能吗?"

程韵被他一瞥,气势顿时弱了一大半下去:"我还是实习生嘛,还没自己去调查过受害人家属,这不是怕漏问什么细节……"

"那就提前想好了问题再去问。"孟钊把资料合起来,想了想,"既然你这么说了,那这次算考核吧,做不好以后都别出外勤了。"他说完,朝周其阳走过去:"我们走吧。"

程韵站在原地欲哭无泪,周其阳回过脸,朝她做了个幸灾乐祸的鬼脸。

云芽科技。

"徐盈盈?"被叫过来的人事主管匆匆赶过来接待孟钊,"她最近确实没直播,也没跟我们请假,我们也不知道她出了什么事情。"

"你们没联系她?"周其阳问。

"当然联系过,但没能联系上,打电话她也没接,也找人去了她家里,没人,我们也摸不着头绪。这眼见着也有一周了,下周再不出现我们就打算报警了……"他正说着,前台附近的推拉门开了,走进来一个男人。

人事主管刚刚还臊眉耷眼的脸上立刻挂了笑:"吴总,您过来了。"

孟钊顺着他的视线侧过脸一看,面前这男人相当年轻,二十五六岁的年纪,跟自己差不多高,穿着一身一看就价值不菲的西装,眉眼间还带着点玩世不恭的神气。

被称作"吴总"的人点了点头,走过来的时候顺带看了一眼孟钊,像是对着人事主管随口一问:"有客户啊?"

"是警察。"人事主管说。

"嗯?"那人停了脚步,"怎么了?"

"来调查徐盈盈的事情。"

"徐盈盈?"那个"吴总"走过来,"徐盈盈怎么了?"

"徐盈盈好几天没直播了，联系不上她……"人事主管解释完，又殷勤地替双方介绍，"这是我们公司的 CEO 吴总，这是孟队和周警官，市局过来的。"

吴总伸出手跟孟钊握手，看上去倒是彬彬有礼。

孟钊打量着他："吴总对公司的主播都记得很清楚啊！"

"小公司而已，没多少人。"对方倒是谦虚，"而且每一个签约的主播都要经过我同意的。"

孟钊点头，敷衍了一句："也挺辛苦啊！"

"你们更辛苦，徐盈盈的调查结果出来了，麻烦您知会我们一声……那我就不多打扰了，先进去了。"对方说完，又转头对人事主管说："好好配合警察的工作啊！"

人事主管忙不迭点头："一定，一定。"

等那吴总拐进了公司内部，孟钊说："贵司的上下层级倒是很分明。"就算在市局，他也没这么对徐局点头哈腰过。

"唉，替人打工嘛。"人事主管收了脸上有些谄媚的笑容，"孟警官，还有别的问题吗？"

"徐盈盈的电话和地址您这边给我提供一下。"周其阳说。

拿上地址条，孟钊跟周其阳离开了云芽科技公司，去往徐盈盈家里。

坐进车里，孟钊给市局的同事拨了电话，让他帮忙查一下徐盈盈的银行卡记录。

"这 CEO 也太年轻了吧。"周其阳开着车说，"哎，钊哥，我觉得他跟你那个朋友有点像。"

"哪个朋友？陆时琛？"

"对对对。"

"哪儿像了？"孟钊脑中出现刚刚那吴总身上刻意强调出来的格调，虽然这人长得也还不错，但相比陆时琛……

"差远了。"孟钊说。两相比较，陆时琛身上被衬托出了一种与生俱来的贵气，而刚刚那人的一身派头却有种说不上来的刻意感。

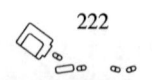

"气质挺像的啊！"周其阳说。

孟钊看他一眼："你这眼神是怎么通过市局招聘面试的？"

徐盈盈住的地方离云芽科技大楼不远，就在明潭市政府旧址的附近。如果说怀安区是明潭市的"后起之秀"，那宝岳区就是久盛不衰的一块宝地。

此处聚集着明潭市最繁华的CBD广场和最热闹的夜生活，房价相比御湖湾有过之而无不及。市局搬迁之前，旧址就在宝岳区。

徐盈盈住在二十楼，周其阳敲门的时候，孟钊走到楼梯拐角的窗户处朝外看了看，相比到处都在城建的怀安区来说，此处的视野显然更佳。

可以想见夜幕降临之后，所有霓虹灯都亮起的时候，此处的夜景该有多漂亮。

孟钊莫名又想到了陆时琛，为什么陆时琛会想到租一套御湖湾的房子？御湖湾当然也没什么不好，从长远来看，那里靠近政府和市局，治安有保障，发展前景和升值空间肯定没的说。但眼下，御湖湾周围都在拆建，建筑噪声无处不在，且从高处看去，新楼旧楼交错成一片，视野远远不及此处。

那道一直落在自己身上的视线会不会来自陆时琛？孟钊脑中出现了这种想法。

"钊哥，没人。"周其阳在外面敲了一会儿门，听着屋里毫无动静，他回头对孟钊说，"我们……进去看看？"

正在这时，孟钊的手机振动了一下，刚刚他拜托的同事打来了电话。"孟队，查到徐盈盈的银行卡信息了，从十六号开始，她的所有账户都没有过变动，我把记录发到你手机上了，你看看。"

挂了电话，孟钊打开同事发来的徐盈盈的账户记录。十六号之前，这个账户几乎每天都会有大大小小的支出，而从十六号徐盈盈停止直播之后，她的账户信息就再也没有过变动……难道说，徐盈盈已经遭遇了不测？

孟钊犹豫了一下，他知道这样做可能涉嫌违规，但回想起最近一系列诡异的事情和赵云华的惨状，他还是抬头看向周其阳道："开锁吧。"

周其阳手脚麻利地开了锁，推开门，孟钊随他走进去。

两室一厅的屋里空无一人，孟钊走到徐盈盈的卧室，化妆台上摆满了各种化妆品，还有几个连盖子都忘了盖，看得出来，徐盈盈临出门前是化过妆的。

"如果是出门前化了妆，"周其阳看着那些化妆品推测道，"会不会是去见男朋友了？"

"也不一定。"孟钊联想到孟若妹，这姑娘虽然在家里邋里邋遢，不修边幅，但哪怕出门接个快递，都会在镜子前面描上几分钟。如果是跟她的那些小姐妹出去玩，对着镜子化上一两个小时也不足为奇。

徐盈盈这样天天面对镜头的主播，出门化妆应该更是常事，这实在算不上什么有力线索。

孟钊又在房间里走动一圈，并没有发现其他线索。

徐盈盈到底去了哪儿，失踪？遇害？……孟钊察觉事情似乎没那么简单。

他给张潮又拨通了电话："给你发个号码，帮我查一下这个号码的最后几条通话记录。"

几分钟后，张潮把徐盈盈的通话记录和通话对象的资料发了过来。

徐盈盈失踪之前，与她最后通话的对象是个四十出头的男人，通话记录上，徐盈盈隔三岔五就会跟这个男人通话。而十六号之后，这个号码就再也没打过电话来，也有其他号码给徐盈盈打过电话，但都是未接状态。

孟钊看向徐盈盈的化妆台，徐盈盈精心装扮是为了见这个男人吗？这个男人与徐盈盈之间会是什么关系，情侣吗？一个二十七岁的女孩找了一个四十出头的男友，倒也不是没有可能……但有一点很奇怪，十六号之后，这个男人就再也没有来过电话，是巧合？还是这人已经知道徐盈盈失踪了？

高晖。孟钊看着这个名字，手指滑动屏幕，拖到后面的地址。

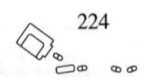

资料显示，这个高晖四十一岁，目前是离异单身状态，在本市的青通地产公司做高管。

"找到别的线索没？"孟钊看向还在房间里搜查线索的周其阳。

"没什么线索。"周其阳站在冰箱前，"只能看出来，徐盈盈不太可能是有准备地自发消失的，冰箱里还有切了一半的西瓜，都烂了。"

"走吧。"孟钊做出决定，"我们分头行动。我去见见跟徐盈盈最后一次通话的这个男人，你去调取徐盈盈的打车记录，然后到她最后出现的地址要一下监控视频，看看能不能查到她到底去了哪儿，有消息随时电话联系。"

周其阳关了冰箱门："好嘞，钊哥。"

青通地产。

"对，十六号的时候我是跟徐盈盈通过电话。"对面的男人西装革履，保养得当，看上去老成稳重。

孟钊打量着对面的男人，心道如果徐盈盈找了这样的一位男友，看上去倒也不算太过违和："通话内容可以透露一下吗？"

"通话内容啊……"对方露出抱歉的笑容，"涉及隐私，我想应该可以不说吧？怎么了孟警官，徐盈盈是出什么事儿了吗？"

孟钊对高晖刚刚的表现略感诧异，很少有人在警方调查时不配合回答，看来这部分通话内容的确隐秘，要么是关乎案情，要么关乎面子。几秒过后，他没回答对方的问题，而是开口道："冒昧问一句，高先生和徐盈盈是情侣关系吗？"

"这个……算是吧。"

"徐盈盈从十六号开始与你断联，到今天已经快一周时间了，女朋友消失这么长时间，高先生也没想过报警？"

对面沉默了几秒，又笑了一声："好吧，孟警官，你这是在逼我实话实说啊。我和盈盈之间确实算不上情侣关系，也并不经常见面，具体什么关系，都是成年人，孟警官应该不用我明说就会懂。"

孟钊问得直白："是金钱关系？"

"那倒不至于,男女之间各取所需罢了。"

对方说得冠冕堂皇,孟钊听懂了,说白了,这个高晖和徐盈盈之间就是肉体关系而已。

"话说到这份儿上,高先生也不必隐瞒当天的通话内容了吧?"

"确实。"对方笑了笑,"那我就直说了吧,我那天确实给徐盈盈打过电话,通话内容其实是想结束这段关系,原因嘛……我发现她似乎跟别的男人也有交往,我这个人是没办法容忍这种情况的,就直接跟她摊牌了。"

"在那之后你就没有再见过徐盈盈?"

"嗯,她在电话里说想来找我,但我那时在机场,要去外地出差,就让她别过来了,也说了以后都不见面的话。孟警官,我已经把通话内容告诉你了,能不能麻烦你也向我透露一点消息,徐盈盈到底怎么了?"

"死了。"孟钊一脸平静地说道。

对方直接站了起来,脸上露出讶异的神情:"死了?怎么可能?!"

孟钊仔细观察着高晖,这神情,似乎的确对徐盈盈的死很惊讶。

"当然,也有可能是失踪了。"

"失踪?"高晖似乎松了口气,"到底是怎么回事?"

"目前情况还不是特别清楚,需要进一步调查。"

"那如果调查清楚了,能不能麻烦孟警官告知我结果?如果是因为我那通电话导致她出了什么事情……"对方话说到一半,停顿下来,摇了摇头,递上来一张名片,"这是我的名片,麻烦有结果了您知会我一声。"

"嗯。"孟钊接过那张名片,"今天的调查情况还请您保密,不要私底下向其他人泄露消息。"

"一定。"高晖回应道。

从高晖的办公室出来,孟钊拿出手机,又看了看徐盈盈的通话记录。

最后的通话时长是三分半钟,如果通话内容是摊牌结束关系的话,这时长会不会短了一些……

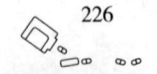

这种关系如果选择结束的话,会比情侣关系更干脆利落吗?孟钊头一次觉得自己的生活经验有些不足……难不成,要就这个问题请教一下陆时琛?

不过,就陆时琛那种理直气壮的渣法,可能根本不用三分半钟,半分钟就够了。

孟钊又给张潮打了个电话,让他帮忙查一下高晖在十六日的出行记录。

张潮很快来了消息:"他那天确实坐飞机去邹城了,是十六号下午三点的飞机,行程是三天。"

"知道了。"孟钊挂断电话,翻了翻未查看的消息,大约半小时前,周其阳发来了一个文件包。

——"钊哥,调到徐盈盈的打车记录了,我现在去文昭区要监控视频。"

周其阳把徐盈盈消失前一个月的打车记录全部调了出来,孟钊打开那个文件包,用手指滑动着屏幕浏览了一遍。从打车距离来看,徐盈盈算是打车 App 的重度用户,就连八百米的短程也要打车,出行记录一目了然,多是去往商场、餐厅和酒店。

徐盈盈明明在市区内租了一处租金昂贵的房子,还一个月内五次入住酒店……这样看来,那个高晖说的倒有几分可信,如果两人是情侣关系,多半不会频繁前往这样昂贵的酒店办事儿。

孟钊继续往下滑动,在看到最后一条行程上写着"温颐疗养院"几个字时,他的手指停顿下来。

昨天刚在温颐疗养院偶遇陆时琛,今天就在这份查案资料上见到了这几个字,这也太巧了吧……

孟钊驱车前往文昭区,二十几分钟后跟周其阳会合。

"跑死我了这一下午。"周其阳拉开车门坐进来,"我先去疗养院要了当天的监控视频,视频上显示徐盈盈那天大概下午两点半进入那家疗养院,三点半多一点就离开了,然后我又去要了附近街道的视频,就这个。"周其阳扬了扬手中的硬盘,"回去一帧一帧地对着视频找人吧,看看她出了疗养院之后到底去了哪儿,今晚大概要通宵了……你那边怎么样啊钊哥,那个高晖怎么说?"

"说他和徐盈盈是'炮友'关系,那通电话的内容是摊牌结束这段关系,而且十六号之后,他也没见过徐盈盈。"

"可信吗?"

"难说,四十多岁的公司高管,看起来人精一个,撒没撒谎不好判断。"孟钊解了安全带,推开车门,"你来开车吧,我看看监控视频。"

"行。"周其阳手脚麻利地跟孟钊换了位置。

车子开上路,路程过半,见孟钊看完了疗养院的监控视频,周其阳说:"我刚刚在想啊,钊哥,你说对周衍实施二次行凶的、诱导赵云华杀人和自杀的,还有造成徐盈盈失踪的,会不会都是同一个凶手做的?这三起案子都跟当年的校园霸凌事件有关,难道是凶手在为赵桐报仇?"

孟钊顺着他的思路道:"报仇的话,会借赵桐母亲的手来做这件事吗?而且之后还诱导了赵云华自杀。"

"有可能啊,赵桐在最开始的日记上不是写了,他不想上学了,但是赵云华骂他没出息,会不会凶手觉得,赵桐的死其实也有赵云华的原因?"

"倒是也有这种可能。"孟钊思忖片刻说,"但这样看的话,凶手的第一个报复对象为什么选择了周衍?从那篇公众号的内容来看,诱导赵云华自杀的人非常清楚周衍在霸凌事件中的角色,他会选择一个对赵桐施予过善意的人作为第一个报复对象吗?"

"可能凶手觉得周衍跟霸凌赵桐的那些人走得太近,是个伪善又懦弱的旁观者,虽然帮过赵桐,但也因为沉默而纵容了事态的发展。"周其阳接上孟钊的话,"而且,凶手将第一个目标瞄准周衍,还借赵云华的手搞出了一桩冤假错案,会不会是想让这件事反转再反转,借此引起公众轰动,造成其他霸凌者的恐慌……这样一来,也能解释为什么第二个目标会选择徐盈盈,毕竟徐盈盈是主播,也同样有些知名度,这样就能再次加剧恐慌。钊哥,你觉得我说的有没有道理?"

孟钊思考少顷,直说道:"对凶手的心理揣测太多了,有点牵强。"

"哪儿牵强了?"周其阳有点不服气,"对凶手进行心理侧写是正常的啊,钊哥你未免也太排斥心理侧写了。"

"我就问你一点。"孟钊说,"按照你的推测,凶手现在想把这件霸凌案挖出来彻底闹大,引起恐慌,但他为什么要粉刷周衍旧家的那面墙,他在揪出这件事的同时又想隐瞒什么?你给我侧写一下。"

这下,周其阳没话说了。

"侧写也不是不可取,但直接把凶手的目的锁定为给赵桐报仇,未免太武断了一点。如果是按照错误的论断去反推案子,说不定会越走越偏,冤假错案都是这么来的。顺着证据一点一点往下摸吧,别太冒进。"

周其阳叹了口气:"但这案子挖得越深,线索就越多越乱,本来只是一桩谋杀案,现在又牵扯出间隔了十年的两起失踪案,我怎么觉得一点也看不到头啊……"

"那只能说明我们掌握的证据还不够多。"孟钊平静地说。

这番话说完,周其阳叹了口气,专心开车了。

孟钊则陷入了另一种思考,刚刚话赶话说到了"挖"和"藏"的问题,他忽然意识到这案子的古怪之处——很明显,霸凌赵桐的主使这些年又是公关媒体,又是安抚同伙,目的都是将这桩校园霸凌案彻底藏起来。但凶手发给卢洋的那篇公众号文章,却极为煽动地曝光了当年的霸凌真相……难道凶手大费周章地把这段霸凌事件挖出来,真的是为了给赵桐报仇?那这人到底跟赵桐有什么渊源……

孟钊伸手压下车窗,让风吹进来,这案子的重重线索在他脑中纠缠到一起,让他觉得头大了三倍。

车子驶到市局前面的红绿灯路口,孟钊一转眼,看到路口对面站了一个熟悉的身影。

隔着一个路口,陆时琛站在路边,似乎在等人。

是在等我吗？孟钊从案子中抽离出来，忍不住出现了这种想法。

陆时琛微低着头，似乎在沉思什么事情，看上去跟周围来来往往的行人格格不入，像是属于另一个世界的人。

不知为什么，原本还因为案子有些烦躁，在看到陆时琛的瞬间，这股烦躁居然短暂地烟消云散了。

居然这么快就又见面了，原本以为昨天在车上那番争执以后，他跟陆时琛短时间内不会再见面了。

谁知陆时琛居然主动来了市局，这人真是……不按常理出牌。

孟钊忽然意识到，看到陆时琛的瞬间，他居然产生了一种云开雾散的心情。

"钊哥，今晚我陪你在食堂吃饭啊。"路口变了绿灯，周其阳开着车驶向市局，开口道，"跑了一天饿死我了，我爸妈出去旅游了，把我一个人扔下了……"

"你自己吃吧。"孟钊看着路口对面说。

"啊？"周其阳被拒绝得猝不及防，转头看着孟钊，"那你去哪儿吃？"

"我去外面吃。"

车子驶到市局门口，周其阳刚要接着问他去哪儿吃饭，只见孟钊压下了窗户，对着几步之外那个长腿帅哥喊了句："陆时琛。"

"在等我？"车子开近了，孟钊对着陆时琛问。

陆时琛看着他，停顿了有那么两秒，开口道："等别人。"

"哈？"孟钊一时被他这话噎得接不下去。

孟钊脸上出现的一切细微的表情都很生动，陆时琛看了他片刻后才说："能下班了吗？"

"你不是等别人吗？"孟钊很快回撑了一句，"我下不下班跟你有关系吗？小周，走。"

他说完，瞥了一眼周其阳："踩油门啊，愣着做什么呢？"

"啊？哦……"周其阳开着车进了市局，把车停到停车场，他朝市局门口看了一眼，"哎，钊哥，他好像真是在等你啊。"

"我知道。"孟钊说。

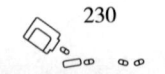

"那你怎么……"

没等他说完，孟钊就推门下了车，周其阳也跟着下来，本以为要一起去市局大楼，没想到孟钊又绕到驾驶位拉开了车门。

"钊哥，你去哪儿啊？"

"出去吃个饭，你不是要通宵看监控吗？回来给你带夜宵。"他说完，矮身坐进车里，合上了车门。

周其阳站在原地，只见孟钊一个流畅的倒车甩尾后，径直驶向了市局门口的陆时琛。

嘿！这两个大男人，怎么还玩起了口是心非这一套？

周其阳琢磨着不对劲，明明是这两人之间的对话，怎么到头来好像只有自己被要了一道？

"上来吧。"孟钊将车停到门口，手肘撑着车窗的边框，探出头来对陆时琛说。

"要不要我开车？"陆时琛站在他面前，看着他问。

"嗯？"

"你不是在外面跑一天了吗？"

本来没觉得很累，但陆时琛这一说，孟钊觉得全身似乎的确有点乏。这一天东奔西走，既费体力又费脑力，是挺累的。

"那你来开吧。"孟钊也没跟他多客气。他下了车，走到副驾驶座一边，拉开门坐了进去。

坐到驾驶位，见孟钊系好了安全带，陆时琛问："去哪儿？"

"去吃烧烤啊，昨天欠你的今天补上。"

"那连导航吧。"

"不用导航，我给你指。"孟钊将手放到肩上，活动了一下肩颈的位置，发出咔咔的轻微声响。在外面跑了一天，有人主动做司机的感觉确实还不赖。

明明昨天在这辆车里刚刚发生过争执，现在看到陆时琛，心情居然还不错。孟钊觉得自己这会儿的好心情来得莫名其妙。

车子开到主路上，一时两人都没说话。

车厢安静，没开音乐，孟钊觉得气氛有些怪异，跟周其阳坐在车里时，两人经常也不说话，但从来都没有过这种怪异的感觉。

不过，这种怪异的气氛倒并不让他觉得难受，反而是一种有些新鲜且特别的体验。

"今天犯头疼了没？"孟钊倚着靠背，看向陆时琛。

"没有。"陆时琛说，"不会犯得那么频繁。"

"还是抽时间去医院看看吧，年纪轻轻的，居然头疼了十好几年，这万一……"不吉利的话孟钊没说，话头转了个方向，"你不想多活几年啊？"

谁知一旁的陆时琛很轻地哼了一声，带出气流的声音："活着有意思吗？"

"啊？"孟钊没想到陆时琛会跟他讨论起这么哲学的问题，难怪要吃抗抑郁的药物，这么悲观能不抑郁吗？他看向陆时琛，"你天天想什么呢……我就这么说吧，你连串儿都没撸过，居然说活着没意思？"

陆时琛又低哼了一声，这次比上次听上去更像冷笑。

孟钊的心气顿时被他这声似笑非笑的哼声激上来了，他就看不惯陆时琛这种既蔑视他人生命，又不把自己的生命当回事儿的人。

"你这人啊，就需要每天看看《新闻联播》，接受一下社会主义正能量的教育，别老被那些小布尔乔亚的忧伤天天腐蚀得要死不活的。"孟钊直起身，"我问你啊，烧烤没吃过的话，那火锅吃过没？"

"吃过。"

"辣的还是不辣的？"

"忘了，很多年前了，不辣的吧，我不吃辣。"

"国外吃的吧？那叫什么火锅啊，那叫清水煮菜吧？"孟钊话说得不客气，"正宗的火锅都没吃过，还说活着没意思？照我看，那是你经历的有意思的事儿太少。我们不提别的，就从吃这方面入手，回国以来，你觉得什么是你吃过最好吃的？"

陆时琛想了想："那个粥吧。"

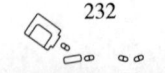

"那个粥倒的确不错,但也不能总吃这一种吧?"孟钊得出了结论,"我知道你为什么觉得活着没意思了,我要是老这么清汤寡水地活着,我也觉得没意思。"

"你每天不也是除了破案就是破案,有意思吗?"

"破案不是为了有意思。而且,我也就是最近遇上案子了才过得这么单调,平时没案子的时候,我也过得挺活色生香的好吧?"孟钊顿了顿,"这样吧,如果我手头这个案子彻底结了,那个时候你要还在国内,我一准让你感受一下活着多有意思,怎么样?"

"可以。"陆时琛答应道。

缓了缓脾气,孟钊也没打算继续跟陆时琛置气,他靠回椅背上,放平心态道:"新市局周围都还没发展起来,是没什么意思,前两年老市局在宝岳区,那周围才热闹呢。没案子的时候随便在路边选一家馆子,口味绝对秒杀什么米其林餐厅。一会儿我带你去的那家就在老市局附近,你感受感受……哎,我说你怎么租房子租这儿来了?外卖都难吃得要死……"

"这里清静。"陆时琛说。

"这里到处都是建筑工地,哪儿清静了,前面右转啊……"孟钊说着,发现陆时琛在他提醒之前,已经变道上了右转车道,"你知道路?"

"不是老市局周围吗?大概知道。"

孟钊要带陆时琛去的地方,是老市局附近的一处巷子。

说来这巷子地处偏僻,原本应该极少有人踏足,但此地有一家烧烤店,据说已有三十多年历史,店面不大,每天客人爆满,充分验证了"酒香不怕巷子深"这话。

因为这家烧烤店,这几年这条巷子名声渐起,不仅吸引了越来越多的客人,不少餐馆也瞄准了这块风水宝地,渐渐地,这里就发展成了当地有名的美食巷。

车子停至巷子对面的一处公共停车场,孟钊跟陆时琛推门下车,过了马路,再走几十米的距离,就拐进了这条美食巷。

相比赵云华住处后面的那条巷子，这里大大小小的店面挤在一起，虽然视觉上也略显局促，但卫生条件显然要好得多。

　　踏进巷子朝里面直行，孟钊一路上闻到了各种食物的香气，有火锅锅底的牛油香气，家常小炒的香气，还有炭火烧烤的香气，混杂在一起，那就是实打实的人间烟火。

　　他深深吸了一口气，觉得这半年在怀安区待得都快辟谷成仙了。

　　"你要是闲的话可以经常来转转。"孟钊一边朝前走，一边跟陆时琛介绍这条街，"这里随便选一家口味都不错。"

　　陆时琛打量着巷子两边的餐馆："挺热闹的。"

　　"那可不……最好挑工作日过来，周末别来，人太多。"走到巷子的岔路口，陆时琛正要继续往前走，孟钊抬手拉了一下他的手臂，拽着他往左拐，"这边。"

　　陆时琛打量完巷子里的餐馆，又开始打量孟钊。相比高中，孟钊身上那种压抑感消失了，逐渐浮现出来了他生命中更深层次的东西，譬如正义感和责任感。平时大概因为有职务在身，孟钊身上的稳重和游刃有余更显眼一些，但眼前走在这条巷子里的孟钊，身上泛出了一种相当生动的恣意……

　　这样活着，是挺热闹的。陆时琛想，但与此同时，他的内心忽然隐隐升腾出一种念头，他想知道如今背负着正义和责任的孟钊，若是被他拉入了行差踏错的迷途，又会出现怎样的反应……

　　这家烧烤店是一处民宅改造的，客人吃饭的地方就在露天的院子里，所以每年入冬，这里就会歇业几个月，等到来年开春再开张。

　　进了院子，孟钊轻车熟路地去屋里跟老板打招呼，拿了菜单出来，然后跟陆时琛找了靠角落的位置坐下。

　　拉开木椅子坐下，孟钊打开菜单："反正你也没吃过，我就按我的喜好来了啊！"

　　他一连串点了不少，羊肉串和牛肉串各来一把，还有烤田鸡、烤脑花和烤牛油，等待时间太长的没点，怕耽误晚上回去加班，末了又

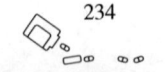

给陆时琛点了一瓶啤酒。

服务生帮忙把炭烤炉点上,白烟升腾起来。孟钊握住酒瓶,往陆时琛面前的杯子里倒酒:"这撸串儿就得配点酒才地道,你第一次吃,还是要正宗点。"

陆时琛看着孟钊把酒瓶放回去,问他:"你不喝?"

"现在管得严,我们喝酒得往上打报告,而且一会儿吃完了饭我还得回局里加班。你喝吧,正好我开车把你送回去,顺路就回市局了。"

服务生把烤好的串放到炭烤炉上,在炭火的烤炙下,金黄的油脂爆出滋滋的声响。

孟钊拿了几串递给陆时琛,看着他吃了一口后,又屈起手指敲了敲盛了半杯酒的玻璃杯:"喝一口尝尝?"

陆时琛挺配合,拿起孟钊倒的那杯酒喝了一口。

陆时琛咽下那口酒,孟钊看着他:"怎么样,觉得活过来没?"

陆时琛皱起了眉,脸上又出现了那种咽下苦涩中药的表情:"不好喝。"

"你没喝过酒?"孟钊扬了扬眉梢,稀奇地看着他,"不会吧?"

"偶尔会喝一点红酒。"陆时琛说,"但我对酒精向来没什么兴趣。"

"所以没喝醉过?"

"几乎没有。"陆时琛放下酒杯,"今天案子查得怎么样,许遇霖的名字到底为什么从成绩单上消失了?"

"赵桐被霸凌之前许遇霖就失踪了,所以现在又莫名牵扯出了一桩失踪案,具体情况我让同事调查去了……"见陆时琛的眉心又蹙了起来,孟钊转移了话题,"吃着饭呢讨论什么案子啊,陆时琛同志,作为周衍案中第一个被怀疑的嫌疑人,你要做的是避嫌而不是过度关心案子。"孟钊说着,又拿了一小把肉串放到了他面前。

"那起校园暴力案我也要避嫌吗?我以为我当时在国外,已经避得够远了。"

"你要对吃饭这件事有起码的尊重知道吗?怎么就喝一口,我专门给你点的,不好喝你就不喝了?"孟钊叹了口气,"唉,枉费我一番心思，案子都撂下了专门带你过来。"

陆时琛抬眼看着他。

孟钊也看着陆时琛。

对视几秒后，陆时琛拿起孟钊倒的那杯酒，仰起头一口气喝光了。

真喝啊……看着陆时琛喉结滚动，把那杯酒喝光了，就连孟钊自己都有些震惊了："这么给面子啊？不是不好喝吗？"

"不喝你不是不高兴吗？"陆时琛放下了杯子，又拿起酒瓶，往自己面前倒了一杯。

孟钊一愣，这话说得让他不知道该怎么接。

正在这时，烧烤店的老板过来了，跟孟钊热情地打招呼："哎哟孟队，好久不见啊，刚太忙，没顾得上招呼你。"

"魏哥这里的生意还是这么好啊。"孟钊笑道，市局搬迁之前他跟同事常来，和老板都混熟了。

"这位帅哥看着脸生。"老板又看向陆时琛，"市局新招来的人才啊？"

"是啊，专门请了一个美国留学的高才生，来给我做顾问。"孟钊睁着眼说瞎话，一点也不带磕巴的。

陆时琛只看了他一眼，也没揭穿他。

"难怪这气质看着就不一样，孟队你这排面不得了啊，怎么样，升正队长了吧？"

"没影的事儿。"

"什么没影，早晚的事儿，我专门过来跟你喝一杯。"老板把手里拿着的酒放到桌上，"自家新酿的梅子酒，孟队你可一定得给点面子。"

"局里今年刚下了新规，喝酒要提前打报告的，而且我还开了车过来。"孟钊拿起自己面前盛了水的杯子，"这杯还是要碰的，但我只能以水代酒了，魏哥见谅。"

魏哥"啧"了一声："你这酒量我还不知道？就喝一杯耽误不了你破案，至于开车，我一会儿给你叫代驾。市局搬走了，你就不给你魏哥一点面子了啊？"

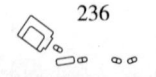

孟钊喝也不是，不喝也不是。市局搬迁以前，因为这家烧烤店招待的客人三教九流，什么人都有，消息也灵通，所以老魏算是他们难得的线人，给他们帮了不少忙。就算后来搬走了，有几起毒品交易案的线索还是老魏提供给刑侦支队的。

老魏是社会人，身上的气质说好听了叫江湖气，说得不好听，就是有点混混的流气。这种人一旦劝酒，对方若是不喝，他绝对是要不高兴的。往后刑侦支队再找他帮忙，他可能就没那么好说话了。

"这杯酒你要是不干了，孟队，咱们这兄弟可就做不成了啊。"见孟钊迟迟不喝那杯酒，魏哥又添了一句。

算了，不然先喝了再往上报吧。孟钊心里分析着这件事的利弊，市局搬出宝岳区，往后用到老魏的时候只会更多，再找这么一个黑白通吃的线人不容易……

他正这么打算着，没想到对面的陆时琛伸过手臂，拿起那杯酒："我替他喝了吧。"

"哟，可以可以。"魏哥一听，喜笑颜开，"我这辈子还没跟海归高才生喝过酒呢。"

听到陆时琛这样说，孟钊微微一怔，看向陆时琛。陆时琛捏着那个玻璃杯，脸上没什么表情，一副深藏不露的模样。

"不常喝""几乎没喝醉过"……孟钊想着陆时琛刚刚说的话。

三人碰了碰杯，孟钊把自己杯里的水喝光了，对面陆时琛也喝光了那杯梅子酒，魏哥这才作罢："那孟队，这次我就放过你了，下次来我这儿之前，你可得提前打好喝酒的报告。"

"放心吧，一定。"孟钊笑了笑。

魏哥走后，孟钊看向陆时琛，他注意到刚刚陆时琛放下酒杯时，脸色并不太好看。

"这梅子酒的味道比啤酒怎么样？"

"很辣。"陆时琛说，"你跟他很熟？"

"一个线人。"孟钊低声道，"人倒是不坏，就是爱灌酒，这次谢了，不然回去我可能得挨处分。"

"怎么谢？"陆时琛看着他。

这不是谢完了吗……孟钊原本只打算跟陆时琛道一声谢，没想到陆时琛居然这么问，他只好说："你想我怎么谢，我就怎么谢，行吧？"

"那先欠着吧。"陆时琛说。

眼见着桌上的东西要吃完了，孟钊又点了一些拿回局里，结账时老魏怎么都不肯收钱，非说这顿是他请的，孟钊只好把钱塞给了服务生。

服务生将孟钊点的串烤好之后进行打包，交到孟钊手里。

孟钊拎上饭盒，看向陆时琛："走吧？"

他从椅子上起身，陆时琛也站了起来。

但一站起来，陆时琛就身形不稳地摇晃了一下，然后很快一只手撑住了桌子，另一只手抬起来，揉了揉太阳穴。

孟钊看到他这动作，下意识问了句："又头疼？"大概是因为陆时琛每次头疼的架势实在让人揪心，一见陆时琛露出头疼的苗头，他的太阳穴就跟着重重一跳。

陆时琛摇了摇头，片刻后才说："头晕。"

"头晕？"孟钊看了一眼桌上那瓶被喝了大半瓶的啤酒，还有空了的酒杯，"不会喝醉了吧？"他拿起那酒杯闻了闻，一股浓烈的酒精味儿扑鼻而来，魏哥这自家新酿的梅子酒……够烈啊，自己这酒量喝下去都不一定不醉，陆时琛这不常喝酒的人……

孟钊看了一眼陆时琛，陆时琛的手指仍搭在眉间，似乎想让自己保持清醒。

真喝醉了？孟钊凑近了，盯着陆时琛问："我是谁？"

"孟钊。"陆时琛的手指放下来，看向他说。

"我们是什么时候的同学？"

"高中。"

真喝醉了。孟钊这次笃定了。

要搁平常，陆时琛不会这样有问必答。

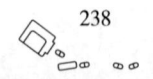

居然就这么无声无息地喝醉了……半小时前孟钊还以为陆时琛是深藏不露，现在他确定了，陆时琛的确酒量不怎么样。

"真醉了？"孟钊走近了，"我扶你上车？"

"不用。"陆时琛揉着眉心的那只手放下，"没醉。"

"行吧。"孟钊刚要抬起来扶他的那只手又放下了，"那你自己看着点路。"

"嗯。"陆时琛直起身，跟孟钊走出了烧烤店。

大概是因为犯晕，陆时琛走得比平时要慢一些，孟钊便也放慢了脚步。

明明醉了非要坚持自己没醉，看来醉酒的人都一样，陆时琛也不例外，孟钊觉得有些有趣。

不过陆时琛喝酒不上脸，除了走路比平时慢一些，从外表看上去，几乎看不出任何喝醉的端倪。

孟钊正有一搭没一搭地观察陆时琛，陆时琛的手忽然覆上了他的手腕。

孟钊微微一怔，他侧过脸看向陆时琛，陆时琛脸上表情没有任何异常，似乎这举动再正常不过。

陆时琛握的位置太过靠下了一些，造成了一种两人在牵着手的假象，孟钊察觉到陆时琛的手心微凉，那温度顺着皮肉几乎要渗进骨头里。

路边行人来来往往，有人回头看过来，那眼神让孟钊想到那天十字路口，他跟陆时琛被手铐铐住的情景。

但陆时琛还是跟那晚一样，旁若无人似的。

是头晕走路不稳才握上来的吧？孟钊心道，算了，就当是吧。

"下次吃什么？"陆时琛开口道。

"嗯？"这问题跟那天的"下次什么时候见面"功效一致，一时让孟钊不知如何回答，"下次啊……火锅？吃吗？"

"都可以。"陆时琛说。

一直走到车边陆时琛才松手。

两人上了车，陆时琛坐到副驾驶的位置，摸索着将椅背朝后放倒了一些。

"安全带。"孟钊提醒道。

陆时琛又闭着眼摸过安全带,在他把安全带扯过来的时候,孟钊见他手上像是不好使力,伸手帮他把安全带拉过来,插到了锁扣里:"睡会儿吧,一会儿到了我叫你。"

陆时琛"嗯"了一声。

宝岳区的夜晚比怀安区要繁华得多,相对地,这里的堵车也更加严重。

红灯,孟钊停下车,偏过脸看了一眼旁边的陆时琛。

车里弥漫着很淡的酒味儿,陆时琛的脸偏向车窗一侧,似乎睡着了。

车子开了得有半个小时,孟钊才从宝岳区的堵车地带杀出重围,开到了怀安区的范围内。

他先去了一趟市局,把带回来的夜宵给办公室那几个正在加班的同事。

就在他把车停到市局大楼的楼下,拿出手机,正打算拨电话给程韵时,旁边一直闭目养神的陆时琛醒了。

他说了一句英文,声音低沉,带着些还未完全清醒的睡意:"Are we there yet?"

孟钊听懂了,陆时琛在问"到了吗"。

看来陆时琛真喝醉了,他把这儿当成了国外。

孟钊看他一眼:"快了,再睡会儿吧。"

陆时琛这才稍微清醒了一点,睁开眼,偏过脸看向孟钊:"抱歉,我……"

"把我当成了司机是吧?"孟钊接过他的话,"没事儿。"

他说完,把电话打到了程韵手机上。

两分钟后,程韵从市局大厅跑了出来。

孟钊下了车,把后座的夜宵递给她:"回去用微波炉叮一下。"

"我就说钊哥你不会只顾着自己吃。"程韵用手翻了翻几个餐盒,

"肯定会给我们留一口的。"

"这叫留一口吗?背后又怎么编派我呢?"

"周其阳说你抛弃我们,跟别的小妖精吃香的喝辣的去了……"程韵说着,瞥见副驾驶的位置上有人,看着眼熟,她多看了几眼,"……那不是,陆时琛吗?"

"有这么大个儿的小妖精吗?"孟钊懒得理他们,"今天去林琅家里查得怎么样?"

"不太顺利……林琅的父母看上去遮遮掩掩的,像是在隐瞒什么事情。"谈起案子,程韵正经起来,"我怀疑林琅根本就不是得精神病那么简单,或者说,她这精神病来得有点蹊跷,背后肯定别的她父母想要掩盖的原因,但具体的原因我又没能从他们嘴里问出来……"

孟钊点点头:"一会儿等我回来再说,你先把东西拿上去吧。"

从市局出来,孟钊顺着程韵的话往下思考。

林琅十年闭门不出,精神异常,她父母谈到女儿时遮遮掩掩,林琅到底遭遇了什么事情,才导致了这种局面……

从市局开车到御湖湾只要两分钟就到了,这两分钟里陆时琛又闭上了眼。

孟钊把车子停到三号楼下面的停车位,见陆时琛没动,他偏过脸叫了声:"陆时琛。"

"到了?"陆时琛这次说的是中文。

"到了,走吧,我送你上楼。"孟钊说着,推门下了车,走到副驾驶的位置帮陆时琛把车门打开。

陆时琛走下车,又抬手揉了揉眉心,像是想让自己清醒一些。

孟钊注意到陆时琛的手机落在了车里,他俯身拿起来,又直起身看向陆时琛:"我给你搭把手?"

陆时琛这次没再坚持自己没醉,孟钊把手中的两部手机放到兜里,打算一会儿上了楼再还给他。然后他把陆时琛的手臂抬起来,搭到自己肩上。

这情景像极了高中在护理院那次，他也是这样把陆时琛扶到附近的木椅子上坐下。

时隔十五年，陆时琛身上多了一股很淡的檀木香，混合着酒精的味道，这让孟钊非常清醒地意识到，如今的陆时琛已经成为一个成熟的男人，且这男人的长相与气质还相当优越。

从电梯上去，孟钊又把陆时琛架到了家门口。陆时琛用指纹解了锁，孟钊推门进去。

一进门，陆时琛养的狗就迎了上来，在看到有不速之客闯入家门后，它朝着孟钊"汪汪"叫了两声。

孟钊架着陆时琛走到沙发边，跟他一起坐到沙发上。那条狗也凑了过来，两只爪子扒着陆时琛的膝盖，似乎想要嗅一嗅陆时琛身上的陌生的酒精味道。

嗅完了陆时琛，它又绕过去嗅孟钊。孟钊抬手摸了摸它的头，看得出来，这狗身上的毛色油光水滑，是被精心喂养过的。

正当孟钊仰头靠在沙发背上，打算歇口气再跟陆时琛套话时，陆时琛的手从孟钊肩上滑落下来，先是搭到身侧，然后手心翻过来，握住了孟钊的手腕。

说是手腕，但因为位置很低，陆时琛的手指几乎触碰到孟钊的手心。

孟钊又是一怔，刚刚在那条巷子里尚可解释为走路不稳要找支撑，而现在，就算再迟钝，孟钊也意识到了眼下这姿势有点暧昧。

更奇怪的是，他发现自己竟然并不反感这一瞬的暧昧。

他怀疑自己被陆时琛身上的檀木香与酒精混合的味道蛊惑了，那只手覆上来的一瞬他甚至有点心动。

对着一个男人，他居然产生了一瞬的心动？这个想法把孟钊惊得彻底清醒了。

"你不是不喜欢狗吗？"孟钊转移话题，想把自己的手腕抽出来，但抽了一下没能成功，"那怎么想到要养狗啊？"

"它被车撞了。"陆时琛也将头仰靠在沙发背上，"原来的主人不要它了。"

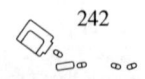

被车撞了……孟钊想到高中时的那一幕，当时的陆时琛可以无动于衷地看着那条狗被车轧过后足足挣扎了五分钟，怎么十二年之后转了性？

孟钊还没开口，陆时琛又说："然后我想到了你。"

所以就把它收留了？孟钊不知该作何反应。

他察觉到自己有些心率过速，且那心跳很重，一下一下地在胸腔内鼓动。

正在这时，兜里的手机振动了两下。

孟钊想到自己还装着陆时琛的手机，他打算把手机拿出来还给陆时琛，但那手机装在右边裤兜里，而他的右手还被陆时琛攥着，孟钊又试着抽出来，结果发现，陆时琛的手劲实在很大。

这是一个醉酒的人该有的手劲吗？孟钊看着陆时琛，忍不住笑了一声："陆时琛你属螃蟹的啊……"

陆时琛只是侧过脸看着他，依旧没松手。

那目光含着些醉意，除了醉意，似乎还掺了点别的。

孟钊觉得自己的胸口好像滴进了一滴水，轻轻地漾了一下。他避开陆时琛的目光，低头看过去，那几根指节分明的手指紧紧地攥着自己的手腕，被暖黄的灯光映得像上好的骨瓷，以至于孟钊不敢使劲去掰他的手，生怕把他的手指掰折了。

算了……不跟他计较了，孟钊叹了口气，用左手把兜里的手机拿出来。

正想还给陆时琛时，一转眼，孟钊看见了陆时琛屏幕上的那条短信："去过温颐疗养院了？事情处理得怎么样了？"

孟钊神情一变，几乎是刹那间，他从刚刚那种说不清道不明的情绪中冷静下来。

陆时琛到底去温颐疗养院做什么了？他在电话里说探望老人，但如果仅仅是探望老人的话，这条短信又是什么意思？

陆时琛会不会跟徐盈盈的事情有牵扯？孟钊脑中快速过着各种想

法,然后他看了一眼旁边仰头靠在沙发椅背上的陆时琛,脑中冒出一个念头,要不……趁着陆时琛喝醉了,试探他一下?

"怎么了?"察觉到孟钊神色变化,一直盯着他的陆时琛问道。

"给你看张照片。"孟钊拿出自己的手机,很快从网上搜了一张徐盈盈的照片出来,然后把手机屏幕在陆时琛眼前晃了晃。

陆时琛的目光移向那张照片,眉心微微蹙了起来:"这是谁?"

难道真的不认识?孟钊观察着陆时琛脸上的神情,撒了个谎:"局里同事给我介绍的相亲对象,你觉得怎么样?"

陆时琛看着那张照片,一直牢牢攥着他手腕的那只手忽然松了劲,他的目光从屏幕上又移回了孟钊的脸上,定定看了片刻后说:"还好。"

这反应有点奇怪,到底是认识还是不认识?孟钊收了手机。

要说认识,陆时琛的神情看上去似乎并不是那么回事儿。

要说不认识……陆时琛的反应又实在是有些反常。

"你在公大时交的那个女朋友呢?"片刻后,陆时琛开口问。

"嗯?"孟钊愣了一下,"你怎么知道我交过女朋友?"

"什么时候分手的?"陆时琛又问。

"那都多少年前的事儿了?"

陆时琛没再应声,合上了眼皮,似乎不想再多言,睡了。

这像是无声的逐客令,见陆时琛不再说话,等了一会儿,孟钊从沙发上起身,拿了桌上的杯子走到饮水机前,给陆时琛倒了杯热水。

陆时琛仰靠在沙发上,呼吸均匀,像是睡着了。孟钊把那杯热水放到桌上,看了陆时琛一眼,然后起身离开。

他走到门边,握着门把手正要推门,那条边牧跟着他,似乎也想出去。

一想到这条狗居然也叫小刀,孟钊就气不打一处来。

他半蹲下来,抬起一只手臂搂着边牧的脖子,也不管狗能不能听懂人话,叫了它一声:"陆时琛。"

那条狗倒是比陆时琛温顺得多,还冲他摇尾巴。

这搭肩的姿势颇为哥俩好,但孟钊的语气里却能听出警告:"你最好不要跟这案子有太大牵扯,否则,一码归一码,我不会对你网开一面。"

那条狗对他"汪"了一声,两只黑溜溜的眼珠子看着他。

孟钊抬手撸了一把它的脑袋,又看了一眼陆时琛。陆时琛毫无反应,似乎已经睡着了。

孟钊站起来,推开门,离开了陆时琛家里。

门关上,陆时琛缓缓地睁开了眼,他伸手摸过手机,盯着那条短信内容,眼神逐渐变得清醒起来。

走到楼下,孟钊深深吸了口气。

怀安区的夜晚很安静,白天哐啷哐啷的建筑噪声都悄无声息,只留下一片宁静的夜色。

孟钊意识到自己刚刚有些多话,那句话原本不应该说出口。

如果陆时琛真的跟这案子有牵扯,他的那句话无疑在打草惊蛇。

但说出那句话时,孟钊是冲动的,人往往无法控制自己在某一瞬间冲动的行为。

潜意识里,他宁愿相信陆时琛是无辜的,但从理智出发,陆时琛与这案子之间的种种牵连又显得有些蹊跷。譬如说,那根来历不明的狗毛,那通给公众号提供消息的境外电话,以及赵云华自杀前他与陆时琛的偶遇,还有徐盈盈和陆时琛共同出入的温颐疗养院……

虽然迄今为止没有任何证据表明,徐盈盈的失踪跟十年前的那场校园霸凌案和周衍案有关,但多年的刑侦工作经验让孟钊有种预感,这三起案子中像是有一根无形的线,将所有的事情串联到了一起……

先解决徐盈盈失踪的案子吧,孟钊平静下思绪,在真相大白之前,他选择相信陆时琛。就像当年陆时琛选择相信他舅舅孟祥宇一样。

何况,孟祥宇那案子当时几乎都铁板钉钉了,陆时琛这才哪儿到哪儿啊……孟钊摇了摇头。

做了这个决定后,孟钊走到自己车边,拉开车门坐了进去,在系安全带的时候,他脑中闪过陆时琛的那个问题:"你在公大时交的那个女朋友呢?"

连他自己都差点忘了这码事,陆时琛打哪儿知道的?

孟钊大学时确实交过一个女友,还是隔壁央音名声在外的系花。

那时孟钊正上大三,跟室友在学校外面的小餐馆吃饭,正值周末的晚间饭点,餐馆座位爆满,吃到一半,有两个女孩坐过来,说想跟他们拼桌。

因为两个女孩实在很漂亮,室友极尽热情地答应了。

一顿饭快吃完的时候,孟钊抬头看了看墙上挂钟的时间,那晚学校请了周明生去公大做讲座,孟钊想提前过去跟周老师打声招呼,于是他站起身,跟室友说了一声,打算提前离开。

对面的女孩这时主动开口,向孟钊索要联系方式。当时桌上的几个人一片起哄,旁边的室友主动拿出手机,把孟钊的手机号给了那个女孩。打那之后,女孩就常常主动过来找孟钊。

孟钊那会儿没谈过恋爱,连心动也没有过,但被一个漂亮女孩追求,对方的性格也落落大方,这种感觉并不坏。

不过,相处了大概一个月之后,孟钊开始觉得有点不对劲,具体说哪里不对劲,他自己也说不上来。

女孩自然是很好的,两人大多时间也相处愉快,但相处的时间变久,孟钊渐渐发现,这段关系给他带来了不少困扰。譬如说,他常常搞不懂对方为什么会忽然不高兴,明明上一秒两人还交谈甚欢——他擅长根据各种蛛丝马迹做出推理,但居然会猜不透对方的想法。

为此他还请教了有过数段感情经历的室友,室友给出的回答也让他觉得费解:"这就是恋爱有意思的地方啊,不猜还有什么意思!"

孟钊觉得无法理解,相比猜测女孩那些捉摸不定的心思,他更喜欢推测那些有迹可循的案件线索。

而那女孩也实在很聪明,在孟钊还没完全明确自己的想法时,她就看出了孟钊对自己不够喜欢，先一步提出了分手。

"你根本就不够喜欢我。"对方喝了酒，借着酒劲把话说得很直白，"如果我对你的喜欢有十分，你对我的喜欢大概连一分都没有……我觉得你喜欢你室友都比我多，你跟我说句实话，你是不是从来没喜欢过我啊？"

看出对方喝醉在胡言乱语，孟钊无言。

女孩那晚喝醉了，孟钊最后一次把她送回学校。临到学校，对方居然提出要跟他去酒店……

在被孟钊拒绝之后，她言辞笃定地朝孟钊大喊了一句："你个骗子，你根本就不喜欢我！"

当时街上人挺多，在听到这一句之后，不少人都回过头围观孟钊这个"渣男"。

就这样，孟钊那段短暂的，甚至说不上是不是恋爱的经历就这样彻底结束了。后来女孩酒醒之后还跟孟钊打电话道了歉，并且向他提出了一个直击灵魂的拷问："我真的很好奇，能让你心动的人到底是什么样子的。"

这句话，在孟钊往后的人生里出现过数次。每一次身边有人恋爱、结婚、生子的时候，这句话就会不失时机地冒出来。

那段感情经历结束之后，孟钊打定主意，下段恋爱一定要从心动开始，但一晃十年过去了，这心动居然成了没影儿的事情……

在最后一个室友也结婚了的当晚，孟钊开始怀疑自己是不是患上了什么心动障碍症，这个世界上不是会有各种障碍症吗，什么选择障碍、社交障碍、情感障碍、勃起障碍，说不准也会有心动障碍。为自己做了这个诊断之后，孟钊就没在这件事上花过心思。

然而就在刚才，在那种檀木和酒精味道的蛊惑下，在陆时琛的手渐渐滑落，然后握住了他的那一瞬，他居然猝不及防地心动了……

孟钊脑中忽然闪过十年前的那道声音："你个渣男，你根本就不喜欢我！"

这念头让孟钊如同遭遇雷劈。

就这样被劈中了两秒之后，他回过神来，觉得自己一定是被眼下这案子搞得神经错乱了。

将车子开至市局停车场，孟钊正要推门下车时，又闻到了那种若有似无的檀木的味道。继而他联想到陆时琛扣着自己手臂的那只手。

推门下车，孟钊甩上了车门，心道自己一定是单身太久了，大概下一步就该对着陆时琛家里的那条狗心动了。

刑侦办公室还亮着灯，周其阳正在加班排查监控，程韵则在徐盈盈过往的直播中试图寻找线索。

孟钊推门进去，屋里烧烤的味道还没散尽。

见孟钊进来，周其阳出声跟他打招呼："钊哥，我们打算看在烧烤的面子上，原谅你抛弃我们跟别人约会去了。"

"原谅你妹啊。"孟钊笑了一声，屋里有点热，他脱了外套拿在手上，然后走到周其阳身后，看着他屏幕上的监控画面，"怎么样？监控显示徐盈盈最后去了哪儿？"

周其阳没立刻回答，他转过脸，朝着孟钊手上的外套嗅了嗅："香水味儿……是香水味吧？还蛮好闻的……钊哥你是不是抛弃你同学，跟哪个姑娘约会去了？"

"属狗的啊你。"孟钊拿着外套在他后脑勺上拂了一把，"好好闻闻这是女士香水吗？"

这话说完，两个人都察觉到了不对劲。

一阵诡异的沉默后，周其阳幽幽道："我就说你这么多年没交女朋友绝对有问题……"

"滚。"孟钊笑了一声，抬手在他后脑勺敲了一下，"说案子。"

"哦……"周其阳抬手摸了摸后脑勺，"查得我都老眼昏花了，钊哥你看啊，徐盈盈从疗养院出来之后，先是直行通过了这条路，走了大概八百米，到了这个十字路口又朝左拐弯了。"周其阳拖动着视频下方的进度条，"这条路人还特多，差点找丢了，人堆里太难找了，大概五百米之后,她拐进了这条路,走了差不多二百米吧,这儿有个胡同,看到没?徐盈盈拐进了胡同……"

孟钊仔细看着监控视频:"然后呢?"

"然后就不知道了。"周其阳耸了耸肩,"这个胡同没监控。"

"徐盈盈拐进了一个没监控的胡同?"孟钊看着视频沉吟道,"她来这个胡同做什么?"

"谁知道啊……"周其阳猜测道,"会不会是跟谁在这里有约?"

"而且行为也有点反常。"孟钊俯下身,拖动着视频又快速看了一遍,"按照徐盈盈的行为习惯,这么长的距离,她应该会选择打车啊,为什么徒步走了过去……胡同连接的几条路监控看了没?"

"刚看到胡同这儿,还得接着找……"

"我跟你一起。"孟钊走到另一台电脑前坐下,又问,"许遇霖那边,彬哥怎么说?"

"许遇霖的父母最近两天去外地了,好像是听说苹市乡下有不少几年前被拐卖过去的妇女,他们就到那边找女儿去了,明天才能回来。"

"嗯。"孟钊应了一声,又问程韵,"小程说说你去找林琅父母的情况,林琅得精神病的原因没问出来?"

"嗯……"程韵将转椅转向孟钊,脸上挂着一丝愧意,"林琅父母说昨天已经有警察去问过了,好像就是因为这个,他们才变得尤其警惕,什么都不肯说。好奇怪,昨天我们没派人过去吧?"

"不可能,这案子目前只有我们几个在查。"孟钊觉得很奇怪,难道是徐局另外派人了?还是……卢洋?孟钊皱起眉,应该就是他,电话里几次三番答应不再插手案子,背后却还是在偷偷调查,阳奉阴违这一套玩得够溜的……孟钊继续问程韵:"不是说林琅出事前有交过一个男朋友吗?有没有找到他?"

"林琅父母说,他们根本就不知道林琅谈过恋爱,她也从来没有过什么男朋友……不过,我去林琅旧家附近又确认了一遍,楼下有个老太太说,她那时候确实看到有男孩送林琅回家,两个人手拉着手,应该就是恋爱关系。但老太太没看清那男孩的长相,只说比林琅高出一个头……"

林琅父母是的确不知情,还是在刻意隐瞒这段恋爱关系?孟钊思索片刻,抬眼看向程韵:"做到这个程度还不错。"

看得出来,面对着林琅的父母,程韵算是使尽了浑身解数。如果林琅的父母提前编好了一套话术等着警察,那的确不太好找出破绽……何况这一上午,程韵还主动去验证了卢洋给出的线索,作为一个年轻的实习警察来说,已经做得不错了,实在没理由苛责她。

"程韵先回家吧,我跟小周接着看监控。"孟钊说,"看看徐盈盈从胡同出来之后到底去了哪儿。"

凌晨一点半,周其阳打了个哈欠:"没有啊钊哥,胡同通往的几条路都找遍了,徐盈盈根本就没从胡同里出来……你说,她是不是在那条胡同里出意外了?而且,这胡同窄得不能通车,没有转移尸体的痕迹,会不会凶手杀人之后,直接在胡同里埋尸了?"

"这条胡同是一条抄近道的小路,人流量也不算小,四周还住着居民,下午三点多选择在这里实施杀人和埋尸行为,凶手就不怕被人发现?"孟钊提出疑点,"还有,徐盈盈从疗养院出来之后,到底是为什么步行进入了这条胡同,其间没有查过导航,也没有打过电话,好像就是奔着这条胡同来的……"

"会不会是她去疗养院探望的那个人指使她过去的?"

"疗养院有说她去探望了谁吗?"

"我问了一嘴,说是工作人员带进去的,就没有在门卫处登记。"

这事有点不对,孟钊靠着椅背,做了决定:"天亮之后,让文昭区的派出所去搜查一下,看看那条胡同有没有近期埋尸的痕迹,你再去疗养院走一趟,找到当时那个带徐盈盈过去的工作人员,我去徐盈盈的父母家里跑一趟。"

"好。"周其阳又打了个哈欠,"你还回家吗钊哥?"

"不回了,在值班室睡吧。"孟钊站起身,活动了一下肩颈。

"你说我们要是住在御湖湾,哪儿用睡什么值班室啊……"周其

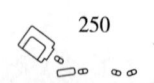

阳走到窗边,看着不远处的御湖湾高楼,"这地方选得跟市局宿舍似的,房价定么高,你说哪个警务系统的人能住上,徐局能吗?就算能,住在那儿也太惹眼了吧……"

"别做梦了。"孟钊笑了一声,拿起外套朝外走,"洗洗睡吧,没让你睡老市局的值班室就不错了。"

"哎,你那同学是不是住御湖湾,钊哥你跟人家搞好关系,说不定偶尔还能借宿一晚……"

周其阳提起陆时琛,孟钊又想到了覆在自己手腕上的那种微凉但沁骨的温度,还有那几根骨瓷似的手指。

孟钊抬起另一只手,握住了手腕上的那个位置,用拇指轻轻摩挲了几下。

早上八点,太阳亮得刺眼,市局办公楼先后驶出两辆车。

徐盈盈的父母家住文昭区市郊,地处偏远,从市局开车过去要一个多小时。

来之前孟钊查过资料,这附近有一所高中叫十四中,收分不高,相应地,升学率也一般。文昭区市郊的教学质量不佳,大多数学生只能考去十四中。

可以想见,当年没有任何家庭背景,只凭中考成绩考入文昭高中的徐盈盈和林琅,中学时的成绩必定很拔尖。

相比如今住在明潭市CBD周边的徐盈盈来说,她家人住的这栋灰白色的六层楼房显得过于朴素了一些。

孟钊和程韵下了车,在楼下打量了一番这栋楼房,心里判断着徐盈盈家人的生活情况。

两人走上楼,到了徐盈盈父母门口,孟钊抬手敲了敲门。

门开了,一个瘦小的女人探出了头。女人看上去四五十岁的年纪,只到孟钊胸口的位置,因为脸上过瘦,龅牙便看上去更加明显。

从外表来看,这女人和徐盈盈没有半点相似,孟钊脑中浮现出徐盈盈直播镜头里的模样。

"你找谁？"女人抬头看着孟钊。

"我是警察。"孟钊拿出证件给女人看了看，"您是徐盈盈的母亲吗？"

"徐盈盈怎么了？"女人脸上出现了警觉的神情。

"谁啊？"屋里这时传出男人的声音，随即男人走了出来，男人比女人稍高一些，但也只到孟钊下颌的位置。

"警察。"女人回头对自己的丈夫说，"来问徐盈盈的。"

"你们知道徐盈盈现在在哪儿吗？"孟钊看着面前这对夫妇问。

一听来人是警察，徐盈盈的父亲脸上也出现了警惕的神情："怎么天天来，她不是犯什么事儿了吧？"

不太对劲，孟钊心道，但他面色上没表现出来。

眼前这老两口非但没表露出对徐盈盈的担心，反而像是害怕因为徐盈盈而惹祸上身似的。

"她失踪快一周了。"孟钊观察着两人的神色，"你们一点也不知道？"

"失踪？"徐盈盈的母亲有些意外，跟丈夫对视一眼后说，"我们哪能知道啊，她平时也不打电话过来。"

这几近冷漠的态度实在不合常理，孟钊直截了当地问："徐盈盈是你们亲生的吗？"

对面两个人顿时面露尴尬，片刻后徐父先开了口："警察同志，你这么说是什么意思，徐盈盈当然是我们的女儿……"

就算是父母跟子女之间闹矛盾，在听到女儿失踪的消息后，第一反应也应该是担忧而不是急于撇开自己。孟钊打量着眼前这老两口——

徐盈盈身高一米七，长相虽然不能算极度惊艳，但从照片上来看，在人群中也算相当出挑。而对面这两个人，目测平均身高也就在一米六，长相嘛……除非徐盈盈基因突变外加后续整了个容，否则对面两人能生出这种姿色的女儿，还真是一种天赐的运气。

"人口交易是犯法的你们知道吧？"孟钊说得更直接了。

"警察同志，你这么胡说是要负责任的。"对面的男人似乎立刻被孟钊激怒了，"我们可没参与过什么人口交易！"

"提醒一下而已。"孟钊语气平静，"别激动。"

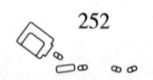

"我们不是人口交易。"旁边的徐母慌了神,向孟钊解释道,"警察同志,徐盈盈是我表哥把自己的孩子过继给我们的。"

"过继啊……"难怪看上去不像是亲生的,孟钊心道。

徐母点点头,继续道:"我们俩当时要不上小孩,我表哥家里有三个女孩一个男孩,他就把二女儿过继给了我们家,绝对不是什么人口交易……我们没花钱的。"

"那徐盈盈过继来之后,你们又生了一个男孩?"孟钊看过徐盈盈的资料,徐盈盈有个弟弟,小她四岁,本以为这是个普通的重男轻女的家庭,没想到徐盈盈在这个家里的位置还要更尴尬一些。

见对面点头,孟钊厘清了这一家的关系,开始切入徐盈盈的失踪案:"我刚刚问徐盈盈在哪儿,你们第一反应是徐盈盈犯事儿了,她平时是有从事什么非常规的工作吗?"

"那倒不是……"一听孟钊这样问,徐母面上的尴尬更甚,"只是盈盈每次回来,都跟我们说她现在一个月能挣十几万块钱,还打算买房。她弟弟也说,她背的包一个就好几万,手机也用的是最好的,我们也没见过这么挣钱的工作,问她在做什么她也不说,就……"

"就觉得她的钱来路不正?"看着对面两位有些刻薄的面相,孟钊内心生出一些厌恶。不管徐盈盈是做什么的,这种没有任何根据的恶意揣测实在是有些恶毒。

徐盈盈大概是从小到大被家里人压榨惯了,自己赚了钱之后,才开始刻意向家里人炫耀,可以想见这亲生的一家三口在背后是怎么讨论徐盈盈的……

"那徐盈盈是很久没回来了?"孟钊克制着自己的厌恶,继续询问跟案子有关的问题,"她的感情生活你们了解吗?"

"这个我们不知道,她也没跟我们说过。"

"徐盈盈也没提过疗养院、养老院之类的事情?"

"她哪会提这个。"男人的语气不佳。

对面一问三不知,看来徐盈盈经济独立之后,几乎跟这个家里切断了关系。

"你们的儿子呢?"旁边的程韵这时朝屋里看了一眼,问道,"不在家?"

"他在外地工作。"徐母说。

程韵要来了徐盈盈弟弟的工作地点,又问了徐盈盈失踪之后这老两口的行动轨迹。

等她全部问完,两人离开了徐盈盈父母家里。

下了楼,程韵说:"钊哥你说,徐盈盈的失踪会不会跟十年前的校园暴力案无关,跟这家人有关啊?一个收入丰厚的年轻女孩,被刻薄的原生家庭盯上,你觉得有没有可能?"

"从时间节点来说,有点太巧合了。"孟钊思忖少顷道,"可能性不大,不过保险起见,也还是关注一下吧。"

从徐盈盈的乡下老家回到市局,已经将近下午两点了,午后日光强烈,还不到五月,已经有了夏天的气息。

孟钊把车开进市局,一下车就脱了外套拿在手上。

上了楼,他推开刑侦办公室的门,一股包子味儿扑面而来,屋里刚办事回来的几个人都在埋头啃包子。

"孟队、小程快过来。"办公室里的同事一见孟钊就赶紧朝他招手,咽下满满一口包子道,"再不来,你俩的那份儿就要被他们瓜分了。"

"我吃饱了。"任彬吃完包子,仰头灌了一大口水,然后看向孟钊,"你们快点过来吃吧,趁包子还热乎着。"

"彬哥回来了?"孟钊把外套随手扔到桌上,"程韵先吃吧,我不急,彬哥先到我办公室吧。"

一见他这说一不二的架势,程韵就知道,因为这案子总没找到突破口,孟钊那办案不要命的劲头又上来了。她赶紧啃了两口包子,随任彬一起进入了孟钊办公室。

"许遇霖那边调查得怎么样?"

"唉,这个许遇霖的父母太可怜了。"任彬把手里的杯子放下,叹了口气,"我一说起许遇霖这个名字,两个人的眼泪唰唰地就掉下来

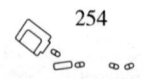

了。许遇霖失踪后他们找了十年,一点线索都没有,她爸爸说就算死了让他们看到尸体也比现在让人好受……"

任彬这番话说下来,屋里的气氛顿时变得沉重,可想而知,一个正处于十七岁的花季少女忽然失踪,十年来杳无音信、不知生死,对于她父母来说是一种多大的折磨。

"那许遇霖失踪前有没有什么异常?她父母对她的失踪有没有自己的推测?"孟钊又问。

"许遇霖失踪前跟她父母吵了一架,因为她妈妈在她洗澡的时候,去给她收拾房间,无意间看到了她的手机短信,发现她好像在学校早恋。据她妈妈说,她原本想找许遇霖谈谈这件事,但刚起了话头,许遇霖一听自己的短信内容被看到了,根本就不听她妈解释,跟她妈大吵了一架。两人那场架吵得天翻地覆,直接导致许遇霖离家出走了,这一走,就没再回来……"任彬说到这里,又叹了一口气,"因为这件事,许遇霖父母的夫妻关系早就破裂了,两人都觉得对方对女儿的失踪有更大的责任,许遇霖失踪后两年,两人离了婚,各自成立了家庭,但一有许遇霖的消息,还是会一起去找。我上午一提起当年这件事,这两人又在我面前吵起来了……"

"孟队,你说这三个女孩的案子真的都跟赵桐被霸凌有关吗?"任彬说完,程韵便提出了自己的疑问,"单看许遇霖离家出走后失踪的这个情况,会不会是被人贩子拐到哪个山窝窝里了,前几年有一例失踪案不就是这个情况吗?"

屋里沉默下来,几个人都陷入沉思的状态。

会如程韵所说,这是另一起独立的案子?孟钊手里的那支笔又在他指尖转了起来。十年前,这个班内赵桐自杀,许遇霖失踪,十年后,这个班内周衍被杀,徐盈盈失踪,四起案件,外加赵桐的邻居林琅在患精神病十年间不出家门,难道只是因为厄运导致的巧合吗……

不对,孟钊捏住笔,那支笔立刻在他指尖停了下来,他有一种强烈的直觉,这三个女孩之间一定存在某种联系。

"不是周衍""成绩单",孟钊又想到了这两条来历不明的短信。

"不是周衍"这条短信说明发短信的人认为周衍和当年的霸凌事件是有联系的,害死赵桐的人并不是周衍。

"成绩单"这条短信,所提供的线索就是消失的许遇霖,也就是说,许遇霖的案子不太可能是单独事件,她应该跟当年的校园霸凌事件有关。

而且,孟钊在赵桐的日记上也看到了失踪这个关键词。

许遇霖在十年前失踪,徐盈盈最近也失踪了,她们身上有什么共性?凭目前掌握的信息,似乎并不能给孟钊一个准确的答案。

如果把范围进一步扩大……

文昭高中、失踪的两名女孩、赵云华、赵桐、周衍……孟钊的大脑正在高速地运作,还有……林琅!

林琅,这三个女孩身上的共性是……

孟钊抬起头,出声问道:"许遇霖出事前的男友有没有问到是谁?"

"有,我问了。"任彬从包里翻出随身带着的毕业照,"出事之后她父母也去打听过她这个男朋友,就是想问问这个男孩,许遇霖失踪前有没有去找过他,但这个男孩说没有。"任彬指向毕业照上的中间靠上的位置,"就是这个男孩,叫什么来着……等我找找啊,我记了名字……"

孟钊接过那张毕业照,看着任彬指向的那个男孩。

许是拍下这张相片时正艳阳高照,学生们又正对日头,大多数人都眯缝着眼,一脸的苦大仇深,但就是在这种情况下,任彬指的这个男孩也依然出挑。

孟钊的神色顿时变得凝重,并不是因为这男孩的长相,而是因为……他见过这个人!

周其阳急匆匆地赶回来,刚要推门进来,差点一头撞上正要出门的孟钊。

见孟钊一副风风火火的模样,他问:"你去哪儿啊,钊哥?"

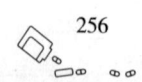

"去云芽。"孟钊脚步不停,朝周其阳扔下一句话,"你也跟我一起去!"

"哦,好。"周其阳刚碰到门把手的手又松开了,快步跟上孟钊。

上了车,周其阳坐在驾驶位上,系上安全带。因为刚刚缺席了那个小会,此刻他还是有些摸不着头脑:"我们这次去云芽的目的是什么?"

孟钊从手机上调出毕业照,用手指放大,将画面定格到吴韦函的脸上:"看这个人是谁?"

周其阳凑过来,在盯着这个人看了两秒之后,他语气不太确定道:"是……云芽的吴总?"

"嗯。"

"真的是啊?那个云芽的 CEO 居然也是赵桐这个班的!"

"不仅是这个班的,据许遇霖父母所说,他还是许遇霖失踪前的男友。"

周其阳惊愕了一瞬,迅速在脑中梳理吴韦函跟这几个人的关系。

"先开车吧。"孟钊倒是镇定,"虽然这个人是许遇霖的男朋友,又是徐盈盈签约公司的 CEO,但现在还没有证据证明他与这两个人的失踪有关。"

"但这人的嫌疑也太大了……"

"到了。"周其阳将车停在云芽科技的大楼前。

孟钊推门下车,径直走到大楼里,周其阳锁了车,也快步跟上。

"你们吴总在吗?"孟钊走到前台,"我来向他了解点情况。"

"在。"前台显然还记得孟钊,"我帮您问一下他的秘书。"

"对,是昨天来过的那位警察。"前台对着电话说,"应该还是来调查徐盈盈的事情吧?"她说着,抬头看了一眼孟钊,见孟钊点头,她才继续对着电话说,"吴总现在有时间吗……那我带着他们上去?"

挂了电话,前台带着孟钊和周其阳走到电梯口。

在等电梯的过程中,孟钊跟那前台聊了几句:"之前听说,吴总跟徐盈盈关系好像不简单啊!"

前台显然没什么防备心:"老板的事情我们哪能知道得那么清楚……不过,我也听别人说过,吴总跟徐盈盈好像还好过呢!"

"好过?"周其阳在一旁问,"真的假的?"

"听说的事情哪能知道真假。"前台耸了下肩。

孟钊又问:"十年前的老同学,现在还在一起工作,起码说明关系不错,那徐盈盈失踪之后,吴总没表现出着急吗?"

"这倒是没看出来,我也不怎么能接触到吴总……"电梯"叮"的一声响起来,到了三楼,前台把孟钊和周其阳引到总裁办公室,秘书已经等在了门口。

"吴总已经在里面等着二位了。"秘书朝孟钊露出标准的笑容,然后带着孟钊他们走到总裁办公室门前,抬手敲了敲门:"吴总,两位警官到了。"

屋内响起椅子摩擦地板的声音,孟钊听着里面的动静,推测应该是吴韦函从座位上起身了,然后脚步声响起、靠近,门被拉开,吴韦函出现在门口,彬彬有礼地朝孟钊伸出手:"孟警官,又见面了,来,二位进来说。"

吴韦函把孟钊和周其阳让到真皮沙发上,然后自己也在一旁的单人沙发上坐下来。

秘书端上茶水,离开时随手将门带上。吴韦函先是客气地让孟钊和周其阳喝水,又问:"二位这趟过来,还是要问徐盈盈的事情?您问,不过我最近跟她接触不多,可能也提供不了什么有价值的线索。"

孟钊看向他:"冒昧问一句,吴总跟徐盈盈只是老板和员工的关系吗?据我了解,两位是高中的同班同学,还在一起过,现在又在同一个公司共事,平时应该会有私交吧?"

"对,我跟徐盈盈确实高中同班过,曾经关系也不错,现在的关系就是老板与员工。至于私交如何,"吴韦函笑了笑,"这就涉及个人隐私了,孟警官是来了解情况的,而不是在审讯我吧?"

孟钊看着对面的吴韦函,对方的言谈举止彬彬有礼,如果放在平常,自己可能会觉得这人还不错,但现在,眼前这人与目前的几桩案子有着千丝万缕的联系，总觉得这副谦谦君子的面孔有些诡异且违和……

孟钊也笑着说："行，那徐盈盈的事情我们就先不谈了，说说另一位跟吴总私交不错的女孩许遇霖吧。"

孟钊敏感地察觉到，在听到"许遇霖"的名字后，吴韦函的表情出现了瞬间的变化。

"怎么，"孟钊看着他，"看来还记得许遇霖？"

"当然，她的失踪我也有责任，我知道她当年离家出走是因我而起的，这么多年了人还没找到。"吴韦函的手指摩挲着茶杯，"我常常在想，你们作为警察，存在的价值到底是什么？"

孟钊垂眼笑了一声："看来吴总很忌讳提到许遇霖啊，那咱们再换个人，林琅你还记得吧？"

吴韦函这次不笑了，他看着孟钊："你什么意思，孟警官？"

看来这彬彬有礼的面具要维持不住了，孟钊盯着他看了片刻："没什么意思，只是想知道，到底是谁导致了这三个女孩的厄运。对了，不止三个女孩，还有一位叫赵桐的男孩。这个人，难道是……"孟钊有意顿了顿，"老虎？"

吴韦函的表情僵了一瞬，但很快就恢复正常："孟警官，什么老虎？我听不懂你的意思。"

孟钊没说话，只是看着吴韦函。虽然吴韦函句句都在摆脱嫌疑，但从他的表情变化可以看出来，他跟这案子很可能有着密切的联系。

如果这几起案子都跟吴韦函有关，那新近发生的徐盈盈失踪案一定是突破口，孟钊迅速在大脑中厘清侦破思路——就算吴韦函的确是这两起失踪案的真凶，但他显然提前想好了一套应付警察的话术，在这里跟吴韦函耗费时间毫无用处，最重要的还是寻找证据。

"该问的问题我差不多问完了，那我就不多打扰了。"孟钊站起来，"对了吴总，冒昧问一句，十六号下午三点到四点这个时间段你在做什么？"

"公司新签了几位网红，我在出席签约仪式，网络上应该有相关新闻，孟警官可以核实一下。"

吴韦函既然这样说，那看来在徐盈盈失踪的那段时间，他的不在场证明应该很牢靠。不过，四天前发生的事情，一个人可能会不经思考脱口而出吗？吴韦函答得这么快，反倒验证了一点，他对于孟钊来核实不在场证明很可能是有提前准备的。

"好，谢谢了。"孟钊不动声色地跟吴韦函握手告辞，然后离开了云芽科技的大楼。

从云芽的大楼出来后，周其阳问孟钊："钊哥，周衍日记本上说的那个'老虎'，应该就是吴韦函吧？不过，就算确定了是他，十年前的案子，没有证据的话，也不能给他治罪啊……"

"十年前的案子没有证据，十年后的总能找到。"孟钊面沉似水，"徐盈盈失踪一案，必须尽快找到突破口。"

回市局的路上，孟钊思考着徐盈盈失踪案的突破口。

光天化日之下，在经过一个不到二百米的胡同之后，一个女孩就活生生地蒸发了？真是荒唐。

"上午去那条胡同看过了？"孟钊问周其阳，"派出所查得怎么样？"

"那条胡同是用石板铺的路，初步检查石板没有松动的痕迹。"

孟钊拿起车上的 Pad，又看了一遍拷贝的监控视频，画面上徐盈盈穿了一件风衣，戴了一顶贝雷帽，在拐入那个胡同之前，就算经过了几处人流量密集的路口，也能从人堆里找出徐盈盈，但在拐入那个胡同之后，就真的到处都找不到她的踪影了。

"那个胡同周围的情况怎么样？"

"胡同周围有一处旧楼，派出所也搜查过，没发现尸体。真是怪事，好端端一个人，从胡同进再从胡同出，拢共不到二百米的距离，就这么消失了，人间蒸发啊这是……"

"从那条胡同出入的车辆呢？全都排查过了？"

"都排查过了，看了道路监控，没发现徐盈盈在车里，也没查出运尸埋尸的痕迹。"

孟钊把 Pad 放到一边，靠到椅背上，觉得有点头疼。

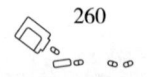

除了头疼，还有点郁闷——已经锁定了吴韦函有作案嫌疑，但线索却在这条没监控的胡同里中断了。

他看向车窗外，车子就要驶经御湖湾。一转眼，他看见了陆时琛所在的那栋楼。

喝醉之后，第二天不会好受吧？孟钊一只手握上另一只手的手腕，已经十几个小时过去了，那种微凉的温度好像还停留在皮肤上。

继而他又想到了那条短信，陆时琛跟徐盈盈在几天之内出入同一个疗养院，真的是巧合吗……不然，去陆时琛那里再问问？顺便问问他对徐盈盈失踪的案子有没有别的想法。

"小周，停一下车。"孟钊开口道。

周其阳刹车后，将车子停到路边："怎么了？"

"你回去之后去找一趟徐局，替我汇报一下案情进展，同时让徐局派人秘密监控吴韦函的行踪，别让他跑了。"孟钊推开车门，"我去一趟御湖湾，问个案子细节，你先回局里吧。"

"别，徐局那里我哪敢……"周其阳还没说完，孟钊已经下了车，合上了车门。

从车上下来，孟钊走到三号楼前，抬头看了看陆时琛所在的楼层。

刚刚下车时仓促，现在才开始考虑陆时琛到底在不在家。

孟钊正要抬手按陆时琛的门铃想试试运气，身后便响起了一声短促的鸣笛。

他回头一看，陆时琛的车停在台阶下面，从行驶的方向来看，应该是刚从外面回来。

孟钊下了台阶，朝陆时琛走过去："你这是下班了？"

陆时琛没答他这个问题："找我有事？"

大概最近总跟陆时琛一起吃饭，一见陆时琛，孟钊居然有点饿了，他这才察觉自己从早上到现在还一口饭都没吃过。

"一起吃饭？"孟钊下意识问道。

"上车吧。"陆时琛朝副驾驶的位置偏了偏头。

孟钊走到副驾驶位,拉开车门,坐进去时,看见座位上搁着薄薄一沓纸,上面似乎记录着姓名和联系方式,还用笔做了标记。

"这是什么?"孟钊正要拿起来,陆时琛伸手把那沓纸抽走了。

"工作的事情。"陆时琛拉开储物箱,把那沓纸扔了进去,"去吃什么?"

"随便在路边找一家吧,案子还没解决,时间不多。"那张纸跟市局做大量排查工作时用到的联系人资料很相似,陆时琛是在调查某件事情?孟钊脑中出现了这种猜测。

但他没深究,转而跟陆时琛聊起了别的:"你这什么顾问的工作,下午不到五点就下班了,这么清闲?"

"外聘顾问。"陆时琛淡淡道,"挂个名而已。"

"那你这是退休状态啊……"

"我晚上工作。"陆时琛把车子倒了个方向,"有时差。"

"你回国之后,那个国外的工作还没辞掉?"

"嗯。"

难怪陆时琛白天看上去这么清闲,敢情走的不是北京时间,不过……这人晚上都不用睡觉吗?

孟钊正想着怎么自然地把话题过渡到疗养院上,没想到陆时琛主动提起了徐盈盈。

陆时琛把车子开出御湖湾:"调查进行得怎么样了,去见过徐盈盈了吗?"

居然主动提起了徐盈盈,孟钊靠到座位靠背上,从侧面观察着陆时琛的神色:"徐盈盈失踪了。"

"失踪?有线索吗?"

"徐盈盈失踪的当天下午,去了温颐疗养院一趟,就是前天你去过的那里。"孟钊说完,有意顿了顿,但陆时琛只是"嗯"了一声,脸上的表情看不出丝毫端倪。

孟钊继续道:"从疗养院出来之后,她走了挺长一段路,进了一个没监控的胡同,进去之后就没出来,线索就断在了那里。"

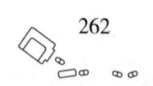

难道陆时琛跟徐盈盈共同出入过疗养院只是巧合？虽然潜意识里说服自己相信陆时琛，但理智让孟钊还是对陆时琛存有怀疑。

思忖片刻，孟钊开了口："对了，你那天说去疗养院探望老人，是探望家里的长辈吗？"

"我奶奶。"陆时琛说。

孟钊不自觉松了一口气，陆时琛神色语气皆坦然，实在不像说谎。何况若是说谎，这谎言也实在太容易被拆穿了……去疗养院查一下就能核实了。

"这样啊。"孟钊放松下来，"你奶奶也在那家疗养院啊？以后有时间的话，我也陪你去看看她老人家。"

本意只是试探陆时琛的反应，没想到陆时琛却说："你以什么身份去看她？"

"我……"孟钊语塞两秒，"这要什么身份，朋友啊……不行吗？"

"朋友。"陆时琛重复了这两个字，语气不置可否。

我能以什么身份啊……孟钊心道。

半晌没人说话，陆时琛又说："要不要我陪你去那条胡同看看？顺便在附近吃饭。"

"你有时间的话，也行。"孟钊应道。他是想去那条胡同看看来着，但这一天下来，还没找到时间去跑一趟。

等到孟钊在车载导航上调出了那条胡同的地址，陆时琛又问："许遇霖怎么样了？"

"也失踪了，不过发生在十年之前。"

"间隔十年的两起失踪案件？这两个案子之间有关联吗？"

"应该有关，许遇霖失踪前的男朋友就是徐盈盈现在做主播那家公司的 CEO，叫吴韦函。"孟钊压下车窗吹风，"我下午去见了他一面，从他的反应来看，嫌疑很大……从他嘴里套话是不太可能了，必须找到他和这两起案子有关的证据。"

"吴韦函？吴嘉义的儿子？"陆时琛打着方向盘将车子右拐进马

路,"那他大概率也是当年校园霸凌事件的主使吧?"

孟钊有些意外地看向他:"你知道吴嘉义?"

陆时琛顿了顿才道:"本市最有钱的人之一,大小也算个名人,我一个做金融的,还是有所耳闻的。"

"没错。"孟钊点头道,"钱、权、地位,吴韦函他爸一样也不缺,除了他这样的人,其他人也很难有将人霸凌致死且不需要负担任何责任的本事。"

陆时琛又问:"那周衍一案是否也跟他有关?"

"难说……周衍一案很奇怪,如果吴韦函是当年霸凌赵桐的主使,依照他今天的反应来看,他是绝对不会希望这件事情闹大,被重新翻出来进入大众视野的。难道周衍掌握了某个证据想为赵桐翻案,而吴韦函得知之后想要杀人灭口、销毁证据?"

孟钊陷入思索:"这证据会跟那面被粉刷的墙有关吗?但是一面墙上到底能有什么实质性的证据……"

"头疼。"孟钊说完,将手指插进头发里乱挠了一通。

已经查到了这个地步,锁定了嫌疑人,没想到这案子居然还是举步维艰,孟钊用手使劲按了按太阳穴。

"一步一步来吧,先查清眼下的案子再说。"陆时琛说着,看了一眼孟钊。

刚刚那一通乱挠之后,孟钊的头发变得有些凌乱,头顶有几根头发不合群地支棱了起来。

红灯,陆时琛停下车,右手从方向盘上拿下来,悬在半空停顿了半秒,然后落下去帮孟钊理顺那几根翘起来的头发。

"哎哎哎。"孟钊顿时抬头看着他,"怎么还动手动脚的?"

"你的头发有点乱。"陆时琛收回手,仿若无事地搭回方向盘上。

孟钊瞪了他一会儿,见毫无效果,打算不跟他计较了,抬手拨了几下头发,继续靠回椅背琢磨案子。

陆时琛将车子开过路口,前行二百米之后,停在了一个胡同口:

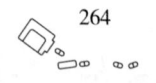

"到了。"

推门下车,孟钊合上车门,看到前面不远处,派出所的民警在附近的拆迁区检测此地有没有埋尸。

他观察着这条胡同——青石板路面凹凸不平,巷道三米左右宽窄,勉强可以通车。

"孟队,"派出所的人认出孟钊,走过来跟他报告情况,"白天几个同事已经从头到尾检查了一遍,附近拆迁区也检查了,没发现有埋尸啊……"

"知道了,辛苦。"孟钊说完,在胡同里走动着观察周围的情况。

这条胡同拢共通往三个岔路,而这三个岔路,他已经看过好几遍监控记录,并没有发现徐盈盈的踪迹。

孟钊走了一圈,转回来时,看到陆时琛也在观察周围的情况。他走到陆时琛面前,朝前面不远处的路口抬了抬下颌:"徐盈盈就是从那里进来的,进来之后,这条胡同的监控就坏了,但是这条路连通的其他三条路的监控都没拍到她从这里出去。"

见陆时琛似在沉思,孟钊问:"你想到了什么?"

"能看看监控吗?"陆时琛问。

"在车上,我去拿。"孟钊说着,朝车子走了几步,拉开车门,将连接了硬盘的平板电脑拿出来。

给陆时琛透露监控内容并不合规,但出于对陆时琛智商的信任,他觉得陆时琛说不定能提供新的侦破角度。

陆时琛接过平板电脑问:"你刚刚说,徐盈盈从疗养院出来后,直接走到了这条胡同?"

"对。"

陆时琛看着徐盈盈从疗养院走出来的画面:"从疗养院到这条胡同,中间要拐两个弯,路程也不近,但她看上去目标明确……"

孟钊察觉到陆时琛的眉心蹙了起来,他问:"想到什么了?"

"徐盈盈去疗养院做什么?"

"不知道,说是工作人员带进去的,应该是去看疗养院条件的。

不过也挺奇怪,我去过徐盈盈家里,她明显跟家里人的关系很差,不太可能愿意让家里人住这么昂贵的疗养院……"

陆时琛把徐盈盈进出疗养院的那段视频看完了,接着将余下的视频调成六倍速,快速看了一遍,然后把平板电脑还给孟钊。

"怎么样?"孟钊问,"有想法没?"

"先吃饭吧。"陆时琛说,"我想想。"

看来陆时琛看完这段监控也没什么想法,孟钊觉得这倒也正常,刑侦工作不仅靠天赋,还得靠经验,陆时琛毕竟还是缺了一样,估计是很难发现突破口了。

两人在附近找了一家粤菜餐厅走进去。

孟钊没什么胃口,虽然中午那顿饭也没顾得上吃,但他现在满脑子都是关于徐盈盈失踪案的疑团,根本没心情吃饭。

倒是陆时琛看上去胃口还不错,几乎把菜单全点了一遍。

"先吃饭吧。"陆时琛说,"一直钻进案子里可能会把自己圈住,停一会儿再想,说不定会有别的发现。"

"说得你好像很有经验似的。"听他这样说,孟钊笑了一声。

"就像解题一样。"陆时琛看着他,意味深长道,"如果一道题始终解不出来,可能是因为最初的方法选错了。"

听出陆时琛话里有话,孟钊追问:"什么意思,你已经想出了这案子的另一种解法?说来听听。"

"吃完再说。"陆时琛把服务生端上来的虾饺朝对面的孟钊推了推。

孟钊只好拿起筷子,夹了一个虾饺。

这虾饺做得还不错,面皮筋道,里面包了一颗完整且新鲜的虾肉,一口咽下去,孟钊觉得自己的胃恢复了知觉。他开始觉得饿了。

这一饿,他风卷残云似的把桌上的饭菜收拾了一大半。

再看陆时琛不紧不慢的吃相,粤菜也被他吃出了法餐的架势。

孟钊吃饱了,在等待陆时琛给出这道题的另一种解法时,他也没停止思考。

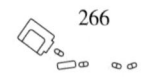

陆时琛说得没错，长时间钻进一个案子，可能会让自己进入一条死胡同原地打转，反而停下来一会儿再去想，可能会有别的收获。

孟钊这次没再把精力放到"徐盈盈走进胡同之后去了哪儿"这个问题上，他把视线放到了徐盈盈走进胡同之前——徐盈盈出了疗养院之后，为什么会走去那条胡同？她经过那条胡同后要去哪儿？

见孟钊的眉心蹙了起来，陆时琛拿起餐巾纸擦了擦嘴角，开口问道："想出新的解法了？"

"徐盈盈曾在直播过程中透露过，她方向感很差，出门非常依赖导航，而她的打车软件记录也显示，她是个打车软件的重度用户，差不多只要超过八百米的距离，她都会选择打车，但你看这段视频啊……"

孟钊拿出Pad，将监控视频直接拖到了徐盈盈去往胡同那里，提出了让自己产生疑惑的地方："徐盈盈从疗养院出来之后，既没用导航，也没去问路，而是目标明确地，踩着少说也得有八厘米的高跟鞋走了一千五百米，其间还差点崴脚，但她还是一直步行去了一个没有监控的胡同，怎么看都不符合她的行为习惯啊……"

孟钊觉得无法解释徐盈盈这一相当反常的行为。

"你的视线重点一直在胡同这里，往前看看呢？"陆时琛看着他，"你觉得，导致一个人行为习惯改变的因素有哪些？"

"要么是长时间刻意纠正自己的行为习惯，但这种情况下，原有的行为习惯应该会部分保留；要么是忽然遭遇了某种重大的人生变故，过大的心理压力强迫其不自觉做出改变。"

陆时琛又问："所以你觉得，徐盈盈该用哪种情况解释？"

孟钊思忖道："徐盈盈的改变是忽然发生的，不存在长时间纠正的情况，近期也没遭遇巨大变故……似乎都不属于？"

陆时琛看着他道："所以，肉眼看到的一切一定是真实的吗，你是不是还忽视了一种可能？"

孟钊思忖几秒，忽然猛地抬眼看向他："从疗养院走出来的不是徐盈盈？！"

"嗯。"陆时琛平静道，"一个人的行为习惯如果跟以前相比发生了很大改变，那有没有可能是换了一个人？"

"倒也有可能……"孟钊思考着这个大胆假设的可能性，如果从疗养院出来的那个人与徐盈盈身高相仿，当她换上徐盈盈进入疗养院的行头时，只要她不对着摄像头露脸，那很有可能起到以假乱真的效果！

孟钊拿过 Pad，又快速看了一遍监控，果然，从疗养院到胡同之间的这段路，尽管从走路的姿态上看不出什么破绽，但从疗养院出来之后的"徐盈盈"戴了口罩，一直低着头，且摄像头完全没有捕捉到她的脸。

孟钊的眉头蹙起来："难道说，徐盈盈在疗养院已经遭遇了意外？"

按照陆时琛的推测，真正的徐盈盈在疗养院已经被调包了，而后面的"徐盈盈"走出疗养院，一直到胡同消失，都是凶手为了误导调查埋下的陷阱，而自己正是掉入了这个陷阱。

……犯罪者真是狡猾，不过，陆时琛的思维也真是够开阔的，孟钊看向他："你一开始就想到了徐盈盈被调包这一点？"

陆时琛笑笑，没说话，继续吃饭。

孟钊接着刚刚的推测道："那家疗养院的情况我让人了解过，如果徐盈盈当天是由工作人员领进去看疗养院的条件，这种情况必定全程有工作人员陪同，不太可能会出意外，如果出了意外……是那个工作人员有问题？"

"或许不只是工作人员，这家疗养院说不定也有问题。"陆时琛说着，搭在桌上的手指很慢地敲了两下。

孟钊沉思几秒，之前一直把视线放在了徐盈盈最后失踪的那条胡同，反而忽略了疗养院，现在看来，这家疗养院的确大有猫腻。

"如果徐盈盈的失踪跟吴韦函有关，这家疗养院会不会是吴家的产业……"孟钊说着，拿出手机，给程韵拨了电话。

"帮我查一下吴韦函家里的产业有没有温颐疗养院，不只是他自己的，还有他爸吴嘉义的，跟他有关的，全都查一遍……"

"收到。"

与程韵通完电话后,孟钊又立刻拨了徐局办公室的号码,几秒后电话接通,传来了徐局的声音:"喂?"

"徐局,小周给您汇报过情况了吗?"孟钊问道。

"嗯,我已经打好招呼了,让辖区派出所密切监视吴韦函。"

"徐局,案子出现了重大转机,很需要人手,我请求立刻申请搜查令,派遣部分警力来温颐疗养院协助调查。"孟钊说,"我得把疗养院内部全都搜一遍。"

"疗养院有问题?"徐局有点吃惊,"徐盈盈不是从疗养院出来了吗?"

"出来的人或许根本就不是徐盈盈,案情细节等我回去再向您汇报吧。这案子没法再暗查了,一旦延误了时机,受害者会被再次转移也说不定。"

电话另一头,徐局保持着沉默,大概半分钟后,徐局回应道:"好,我等你的消息。"

孟钊挂了电话,对面的陆时琛还在慢条斯理地吃着饭。孟钊来不及等他,如果徐盈盈的失踪确实跟那家疗养院有关,那他必须立刻去搜查一遍。

"我先走了,你慢慢吃。"孟钊起身对陆时琛道,"吃完直接回家吧,这顿我请客。"

他说完,去前台把账结了,然后快步走出了餐厅。

看着孟钊走出餐厅,过了马路,径直朝疗养院的方向走过去,陆时琛停下吃饭的动作。他拿起桌上的茶壶,给自己面前的杯子倒了半杯茶,然后端起杯子抿了一口茶,脸上的表情似在沉思。

餐厅距离温颐疗养院只有不到一千米,孟钊只用几分钟就走到了。他站在门口,从外部打量着这所疗养院。

这所疗养院定位高端,条件极佳,但因为平时少做宣传,其名声都是在本市中产人群中口口相传出来的,在外人看来,这所疗养院一直低调且神秘。

这样一家疗养院,真的会跟徐盈盈的失踪牵扯上关系吗……

孟钊拿出证件朝保安亮了一下,然后走进疗养院。

他径直走到疗养院的主楼,前台已经下班,门卫帮忙把值班经理叫了过来。

值班经理态度挺配合,一见到孟钊亮出警察证,便按照他说的,将他带到了监控室。

孟钊微微躬身,握着鼠标拖动着十六号下午的监控,找到徐盈盈出现在疗养院的画面。

"这个工作人员是谁,能认出来吗?"孟钊将鼠标移到徐盈盈身边那个戴着口罩的工作人员身上。

值班经理盯着监控上那人看了几秒,面露难色道:"他戴着口罩,我不太认得出来。"

孟钊又往前播放了一段视频,找了一个更直观的视角:"这个角度能认出来吗?这人是你们疗养院的工作人员吧?"

"他穿着疗养院的工作服,应该是我们这儿的工作人员,但这口罩遮了大半张脸,我是真的认不出来。"

孟钊看着值班经理,观察着他脸上的神情,判断他是否在说谎。

几秒钟后他转过脸,继续拖动着进度条看监控画面。

徐盈盈在这个工作人员的陪同下,进入了疗养院,在走廊上走了一段后,从画面上消失了。孟钊把几个机位的监控视频调成倍速播放,所有画面上的人群开始快速移动,他的眼睛一眨不眨地盯着屏幕。

几分钟后,监控右下角的时间大概过了半小时,在最右下角的那个机位,徐盈盈从走廊的另一个方向重新出现。

这时的"徐盈盈"戴了口罩,说明凶手已经完成了这出"调包计"。

孟钊将视频拖至徐盈盈消失的那处,对值班经理说:"带我到这儿看看。"

值班经理确认了一下画面的位置:"好,您跟我来。"

孟钊跟随着值班经理到了徐盈盈消失的地方,环顾四周。

看样子,这里只是一处监控死角而已,没有任何异常的地方。

而凶手就是利用了这处监控死角,让徐盈盈暂时消失,完成了这出调包计。

能够避开所有机位,不露痕迹地让真徐盈盈消失,再不露痕迹地让假徐盈盈从另一个方向出现,看来凶手相当了解疗养院内部的监控系统。

如果不是疗养院的内部人员,几乎很难做到这一点,孟钊心道。

市局的三辆车先后停至疗养院门口,周其阳带着六七个人从车里出来,一边走进疗养院,一边给孟钊打电话:"喂,钊哥,我们都到了,你在哪儿呢?"

"来主楼。"孟钊在电话里说。

挂了电话,孟钊从那处监控死角离开,走到大厅门口。

他看着这座疗养院的院内,十五年前高中的那次义工活动中,他曾来过这里,他的方位感极佳,到现在仍记得这所疗养院的基本格局。

疗养院的客户都住在疗养大楼,除此之外,旁边还有体检中心和活动中心。

见几个同事走过来,孟钊问周其阳:"徐盈盈的照片都看了吧?"

"看了。"周其阳说,"我刚在路上把徐盈盈的直播片段发给他们了。钊哥,到底怎么回事儿啊?"

孟钊神色冷峻:"从疗养院出来的应该不是徐盈盈,凶手跟我们玩了一出调包计。"

"啊?"周其阳惊了一下,压低声音,"那徐盈盈还在这家疗养院内?"

"现在只能确定疗养院有问题,具体她是在这里,还是已经被转移出去了,得搜查之后才知道。"孟钊说完,对着几个人下达命令,"我们分头行动,两个人配合搜查一层楼,不仅房间内,所有可能会藏匿人的角落都搜一遍,不要有任何遗漏,明白吗?"

站在一旁的值班经理这时开口道:"孟警官,您有公务在身,搜查房间我们应该配合,只是……我们这里的客户都上了年纪,还有不少老人身体不太好,能不能……"

"没问题。"孟钊看了他一眼,然后对几个同事道:"搜查的时候动作轻点,别惊扰到房间里的老人。"

在得到肯定的回答后,孟钊抬手朝前挥了一下:"走吧,动作快点。"

其他几个人上了楼,孟钊跟周其阳留在一楼搜查。

孟钊拐入楼道,站在第一扇门前,先是抬手敲了敲门,等里面的人开门才亮出证件:"抱歉这么晚打扰,我来找个人,看一眼就走。"

他在屋里转了一圈,在确保屋内没有藏人之后走出来。

一间一间地推门搜查一遍,大多数人都挺配合,但走了一半房间之后,孟钊也不禁产生了自我怀疑——这样搜查真的有效吗?

实际搜查了半层楼之后,孟钊发现,这座大楼内住的多是些上了年纪的老人,还有一些瘫痪在床的病人,如果这里真的藏了一个二十几岁的姑娘,那实在是太明目张胆了……

就在孟钊把一楼全部搜查完之后,其他楼层的搜查人员也跑下来向他汇报搜查情况:

——"孟队,二楼没搜到。"

——"孟队,三楼没有。"

——"孟队,六楼搜查完毕,没发现相关情况。"

……

负责搜查活动中心和体检中心的人也回来了:"孟队,没发现特殊情况。"

孟钊站在疗养大楼前,看着这所疗养院,目之所及的地方都已经派人搜索过了,现在还剩下两种情况。一种情况是,徐盈盈那天确实在这所疗养院遭遇了意外,但凶手并没有将她藏在这些明面上能看到的地方,还有地方他们没有搜到;还有一种情况是,徐盈盈已经被秘密转移出了疗养院。相较之下,后者的可能性更大一些。

毕竟,如果凶手能想出"找一个人扮演徐盈盈走出疗养院"这样的招数,那说明他是个极为狡猾的人,将徐盈盈留在疗养院就要面临警察前来搜查的风险，四天时间，足够凶手将徐盈盈杀害，然后将其秘密转移出疗养院处理尸体……

如果是这种情况的话，那寻找徐盈盈的尸体将变得极其艰难。毕竟每天从疗养院出入的车辆实在太多了，几乎无法进行有效排查。

搜查了一晚上居然一无所获，徐盈盈现在到底在哪儿，是死是活？孟钊心头不由得涌上些许烦躁的情绪。

"钊哥，接下来怎么办？"周其阳低声问。

"排查监控吧。"孟钊压制住这阵烦躁的情绪，厘清接下来的侦破思路，"注意两点：一是当天陪徐盈盈进疗养院的那个工作人员的行踪，想办法把他找出来；二是把徐盈盈失踪后这几天，从疗养院出去的车辆都排查一遍，看能不能找到线索。你们先回去排查吧，辛苦大家了。"

"那孟队，我们先回去了。"市局的同事坐进车里，又问周其阳："小周走不走？"

"你也跟他们一块儿回去吧。"孟钊对周其阳说。

"那你呢，钊哥？疗养院里里外外搜了一遍都没找到人，而且四天时间，凶手不太可能还把徐盈盈藏在这里吧，你留这儿还有事？"

"我等会儿再走。"

"那我先和他们走了？"周其阳往前走两步，又回过头，"你一会儿怎么回啊？"

"打车，这还不简单？"孟钊朝他挥挥手，示意他赶紧走人，但就在周其阳要走的时候，他又出声叫住了周其阳，"小周，有烟没？"

"我这儿没有，我帮你借一支去。"

"我有，接着孟队。"有同事探出头来，给孟钊扔了一盒烟，又扔过来一个打火机。

孟钊伸手接住了。

市局的几辆车开走后，孟钊在疗养院外来回走了一遍。

那个工作人员到底是谁，跟吴韦函有什么关系？徐盈盈现在到底在哪儿？

真是……毫无头绪。

孟钊拿出手机，给程韵打了个电话："疗养院的所有者查到没？"

"查到了，刚想给你打电话。"程韵在电话里说，"钊哥，这个疗养院不是吴家的产业，它的所有人是个外地人，看上去跟吴韦函没什么关系。"

孟钊沉默片刻道："如果这所疗养院真的有问题，吴韦函找人做挂名法人，撇开自己也是有可能的。发个协查通告，让当地派出所配合调查一下这人。"

挂了电话，孟钊走到一棵树前，后背倚着树，从烟盒里抽出一支烟塞到嘴里，"咔"的一声按动打火机，点燃了烟，一口一口地抽了起来。

自从两年前师父被查出肺癌之后，孟钊就把烟戒了。

但现在这案子让他心头烦躁，他不得不借助尼古丁来平复这种情绪。

从周衍被勒死，到赵云华自杀，到十年前的那起校园霸凌事件，再到间隔十年的两个女孩的失踪案，每当他以为要接近真相时，线索就会忽然断掉。

下一步该怎么走？孟钊甚至觉得有些迷茫。但作为刑侦支队的指挥者，迷茫这种状态是不被允许出现在他身上的，所有人都默认他必须方向明确，步履明晰，有条不紊地指挥整个警队靠近真相。

孟钊呼出一口烟，头一次觉得有些疲惫。

这种感觉，就好像十年之前孟祥宇陷入那起冤案时，他不知该朝哪个方向走的那种心境。

周明生教授常说"尽人事听天命"，可万一天命就是不让你查清真相怎么办？难道就放任罪恶猖獗，真相湮没吗……

少年孟钊可以听天命，可刑警孟钊却不能，毕竟这案子关系到几条人命，他必须揭开真相，让凶手得到应有的惩罚，给那些无辜逝去的生命一个交代。

孟钊有点怀念师父还在警队的时候，那时候他犯了错有人兜着，没方向的时候有人点拨,哪像现在,他必须独自做出每一步决策,而这决策还绝不能是错的……

妈的,真难。孟钊弹了弹烟灰,再一次生出这种想法。

白色的烟雾被他呼出来,夜间凉风习习,烟雾很快被吹散开来。

孟钊打算给自己一支烟的时间,这支烟抽完,他必须强迫自己想出下一步有效行动。

就在他放空自己的间隙,头顶响起一道微微低沉的声音:"没搜到徐盈盈?"

这声音孟钊一听就知道是谁的,但他还是有些意外,他抬头看向陆时琛:"你还没走?还是……又回来了?"

"我在等你。"陆时琛说。

"这大晚上的……"孟钊失笑,没想到这么晚了,陆时琛居然还在。

他一只手撑着膝盖站起来,然后回答陆时琛上个问题:"刚刚把疗养院整体搜了一遍,没找到徐盈盈。想想也是,四天时间,就算徐盈盈真的是在这座疗养院中遭遇了意外,那她很可能已经被凶手转移走了。"

"会被转移到哪儿?"陆时琛问。

"分尸后将尸体抛到山上、河里,或者随便找个地方埋起来。"孟钊呼出一口烟,"明潭市到处都在建楼,把尸体丢到哪个打好地基的建筑工地,等到水泥浇上去,谁能发现地底下还藏了个人啊……"

"你们警察都是这样吗?"

"嗯?"孟钊看向他,"哪样?"

"在找不到人的情况下就默认这人已经死了?"

"你了解失踪案吗?你以为我想做出这样的推测?"孟钊摇摇头,苦笑一声,"一旦超过四十八小时,失踪人遭遇不测的可能性就非常大,现在怎么搜都搜不到,只能朝最坏的方向去想了,不过活要见人死要见尸,不管怎么样肯定是要找到徐盈盈的。"

"这座疗养院占地几万平方米,几栋大楼才占多少比例?"陆时琛的声音在夜里听起来格外清晰,"而且,肉眼看到的一定是全部吗?"

听出陆时琛话里有话,孟钊顺着他的话去想,肉眼看不到的地方……难道除了能搜查到的这些地方,疗养院还有其他可以藏人的空间?那这被忽视的空间,到底藏在哪里?

孟钊侧过脸看向他:"你是说,徐盈盈可能没被藏在大楼里,而是很有可能被埋尸在地下?或者说……"孟钊脑中出现了一个有些离谱的猜测,"地下有空间可以藏人?"

陆时琛没说话,脸上的表情不置可否。

孟钊判断着这个猜测的合理性,倒也不是完全没有可能,但这猜测没有任何实质性根据。刚刚已经把市局的兄弟们叫过来白忙活了一场,打乱了徐局让自己暗中调查的计划,现在没有任何根据地把人再叫过来,如果依然没有任何结果,那他这个副队长就该引起众怒了。

不然,先自己进去探探?

孟钊这样想着,夹在他手指间的那支烟一时忘了吸,快要燃尽了。陆时琛这时抬手,把那支烟从他指尖抽走了。陆时琛抽了最后一口,然后呼出一口烟雾说:"如果你想进去看看,那我陪你一起。"

孟钊不打算从正门进入,这个"疗养院可能藏有地下空间"的推测并没有任何实质证据,刚刚那次搜索已经毫无收获了,短时间内再来一次,万一仍旧没有收获,那市局的脸该往哪儿搁啊……

"我翻栏杆进去看看。"孟钊看向陆时琛,"你在外面等我吧。"

"我跟你一起。"陆时琛说。

"你也翻栏杆?"孟钊从上到下打量陆时琛,对方这身裁剪合体的行头实在跟翻栏杆这件事挂不上钩。

但陆时琛只是淡淡地"嗯"了一声:"两个人一起找,总比一个人的效率要高些。"

"行吧,看你翻不翻得上去。"孟钊说着,穿过绿化带,走到了栏杆前。

这栏杆虽然看上去起不到什么防护效果,但真要爬上去还是有些

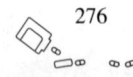

难度，难就难在，下面的墙体太高，即便孟钊腿够长，抬高了腿也依然不能顺利踩上去。

倒是有一个办法，就是让陆时琛躬下身，他踩着陆时琛的后背上去，这是最稳妥的做法。如果现在身边是警队的同事，孟钊一准儿采用这个做法。

不过……孟钊转头看了看陆时琛，虽然陆时琛肩宽腿长、身材不错，且并不只是一身花架子，但不知为什么，他觉得如果自己真要踩着陆时琛的后背上去，会很容易把他踩碎——陆时琛给他的感觉就很易碎。

算了，孟钊想了想，朝街边走过去，距离栏杆四五米的距离，他加速快跑冲刺，两只手抓住上面的栏杆，脚掌抬高踩在墙面上，借助这一瞬脚底和墙面的摩擦力，他往上一跃，另一只脚踩到了墙体的上缘，然后长腿一翻，跃过了栏杆，再从墙体上跳下去，人就进了疗养院内。

孟钊抬头看向眼前这连着墙体长度接近三米的栏杆，这也就是自己在警队训练了四年，体能还没荒废，才有惊无险地翻过了这栏杆，换作陆时琛……

孟钊正打算给墙外的陆时琛打个电话，让他在外面等自己时，却听到了脚底蹬上墙体的声音，下一秒，陆时琛也踩上了墙体的上缘。

再下一秒，两条长腿一翻，陆时琛用如出一辙的方法，出现在了孟钊面前。

"可以啊，你……"孟钊意识到自己小看了陆时琛，"和平年代你哪儿练出的这身手，你不是什么秘密执行任务的FBI吧？"

"我偶尔会攀岩。"陆时琛拍掉掌心的灰尘。

孟钊没打算继续纠结陆时琛的身手，他转身看着眼前疗养院的这片场地，此处正对着花园，花园内修了漂亮的长廊。

如果真如陆时琛推测的那样，大楼之外还有其他可以藏人的地方，那会是哪儿呢……

正当孟钊举棋不定时，陆时琛朝右前方抬步了："走吧。"

此刻的温颐疗养院已经进入休息状态，花园周围只亮了几盏昏黄的小灯，几乎起不到照明作用。先前在搜索那几栋疗养院功能楼时，孟钊注意到这里有片花园，但真的置身这片偌大的花园时，他才意识到，这里的布局比他在外面看到的更复杂。

园内绿植茂盛，树木高大，穿梭在其间的长廊曲里拐弯，岔路口极多但又彼此相通。

孟钊跟在陆时琛后面，一边走一边观察着周遭的环境。寂静中只能听到风吹动树叶的沙沙声响，张牙舞爪的树影落在草坪上，给夜色中的花园平添了几分神秘的色彩。

如果徐盈盈真被埋尸或是藏在那个所谓的地下空间，到底会藏在哪儿……孟钊正琢磨这个问题时，前面陆时琛忽然顿住脚步，孟钊也随之停下。这里已经是疗养院最北面的位置，护栏以外再往北，似乎是一片废弃地带，相比这片修剪齐整的花园，里面零星的几棵树木生长得杂乱无章。

见陆时琛看向那片废弃地带，似乎发现了异样，孟钊走到他旁边："这里有什么问题？"

陆时琛没应声，目光落在草坪上。

孟钊拿出随身带着的警用手电，朝远处照过去，照了一圈后又照向不远处那片草坪。

相比园内精心打理的草坪，护栏外面这片草坪显得茂盛且杂乱，一看就是野蛮生长、疏于打理的野生草坪。

孟钊忽然察觉有些不对劲，他半蹲下来，举着手电照向某一处护栏外草坪——似乎有近期被踩踏的痕迹。

木质护栏有一米多高，对于疗养院的一般老人来说，跨越过去应该并不容易，而且，放着疗养院精心搭建的观光长廊不走，为什么要去一片疏于管理的废弃地带？

孟钊站起身，观察了一下周围，监控仅能监测到花园范围，再往北，就不属于监控地带了。

他翻过木栅栏，仔细地看着脚下那一小片草坪。

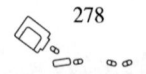

"发现什么了？"陆时琛也从围栏翻了过来，走到他旁边。

孟钊躬下身，扯了一株明显被鞋底踩扁的狗尾巴草："新鲜的踩踏痕迹，从周围的草坪来看，这里很少有人过来，但是近期却有人来过。"

陆时琛接过那根草，在手中转动着打量，孟钊则低着头，继续拿着手电筒寻找其他的踩踏痕迹。

但夜色浓重，踩踏的痕迹又不甚明显，辨认起来极其困难。

正在这时，孟钊看到手电筒扫过的一片草丛中，闪过一丝金属样的光泽。他走过去，俯下身用手扒开那片草丛，捡起了那个东西。

孟钊捏着那东西看了看，这是……一只耳环？似乎是挺时尚的款式，怎么看都跟这疗养院格格不入。

这里鲜有人至，而掉落耳环的应该是个年轻女子，难道是……徐盈盈？

孟钊收起那只耳环，又往前走了一段距离，兜里的手机振动了起来，他拿起来一看，是周其阳打来的电话。

孟钊接起电话，低声问："什么事？"

"钊哥，你们怎么还翻墙啊……我已经把你翻墙的英姿拍成小视频了，一会儿发到网上，题目都想好了，就叫：月黑风高，警察居然干出这种见不得人的事情！"

"别贫嘴。"孟钊没心情跟他开玩笑，"我们到了疗养院内部，发现了疑似徐盈盈的踪迹。你怎么回来了？"

"我想着把你孤家寡人的撂在那儿不太好，就打算开车回来接你回去，这一回来，老远就看见你俩在翻墙……什么发现啊，徐盈盈真的还在疗养院？"

"还在搜查。"孟钊吩咐道，"你先别走，守在疗养院外面，不允许任何人进出——"

他话没说完，陆时琛这时抬手握住了他的手臂："等等。"

孟钊脚步停顿，看向陆时琛："怎么了？"

陆时琛没应声，拿过他手里尚在通话的手机挂断了。

孟钊看着陆时琛，起先他以为陆时琛要让他看什么东西，但很快地，他从陆时琛的神色中判断出，陆时琛并不是看到了什么，而是听到了什么。

他屏气凝神地听了一会儿，树叶的沙沙声中，似乎还掺杂了某种类似于低声呜咽的声音。

不对，不是呜咽声，似乎是……风声？

但这风声是从哪儿来的？似乎不是自然的风声，这声音比自然的风声要更有规律一些……

孟钊仔细辨认着这声响，脑中忽然出现了一个猜测：这好像是……排风扇的声音？

但这里距离疗养院的几座大楼有很长一段距离，排风设施会安置到这里吗？

还是说……这里藏着某个密不透风的地方，需要依靠排风设施进行通风？孟钊的神色变得凝重，他意识到陆时琛的那个"疗养院可能藏有地下空间"的推测极有可能是对的。

死人是不需要呼吸的，如果徐盈盈被藏的地方需要排风设施，那是不是说明……徐盈盈极有可能还活着？

孟钊仔细辨认着这风声，一步步靠近风声更明显的地方，警用手电的光束扫过一片杂草，停留在一处灰白色的管道上。

风就是从这个管道出来的，孟钊握着手电照向管道，忽然觉得旁边的那片草坪似乎有些不对劲，跟旁边的草坪之间有一道不太明显的缝隙。

陆时琛这时走了过来，半蹲着观察那道缝隙。

孟钊将手电筒递给陆时琛，然后用手指摸索着那道缝隙，试探着插进去，草皮居然动了！

他抬眼跟陆时琛对视一眼，同时察觉到了此处藏着猫腻——也可能不是猫腻，而是一个惊天的秘密。

两人同时放轻了呼吸，他们知道，只要稍有不慎就可能打草惊蛇，而下面隐藏的一切秘密也可能因此消失。

孟钊小心翼翼地揭开那片草皮，草皮下面的区域渐渐显露出全

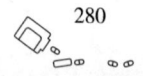

貌——是一扇一平方米左右的黑色铁门。

孟钊接过陆时琛手里的手电筒，照向铁门上的锁，是那种常用于保险箱上的机械锁。

铁门下面是什么？孟钊此刻有些焦躁，但他知道自己必须耐住性子。这铁门凭借他自己是无法打开的，而陆时琛纵使智商再高，没受过专业训练也无法开锁，必须有专业的开锁人士帮忙。好在运气不错，周其阳就等在疗养院外面。

孟钊直起身，放轻脚步走到一边，给周其阳打了个电话。

电话接通了，孟钊对着手机道："小周，赶紧过来，有开锁工具的话也带过来。"

周其阳有些为难道："啊？这墙我可翻不过去，我这腿不够长啊……"

"还翻什么墙？"孟钊皱眉道，"从正门进来，快点！"

"哦，好。"听出孟钊语气严肃，周其阳也正色下来，"你们在哪儿啊钊哥？"

孟钊把大致位置跟周其阳说了一遍，说话间，周其阳在电话那头已经跑了起来。

三分钟后，周其阳气喘吁吁地跑了过来："钊哥……"

孟钊示意他噤声，然后带他走到铁门处，压低声音："看看能不能开。"

一见这铁门，周其阳也意识到了事情的严重性。

陆时琛直起身，给周其阳让出位置。

周其阳趴到地上，凑近了观察密码锁，孟钊在一旁拿着手电筒给他照明。

周其阳用手指试着转动着那机械锁，趴下来仔细听着里面的动静。

"能开吗？"孟钊问。

"我尽力。"周其阳一贯喜欢插科打诨，此刻也神色严肃，他知道，只要自己稍有闪失，孟钊今晚所做的一切可能就此前功尽弃，而铁门下面如果藏着人，也可能遭遇危险。

周其阳趴在地上，侧过脸，耳朵紧贴着机械锁，他握着机械锁，快速转了几圈，凝神听着锁内细微的高速旋转的声音。

短短几分钟时间，周其阳脑门上沁出了汗。

又过了片刻，"咔嗒"一声轻响，周其阳顿时松了口气，他看向孟钊："开了。"

周其阳从地上爬起来，抬手擦了擦额头上的汗，过度紧张加上精力耗尽，让他累得几近虚脱。

孟钊走上前，半蹲下来，手指插到门上的一处凹槽，试着拉动铁门。

在场的三人紧盯着这扇铁门，都不约而同地屏住了呼吸，似乎铁门下方，一个巨大的谜团即将揭晓。谁也不敢想象下一秒会发生什么，这扇铁门之下藏着的秘密，或许将改写某些人的命运。

沉重的铁门往旁边缓慢地滑动，露出了一个通道——

洞内有光，微弱而昏黄，映着通往下面的石阶。石阶有三四米高，虽然看不见洞内的情况，但从石阶的高度来看，这应该是个不小的空间。

有光，再次说明了洞内极可能有人。

自己下去有点太冒险，但如果等市局的同事赶过来又不一定来得及，孟钊正打算着下一步行动时，忽然听到了洞内隐隐约约传来声音，像是什么东西撞击石壁的声音——下面有人！

这种声音，极有可能是这条暗道被发现之后，下面的人慌乱之中选择了转移和逃跑。

无论他们是打算带人质逃跑还是选择杀人灭口后自己逃跑，后果都不堪设想。打草惊蛇后再想抓住这群十恶不赦的浑蛋，必定比这次还要难上一百倍。

来不及等其他人了，必须赶紧下去。

"我下去看看。"孟钊当机立断地低声道。

"钊哥，我也一起下去。"周其阳主动道。

孟钊皱眉："不行，洞口必须留人，万一有人试图从这里逃走，

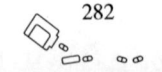

你要负责截住。还有，赶紧叫人过来接应。"

"但你自己下去太危险了……"

"我跟你一起下去。"一直在旁边没作声的陆时琛这时开了口。

"不行，太危险了，你留在上面。"孟钊立刻拒绝了陆时琛。然后他直起身，踩上了第一个石阶。

洞内空旷，极易产生回音，任何一点声音都会被放大无数倍。

孟钊极力放轻脚步，他的影子映到凹凸不平的石阶上，随着他的脚步一级一级地往下移动。

但很快地，另一个黑色的影子覆在了他的影子上，两个颀长的黑影交叠在一起——陆时琛并没有按照他说的留在上面，而是跟他一起下了石阶。

要不是洞内不宜出声，孟钊简直想吼他回去——胡闹，这么危险的地方，陆时琛一个没受过专业训练的人来凑什么热闹？！

但现在不是为了这件事跟陆时琛干起来的时候，算了，孟钊心道，陆时琛学过格斗，关键时刻应该有自保能力。何况他说的话、发过的脾气，在陆时琛那里从来也没奏效过。

十几级石阶之后，孟钊的脚底踩到了地面。

他把精力从陆时琛身上移开，集中到这个地下空间，打起十二分精神观察着周遭的环境。

顶灯昏黄，通道狭长，宽度不足一米，尽头似乎通向一处拐弯的地方，原本以为地下只是藏了一个空旷的空间，没想到此处的格局要比孟钊想象的复杂得多。

孟钊伸手摸索到后腰处，将随身带着的手枪卸了下来，随时防备着会有人出现。

陆时琛的脚也踩到了地面上，站到了孟钊身侧。孟钊抬手握了一下陆时琛的手腕，回过头，朝他做了个口型："小心。"

陆时琛点了点头。

孟钊一只手握着枪，尽量放轻脚步，跟陆时琛并行着通过通道。

尽管内心十分焦躁，但孟钊知道自己必须在行动上万分小心，此刻他肩上扛着的不仅是自己的性命，还有陆时琛的性命，以及所有受害者的性命。

就在接近拐角的地方，"啪"的一声轻响，所有灯忽然都灭了，刚刚还昏黄的通道变得一片漆黑。

两人同时顿住脚步，孟钊下意识握紧了枪。

也许是在黑暗的作用下，地下显得尤为寂静，寂静得有些诡异，几乎每走一步都会产生回音，不仅如此，甚至能听到两个人的呼吸声。

"我兜里有手电筒。"孟钊压低声音，"在右边，你拿出来照路。"

他说完，陆时琛的手指探到他的兜里，将手电筒抽了出来，推开按钮。

冷白的手电光束穿过狭长的通道，在能够看清前方的路后，两人重新迈步朝拐角走过去。

但走到通道的尽头，孟钊拐进去，发现又是一条狭长通道。

这里几乎像是一个看不到尽头的迷宫。

在走过了大约几十米这样狭长且寂静的通道后，孟钊终于看到了第一扇门。

他抓住陆时琛的手臂，朝门侧的方向偏了偏脸。

陆时琛立即看懂了他的意思，两人贴墙站立。在确认里面没有任何动静后，陆时琛走到门前，握住门把手，试探着转了转——门没关。

孟钊握紧了枪，示意陆时琛可以将门推开。

陆时琛将门推开一条缝后，孟钊迅速闪身，将枪口对准门内。

然后他们发现，刚刚的警惕似乎有些多余——屋里没有任何人。

孟钊放下枪，和陆时琛走进去。这是一间监控室，里面摆放着一台电脑，屏幕上一清二楚地显示着地上的画面，此刻周其阳站在铁门边上，正东张西望地望风。

也就是说，从刚刚他们接近这扇铁门时，下面的人就已经意识到了危险的靠近。

而孟钊在地上听到的那声撞击石壁的声响，极有可能是下面的人在逃跑。

孟钊注意到陆时琛正用手背触碰桌面上的杯子，那里面盛着半杯水。

陆时琛低声道："水是热的，人刚走。"

"追！"孟钊抬腿朝门口走。

就在这时，又一声响动传了过来，那声音并不明显，仿佛是隔着厚重的阻碍物透过来的，像是脚步声，杂乱，急促——这个地下空间还有人，而且他们在试图逃跑。

孟钊和陆时琛几乎同时做出反应，快步离开这间监控室，在通道内抬步跑了起来。

这通道像是没有尽头，在跑过了几个拐弯之后，那声音越来越近，可以确定，不远处一定有人在试图离开这里，而且，不是一个人，是几个人的脚步声。

就在孟钊做出这个推测时，他与陆时琛拐入了下一条通道，然后发现了横亘在中间的一扇铁门。

孟钊靠近了才发现，这是一扇老式铁门，是从背面上的锁。与此同时，杂乱的脚步声里掺杂进了别的声音，像是轮子摩擦地面的沉重声响，对方不仅在逃跑，而且在转移藏在地下的人，而那个人，极有可能就是徐盈盈。

孟钊用力踹了一下门，再晚一秒，这里藏着的秘密可能就会彻底消失。

他握着陆时琛的手腕，拉着他一起朝后退了一步："小心，我要开枪了。"然后他两只手握紧了手枪，一只眼睛眯了起来，瞄准了想象中的那铁门背后铁锁的位置，然后用力扣动扳机——

下一秒，"砰——砰——砰——"子弹穿透铁门，发出巨大声响，随之"铛——"的一声，金属重物撞击地面的沉重声响传了过来，门后的铁锁被成功击中掉落了。

孟钊走上前，将门重重踹开，门后灯火通明，十几米开外，有四个人正两两一起，各自推着一张病床，此刻正惊恐地回头看过来。

孟钊这才看清,在这条路的尽头还有一扇门,应该是逃离这个地下室的出口。

"别动!"孟钊抬高声音朝那几个人说,"否则我开枪了!"

与此同时,他握着枪靠近那几个人。

但这声警告并没有起到太大作用,那几人居然扔下病床,拔腿便跑。

眼见这距离无法追上这几个人并将他们全部逮捕,"砰——"的一声,孟钊又开了一枪,子弹直直射中最后一人的右腿,那人一个踉跄,跌倒在地面上。

铁门缓缓滑动,眼见着就要合上。

陆时琛迅速追了上去。

孟钊收了手枪,也快步追上去,没想到距离那人最近的人这时回过身,跑过来用力推了一把病床。

病床顿时成了阻止陆时琛追上去的阻碍,陆时琛顾不及看清病床上的人,他撑着病床,一抬腿从病床上方跃了过去,眼见着还差一步就要追到,然而,来不及了,那人用力将那个腿部中弹的人拖了出去。

随之"哐——"的一声重响,铁门重重合上,门外有人落了锁。

孟钊这时也追了过来,他又一次握紧手枪,嘭嘭两声打在铁锁的位置,然而,运气不好,这次还未将铁锁击落,枪内的子弹就用完了。

"靠!"孟钊捏起拳头,重重捶了一下铁门,又晚了一步。

好在病床上的人没被转移走,因为刚刚的紧急追赶,孟钊此刻呼吸急促,他平复着呼吸,回头朝病床上看过去——床上躺着的女孩赫然就是几天前消失的徐盈盈。

徐盈盈身上穿着白色的衣服,闭着眼躺在病床上,胳膊上还在打点滴,病床上方悬挂着玻璃瓶,里面的液体正一滴一滴地顺着半透明的塑胶管,进入徐盈盈的身体里。

陆时琛看了一眼徐盈盈,只停留了片刻,然后侧身掠过她,转身走进了旁边的房间。

这是注射的什么点滴?徐盈盈为什么昏迷不醒?孟钊走过去,手指握上点滴瓶,眉头紧锁地看着那玻璃瓶,上面没有任何字样。

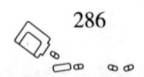

孟钊伸出手指去试探徐盈盈的呼吸,虽然不确定注射到体内的是什么药物,但可以肯定的是徐盈盈还活着,她还在呼吸。

孟钊又走向另一张病床,这床上躺着另一个女孩,跟徐盈盈一样,也被注射着点滴,昏迷不醒。

查看过两个女孩的情况后,孟钊也随陆时琛转身走进了旁边的房间。

房间里的白光比走廊更亮,亮得刺眼。

在看清屋里的情景之后,孟钊被眼前这一幕惊骇得说不出话来。

这是一间偌大的屋子,粗略估计得有几百平方米。

四周都是白色的墙,脚下铺了白色的地板,那七张床也是白色的,每一张床上都躺了一个不知是死是活的人。

这些人身上清一色地插着塑料管,吊瓶里还在一点一点地向下滴着的液体不知是何种药物。

好一会儿,孟钊才从惊骇中回过神来。

他跟上陆时琛,一张床一张床地走过去,床上躺着的似乎都是二十几岁的女孩,只有一个例外,第五张床上躺了一个头发花白的上了年纪的女人。

陆时琛的脚步在那张床前停住了,他盯着床上的那个老人。

孟钊越过他,继续去探那些人的呼吸,全都活着,全都在昏迷中。

"这到底注射的是什么……"孟钊捏着玻璃吊瓶,看着里面的液体,他不敢贸然拔掉注射器,谁知道这些人是不是在靠点滴瓶的液体维持基本的生命体征……

凶手将这些人藏在这里,将她们变成这种毫无意识的像人偶一样的怪物到底是想做什么……孟钊看着眼前的几张床,有些毛骨悚然。

然后他朝最后一张床走去,那上面躺着的女孩似乎比其他人更要苍白一些,皮肤几乎可以用惨白来形容。

有点眼熟,孟钊想,似乎在哪里见过这个女孩。

下一秒,他就被自己脑中出现的画面震了一下——虽然时隔十年,相比相片上的女孩,眼前这个躺在白色病床上的女孩紧闭双眼,相貌也因为长期躺卧发生了很大的改变,但孟钊还是能依稀辨认出来——这个女孩,就是那对可怜的夫妻寻找了十年的许遇霖。

这是此行出乎意料的收获,但孟钊并不觉得兴奋,他只觉得骇然。

这个地下室到底存在了多长时间,难道说,许遇霖从失踪起就一直被囚禁在这里,长达十年的每一天里,她一直都在被注射这种不明药物?

"许遇霖也在这里。"竭力让自己平静下来之后,孟钊说。这话是对陆时琛说的。

但出乎意料,陆时琛并没有回应。

孟钊回过头,看到陆时琛仍旧站在那个老人的床前,盯着那个老人的脸,眉心紧蹙,表情凝重。

"怎么了?"孟钊走过去问,"这个老人有什么问题?"

陆时琛这时才回过神:"没事。"

陆时琛的表情不像是没事的样子,但孟钊暂时来不及推测他在想什么,他走出这个房间,又走进通道。

既然这里每个人都被注射了某种药物,那一定有某个房间是用来储藏或配置药物的。

果不其然,在孟钊拐入另一个通道时,他发现了储药间。

他走进去,打开储药箱,里面存放着大量的点滴瓶。

难道说,凶手一边慢性地摧毁这些女生的身体和大脑,一边又在维持着她们的生命……这简直就是在将她们做成活体人偶。

正在这时,身后响起脚步声,孟钊警觉地回头,随即他又放下了警觉——陆时琛也走进了这间储药室。

陆时琛似乎不是来找他的,他只是来看了一眼,然后就走出去了。

孟钊放下药瓶,跟着走出去。陆时琛又打开了一扇门,走了进去,但那个屋子似乎只是工作人员休息的房间,他在里面转了一圈后,很快又走了出来。

孟钊意识到陆时琛似乎在寻找什么,他出声问道:"你在找什么?"

陆时琛脚步停下，看向孟钊，顿了顿才说："没事，看看这里有没有藏着其他人。"

陆时琛眉心微蹙，他一贯没什么表情，但这一次，孟钊似乎从他眉宇间看出了一丝焦躁。

原本以为陆时琛跟他一样，都是来地下室寻找失踪的徐盈盈，现在看来，他来到这间地下室里，似乎还有其他的寻找目标。

陆时琛到底在找什么？他到底在关心什么？孟钊心中的疑惑更深，陆时琛与这座疗养院到底有什么交集？

倏地，他脑中出现了十五年前的画面——就在这所疗养院里，陆时琛头痛欲裂地蹲在地上。

那个陆时琛头疼的诱因到底是什么？孟钊再次想起了这个没得到陆时琛回答的问题。

虽然对陆时琛的动机和行为充满疑惑，但眼下不是纠结这些的时候，孟钊打算出去之后，要找个时间好好问一问陆时琛。当务之急，他必须先把这里的七个人转移出去。

孟钊拿着手电筒照向尽头处的那扇铁门，这扇门比刚刚横亘在中间的那道似乎更厚重一些，孟钊打出去的两发子弹仅在铁门上留下了两个凹槽，甚至没有将铁门穿透。

修建这间地下室的人该是多么心思缜密，才能设计出地下迷宫一般的入口和这样万无一失的逃跑出口……

孟钊正计划着怎么把这七人转移出去，外面响起了一阵脚步声。

虽然枪内子弹已经用尽，但孟钊还是下意识握紧了枪，闪到陆时琛前面，走过去时他留意了一眼陆时琛，似乎在看到那个老人之后，陆时琛就显得心事重重。

"小心。"他抓着陆时琛的手腕，贴到墙壁上，随时提防着危险的靠近。

"钊哥，是我。"听出是周其阳的声音后，孟钊松了口气，卸下警惕。

周其阳气喘吁吁地跑过来:"我在上面听到枪声,还以为你们跟下面的人发生了搏斗,就赶紧下来了,没事吧?"

孟钊摇头道:"搏斗倒没有,他们很谨慎,选择了逃跑和转移人质。"

"逃了?!那人质……"周其阳这时看到了过道里的那两张病床,"那人是徐盈盈?……那个又是谁?"

"屋里还有。"孟钊朝房间的方向偏了偏脸。

周其阳走到房间门口,倒吸一口冷气:"这……这是地下太平间吗?"

"别瞎说。"孟钊走过去,斥责了一句,"没见这些人身上都插着管子吗?人都没死。"

周其阳被眼前一幕震慑得说不出话来。

"别愣着了。"孟钊催了一句,"想办法把那道铁门打开,人可能还没走远,我们必须尽快追上去。"

周其阳走到那道铁门前,手指触到那上面被子弹打出来的凹痕:"连子弹都很难穿透啊……"

他又捏起拳头,捶了两下铁门,贴在门上听着那侧的动静,片刻后他直起身:"是那种老式的大铁锁,看来只能强拆了。"他又趴近了看两扇铁门之间的缝隙,"好在这里有缝隙,应该能用工具强拆。"

"带工具了吗?"孟钊问。

"我车上后备箱有,之前开过一次类似的,一直没把工具放回去,我去拿!"周其阳说完,跑着离开了这处地下通道。

在等待周其阳取开锁工具的时间里,孟钊用手机拍了照片留存证据,又到各个房间彻底搜查了一遍。

陆时琛则一直倚着门框,时不时看向那张病床上的老人,似乎在沉思什么。

孟钊取证拍照结束,走过来,试探着问陆时琛:"你说,其他女孩看模样都是二十岁左右,那为什么这里会藏了一个老人啊?"

"不知道。"陆时琛看他一眼,简短地说。

孟钊没再多问,看来陆时琛对这案子的提示到此为止了。

孟钊后背倚到墙上，梳理着这一晚进入这间地下密室的过程。

似乎从看到徐盈盈从疗养院出来的那段监控时，陆时琛就已经笃定了问题出在疗养院上。

再到后来，陆时琛又猜中了疗养院藏有地下空间。

更诡异的是，在翻墙进入疗养院之后，陆时琛面对那个岔路口极多的花园似乎没有丝毫迟疑，现在想来，从进入花园到发现通往密室的那处草坪之间，陆时琛没有绕过一点路，他在所有岔路口中都选择了最近的那条捷径。

孟钊自己的方向感就极佳，但当时花园内光线晦暗，小路又互相连通，对于每一步该朝哪儿迈，一时之间他根本就拿不定主意。

陆时琛之前说来看望奶奶，难道说他曾陪奶奶来过这里，无意间发现了这个地下空间？

不像，孟钊看了一眼斜对面的陆时琛，从他刚刚的反应来看，他下到这个地下室，似乎别有目的，而且目的明确。

从最初的周衍案到后来的校园暴力案，再到如今的疗养院囚禁案，这中间的发展连孟钊自己都觉得始料未及，而陆时琛跟这案子的关系居然还牵连不断。

陆时琛跟这案子之间到底有什么关系……

正在这时，脚步声传了过来，周其阳带着强行开锁的工具，再一次上气不接下气地跑过来了："钊哥，我回来了！"

"配药室里有插座，把插头给我，试试电线长度够不够。"孟钊从他手里接过插头，走到配药室里，插到插座上。

周其阳在外面试了一下："能启动！"

周其阳把尖锐的工具头尝试插入门缝之间，刺刺的噪声响起来，几分钟后，门后的铁锁被暴力拆解，"铛"的一声落到了地上。

两扇铁门随之缓缓开启，狭长而幽黑的通道显现出来。

相比刚刚那处地下空间，这个地下通道要更简陋一些，孟钊打开手电筒照向四周凹凸不平的石壁。

然后他半蹲下来，膝盖撑着地面，将手电筒照向地面。

"血迹？"周其阳也蹲下来，"怎么会有血迹？"

"我开了一枪，击中了一个人的腿。"孟钊说，"本来想带回去审，没想到被另一个人救走了。走，沿着血迹追过去。"他说完，回过头看向陆时琛："你呢，跟我一起？"

"我留在这里就好。"陆时琛看上去并没有动身的意思。

把陆时琛单独留在这里？总觉得心里有点不踏实……不过，既然入口有锁，出口应该也有锁，必须带着周其阳，而这处地下室，又不能没人看着。这样想来，让陆时琛留在这里倒也是个办法。

"那你自己小心。"孟钊叮嘱了一句。

陆时琛应了一声"嗯"。

"有危险的话就从出口逃，别硬抗。"孟钊又撂下一句，这才跟周其阳离开。

两人加快脚步，沿着通道一路追了出去。这通道足有几百米长，幽黑逼仄，脚步声被回音放大，清晰可闻。

果不其然，通道尽头又有一处台阶，踩着台阶上去，一扇方形铁门的轮廓再次出现在孟钊眼前——跟入口处的那扇方形铁门别无二致。

好在这次做了充足准备，周其阳把锁打开，先走了出去，孟钊也紧随其后走出去。

一个不足十五平方米的无窗空间，四周都是简陋的灰色水泥墙，空气里似乎泛着潮气。

周其阳又打开了这个空间的门，孟钊推门走出去，站在过道打量着这个地方，然后他很快意识到这是一处老旧的住宅居民楼的地下室。

深夜的居民楼一片安静，弥漫着沉睡的气息。

孟钊拿着手电筒照向地面，从地下室出来后，血迹就消失了……

"看来他们应该对伤口进行了紧急处理，或者，有人过来接应了他们。"孟钊推测道，拿出手机给局里值班的同事拨了个电话："立刻发协查通告，让各个交通关口留意车里有没有藏着一个右腿中弹的人。"

挂了电话,他又吩咐周其阳:"找人申请搜查令,把周围的居民区、商品房全都搜查一遍。还有,天亮之后,去查这个地下室到底是哪家的,租给了谁,一并查清楚。"

"好。"周其阳应着,他的电话这时也响了起来。

对着电话讲了几句之后,周其阳抬头看孟钊:"钊哥,局里的兄弟都过来了。"

"走吧,去接应他们,把地下室的人都转移出去。"孟钊说完,跟周其阳一起按原路返回地下室。

回去时,陆时琛还跟他们离开时一样,倚着门框,似乎微微出神。

通道内响起急促而杂乱的脚步声,局里的十几个同事赶了过来。

厉锦他们正在收集血样和其他证据,孟钊则指挥着其他同事将病床推出房间,搬离这个地下通道。

疗养院外,警车和救护车的鸣笛响成了一片。

医院派来了一辆由大型客车改装的救护车,七个病床上的人被平放到担架床上,由医护工作者送到救护车上。

孟钊和陆时琛也从地下室走了出来。

脚底踩到地面上,呼吸到外面的空气,孟钊才觉得重新回到了人间,而刚刚在地下室里目睹的那些画面简直像是一场荒谬的噩梦。

身后的同事和救护人员把所有从地下室救出的人都送到了救护车里,正在进行收尾工作,孟钊把市局的人集中到一起,安排着接下来的任务:"我跟救护车走一趟,小周和彬哥留下来,三个任务:一是立刻控制吴韦函;二是封锁疗养院,把疗养院的负责人和工作人员全部传唤到市局连夜审讯;三是搜查那个地下室周围的居民楼,越快越好。"

他说完,又看向陆时琛,陆时琛看上去依旧心思深重,让人猜不透他此刻的想法。但孟钊可以确定,陆时琛此行去地下室,一定跟他预想的结果不一样,否则一向镇定的他不会如此反常。

察觉到孟钊观察的目光,陆时琛也看向他:"那我走了。"

"要不我找个人送你回去?"孟钊问。以陆时琛现在的状态开车上路,他总觉得有些不放心。

"不用。"陆时琛简短地拒绝了,然后转身朝疗养院外面走。

看着陆时琛走远了,孟钊也上了救护车。车门合上,救护车开往疗养院门口,驶经门口时,陆时琛也刚从疗养院走出来,孟钊隔着车窗看向他。

夜晚十一点,路上的车流已经散尽,道路通畅,救护车疾驰而过。

孟钊坐在救护车内的窗边,看着车厢内并排放置的七个昏迷不醒的女人。他的视线落在那个年迈的女人身上,她看上去有七八十岁那么老,与其他六个二十岁左右的女孩相比,显得格格不入。

看起来,陆时琛在意的就是这个年迈的女人,这女人是谁?为什么她会和这些女孩关在一处?陆时琛后来又在找什么?

孟钊侧过脸,又透过车窗看了看,陆时琛的那辆帕拉梅拉行驶在另一个车道上,稍稍落后救护车一点。

孟钊陷入沉思,片刻后,他呼出一口气。

陆时琛身上谜团暂且先搁下,不管怎么样,徐盈盈和许遇霖都在今晚被找到了,这算是一个不小的进展。疗养院、徐盈盈、地下通道的出口……都可能成为接下来侦查的突破口。

刚刚几个小时的情绪紧绷让孟钊觉得有些疲惫,靠向椅背,正想让自己放松一些,他不经意地朝车窗外一瞥,然后一瞬之间瞳孔骤缩——

此时救护车正驶经十字路口,而在另一侧的道路上,不到五十米的距离内,一辆几米高的卡车从旁边的路口冲着他们直直地撞了过来,且毫无刹车的迹象!

"小心!"

孟钊几乎瞬间弹坐起来,子弹发射一般地冲到司机身后,他盯着那辆卡车,伸长胳膊试图握住方向盘朝另一边躲过卡车的撞击。

然而,情况太紧急,几乎避无可避了。

就在孟钊的手握上方向盘的那一瞬,卡车距离救护车的车身仅有

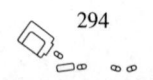

不到五米的距离。千钧一发之际，刚刚跟在救护车后面，另一车道的那辆帕拉梅拉居然硬生生挤了进来，挤到了卡车与救护车之间。

"——别过来！"孟钊下意识喊出了声。

车上的医务工作者听到声音，都抬头看过来，随即有人注意到了那辆逼近的卡车，惊恐地尖叫起来。

下一秒，"嘭——！"

一声巨响，卡车重重撞上了帕拉梅拉。

一股巨大的冲击力袭了过来，救护车的车身重重一震，车轮摩擦地面发出极其尖锐刺耳的噪声，陆时琛的车身抵到了救护车上，两辆车在卡车的撞击下，齐齐朝一侧退了能有十几米的距离。

车上没系安全带的工作人员瞬间飞了出去，几张担架床重重撞击到一起，一时间，尖叫声和金属的撞击声响成一片。

孟钊的后背重重地撞到旁边的副驾驶座椅上，亏得他及时握住了扶手，才不至于让自己飞出去。

病床堵在了车门前，一时无法出去。孟钊咬牙忍着后背的剧痛，转过头朝窗外看过去，即便中间有陆时琛的车做缓冲，救护车的车窗此刻也已经被震成了玻璃碎碴。

那些玻璃碎碴在窗框上苟延残喘，还没掉落下去，孟钊撑着身后的椅背站起来，冲到车窗边，捏起拳头，一拳捣碎了车窗。

他看到在卡车与救护车中间，那辆黑色的帕拉梅拉因为直接承受了卡车的撞击，此刻已经严重变形。

孟钊屈起胳膊，用胳膊肘将碎裂的车窗全部捣碎，然后手掌撑着车窗边沿，不顾窗框上的玻璃碴子，一翻身从救护车上跳了下去。

他快步绕到陆时琛那辆车的驾驶位一侧，试图拉开车门，然而车门已经被撞得严重凹陷变形，像是被牢牢焊了进去，根本无法靠人力拉开。

后面的警车赶了上来，几个同事隔老远喊："孟队，你没事吧！"

"有事的不是我！"孟钊的声音几乎是吼出来的，"赶紧过来救人！"

车窗已经被震得粉碎,安全气囊全部弹了出来。

驾驶位上,陆时琛的头微微侧着,靠在椅背上,似乎已经失去了意识。

陆时琛会不会已经当场……孟钊瞬间被一种巨大的恐慌裹挟住了,他搭在窗框上的手指开始无法克制地颤抖,甚至不敢去探陆时琛的呼吸。

几个同事跑着赶过来:"孟队……"

"帮我,"孟钊艰难地咽了一下喉咙,他的声音瞬间哑得几乎说不出话,"试试他还活着没。"

旁边有同事走上前,抬手试了试陆时琛的呼吸:"还有呼吸!"

这句话一出来,孟钊几乎觉得自己要站不住了。他撑着车门,勉强让自己镇定下来:"别让那个卡车司机跑了,来两个人帮我把这车门拉开!"

孟钊的手臂从震碎的车窗伸进去,在车门内部开了锁。

因为刚刚一拳捣碎了救护车的车窗,此刻他的手臂连同手掌心都被玻璃碎碴划得鲜血淋漓。他双手插进车门与车体之间的缝隙,用力地往外掰,手臂上青筋暴起,旁边另外两个警察也过来帮忙,在三个人的合力下,车门先是出现了一丝松动,然后才被彻底掰开。

孟钊拉开车门,想把陆时琛从车里弄出来,但此刻的陆时琛看上去一动不动,像一个易碎的瓷器,他甚至不敢伸手去碰陆时琛,生怕这一触碰,陆时琛也会像那扇被震裂的车窗一样,顷刻之间四分五裂。

"孟队,让我们来吧。"后面的救护车上这时也都稳定了秩序,有医护工作人员从车上下来了,这时出声对孟钊说,"我们更有经验一点。"

孟钊退到一侧,看着工作人员探进车里,小心翼翼地将陆时琛从车上弄了下来,放到担架床上。

因为有陆时琛的车在中间做缓冲,救护车的损坏情况并不算太严重,只在车身一侧有凹陷痕迹,还能正常行驶。

医护人员抬着担架床,将陆时琛转移到救护车上,孟钊跟在后面

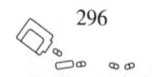

上了车。

刚刚撞成一片的担架床此刻已经恢复了原本的模样，车上几乎没人受重伤，仅有几个坐在窗边的人头部受到轻微撞击，床上躺着的七个人还在昏迷中，乍一看，刚刚的那场事故像是一场错觉。

但孟钊知道，如果刚刚不是陆时琛的车在中间挡住了卡车的撞击，那救护车上此刻会伤况惨重，甚至无人生还也有可能。

随行医生走到担架床旁边，用听诊器测了陆时琛的心跳，又扒开他的眼皮看了眼瞳的情况。

孟钊蹲在一旁，事发突然，他无法冷静下来，医生还没开口他便急切地问："情况怎么样？"

"有颅内出血症状，看来一会儿必须进行开颅手术了。"医生做完检查后神情凝重，"希望能撑到手术室。"

说完，医生朝后喊了一句："来个人抱着病人的头部。"

有工作人员起了身，正要走上前，孟钊说："我来吧，该怎么做？"

"也好，你们是朋友，正好能跟他说说话。"医生将陆时琛的上半身小心挪动，让他的头平躺在孟钊大腿上，"病人头部刚刚发生剧烈撞击，你小心固定住，防止在车辆行驶过程中再次发生剧烈晃动。"

"好。"孟钊抬起手，小心地落到陆时琛的头侧托住他。

"这种情况下，病人的求生意志很重要，如果求生意志强烈，应该可以撑到手术室。但是孟队，你朋友现在是昏迷状态，这种状态很危险，你最好能跟他说说话，让他保持意志清醒。"

"好。"孟钊又应了一声。但事实上，他的大脑现在一片混乱，根本就不知道要跟陆时琛说什么。

医生又走到担架床旁边，逐个检查那几个从疗养院救出的女人的情况。

"陆时琛，"孟钊觉得自己的太阳穴在一下一下重重地跳，像鼓槌在用力敲击，他竭力稳着声音，低声说，"你别睡，我们聊会儿。"

陆时琛没有任何反应。

孟钊的手还在流血，血迹沾到了陆时琛脸侧，他的手心还在流血，于是他翻过手背，用干净的地方将陆时琛脸上的血小心地抹去了。

陆时琛的睫毛这时动了动，缓缓地半睁开眼，看向孟钊。

他唇色苍白，眼神涣散，看上去生命垂危。

他只是静静地看着孟钊，什么也没说，似乎并没有说话的欲望。

不知为什么，孟钊看着那眼神，忽然觉得，陆时琛并无任何求生的意志，他好像……在平静地等待死亡那一刻的来临。

"陆时琛，不准死。"孟钊几乎是出于本能地脱口而出，"听到没？"

陆时琛仍旧那么半睁着眼看向他，好像随时会收走此刻的目光。

"不许死。"孟钊又重复了一遍，这一次，他的咬字更重。

陆时琛终于开了口，气息微弱，孟钊得凑近了才能听到他说什么："不是要……聊会儿吗？"

是啊，聊会儿，聊什么呢……孟钊慌乱地在大脑中寻找着话题，他无法让自己保持镇定："见面以来一直都在聊案子，没跟你好好叙过旧，就聊聊……高中的事情吧？"

陆时琛嘴唇微启，声音微弱得听不清，但从口型来看，孟钊知道他说了句"好啊"。

凌晨的明潭市街道安静，救护车疾驰而过，风从被震碎的车窗外凶猛地刮进来，发出聒噪的猎猎声响。

身后的医务工作者忙碌地安顿病人，他们的交谈声像是被风声包裹住，让人听不明晰。

孟钊竭力地定了定神，压低了声音，用只有他们两人才能听清的音量说："陆时琛，我高中的时候特别讨厌你，你知不知道我后来为什么能考上公大？我那时候几乎每一天都能记起你说的那句'野狗'和'嗟来之食'，我后来拼命的每一天，都是为了有一天能证明给你看，你他妈当年就是狗眼看人低……所以，不准死！你要是死了，我做的这一切都没了意义，我证明给谁看去……"

陆时琛的嘴唇动了动，像是露出了一个很淡的、略带讥诮的笑容。他似乎有话要说，但声音太微弱，一开口就被风吹散了。

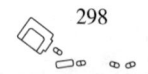

孟钊偏过头,耳朵凑近陆时琛的唇边,才勉强听清陆时琛说的话:"真没出息啊……"

"说我没出息是吧?"孟钊转过脸盯紧他,用几近凶狠的语气说,"你要是撑不到手术室,你就更没出息,陆时琛,别让我看不起你。"

陆时琛刚刚的话还没说完,他看着孟钊,语速极其缓慢地说:"不瞒你说,我活到现在,也是想看看,当年那只野狗,到底能不能活出人样来……"

"那就别死。"孟钊几乎是咬着牙根说出来的,"那就亲眼看着我升上正队长,立一等功,调到省厅……我未来高升的每一步,你必须到场给我道贺,亲口承认你当年是错的!"

"但愿如此。"陆时琛很轻地说。

这话说完,他像是很累了,又闭上了眼睛。

孟钊的心脏像是被人攥紧了,让他透不过气来。

他又说了一些话,连他自己都不知道胡言乱语了一些什么,但他没办法停下来,生怕自己一停下来,陆时琛也会随之停止呼吸。

救护车驶入医院大门,直直地驶向急诊楼前。

"到了!"坐在车门边上的工作人员喊了一声。

其他工作人员都迅速起身,走过来从孟钊手里接过了陆时琛,动作迅速地将他抬出了救护车。

急诊科已经提前备好了病床,几个工作人员将陆时琛转移到病床上,快步推着他去了手术室。

孟钊也跟着下了车,一边快跑跟上病床,一边看着躺在上面的陆时琛。

病床上的陆时琛闭着眼睛,面色平静。

一阵杂乱的脚步声后,陆时琛被推进了手术室。

"哐"的一声,手术室的门重重合上,孟钊被拦在了门外,各种仪器的嘀嘀声也被封禁在了屋内。

走廊里,医务工作者行色匆匆,孟钊站在急诊室前,盯着门上亮起的"手术中"三个字。

他几乎是无所适从地站在那里，陪着他的只有走廊上巨大的空旷。

他觉得腿有些发软，头晕，站立不稳，像是失去了所有力气。

他走过去坐到靠墙的那排长椅上，对着空气愣怔良久后，长长地呼出一口气，闭上眼，将头低低地垂了下去。

这是孟钊人生中第二次焦灼地等在手术室外。

上一次是他十岁的时候，那时他正在学校上课，公安局忽然来了人，把他接到了医院，说他妈妈在追捕罪犯的过程中出事了。

孟钊打小就懂事，他坐在手术室外安静地等着，一声也不吭，眼泪大颗大颗地往下掉。

那场手术足足持续了八个小时，据主刀医生后来说，手术时间之所以那么长，是因为他妈妈孟婧的求生意志非常强烈，有好几次，就连医生都以为一切结束了，她却奇迹般地又恢复了些许的生命体征。

但世事无奈，孟婧的伤全在致命的部位，就算她拼命想活下去，命运却没给她这个机会。

"你妈妈为了你撑了八个小时。"当时徐局还只是孟婧的同事，他事后对孟钊说，"从现在开始，你也要为她勇敢地活着。"

孟钊后来一直记着这句话，也记得自己坐在手术室外从天亮等到天黑的情景，所以之后无论他陷入什么样的处境，遇到什么样的困难，都会咬着牙拼命撑过去。

但是陆时琛……孟钊脑中又浮现出陆时琛看向他的那个眼神——平静到无波无澜，像是在等待死亡降临，像是对他来说，死亡是一种彻头彻尾的解脱。

为什么要在那一瞬忽然冲过来，明明现在躺在手术室里的那个人应该是自己……孟钊煎熬地听着手术室内隐约传来的仪器声响。

难以想象如果医生从手术室出来，像当年告知孟婧的死亡一样，对孟钊先是摇头，然后再说"抱歉"，那他该如何接受这个消息？

"孟警官，"护士一路小跑着过来，"手术需要亲属签字，您有没有病人亲属的联系方式？"

孟钊将头从手掌中抬起来，声音哑得几乎说不出话来："有。"

他的眼白几乎布满了红血丝，抬眼看过来时，护士被他的眼神吓了一跳，怔了怔才说："因为情况比较紧急，医院就先为病人进行手术了，但还是希望病人家属能尽快赶过来补签一下。"

"好。"孟钊的声音哑得厉害，"我这就给他爸打电话。"

"还有就是，陆先生的身份信息也需要提供一下。"护士把手里的衣服递给孟钊，"这是他身上穿的外套，您看看能不能帮忙找一下。"

"嗯。"孟钊用力捏了捏眉心，强迫自己冷静下来，然后他站起身，接过陆时琛的外套。

外套已经被血浸透了，以往陆时琛的身上总是弥漫着一种很淡的檀木香，但如今那味道已经被浓重的血腥味掩盖了。

他的手伸进外套的兜里，没找到身份信息，只摸到了一串车钥匙。

"兜里没有，我让人去他车里找找。"孟钊把那串钥匙拿在手里，对护士说。

"好的。"护士点头，"还有就是，您知不知道病人之前有没有其他病史？"

"他会间歇性犯头疼，疼起来昏天黑地的那种。"孟钊想起陆时琛在他面前犯的那几次头疼，短短的指甲掐进了手心里，"还有，他十岁的时候也出过一次车祸，患了应激性失忆症，至今也没想起十岁以前的记忆。"

护士把孟钊说的内容全都记了下来，又看向孟钊的手臂，他手臂上被玻璃划出的一道长且深的伤口，已经凝成了血痂，她好心提醒道："孟警官，您要不要先去楼下处理一下手臂的伤口？"

"等手术结束吧。"孟钊说。

护士走后，孟钊给陆成泽打了个电话。

已经凌晨，陆成泽估计睡下了，电话里的嘟嘟声响了好一会儿那边才接起来。

"陆叔,陆时琛车祸出事了,正在手术室进行抢救……具体情况等您过来了再说吧,您先来给手术签个字,在中心医院……嗯,我就在三楼手术室门口等您。"

挂了电话,他又给留下处理那起车祸事故的同事打了电话,让他们找找车上有没有陆时琛的身份信息。

十几分钟后,同事赶了过来,把手里的东西递给孟钊:"孟队,那辆车被撞得太严重了,不知能不能修好……我把储物箱里的东西都取出来了,您找找看里面有没有身份信息。"

孟钊接过那些东西,应了声"好"。

"还有,那个卡车司机,当场死了。"同事又说。

"死了?"孟钊立刻皱了眉。

"对,交警队的李队长分析,本来那卡车要是直着朝救护车撞过去,司机可能还不至于出事,但因为中间忽然插进来一辆车,那司机慌乱之下试图改变行驶路线,所以才导致了当场死亡。"

"司机身上发现线索没?"

"好像是发现了手机,出事之前那手机还跟一个号码通过三次话,彬哥已经去调查那个号码了。"

"我知道了,让任彬先负责掌控现场吧,这边手术一结束我就过去。"孟钊有些疲累道。

因为这场突发事故和陆时琛惨重的伤势,眼下他心力交瘁,根本就没办法把精力集中到案子上。

同事走后,孟钊翻了一遍那些东西,没找到身份信息,然后他拿出里面的一个牛皮纸袋,那像是一份档案袋,但封皮上没写任何字,会不会装在这里面?孟钊把档案袋打开,先是粗略地翻找了一遍,没找到身份信息,他又把里面的纸质文件抽出来,又找了一遍。

在找到陆时琛的身份信息后,他正打算把那些文件装回去,不经意瞥了一眼那上面的内容,然后怔了一下。

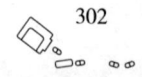

最上面的一份文件是本市三甲医院开处方药的单据，病人基本情况那里写着："陆时琛，男，二十九岁，因十岁车祸导致应激性失忆症、情感认知障碍，并发重度抑郁症……"

情感认知障碍？孟钊动作停下，盯着那几个字，脑中忽然涌现出数个关于陆时琛的片段——

陆时琛在问过孟钊母亲过世的事情后淡淡说的那句："因为我母亲也过世了，提起这件事我并不觉得难过。"

陆时琛看着濒死的赵云华，一脸冷漠地问出的那句："那根狗毛到底是不是你放的？"

十二年前的马路对面，陆时琛盯着那条四肢挣动的狗，一脸无动于衷的漠然。

还有陆时琛盯着自己的那种观察笼中动物一样的神情……

难怪，难怪……

难怪陆时琛时常冷漠得像个精致的假人。

拨开这层叫作"情感认知障碍"的薄纱，到这时，孟钊才觉得将陆时琛看得清楚了一些。

如果是因为那场车祸，会不会十岁以前的陆时琛也曾情感充沛且富有同理心？

如果因为一场意外，一个人的记忆、情感全被命运生硬地剥离收走，只剩下一具躯壳和极致的理性，这样无法与人类共情地活着，到底会是什么滋味……

但如果陆时琛没有任何情感的话，那他今晚忽然冲到两辆车中间的举动是因为什么？

十二年前，他翘课一周去找周明生帮忙又是因为什么？他离开高中时给自己留下的那份笔记又是因为什么？

正在这时，一阵脚步声打断了孟钊千回百转的思绪，他抬头一看，陆时琛的父亲陆成泽赶到了。

"小孟，时琛怎么样了？"陆成泽走近了问他。

"还在抢救，情况……"孟钊顿了顿，还是跟陆成泽说了实话，

"陆叔，情况不太好。手术需要签字，您先签完了我再跟您细说吧。"

"好。"陆成泽点头，快步朝护士台的方向走去。

孟钊把陆时琛的那份病历收起来，又对着档案袋怔了半晌。

陆时琛给他的东西实在太多也太沉了，十二年前的孟祥宇一案和那本笔记他尚且不知道怎么还清，如今又欠了陆时琛一条命。

太沉了……孟钊抬眼看向手术室上方亮起的指示灯。

陆时琛，你给我撑住了，让我想想到底该怎么还清这一切。

陆成泽签完字，焦急地走过来问孟钊："小孟，到底是怎么回事？"

孟钊把从疗养院出来到车祸发生的过程跟陆成泽大致讲了一遍，又说："陆叔，对不起，原本躺在手术室里接受急救的那个人应该是我。"

陆成泽眉头紧锁："他怎么会跟你去解救被害人？"

"这个也是说来话长，我们本来是出去吃饭的，聊着聊着案子就想出了线索……"孟钊还没完全从情绪中缓过来，思维有些混乱，陆成泽这样问，他一时解释得有些草率。

陆成泽沉默片刻，问："这起车祸是意外还是有人有意为之？"

"不会是单纯的意外。"孟钊摇头道。

"太危险了，小孟，你让时琛这种外行参与这么危险的行动……"陆成泽摇了摇头，言语中难掩责备意味，"原本这案子他就最早被列为嫌疑人，说明他很有可能最初就被人盯上了，这案子他参与得越多，牵扯得越深，就越有可能遇到危险。"

"您说得是。"孟钊听完更是自责，又道了一声歉，"对不起陆叔。"

陆成泽摆了摆手，沉沉地叹了一口气："这事也不能怪你，不管怎么样，这都是他自己的选择。既然做出了选择，就理应承担可能带来的一些后果。但是，如果时琛这次能侥幸生还下来，哪怕他的意愿再强烈，我都希望你不要再让他继续参与这种危险的案子了，可以吗？"

"知道了陆叔。"孟钊给出了肯定的答复。

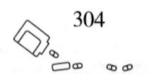

走廊里，来往的医务工作者脚步匆忙。孟钊坐在长椅上，极为焦躁地等待着手术结果。陆成泽则站在窗前，面色深沉地对着窗外的夜色。

半小时后，急诊室的门开了，医生从里面走出来。

孟钊和陆成泽立刻走上前询问手术情况。

医生摘了口罩："暂时从最危急的情况中抢救过来了，多亏一出事就送过来了。病人的肢体受伤情况倒是不严重，只有左臂出现轻微骨裂，不过头部受到重创，虽然通过手术暂时稳定了情况，但能不能醒过来，还得看他能不能挺过今晚这一关，这就要看病人自己的求生意志了。"

又是求生意志……孟钊攥紧了手指。

他没办法说服自己乐观起来，如果此刻躺在病床上的那个人是自己，那他一定能挺过来，但偏偏现在要经历鬼门关的是求生意志极其薄弱的陆时琛……

手术室的门打开，躺在病床上的陆时琛被医务工作者从手术室推了出来。

陆成泽留在外面，继续跟医生询问术后的事情。

孟钊则跟在病床后面，走进了重症病人监护室。

此时的陆时琛脸上罩着氧气罩，脸色苍白，嘴唇毫无血色，几乎看不出任何生机。

孟钊以前就偶尔觉得，陆时琛像个瓷器，表面坚不可摧，实则极其易碎，而现在他真的成了一具一碰就碎的人形瓷器。

他继而又想，对于无法跟任何人共情的陆时琛来说，会不会这样无知无觉地躺着，和格格不入地活在人群中间相比也没有什么区别，甚至还要更轻松一些？

正在这时，孟钊的手机振动了起来。

以往他都在第一时间接电话，但这一次，那铃声响了好一会儿他也没接起来。

这么晚了，一定是案子的事情，孟钊知道，这通电话接起来，他可能又会被叫到市局。

他希望能守在这里，一直等到陆时琛睁开眼、清醒过来，然后再去处理其他事情。但眼下这案子到了最关键的时候，没有那么多时间让他守在这里。

孟钊看着病床上的陆时琛，他给了自己一段手机铃声的时间，就那样沉默地看着陆时琛。

然后在那铃声将要挂断的前一秒，他站起身走到窗前，接通了电话。

电话是任彬打过来的——

"孟队，物鉴那边连夜检测了点滴瓶里的液体成分，刚刚检测结果出来了，初步断定是葡萄糖和多种微量重金属元素的混合物，虽然剂量不至于致命，但长期注射会让人体出现四肢和大脑迟缓的效果。我刚刚也问了那几个从地下室救出来的人的情况，医院那边说，目前几个人都还在昏迷状态，具体能不能醒过来，医生说只能再观察几天。"

"疗养院的工作人员审得怎么样了？"

"都说不知道那个地下通道的存在，看他们的表现，还真不像是撒谎。"

"吴韦函审了没？"

"审了，他说对这件事毫不知情，不承认是他做的。"

"不是说在司机身上找到了手机吗？那个号码查得怎么样了？"

"跟以前一样，是多层加密的网络号码。"

"地下室救出来的人昏迷不醒，疗养院的人说不知情，肇事司机死了，临死前跟他通话的人查不到是谁。"孟钊觉得一股莫名的火气冲到了喉咙，他竭力压住了，疲惫地抬手揉了揉眉心，"现在是这个情况吧？"

听出孟钊压着火气，任彬说："你先别急，线索不止这些，天亮之后……"

"我怎么能不急？！"孟钊一直竭力压着胸口的火气，这时忍无可忍，通通爆发了出来，"我朋友还在医院生死未卜，你告诉我所有的线索又被切断了,天亮之后?传唤时间二十四小时,如果吴韦函真的是幕后凶手,二十四小时之内找不到他的犯罪证据,难道我们要让他大摇大摆地回去继续作恶?"

电话那头,任彬沉默几秒,说:"案子还在推进,局里的同事都在通宵加班审问,哪个人不希望立刻抓住凶手?"

孟钊意识到自己的失控,他站在窗前,对着夜色又做了个深呼吸,逼迫自己回归那个冷静理智的轨道:"抱歉,情况我都知道了,我现在就回局里。"

挂了电话,孟钊长长叹了口气,一转身,陆成泽正在背后看着他。

"陆叔,"孟钊整理了一下情绪,"我得先回去了,这起车祸的幕后策划者必须尽快抓到,陆时琛这边,我没办法一直守着……您多费心了,他醒过来之后,麻烦您一定要第一时间通知我。"

"好,你做的是对的。"陆成泽看着他说,"查案要紧,快去吧。"

虽然对陆时琛的情况放心不下,但眼下孟钊必须把这起车祸调查清楚,拖得越久,线索就可能被毁得越彻底。

今晚这场车祸不可能是意外,策划这起车祸的人只有一个目的,那就是杀人灭口,让地下室里藏的那些人彻底因为车祸而死,这样就能死无对证了。秘密将这些人藏到地下室的,以及策划今晚这起车祸的,一定是同一个人。

孟钊捏紧了拳头——他非得彻彻底底地查清这个罪恶斑斑的人,不管他背后的势力有多强大,都要用证据压得他无法翻身。

出了病房,走到楼梯拐角处,孟钊回头看了一眼重症监护室。

"陆时琛,"他在心里说,"活下来,日子还长,活着没你想的那么无趣。只要你挺过来,我一定竭尽所能,帮你把丢失的记忆和情感全都找回来。"

(未完待续)

图书在版编目（CIP）数据

皮囊 / 潭石著. — 呼和浩特：内蒙古人民出版社，2023.9
ISBN 978-7-204-17504-8

Ⅰ.①皮… Ⅱ.①潭… Ⅲ.①长篇小说—中国—当代
Ⅳ.①I247.5

中国国家版本馆CIP数据核字(2023)第017969号

皮囊

作　　者	潭　石
责任编辑	张桂梅
出版发行	内蒙古人民出版社
地　　址	呼和浩特市新城区中山东路8号波士名人国际B座5楼
网　　址	http://www.nmgrmcbs.com
印　　刷	嘉业印刷（天津）有限公司
开　　本	880mm×1230mm　1/32
印　　张	9.625　插页8面
字　　数	270千
版　　次	2023年9月第1版
印　　次	2023年9月第1次印刷
书　　号	ISBN 978-7-204-17504-8
定　　价	49.80元

如发现印装质量问题，请与我社联系。联系电话：（0471）3946173　3946120